LÍRIO AZUL,
AZUL LÍRIO

MAGGIE STIEFVATER

A SAGA DOS CORVOS
LIVRO 3

LÍRIO AZUL, AZUL LÍRIO

Tradução
Jorge Ritter

2ª edição
Rio de Janeiro-RJ / Campinas-SP, 2016

VERUS
EDITORA

Editora: Raïssa Castro
Coordenadora editorial: Ana Paula Gomes
Copidesque: Maria Lúcia A. Maier
Revisão: Raquel de Sena Rodrigues Tersi
Capa: Adaptação da original (© Christopher Stengel)
Ilustrações da capa: © Adam S. Doyle, 2014
Projeto gráfico: André S. Tavares da Silva

Título original: *Blue Lily, Lily Blue*

ISBN: 978-85-7686-392-2

Copyright © Maggie Stiefvater, 2014
Todos os direitos reservados.
Edição publicada mediante acordo com Scholastic Inc., 557 Broadway, Nova York, NY, 10012, EUA.
Direitos de tradução acordados por Ute Körner Literary Agent, S.L., Barcelona – www.uklitag.com.

Tradução © Verus Editora, 2015
Direitos reservados em língua portuguesa, no Brasil, por Verus Editora. Nenhuma parte desta obra pode ser reproduzida ou transmitida por qualquer forma e/ou quaisquer meios (eletrônico ou mecânico, incluindo fotocópia e gravação) ou arquivada em qualquer sistema ou banco de dados sem permissão escrita da editora.

Verus Editora Ltda.
Rua Benedicto Aristides Ribeiro, 41, Jd. Santa Genebra II, Campinas/SP, 13084-753
Fone/Fax: (19) 3249-0001 | www.veruseditora.com.br

CIP-BRASIL. CATALOGAÇÃO NA FONTE
SINDICATO NACIONAL DOS EDITORES DE LIVROS, RJ

S874L

Stiefvater, Maggie, 1981-
    Lírio azul, azul lírio / Maggie Stiefvater ; tradução Jorge Ritter. - 2. ed. - Campinas, SP : Verus, 2016.
    23 cm.   (A saga dos corvos ; 3)

Tradução de: Blue Lily, Lily Blue
ISBN 978-85-7686-392-2

1. Ficção infantojuvenil americana. I. Ritter, Jorge. II. Título. III. Série.

15-20861   CDD: 028.5
                                              CDU: 087.5

Revisado conforme o novo acordo ortográfico

Para Laura, uma das cavaleiras brancas

> Procuro o rosto que eu tinha
> Antes da criação do mundo.
> — William Butler Yeats,
> "Before the World Was Made"

> Sejamos gratos ao espelho por nos
> revelar somente a nossa aparência.
> — Samuel Butler,
> *Erewhon*

PRÓLOGO

ACIMA

Persephone estava parada no topo deserto da montanha, o vestido marfim de babados batendo em torno das pernas, os cachos fartos do cabelo loiro-claro voando atrás de si. Ela parecia transparente, imaterial, algo soprado por entre as rochas e pega por uma delas. O vento era intenso lá em cima, sem árvore alguma para bloqueá-lo. O mundo abaixo tinha um ar gloriosamente outonal.

Adam Parrish estava ao seu lado com as mãos enfiadas nos bolsos das calças cargo manchadas de graxa. Ele parecia cansado, mas seus olhos estavam claros, melhor do que quando ela o vira pela última vez. Como Persephone só estava interessada em coisas importantes, não considerava a própria idade havia muito tempo, mas lhe chamou a atenção quando olhou para o garoto e viu que ele era bastante *novo*. Aquela expressão bruta, aquela postura jovem e largada dos ombros, o derramamento frenético de energia dentro dele.

Que dia bom está hoje para isso, ela pensou. Estava frio e nublado, sem interferência alguma da força do sol, do calendário lunar ou de uma obra próxima na estrada.

— Este é o caminho dos corpos — ela disse, alinhando o próprio corpo com o caminho invisível. Enquanto o fazia, podia sentir algo dentro de si começando a zunir agradavelmente, uma sensação muito parecida com a satisfação que lhe proporcionava alinhar a lombada de livros em uma prateleira.

— A linha ley — esclareceu Adam.

Ela anuiu serenamente.

— Encontre-a para você.

Ele pisou na linha imediatamente, o rosto virando para mirar ao longo do seu comprimento tão naturalmente quanto uma flor olhando para o sol. Persephone levara um pouco mais de tempo para dominar essa habilidade, mas, diferentemente de seu jovem pupilo, *ela* não havia feito barganha alguma com florestas sobrenaturais. Ela não era dada a barganhas. Projetos em grupo, de modo geral, não eram com ela.

— O que você está vendo? — ela perguntou.

Os olhos dele pestanejaram, os cílios empoeirados repousando sobre as faces. Como ela era Persephone, e porque era um dia bom para isto, ela podia ver o que ele estava vendo. Não era nada relacionado com a linha ley. Era uma confusão de estatuetas espatifadas sobre o chão de uma mansão adorável. Uma correspondência oficial impressa em um papel de carta do condado. Um amigo tendo uma convulsão aos pés dele.

— Fora de você — Persephone o lembrou suavemente. Ela mesma via tantos eventos e possibilidades ao longo do caminho dos corpos que nenhum acontecimento distinto se destacava. Ela era uma médium muito melhor quando tinha as duas amigas consigo: Calla, para ver o que interessava de suas impressões, e Maura, para contextualizá-las.

Adam parecia ter potencial nesse aspecto, embora fosse novo demais para substituir Maura — não, essa era uma maneira ridícula de colocar a questão, Persephone disse a si mesma, você não *substitui* amigos. Ela lutou para pensar em uma palavra adequada. Não *substituir*.

Resgatar. Sim, é claro, era isso que as pessoas faziam com os amigos. Será que Maura precisava ser resgatada?

Se Maura estivesse ali na montanha, Persephone teria sido capaz de dizê-lo. Mas, se Maura estivesse ali na montanha, Persephone não *precisaria* dizê-lo.

Ela suspirou profundamente.

Ela suspirava muito.

— Eu vejo coisas. — As sobrancelhas de Adam transmitiam concentração ou incerteza. — Mais do que uma coisa. É como... como os animais na Barns. Eu vejo coisas... dormindo.

— Sonhando — concordou Persephone.

Tão logo ele chamara a atenção dela para os adormecidos, estes passaram para o primeiro plano da consciência de Persephone.

— Três — ela acrescentou.

— Três o quê?

— Três em particular — ela murmurou. — Para serem despertados. Ah, não. Não. Dois. Um não deve ser despertado.

Persephone nunca tivera muito jeito com o conceito de certo e errado. Mas, nesse caso, o terceiro adormecido estava definitivamente *equivocado*.

Por alguns minutos, ela e o garoto — *Adam*, ela lembrou a si mesma; era tão difícil achar que os nomes dados às pessoas no nascimento fossem coisas importantes — ficaram ali, sentindo o curso da linha ley abaixo dos pés. Persephone tentou, delicadamente e sem sucesso, encontrar o fio brilhante da existência de Maura no emaranhado de energia.

Ao lado dela, Adam estava mais uma vez se retraindo para dentro de si, mais interessado, como sempre, naquilo que permanecia incognoscível para ele: a sua própria mente.

— Para fora de você — Persephone o lembrou.

Adam não abriu os olhos. Suas palavras eram tão baixas que o vento quase as destruiu.

— Minha intenção não é ser grosseiro, senhora, mas não sei por que isso é importante.

Persephone não entendia por que ele achara que uma questão tão razoável como aquela pudesse ser deselegante.

— Quando você era bebê, o que fez valer a pena aprender a falar?

— Com quem eu estou aprendendo a me comunicar?

Ela ficou satisfeita ao perceber que ele havia compreendido imediatamente o conceito.

Persephone respondeu:

— Tudo.

NO MEIO

Calla estava espantada com a quantidade de entulho que Maura tinha em seu quarto na Rua Fox, 300, e disse isso a Blue.

Blue não respondeu. Ela separava papéis junto à janela, a cabeça inclinada, pensativa. Desse ângulo, parecia exatamente como sua mãe, compacta, atlética e difícil de derrubar. Ela estava esquisitamente adorável, mesmo com o cabelo escuro preso de qualquer jeito e com uma camiseta que ela atacara com um arado elétrico. Ou talvez por *causa* disso. Quando é que ela ficara bonita e tão crescida? Sem ficar nem um pouco mais alta? Era isso provavelmente o que acontecia com garotas que viviam somente de iogurte.

— Você viu esses? São realmente bons.

Calla não sabia ao certo o que Blue estava olhando, mas acreditava nela. Blue não era o tipo de garota que fizesse falsos elogios, mesmo para sua mãe. Embora fosse gentil, ela não era *boazinha*. Uma coisa boa, também, pois pessoas boazinhas deixavam Calla irritada.

— A sua mãe é uma mulher de muitos talentos — ela resmungou. A bagunça sugava anos de sua vida. Calla gostava de coisas nas quais se podia confiar: sistemas de organização, meses com trinta e um dias, batom roxo. Maura gostava do caos. — Me exasperar é um deles.

Calla pegou o travesseiro de Maura. As sensações a tomaram de súbito. Ela *sentiu* imediatamente onde o travesseiro havia sido obtido, como Maura o dobrava em uma bola debaixo da nuca, o número de lágrimas derramadas na fronha e o conteúdo de cinco anos de sonhos.

A linha especial mediúnica tocou no quarto ao lado. A concentração de Calla se esvaiu.

— Maldição — ela disse.

Ela era psicômetra — seu mero toque podia muitas vezes revelar tanto a origem do objeto quanto os sentimentos do proprietário. Mas aquele travesseiro fora manuseado tantas vezes que continha memórias demais para separar. Se Maura estivesse ali, Calla teria sido capaz de isolar facilmente as memórias úteis.

Mas, se Maura estivesse ali, ela não teria necessidade de fazer isso.

— Blue, venha aqui.

Blue teatralmente pousou a mão aberta sobre o ombro de Calla. Imediatamente, o talento amplificador natural da garota afiou a capacidade de Calla. Ela viu a esperança de Maura mantendo-a desperta. Sentiu a impressão do queixo sombreado do sr. Cinzento sobre a fronha do travesseiro. Viu o conteúdo do último sonho de Maura: um lago espelhado e um homem distantemente familiar.

Calla fez uma careta.

Artemus. O ex-amante de Maura, há muito desaparecido.

— Alguma coisa? — perguntou Blue.

— Nada *útil*.

Então Blue retirou imediatamente a mão, consciente de que Calla era capaz de extrair tantos sentimentos de garotas quanto de travesseiros. Mas Calla não precisava de poderes mediúnicos para adivinhar que a expressão sensível e divertida de Blue não batia com o fogo que queimava furiosamente dentro dela. As aulas estavam para começar, o amor estava no ar, e a mãe de Blue havia desaparecido em alguma busca misteriosa mais de um mês antes, deixando atrás de si seu recentemente adquirido namorado assassino. Blue era um furacão pairando um pouco antes da costa.

Ah, Maura! O estômago de Calla se contorceu. *Eu disse para você não ir.*

— Toque naquilo — Blue apontou para uma grande tigela divinatória. Ela estava largada de lado sobre o tapete, intocada desde que Maura a usara.

Calla não dava muito crédito para a divinação, ou para a mágica de espelhos, ou para qualquer coisa que tivesse a ver com bombear o éter misterioso do espaço e do tempo a fim de usá-lo como adubo do outro lado. Tecnicamente, a divinação não era perigosa; era apenas uma meditação em uma superfície espelhada. Mas, na prática, muitas vezes envolvia liberar a alma do corpo. E a alma era uma viajante frágil.

Da última vez em que Calla, Persephone e Maura se meteram com a mágica de espelhos, fizeram a meia-irmã de Maura, Neeve, desaparecer acidentalmente.

Pelo menos Calla nunca gostara de Neeve.

Mas Blue estava certa. A tigela de adivinhação provavelmente continha mais respostas.

— Muito bem. Mas não toque em mim. Não quero deixar isso mais forte do que já é.

Blue ergueu as mãos para cima, como para provar que não tinha nenhuma arma.

Relutantemente, Calla tocou a borda da tigela e a escuridão imediatamente tomou sua visão. Ela estava dormindo, sonhando. Caindo através de uma água escura interminável. Uma versão espelhada dela mesma ascendeu na direção das estrelas. Um metal ferroou sua face. O cabelo grudou no canto da boca.

Onde estava Maura em tudo isso?

Uma voz pouco familiar cantou dentro de sua cabeça, estridente, esquisita e monótona:

Rainhas e reis
Reis e rainhas
Lírio azul, azul lírio
Coroas e pássaros
Espadas e coisas
Lírio azul, azul lírio.

Subitamente, ela se concentrou.

Era Calla novamente.

Agora ela viu o que Maura tinha visto: três adormecidos — um claro, um escuro e um intermediário. O conhecimento de que Artemus estava debaixo da terra. A certeza de que ninguém sairia daquelas cavernas a não ser que fosse buscado. A compreensão de que Blue e seus amigos faziam parte de algo muito maior, algo vasto, que se estendia e despertava lentamente...

— BLUE! — berrou Calla, entendendo o motivo de seus esforços terem sido tão bem-sucedidos.

Com certeza, Blue estava tocando o seu ombro, amplificando tudo.

— Oi.
— Eu *disse* para você não me tocar.
Blue não parecia arrependida.
— O que você viu?
Calla ainda estava presa àquela *outra* consciência. Ela não conseguia se livrar da ideia de que estava se preparando para uma luta que, de alguma forma, ela já havia lutado.
E não conseguia lembrar se havia vencido da última vez.

ABAIXO

Maura Sargent tinha o sentimento inconveniente de que o tempo parara. Não que ele tivesse parado, exatamente. Apenas que havia cessado de avançar da maneira que ela passara a considerar "a maneira normal". Minutos empilhando-se sobre minutos para formar horas, e então dias e semanas.
Ela começava a suspeitar de que o mesmo minuto podia estar se repetindo sem parar.
Isso talvez incomodasse algumas pessoas. Outras, talvez, nem tivessem notado. Mas Maura não era *qualquer pessoa*. Ela começara a sonhar o futuro aos catorze anos. Falara com seu primeiro espírito aos dezesseis. Usara sua visão remota para ver o outro lado do mundo aos dezenove. Tempo e espaço eram banheiras onde Maura se esbaldava.
Então ela sabia que havia coisas impossíveis no mundo, mas não acreditava que uma caverna onde o tempo parava era uma delas. Ela estava ali há uma hora? Duas? Um dia? Quatro dias? Vinte anos? As pilhas de sua lanterna não haviam acabado.
Mas, se o tempo não está passando aqui, elas nunca vão acabar, não é?
Ela examinava do chão ao teto com a lanterna enquanto seguia rastejando pelo túnel. Maura não queria bater a cabeça, mas também não queria cair em uma fenda profunda. Ela já pisara em várias poças, e suas botas surradas estavam encharcadas e frias.
A pior parte era o tédio. A infância pobre na Virgínia Ocidental havia deixado Maura com um forte sentimento de autoconfiança, grande tolerância ao desconforto e um aguçado senso de humor negro.

Mas aquela *monotonia*.

Era impossível contar uma piada quando se estava sozinha.

A única indicação que Maura tinha de que o tempo poderia estar indo para *algum lugar* era que às vezes ela esquecia quem estava procurando lá embaixo.

O objetivo é Artemus, ela se lembrava. Dezessete anos antes, ela deixara Calla convencê-la de que ele havia simplesmente ido embora. Talvez ela tenha desejado acreditar nisso. No fundo, ela sabia que ele fazia parte de algo maior. Sabia que *ela* fazia parte de algo maior.

Provavelmente.

Até o momento, a única coisa que ela encontrara naquele túnel era dúvida. Aquele não era o tipo de lugar que Artemus, que adorava o sol, teria escolhido. Maura tinha a impressão de que era o tipo de lugar em que alguém como Artemus morreria. Ela estava começando a se sentir mal a respeito do bilhete que havia deixado. Nele, se lia:

Glendower está debaixo da terra. E eu também estou.

À época, ela se sentira bastante cheia de si; o bilhete tinha a intenção de enraivecer e inspirar, dependendo de quem o lesse. É claro, ela o havia escrito pensando que estaria de volta no dia seguinte.

Ela o reformulou agora em sua cabeça:

Entrando em cavernas atemporais para procurar ex-namorado. Se parecer que vou perder a formatura da Blue, enviem ajuda.

P.S.: Torta não é uma refeição.

Ela continuou caminhando. Estava absolutamente escuro à frente e absolutamente escuro atrás. O facho de sua lanterna iluminava detalhes: estalactites pontudas no teto acidentado. Água brilhava nas paredes.

Mas ela não estava perdida, pois sempre houvera apenas uma opção: mais fundo e mais fundo.

Ela não estava com medo ainda. Era preciso muito para aterrorizar alguém que brincava no tempo e no espaço como em uma banheira.

Usando uma estalagmite lisa como lama para firmar a mão, Maura se esgueirou através da passagem estreita. A cena do outro lado era confusa. O teto era cravejado; o chão era cravejado; era interminável; era impossível.

Então uma gota minúscula de água provocou pequenas ondulações através da imagem, momentaneamente arruinando a ilusão. Era um lago subterrâneo. A superfície escura espelhava as estalactites douradas no teto, fazendo parecer como se um número igual de estalagmites irrompesse do leito do lago.

O fundo real do lago estava escondido. Ele podia ter cinco centímetros, meio metro, uma profundidade infinita.

Ah. Então ali estava ele, finalmente. Ela havia sonhado com isso. Maura ainda não estava realmente com medo, mas seu coração batia descompassado.

Eu poderia simplesmente ir para casa. Eu sei o caminho.

Mas, se o sr. Cinzento estivera disposto a arriscar a vida pelo que queria, certamente ela poderia ser tão corajosa quanto ele. Maura se perguntou se ele estaria vivo. E ficou surpresa ao perceber como queria desesperadamente que ele estivesse.

Ela reformulou o bilhete em sua cabeça.

Entrando em cavernas atemporais para procurar ex-namorado. Se parecer que vou perder a formatura da Blue, enviem ajuda.

P.S.: Torta não é uma refeição.
P.P.S.: Não se esqueçam de levar o carro para trocar o óleo.
P.P.P.S.: Procurem por mim no fundo de um lago espelhado.

Uma voz sussurrou em seu ouvido. Alguém do futuro, ou do passado. Alguém morto, ou vivo, ou dormindo. Não era realmente um sussurro, percebeu Maura. Era apenas uma voz rouca. A voz de alguém que estivera chamando por um longo tempo sem resposta.

Maura era uma boa ouvinte.

— O que você disse? — ela perguntou.

A voz sussurrou novamente:

— *Encontre-me.*

Não era Artemus. Era outra pessoa que havia se perdido, ou que estava a caminho de se perder, ou que iria se perder. Naquelas cavernas, o tempo não era uma linha, era um lago espelhado.

P.P.P.P.S.: *Não despertem o terceiro adormecido.*

1

— Você acha que isso é mesmo real? — perguntou Blue.

Eles estavam sentados entre carvalhos imponentes sob um sol roubado de verão. Raízes e pedras se expunham para fora através do solo úmido à sua volta. O ar mormacento não parecia em nada com o frio de outono dominante que eles haviam deixado para trás. Eles haviam desejado o verão, e assim Cabeswater havia lhes dado o verão.

Richard Gansey III estava deitado de costas, mirando o azul cálido e insípido acima dos galhos. Esparramado com sua calça cáqui e o blusão de gola V amarelo-cítrico, ele parecia indolente, largado, um herdeiro sensual da floresta à sua volta.

— O que é real?

— Pode ser que a gente venha aqui, durma e tenha o mesmo sonho.

Ela sabia que não era verdade, mas ao mesmo tempo era reconfortante e emocionante imaginar que eles estavam tão conectados, que Cabeswater representava algo que todos sonhavam quando fechavam os olhos.

— Eu sei quando estou acordado e quando estou dormindo — disse Ronan Lynch. Se tudo em volta de Gansey era suave e orgânico, descorado e homogêneo, Ronan parecia feroz, sombrio e dissonante, destacando-se de maneira absolutamente nítida da mata.

Adam Parrish, encolhido em um macacão surrado e cheio de graxa, perguntou:

— Sabe mesmo?

Ronan emitiu um ruído desagradável de desdém ou contentamento. Ele era como Cabeswater: um fazedor de sonhos. Se ele não sabia a diferença entre estar acordado e estar dormindo, era porque a diferença não importava para ele.

— Talvez eu tenha sonhado *você* — ele disse.

— Obrigado pelos dentes retos, então — respondeu Adam.

Em torno deles, Cabeswater zunia e murmurava com vida. Pássaros que não existiam do lado de fora da floresta voavam acima deles. Em algum lugar próximo, a água corria sobre as rochas. As árvores eram majestosas e velhas, cobertas de musgo e líquen. Talvez por saber que a floresta era senciente, Blue achava que ela *parecia* sábia. Se ela deixasse a mente perambular longe o suficiente, podia quase sentir a floresta a ouvindo. Era difícil de explicar; era mais ou menos como o sentimento de alguém passando a mão de leve em sua pele, sem a tocar realmente.

Adam dissera:

— Precisamos conquistar a confiança de Cabeswater antes de entrar na caverna.

Blue não compreendia o que significava para Adam estar tão conectado à floresta, ter prometido ser suas mãos e seus olhos. Ela suspeitava de que, às vezes, Adam também não compreendia. Mas, seguindo seu conselho, o grupo sempre retornava à floresta, caminhando em meio às árvores, explorando cuidadosamente, sem levar nada. Caminhando em torno da caverna que poderia conter tanto Glendower... como Maura.

Mãe.

O bilhete que ela deixara havia mais de um mês não indicava quando pensava em voltar. Não indicava se tinha ou não intenção de voltar um dia. Então era impossível saber se ela ainda estava desaparecida porque estava encrencada ou porque não queria voltar para casa. Será que as mães de outras pessoas desapareciam em buracos no chão durante a crise da meia-idade?

— Eu não sonho — disse Noah Czerny. Ele estava morto, portanto provavelmente não dormia também. — Então acho que isso deve ser real.

Real, mas deles, apenas deles.

Por mais alguns minutos, ou horas, ou dias — o que era o tempo ali? — eles se deixaram ficar.

Um pouco distante do grupo, o irmão mais novo de Ronan, Matthew, batia um papo com sua mãe, Aurora, feliz pela visita. Os dois tinham os cabelos dourados e angelicais, ambos parecendo invenções daquele lugar. Blue desejava odiar Aurora por causa de sua origem — literalmente sonhada pelo marido — e porque ela tinha a capacidade de atenção e o intelecto de um filhote de cachorro. Mas a verdade era que Aurora era incansavelmente gentil e para cima, tão compulsivamente adorável quanto seu filho mais novo.

Ela não abandonaria a filha pouco antes de seu último ano no ensino médio começar.

A parte que mais enfurecia Blue a respeito do desaparecimento de Maura era que ela não sabia se deveria ser consumida pela preocupação ou pela raiva. Ela oscilava terrivelmente entre os dois sentimentos, ocasionalmente se esgotando e deixando de sentir qualquer coisa que fosse.

Como ela pôde fazer isso comigo agora?

Blue recostou o rosto em uma rocha coberta de musgo quente, tentando manter os pensamentos equilibrados e agradáveis. A mesma capacidade que amplificava a clarividência também aumentava a estranha magia de Cabeswater, e ela não queria causar outro terremoto ou começar um estouro da boiada.

Em vez disso, começou uma conversa com as árvores.

Ela pensou em pássaros cantando — *pensou* ou *quis* ou *desejou* ou *sonhou*. Era um pensamento virado do avesso, uma porta deixada aberta em sua cabeça. Blue estava ficando melhor em dizer quando o estava fazendo direito.

Um pássaro estranho cantarolou agudo e desafinado acima dela.

Ela pensou-quis-desejou-sonhou folhas farfalhando.

Acima deles, as árvores sussurraram suas folhas, formando palavras vagas e cochichadas. *Avide audimus.*

Ela pensou em uma flor de primavera. Um lírio, azul, como seu nome, Blue.

Uma pétala azul caiu a esmo em seu cabelo. Outra pousou nas costas de sua mão, escorregando punho abaixo como um beijo.

Os olhos de Gansey se abriram à medida que as pétalas pousavam suavemente sobre suas faces. Quando seus lábios se entreabriram, sempre surpresos, uma pétala pousou diretamente sobre sua boca. Adam levou a cabeça para trás para observar a chuva floral, cheirosa, cair derivando lentamente à sua volta, borboletas de azul em câmera lenta.

O coração de Blue explodiu com uma alegria incontida.

É real, é real, é real...

Ronan olhou para Blue, os olhos estreitados. Ela não desviou o olhar.

Esse era um jogo que ela às vezes jogava com Ronan Lynch: quem desviaria o olhar primeiro?

Dava sempre empate.

Ele havia mudado com o passar do verão, e agora Blue se sentia menos desigual no grupo. Não porque conhecesse Ronan melhor de alguma maneira — mas porque sentia que talvez Gansey e Adam o conhecessem menos agora. Ronan desafiava todos a aprender sobre ele novamente.

Gansey se ergueu sobre os cotovelos; pétalas rolaram como se ele tivesse sido despertado de um longo sono.

— Tudo bem. Acho que chegou o momento. Lynch?

Ronan se levantou e se postou rigidamente ao lado de sua mãe e seu irmão; Matthew, que estivera acenando os braços como um urso de circo, se aquietou. Aurora fez uma carícia na mão de Ronan, que ele permitiu.

— Levanta — ele disse para Matthew. — Hora de ir.

Aurora sorriu suavemente para os filhos. Ela ficaria ali, em Cabeswater, fazendo o que quer que os sonhos faziam quando ninguém estava por perto. Não causava surpresa alguma para Blue que ela cairia em um sono instantâneo se deixasse a floresta; era impossível imaginar Aurora existindo no mundo real. Mais impossível ainda imaginar crescer com uma mãe como ela.

Minha mãe não desapareceria simplesmente para sempre. Certo?

Ronan colocou as mãos de cada lado da cabeça de Matthew, pressionando os cachos loiros e prendendo o olhar do irmão ao seu.

— Vá esperar no carro — ele disse. — Se não voltarmos até às nove, ligue para a casa da Blue.

A expressão de Matthew era simpática e tranquila. Seus olhos eram do mesmo tom azul dos de Ronan, mas infinitamente mais inocentes.

— Como eu vou saber o número?

Ronan continuava prendendo a cabeça do irmão.
— Matthew. Foco. Já falamos sobre isso. Eu quero que você pense. Agora me diz: como você vai saber o número?

Seu irmão mais novo riu um pouco e bateu no bolso.
— Ah, certo. Está programado no seu telefone. Agora eu lembrei.
— Eu fico com ele — Noah se ofereceu imediatamente.
— Medroso — disse Ronan, mal-agradecido.
— Lynch — disse Gansey. — Boa ideia, Noah, se você estiver a fim.

Como fantasma, Noah necessitava de energia externa para permanecer visível. Tanto Blue quanto a linha ley eram baterias espirituais poderosas; esperar no carro estacionado próximo deveria ser mais que suficiente. Mas às vezes não era energia que faltava a Noah — era coragem.

— Ele vai ser um campeão — disse Blue, socando fraquinho o braço de Noah.
— Eu vou ser um campeão — repetiu Noah.

A floresta esperava, ouvindo, farfalhando. A orla do céu era mais cinzenta que o azul que pairava acima, como se a atenção de Cabeswater estivesse tão estreitamente focada sobre eles que o mundo real fosse capaz agora de interferir.

Na entrada da caverna, Gansey disse:
— *De fumo in flammam.*
— Da fumaça ao fogo — Adam traduziu para Blue.

A caverna. A *caverna*.

Tudo em Cabeswater era mágico, mas a caverna era extraordinária porque não existia quando eles descobriram a floresta pela primeira vez. Ou talvez *existisse*, mas em um lugar diferente.

— Conferir equipamentos — disse Gansey.

Blue despejou o conteúdo de sua mochila surrada. Um capacete (de bicicleta, usado), joelheiras (de patins, usadas) e uma lanterna (em miniatura, usada) rolaram para fora, assim como um canivete rosa. Enquanto ela começava a colocar todas essas coisas no corpo, ao lado dela Gansey esvaziava sua bolsa a tiracolo. Ela continha um capacete (de espeleologia, usado), joelheiras (de espeleologia, usadas) e uma lanterna (Maglite, usada), assim como vários metros de corda nova, um arnês e uma coleção de pinos de fixação e mosquetões de metal.

Blue e Adam encararam o equipamento usado. Parecia impossível que Richard Campbell Gansey III pensasse em comprar nada menos que algo novo em folha.

Alheio à atenção deles, Gansey prendeu sem esforço um mosquetão a uma corda, através de um nó perfeito.

Blue se deu conta um momento antes de Adam. O equipamento era usado porque *Gansey* o usara.

Às vezes era difícil lembrar que ele vivera uma vida antes de eles o terem conhecido.

Gansey começou a desenrolar um cabo de segurança mais longo.

— Como combinamos. Estamos amarrados juntos, deem três puxões se tiverem o *menor* receio. Horas?

Adam conferiu seu relógio arranhado.

— Meu relógio não está funcionando.

Ronan conferiu seu relógio caro e escuro e balançou a cabeça.

Apesar de isso não ser inesperado, Blue ainda estava desconcertada, uma pipa solta.

Gansey franziu o cenho, como se compartilhasse de seus pensamentos.

— Nem meu telefone. Tudo bem, Ronan.

Enquanto Ronan gritava algum latim para o ar, Adam sussurrava a tradução para Blue:

— É seguro para nós entrarmos?

E minha mãe ainda está lá dentro?

A resposta veio na forma de folhas sibilantes e ruídos guturais arranhados, mais selvagens que as vozes que Blue ouvira antes.

— *Greywaren semper est incorruptus.*

— Sempre a salvo — traduziu Gansey rapidamente, ansioso para provar que não era completamente inútil quando se tratava de latim.

— O Greywaren está sempre a salvo.

O Greywaren era Ronan. O que quer que eles significassem para aquela floresta, Ronan significava mais.

Adam refletiu:

— *Incorruptus*. Nunca achei que alguém usaria *essa* palavra para descrever o Lynch.

Ronan parecia tão contente quanto uma víbora.

O que você quer de nós?, Blue se perguntou enquanto eles adentravam a caverna. *Como você nos vê? Apenas quatro adolescentes entrando às escondidas em uma floresta antiga.*

Um espaço de chão batido estranhamente silencioso se encontrava logo após a entrada da caverna. As paredes eram puro pó e rocha, raízes e greda, tudo da cor do cabelo e da pele de Adam. Blue tocou uma samambaia relutantemente retorcida, a última folhagem antes de a luz do sol desaparecer. Adam virou a cabeça para ouvir, mas só havia o som normal, abafado, de seus passos.

Gansey ligou a lanterna de cabeça. Ela mal penetrou a escuridão do túnel que se estreitava.

Um dos garotos tremeu um pouco. Blue não sabia se era Adam ou Ronan, mas sentiu o cabo vibrando no cinto.

— Pena que não trouxemos o Noah — disse Gansey abruptamente. — Vamos lá. Ronan, não esqueça de colocar os marcadores à medida que avançamos. Estamos contando com você. Não fique aí só me encarando. Acene com a cabeça para mostrar que compreendeu. Muito bem. Sabe de uma coisa? Passe os marcadores para a Jane.

— *O quê?* — Ronan soou como se sentisse traído.

Blue aceitou os marcadores — discos plásticos redondos com setas desenhadas. Ela não havia percebido como estava nervosa até segurá-los nas mãos; era bom ter algo concreto para fazer.

— Ronan, quero que você assovie ou cante, e que faça uma contagem do tempo — disse Gansey.

— Você só pode estar de sacanagem comigo — respondeu Ronan.

— Eu?

Gansey espiou o túnel adiante.

— Eu sei que você conhece um monte de músicas e consegue cantar cada uma delas na mesma velocidade e duração todas as vezes. Porque você teve que memorizar todas elas para as competições de música irlandesa.

Blue e Adam trocaram um olhar satisfeito. A única coisa mais agradável que ver Ronan ser discriminado era vê-lo ser discriminado *e* forçado a cantar repetidamente uma canção irlandesa.

— Vai ver se eu estou na esquina — disse Ronan.

Gansey esperou, sem se ofender.

Ronan balançou a cabeça, mas então, com um sorriso maroto, começou a cantar.

— Abóbora um, abóbora dois, ab...

— *Essa não* — Adam e Gansey disseram juntos.

— Não vou ouvir isso durante três horas — disse Adam.

Gansey apontou para Ronan até ele começar a assoviar baixinho a canção de uma dança típica animada.

E eles avançaram em direção às profundezas da caverna.

As profundezas.

O sol desapareceu. Raízes deram lugar a estalactites. O ar tinha um cheiro úmido e familiar. As paredes bruxuleavam como algo vivo. De tempos em tempos, Blue e os outros tinham de avançar com dificuldade por poças e regatos — o caminho estreito e acidentado havia sido aberto pela água, e ela ainda fazia esse trabalho.

A cada dez interpretações de Ronan, Blue depositava um marcador. À medida que a pilha em sua mão diminuía, ela se perguntava até onde eles iriam e como saberiam se estavam chegando perto. Parecia difícil acreditar que um rei estivesse escondido lá embaixo. Mais difícil ainda imaginar que sua mãe também estivesse. Aquele não era um lugar para se *morar*.

Blue acalmou os pensamentos. Nada de terremotos. Nada de estouros da boiada.

Ela tentava não desejar, ou esperar, ou pensar, ou chamar por Maura. A última coisa que ela queria era que Cabeswater fizesse uma cópia de sua mãe para ela. Ela só queria a coisa real. A verdade.

O terreno ficou mais inclinado. A escuridão em si era fatigante; Blue ansiava por luz, espaço, céu. Ela se sentia enterrada viva.

Adam escorregou e se apoiou com a mão estendida no chão.

— Ei! — ordenou Blue. — Não toque as paredes.

Ronan parou de assoviar para perguntar:

— Germes da caverna?

— É ruim para o crescimento das estalactites.

— Ah, *por favor*...

— Ronan! — ordenou Gansey da frente da fila, sem se virar, o blusão canário parecendo cinza-claro na luz das lanternas de cabeça. — Volte ao trabalho.

Ronan mal começara a assoviar novamente quando Gansey desapareceu.

— O quê? — disse Adam.

Então ele foi puxado pelos pés, caindo com força e deslizando de lado, os dedos tentando se agarrar ao chão.

Blue não teve tempo de perceber o que aquilo significava quando sentiu Ronan agarrá-la por trás. Então a corda em torno de sua cintura a apertou forte, ameaçando derrubá-la também. Mas Ronan estava bem firme. Seus dedos estavam tão cravados nos braços de Blue que a estavam machucando.

Adam ainda estava no chão, mas havia parado de escorregar.

— Gansey? — ele chamou, a palavra desconsolada no vasto espaço adiante.

— Tudo bem aí embaixo?

Porque Gansey não havia apenas *desaparecido* — ele havia caído em um buraco.

Graças a Deus estamos amarrados juntos, pensou Blue.

Os braços de Ronan ainda estavam entrelaçados em volta dela; Blue os sentiu trêmulos. Ela não sabia se era do esforço muscular ou de preocupação. Ele nem hesitara antes de agarrá-la.

Não posso me permitir esquecer isso.

— Gansey? — repetiu Adam, com apenas um indício de algo terrível por trás da pergunta. Ele pronunciara o nome com uma confiança exagerada para que sua ansiedade permanecesse despercebida.

Três puxões. Blue os sentiu vibrar através de Adam até ela.

Adam repousou o rosto na lama, visivelmente aliviado.

— O que está acontecendo? — perguntou Ronan. — Onde está ele?

— Deve estar pendurado — respondeu Adam, o sotaque de Henrietta deixando o *r* arrastado por causa da incerteza. — A corda está me cortando ao meio de tão forte que está me puxando. Não consigo me aproximar para ajudar. Está escorregadio, o peso dele simplesmente me puxaria para baixo.

Libertando-se dos braços de Ronan, Blue deu um passo hesitante para perto de onde Gansey havia desaparecido. A corda entre ela e Adam se afrouxou, mas ele não escorregou mais para perto do buraco. Lentamente, ela disse:

— Acho que você pode fazer contrapeso se não se mexer, Adam. Ronan, fique onde está. Se acontecer alguma coisa e eu começar a escorregar, você consegue se ancorar?

A lanterna de cabeça de Ronan apontou para uma coluna barrenta e ele anuiu.

— Tudo bem — ela disse. — Vou até ali dar uma olhada.

Passou lentamente e com dificuldade por Adam. Os dedos dele estavam cravados inutilmente no terreno inclinado, na altura do rosto.

Blue quase caiu no buraco.

Não era de surpreender que Gansey não o tivesse visto. Havia uma saliência rochosa e então — simplesmente nada. Ela esquadrinhou o buraco de um lado ao outro com sua lâmpada de cabeça e viu apenas escuridão absoluta. A fenda era larga demais para ver do outro lado. Profunda demais para ver o fundo.

A corda de segurança era visível, mas estava suja de lama, levando para o poço. Blue focou a escuridão com sua lanterna.

— Gansey?

— Estou aqui. — A voz de Gansey estava mais próxima do que ela esperava. Mais baixa do que esperava, também. — Eu só... acho que estou tendo um ataque de pânico.

— *Você* está tendo um ataque de pânico? Nova regra: todo mundo deve dar quatro puxões antes de desaparecer de repente. Você quebrou alguma coisa?

Uma longa pausa.

— Não.

Algo a respeito do tom dessa única sílaba transmitiu que ele não estava brincando a respeito de seu medo.

Blue não tinha certeza se tranquilizar as pessoas era o seu ponto forte, especialmente quando era ela quem precisava disso, mas tentou.

— Vai ficar tudo bem. Nós estamos bem ancorados aqui em cima. Tudo que você precisa fazer é escalar para fora daí. Você não vai cair.

— Não é isso. — Sua voz estava fendida. — Tem algo na minha pele que parece...

Gansey não terminou a frase.

— Água — sugeriu Blue. — Ou lama. Está por toda parte. Fala mais alguma coisa para que eu possa apontar a lanterna em você.

Não havia nada a não ser o som da respiração de Gansey, entrecortada e cheia de medo. Ela varreu o facho de luz novamente.

— Ou mosquitos. Tem mosquitos por toda parte também — ela disse com a voz animada.

Nenhuma resposta.

— Existem mais de duas dúzias de besouros de caverna — Blue acrescentou. — Li isso antes de virmos para cá hoje.

Gansey sussurrou:

— Marimbondos.

O coração de Blue se contraiu.

Em meio à injeção de adrenalina, ela procurou se acalmar: sim, marimbondos podiam matar Gansey com apenas uma ferroada, mas não, não havia marimbondos naquela caverna. E hoje não era o dia em que Gansey morreria, porque ela tinha *visto* seu espírito quando ele morrera, e aquele espírito estava usando um uniforme da Aglionby salpicado de chuva. E não uma calça cáqui e um blusão de gola V amarelo-claro.

O facho de sua lanterna finalmente o encontrou. Ele estava pendurado solto em seu arnês, a cabeça inclinada para baixo, as mãos sobre os ouvidos. O facho acompanhou seus ombros e sua respiração. Eles estavam salpicados de lama e sujeira, mas não havia insetos.

Blue podia respirar novamente.

— Olhe para mim — ela ordenou. — Não tem marimbondo nenhum.

— Eu sei — ele sussurrou. — É por isso que eu disse que *acho* que estou tendo um ataque de pânico. Eu *sei* que não tem marimbondo nenhum.

O que ele não estava dizendo, mas ambos sabiam, era que Cabeswater era uma ouvinte atenciosa.

O que significava que ele precisava parar de pensar em marimbondos.

— Bom, você está me deixando brava — disse Blue. — O Adam está deitado com a cara na lama por sua causa. O Ronan está indo para casa.

Gansey riu, sem graça.

— Continue falando, Jane.

— Eu não *quero*. Eu só quero que você agarre aquela corda e *se* puxe aqui para cima, como eu sei que você é perfeitamente capaz de fazer. E que diferença vai fazer se eu *falar*?

Então ele olhou para ela, com o rosto vincado e irreconhecível.

— É que tem alguma coisa sussurrando abaixo de mim, e a sua voz faz essa coisa se calar.

Um arrepio terrível correu pela espinha de Blue.

Cabeswater era uma ouvinte muito boa.

— Ronan — ela chamou baixinho sobre o ombro. — Plano novo: o Adam e eu vamos puxar o Gansey para fora bem rápido.

— O quê? Que ideia mais idiota — disse Ronan. — Por que o plano agora é esse?

Blue não queria falar alto.

No entanto, Adam estivera ouvindo e disse, baixo e claramente:

— *Est aliquid in foramen*. Não sei. *Apis? Apibus? Forsitan.*

O latim não escondia nada de Cabeswater; eles só queriam poupar Gansey.

— Não — disse Ronan. — Não, não tem. Não é o que está lá embaixo.

Gansey fechou os olhos.

Eu vi, pensou Blue. *Eu vi o espírito dele quando ele morreu, e ele não estava vestido assim. Não é assim que vai acontecer. Não é agora, é mais tarde, é mais tarde...*

Ronan seguiu em frente, sua voz mais alta:

— Não. Está me ouvindo, Cabeswater? Você prometeu me proteger. Quem somos nós para você? Nada? Se você deixar o Gansey morrer, não vai estar me *protegendo*. Entendeu? Se eles morrerem, eu também morro.

Agora Blue conseguia ouvir o ruído, como um zunido do poço.

Adam se pronunciou, a voz um pouco abafada pela lama:

— Eu fiz um trato com você, Cabeswater. Sou suas mãos e seus olhos. O que você acha que eu vou ver se ele morrer?

O sussurro ficou mais alto. Ele soava *numeroso*.

Não são marimbondos, Blue pensou, desejou, ansiou, sonhou. *Quem somos nós para você, Cabeswater? Quem eu sou para você?*

Em voz alta, ela disse:

— Nós fortalecemos a linha ley. Nós fortalecemos você. E vamos continuar te ajudando, mas você tem que nos ajudar...

A escuridão sumiu com o facho de sua lanterna, erguendo-se das profundezas. O ruído explodiu. Estava zunindo; eram asas, que preencheram o poço, escondendo Gansey de vista.

— *Gansey!* — gritou Blue, ou talvez fosse Adam, ou talvez fosse Ronan.

Então alguma coisa bateu as asas contra o rosto de Blue, e mais outra. Um corpo passou raspando pela parede. Pelo teto. Os fachos das lanternas em suas cabeças foram cortados em mil pedaços bruxuleantes.

O ruído das asas. O *ruído*.

Não eram marimbondos.

Morcegos?

Não.

Corvos.

Não era ali que os corvos viviam, e não era assim que eles se comportavam. Mas jorravam e jorravam do poço abaixo de Gansey. Parecia que o bando era interminável. Blue teve a estranha sensação de que sempre fora daquela maneira, corvos cruzando em volta dela, as penas raspando suas faces, as garras arranhando seu capacete. Então, subitamente, os corvos começaram a guinchar, de lá para cá, de lá para cá. Os gritos se tornaram cada vez mais monótonos, como uma recitação, e então se transformaram em palavras.

Rex Corvus, parate Regis Corvi.

O rei Corvo, abram caminho para o rei Corvo.

Choveram penas à medida que os pássaros tomaram o caminho da entrada da caverna. O coração de Blue foi arrebatado pela *grandeza* daquele momento, e de nenhum outro.

Então houve silêncio, ou pelo menos nenhum ruído alto o suficiente para ser ouvido acima do coração palpitante de Blue. Penas estremeceram na lama ao lado de Adam.

— Segurem firme — disse Gansey. — Estou saindo.

2

Adam Parrish era solitário.

Não existe uma boa palavra para o oposto de *solitário*. Você poderia ficar tentado a sugerir *contente* ou *sociável*, mas o fato de essas duas palavras trazerem definições que não se relacionam demonstra perfeitamente por que *solitário* não pode ser apropriadamente refletido. A palavra não significa *solidão*, tampouco *sozinho* nem *só*, embora *solitário* possa conter todas essas palavras em si mesma.

Solitário significa um estado de estar à parte. De ser outro. Um tanto só.

Adam nem sempre estava sozinho, mas sempre estava solitário. Mesmo em grupo, aos poucos ele aperfeiçoava a capacidade de se manter em separado. Era mais fácil do que se poderia esperar; os outros permitiam que ele agisse assim. Ele sabia que estava diferente desde que se aproximara mais da linha ley naquele verão. Adam era ele mesmo, mas mais poderoso. Ele mesmo, mas menos humano.

Se Adam estivesse na pele deles, também se observaria silenciosamente se afastar.

Era melhor assim. Ele não brigava com ninguém havia já um bom tempo. E não ficava bravo fazia semanas.

Agora, no dia seguinte à excursão pela caverna dos corvos, Adam dirigiu seu carrinho pequeno e barato para longe de Henrietta, a fim de realizar o trabalho de Cabeswater. Através da sola dos sapatos, ele sentia o pulso lento da linha ley. Se ele não se concentrasse ativamente nela, seu batimento cardíaco entraria inconscientemente no mesmo ritmo da linha. Havia algo confortador e angustiante a respeito da maneira como ela se enlaçava através dele agora; ele não conseguia mais dizer se era meramente um amigo poderoso ou se o poder na realidade era agora *ele mesmo*.

Desconfiado, Adam olhou para o marcador do tanque de gasolina. O carro conseguiria voltar, pensou, se ele não precisasse dirigir longe demais montanhas outonais adentro. Ele ainda não sabia ao certo o que deveria fazer para Cabeswater. Suas necessidades chegavam a Adam em noites agitadas e dias que pareciam ferroá-lo, lentamente se tornando visíveis como algo flutuando até a superfície de um lago. O sentimento atual, uma sensação incômoda de algo por fazer, não era realmente claro ainda, mas as aulas estavam prestes a começar, e Adam desejava que isso se resolvesse antes. Naquela manhã, ele forrara a pia do banheiro com papel laminado, enchera a cuba de água e tentara buscar uma resposta através da divinação. Mas conseguira apenas uma visão rápida de uma vaga localização.

O resto vai vir até mim quando eu me aproximar. Provavelmente.

No entanto, em vez disso, à medida que Adam se aproximava, sua mente continuava derivando de volta para a voz de Gansey na caverna, no dia anterior. A nota trêmula que havia nela. O medo — um medo tão profundo que Gansey não conseguia sair do poço, embora não houvesse nenhum obstáculo físico que o impedisse de fazer isso.

Até então, ele nunca soubera que Richard Gansey III sabia ser um covarde.

Adam se lembrou de ter agachado no chão da cozinha do trailer de seus pais, dizendo a si mesmo para seguir o conselho seguidamente repetido por Gansey para partir. *Só coloque o que você precisa no carro, Adam.*

Mas ele havia ficado. Pairando no poço da fúria de seu pai. Um covarde também.

Adam sentia que precisava reconfigurar cada conversa que já tivera com Gansey à luz desse novo conhecimento.

Quando o acesso para a Skyline Drive apareceu diante dele, seus pensamentos mudaram abruptamente para Cabeswater. Adam não estivera no parque, mas tinha o conhecimento de uma vida inteira em Henrietta de que se tratava de um parque nacional que se estendia ao longo das montanhas Blue Ridge, seguindo a linha ley com uma precisão quase sinistra. Na frente dele, três pistas davam para três cabines marrons baixas. Uma fila curta de carros esperava.

Seu olhar encontrou a placa com o valor das entradas. Ele não havia se dado conta de que precisava pagar para entrar. Quinze dólares.

Embora Adam não tivesse sido capaz de apontar uma localização precisa para a empreitada de Cabeswater, tinha certeza de que ela se encontrava do outro lado daquelas cabines. Não havia outra maneira de entrar ali.

Mas ele também tinha conhecimento do conteúdo de seus bolsos, e não eram quinze dólares.

Eu posso voltar outro dia.

Ele estava tão cansado de fazer as coisas outro dia, de outro jeito, de um jeito mais barato, num dia em que Gansey pudesse aparar as arestas. Aquilo era algo que ele devia fazer sozinho, com *seu* poder como o mago, tirado da linha ley.

Mas a linha ley não conseguia fazê-lo passar pelo guichê de pagamento.

Se Gansey estivesse ali, teria jogado as notas como quem não quer nada pela janela do Camaro. Ele não teria nem pensado a respeito.

Um dia, Adam pensou. *Um dia.*

Enquanto esperava na fila, Adam tirou a carteira e então, quando ela fracassou em produzir dinheiro suficiente, começou a vasculhar debaixo dos assentos procurando algum trocado. Era um momento que teria sido ao mesmo tempo mais fácil e pior se ele estivesse com Gansey, Ronan e Blue. Porque então se criaria uma dívida, e aqueles que *tinham* assegurariam que não era necessário serem pagos de volta, enquanto aqueles que *não tinham* insistiriam que era.

Mas, tendo em vista que se tratava apenas de Adam — Adam, o solitário —, ele só encarou silenciosamente a soma escassa que havia conseguido reunir.

Doze dólares e trinta e oito centavos.

Ele não imploraria na cabine. Adam tinha muito pouco de qualquer coisa, exceto sua maldita dignidade, e não conseguia reunir coragem para passar aquilo pela janela do motorista.

Teria de ser outro dia.

Ele não ficou bravo. Não havia ninguém com quem ficar bravo. Apenas se permitiu um breve momento para recostar a têmpora contra a janela lateral do motorista, e então saiu da fila e deu ré na direção do acostamento para fazer o retorno.

Quando o fez, sua atenção foi atraída para os veículos ainda na fila. Dois dos carros eram exatamente o que Adam imaginava: uma minivan com uma jovem família e um sedã com um casal em idade universitária rindo. Mas havia algo de errado no terceiro carro. Era um carro de aluguel — ele podia ver o adesivo com o código de barras colado no canto do para-brisa. Talvez isso não fosse estranho; um turista poderia vir de avião e visitar o parque. Mas no painel havia um equipamento com que Adam estava muito familiarizado: um leitor de frequência eletromagnética. Outro equipamento estava ao lado, embora ele não tivesse certeza do que era. Um geofone, talvez.

O tipo de ferramenta que Gansey e os outros tinham usado em sua caçada pela linha ley. O tipo que eles tinham usado para encontrar Cabeswater.

Então ele piscou, e o painel do carro estava vazio. Sempre estivera vazio. Era apenas um carro de aluguel com uma família entediada dentro. Um mês atrás, Adam não teria compreendido por que estava vendo coisas que não eram reais. Mas agora ele conhecia Cabeswater melhor e compreendia que o que acabara de ver *era* real — apenas real em um lugar diferente, ou em uma época diferente.

Alguém mais tinha vindo para Henrietta procurar a linha ley.

3

— Mapear até o fundo — disse Blue — para ver até onde ele vai.

— Até onde *o quê* vai? — demandou Gansey. Ele repetiu as palavras dela, mas elas continuavam sem fazer sentido. — Lynch, *baixe* o volume.

Já fazia vários dias desde a incursão deles à caverna dos corvos, e agora estavam a caminho do aeroporto para buscar o dr. Roger Malory, especialista internacional na linha ley e mentor de Gansey já avançado em anos. Ronan estava largado no assento do passageiro. Adam, emborcado contra uma janela no banco de trás, a boca entreaberta no sono inconsciente dos exaustos. Blue estava sentada atrás de Gansey, agarrando o encosto de cabeça dele, em um esforço para ser ouvida.

— Esse *carro* — ela se desesperou.

Gansey sabia que seu enorme e confiável Suburban teria sido uma escolha mais lógica para a viagem, mas ele queria que o velho Camaro fosse a primeira coisa que o professor visse, não o SUV novo e caro. O Camaro era um resumo da pessoa que ele havia se tornado, e ele queria, mais do que qualquer coisa, que Malory sentisse que aquela pessoa valera a viagem. O professor não viajava de avião, mas havia viajado cinco mil quilômetros para vê-lo. Gansey não conseguia imaginar como retribuir tal gentileza, especialmente considerando as circunstâncias sob as quais ele havia deixado a Inglaterra.

— Eu disse que talvez a gente deva descer com cordas naquele poço que você achou de maneira tão prestimosa. — A voz de Blue brigava com o motor e a música eletrônica ainda alta demais de Ronan. Parecia impossível que Adam conseguisse dormir com todo aquele barulho.

— Eu simplesmente não... *Ronan*. Meus ouvidos estão sangrando!

Ronan baixou o volume, e Gansey recomeçou:

— Eu simplesmente não consigo imaginar por que os homens de Glendower se dariam o trabalho de baixá-lo naquele buraco. Simplesmente não consigo, Jane.

Só pensar no poço já fazia com que um veneno de há muito zunisse e queimasse em sua garganta; sem nenhum esforço, ele exorcizou a imagem de insetos desavisados andando a esmo sobre a pele fina entre seus dedos. Ele havia quase esquecido quão aterrorizante e constrangedor era reviver o momento.

Olhos na estrada, Gansey.

— Talvez seja um buraco recente — ela sugeriu. — O teto caído de uma caverna mais baixa.

— Se isso for verdade, nós teríamos que *atravessar* o buraco, não *entrar* nele. O Ronan e eu teríamos que escalar as paredes como aranhas. A não ser que você e o Adam tenham experiência em escaladas que eu não saiba.

Do lado de fora do carro, Washington, D.C. se aproximava furtivamente; o céu de um azul profundo ficava menor. A autoestrada cada vez mais larga produzia barreiras de proteção, semáforos, BMWS, táxis de aeroporto. No espelho retrovisor, Gansey viu um canto do rosto de Blue. Seu olhar atento se prendeu a algo na rua, rápido, e ela esticou o pescoço para olhar para fora da janela, como se fosse outro país.

E de certa maneira era. Como sempre, Gansey era um expatriado que retornava relutantemente. Ele sentiu uma pontada, uma vontade de correr, e isso o surpreendeu. Fazia muito tempo.

— O Ronan podia sonhar uma ponte para a gente — disse Blue.

Ronan fez um ruído de glorioso desdém.

— Não faça simplesmente esse barulho! Só me diz por que não. Você é uma criatura mágica. Por que não pode fazer magia?

Com uma precisão acidífera, Ronan respondeu:

— Pra começo de conversa, eu teria que dormir perto do poço, porque preciso tocar em alguma coisa para tirar essa coisa de um sonho. E teria que saber o que tem do outro lado para ter uma ideia de que tipo de ponte fazer. E aí, mesmo se eu conseguisse tudo isso, se eu conseguisse tirar algo tão grande do meu sonho, isso drenaria a linha ley, possivelmente fazendo com que Cabeswater desaparecesse de novo, dessa vez com a gente dentro, mandando todos nós para alguma terra do nunca, de onde talvez jamais conseguíssemos escapar. Achei que, depois dos acontecimentos deste verão, tudo isso estaria absolutamente claro, por isso resumi a questão dessa maneira... — Ronan repetiu o ruído de glorioso desdém.

— Obrigada pelas sugestões alternativas superproveitosas, Ronan Lynch. Sua contribuição no fim do mundo será devidamente computada — disse Blue, voltando a atenção novamente para Gansey e prosseguindo: — Bom, então o quê? Deve ser importante, ou Cabeswater não teria nos mostrado.

Isso presume que as prioridades de Cabeswater sejam as mesmas que as nossas, pensou Gansey. Em voz alta, ele disse:

— Vamos encontrar outra maneira de entrar na caverna. Uma maneira que nos leve para o outro lado daquele buraco. Tendo em vista que não se trata de uma caverna normal, mas absolutamente ligada à linha ley, o Malory pode nos ajudar.

Ele não conseguia acreditar que Malory estivesse realmente ali. Ele tinha passado quase um ano com o professor, o maior tempo que já ficara em qualquer lugar, e havia começado a parecer que nunca existiria um dia em que ele não estivesse buscando. Agora ele olhava para um túmulo cada vez mais estreito, e em algum lugar naquela vasta escuridão estavam Glendower e o fim.

Gansey se sentiu despreparado; o tempo avançava em ritmo rápido, nervoso.

No espelho retrovisor, ele cruzou com os olhos de Blue por acidente. De maneira bastante estranha, viu seus próprios pensamentos refletidos no rosto dela: excitamento e consternação. Casualmente, fora da vista de Ronan, verificando que Adam ainda estava dormindo, Gansey deixou a mão pender entre o assento do motorista e a porta. Com a palma para cima, os dedos esticados na direção de Blue.

Isso não era permitido.

Ele sabia que não era permitido, por regras que ele mesmo havia estabelecido. Gansey não se permitiria brincar de favoritismo entre Adam e Ronan; ele e Blue não podiam brincar de favoritismo dessa maneira, também. Ela não veria o gesto, de qualquer forma. E o ignoraria se visse. O coração de Gansey batia rápido.

Blue tocou a ponta dos dedos dele.

Apenas isso...

Ele apertou ligeiramente os dedos dela, apenas por um momento, então tirou a mão e a colocou de volta na direção. Seu peito estava aquecido.

Isso não era permitido.

Ronan não tinha visto; Adam ainda estava dormindo. A única vítima era seu pulso.

— A sua saída, idiota! — disparou Ronan.

Gansey virou apressadamente. Adam piscou, desperto. Ronan falou um palavrão. O coração de Gansey retomou os batimentos.

Olhos na estrada, Gansey.

No aeroporto, o professor não estava esperando na área de desembarque, como combinado, tampouco atendeu o telefone. Eles finalmente o encontraram sentado ao lado da esteira de bagagem, próximo de um grupo de pessoas tagarelando, uma torre de malas e um cão de serviço com uma aparência irritável. Ele parecia precisamente como Gansey se lembrava. Havia algo de tartaruga em sua fisionomia, e ele tinha não apenas um queixo, mas outro esperando na fila atrás. O nariz e as orelhas pareciam estranhamente feitos de borracha. As bolsas redondas abaixo dos olhos espelhavam perfeitamente as linhas arredondadas das sobrancelhas. Sua expressão era perplexa.

— Sr. Malory! — disse Gansey alegremente.

— Ah, meu Deus — disse Ronan baixinho. — Ele é tão *velho*.

Adam socou Ronan, poupando a Gansey o incômodo.

— Gansey — disse Malory, apertando-lhe a mão. — Que alívio.

— Sinto muito por deixar você esperando... Eu liguei!

— Esse maldito celular. A bateria dessas coisas é uma droga. É como uma conspiração para nos vender algo. Medicação para pressão sanguínea, possivelmente. Os aviões são sempre assim? Tão cheios de *gente*?

— Acho que sim — disse Gansey. De canto de olho, notou que Adam estava observando Malory de maneira não inteiramente típica de *Adam*, a cabeça inclinada, uma concentração pensativa nos olhos. Desconcertado, Gansey se apressou. — Vamos às apresentações. Estes são meus amigos: Ronan, Adam Parrish e Jane.

A expressão de Adam se focou. Tornou-se típica de Adam. Ele piscou para Gansey.

— Blue — ela corrigiu.

— Ah, sim, você é azul — concordou Malory. — Como você é perceptiva. Como era o nome? Jane? É a senhorita com quem falei ao telefone todos aqueles meses atrás, certo? Como ela é pequena. Já parou de crescer?

— *O quê?* — disse Blue.

Gansey sentiu que era o momento de tirar Malory do terminal.

— Qual dessas é a sua mala?

— Todas elas — disse Malory tragicamente.

Ronan estava tentando o seu melhor para capturar significativamente o olhar de Gansey, mas este não permitia. Os adolescentes pegaram as malas. O cão de serviço se levantou.

Blue, amiga de todos caninos, disse:

— Alto lá, amigão. Você fica aqui.

— Ah, não — protestou Malory. — O Cão é meu.

Eles olharam para o Cão. Ele usava um colete azul bacana que alertava para sua utilidade sem fornecer mais detalhes.

— Tudo bem — disse Gansey.

Ele evitou mais um olhar significativo de Ronan. No meio-fio, lá fora, todos pararam para Malory remover o colete do Cão e então o observaram se aliviar na placa dos carros de aluguel.

— Para que serve o Cão? — perguntou Ronan.

A boca de tartaruga de Malory ficou bem pequena.

— Ele é um animal de serviço.

— Que tipo de serviço ele presta?

— Dispensar *você* — respondeu Malory.

Gansey evitou um terceiro olhar significativo tanto de Adam quanto de Malory.

Eles chegaram ao carro, que não havia aumentado de tamanho desde que entraram no terminal. Gansey não gostava de confrontar as consequências de sua insensatez tão diretamente.

Senhoras e senhores, meu truque para vocês hoje será pegar este Camaro 1973...

Gansey tirou o estepe do porta-malas e o abandonou ao lado de um poste de luz. O preço da visita de Malory.

... e acomodar cinco pessoas, um cachorro e um monte de bagagem dentro.

Após realizar esse truque de mágica, ele afundou no assento do motorista. O Cão respirava, ofegante e ansiosamente. Gansey sabia como era isso.

— Posso fazer um carinho nela? Nele? — perguntou Blue.

— Sim — respondeu Malory. — Mas ele não vai gostar. Ele é muito tenso.

Gansey permitiu que Blue trocasse um olhar significativo com ele no espelho retrovisor quando eles voltaram para a autoestrada.

— A comida no avião estava horrorosa; impressionante que a equipe não tenha morrido com úlceras hemorrágicas — disse Malory, batendo no braço de Gansey tão subitamente que tanto Gansey quanto o Cão deram um salto, surpresos. — Você sabe alguma coisa sobre a tapeçaria que foi perdida para os ingleses em Mawddwy?

— Tapeçaria? Ah. *Ah.* Tinha mulheres com mãos vermelhas nela? Achei que eles tinham decidido que era uma bandeira — disse Gansey.

— Sim, sim, essa mesma. Você *é* bom!

Gansey achou que ele não era melhor do que se poderia esperar depois de sete anos de estudos com um propósito praticamente único, mas apreciava o sentimento. Ele levantou a voz a fim de incluir o banco de trás na conversa.

— Na realidade é muito interessante. Os ingleses perseguiram alguns dos homens de Glendower, e, embora eles tenham escapado, os ingleses ficaram com essa tapeçaria antiga. Ou bandeira, tanto faz. As mãos vermelhas são interessantes porque mãos vermelhas são associadas ao Mab Darogan, um título mítico. Ele foi dado a pessoas como o rei Artur e Llewellyn, o Grande, além, é claro, de Owain Lawgoch...

— É claro — ecoou Ronan sarcasticamente. — Owain Lawgoch, claro.

— Não seja tão babaca — murmurou Adam.

— Essa faixa termina — disse Blue.

— Termina mesmo — disse Gansey, entrando no fluxo. — De qualquer maneira, o Mab Darogan era uma espécie de "filho do destino" galês.

Malory intercedeu:

— Culpe os poetas. É mais fácil levar as pessoas à rebelião se elas acreditarem que estão ao lado de um semideus ou alguma figura escolhida. Nunca confie em um poeta. Eles...

Gansey o interrompeu:

— A bandeira foi destruída, certo? Ah, desculpe, eu não queria interromper.

— Está tudo bem — disse Malory, soando como se estivesse mais do que tudo bem. Puxar os fios da tecedura firme da história era o que eles tinham em comum. Gansey estava aliviado por perceber que a relação deles ainda estava intacta, apenas construída sobre uma fundação muito diferente do que sua relação com as pessoas no banco de trás. Enquanto um Honda passava voando por eles, seus ocupantes mostrando o dedo do meio para Gansey, o professor continuou: — Acreditou-se realmente que ela havia sido destruída. Na realidade, utilizada para um novo fim. Skidmore escreveu que ela foi usada para fazer camisolas de dormir para Henrique IV, embora eu não tenha conseguido encontrar essas fontes.

— Camisolas de dormir! — repetiu Blue. — Por que *camisolas de dormir*?

— Para máxima ignomínia — disse Gansey.

— Ninguém sabe o que *ignomínia* significa, Gansey — Adam murmurou.

— Desonra — ofereceu Malory. — Destruição da dignidade. De maneira muito parecida com viajar de avião. Mas a tapeçaria foi na realidade descoberta pouco tempo atrás, na semana passada.

— Está brincando! — Gansey se virou abruptamente.

— Está em péssimo estado... Tecidos não se preservam muito bem, como você sabe. E levou uma eternidade para eles determinarem do que se tratava. Agora, agora, pegue esta saída, Gansey, para que eu possa lhe mostrar uma coisa. Por um curioso acidente, a tapeçaria foi encontrada debaixo de um celeiro em Kirtling. A enchente abriu um caminho profundo através da camada superior do solo, o que revelou a ponta de uma fundação mais antiga. Metros e metros de terra foram deslocados.

— Toda essa água não destruiu a bandeira? — Adam perguntou.

O professor se virou para trás.

— Exatamente a questão! Por um truque da física, a água não encheu a fundação, mas em vez disso acabou abrindo um curso separado ligeiramente morro acima! E, em resposta à sua pergunta não feita, sim! O celeiro estava localizado sobre uma linha ley.

— Era exatamente isso que eu ia perguntar — disse Ronan.

— Ronan — disse Blue —, não seja tão babaca.

Gansey pegou um canto da risada de Adam no espelho retrovisor enquanto entrava em uma vaga de estacionamento em um posto de gasolina enlameado. Malory havia tirado uma velha câmera digital de algum lugar em sua pessoa e estava repassando as fotos.

— Agora eles estão dizendo que a enchente foi causada por uma tempestade repentina ou algo assim. Mas as pessoas que estavam *lá* dizem que as paredes do celeiro estavam chorando.

— Chorando! — exclamou Blue. Era impossível dizer se estava horrorizada ou encantada.

— No que você acredita? — perguntou Gansey.

Em resposta, Malory simplesmente lhe passou a câmera. Gansey olhou para o visor.

— Ah — ele disse.

A foto mostrava um tecido bastante degradado pintado com três mulheres, cada uma em um robe simples de uma época bem anterior a Glendower. Elas estavam paradas em poses idênticas, as mãos erguidas de cada lado da cabeça, as palmas em um tom vermelho-sangue, anunciando o Mab Darogan.

Cada uma delas tinha o rosto de Blue Sargent.

Impossível.

Mas não. Nada era impossível ultimamente. Ele aumentou o zoom da foto para ver melhor. Os olhos grandes de Blue olhavam de volta para ele. Estilizados, sim, mas mesmo assim a semelhança era extraordinária: as sobrancelhas dúbias, a boca curiosa. Gansey pressionou o nó dos dedos contra os lábios enquanto marimbondos zuniam em seus ouvidos.

Ele se sentiu subitamente subjugado, como não se sentia há muito tempo, pela memória da voz em sua cabeça enquanto sua vida era salva. *Você vai viver por causa de Glendower. Alguém na linha ley está morrendo quando não deveria, e assim você vai viver quando não deveria.* Ele se sentia absolutamente compelido a ver Glendower em pessoa, tocar sua mão, ajoelhar-se diante dele, agradecê-lo, sê-lo.

Mãos se estenderam do banco de trás; Gansey não sabia de quem eram. Ele as deixou pegar a câmera.

Blue murmurou algo que ele não captou, e Adam sussurrou:

— Ela parece com você.

— Qual delas?

— Todas elas.

— Puta merda — disse Ronan, colocando em palavras os pensamentos de todos.

— A foto está muito próxima — disse Gansey finalmente. — A qualidade é excelente.

— Bem, é claro — respondeu Malory. — Você não compreende? Este é o celeiro ao lado da minha casa de campo. Fui eu que vi as lágrimas. Minha equipe encontrou a tapeçaria.

Gansey se esforçou para compreender o que estava ouvindo.

— Como você sabia que devia procurar ali?

— Essa é a questão, Gansey. Eu não estava procurando nada. Estava em um merecido feriado. Após o verão que tive, brigando com aquele desgraçado do meu vizinho Simmons por causa do maldito esgoto dele, eu estava precisando desesperadamente descansar. Vá por mim, minha presença em Kirtling foi coincidência.

— Coincidência — ecoou Adam, desconfiado.

O que era isso, essa coisa enorme? Gansey se sentia aceso com a expectativa e o temor. A enormidade da questão lembrava o poço negro na caverna — ele não conseguia ver o fundo, tampouco o outro lado.

— Devo dizer, Gansey — disse Malory animadamente —, que estou muito empolgado para conhecer a sua linha ley.

45

4

Blue não conseguia dormir aquela noite. Ela não conseguia parar de esperar pelo ruído da porta da frente. Alguma parte boba e entranhada dela não conseguia acreditar que sua mãe não voltaria para casa antes de a escola começar, no dia seguinte. Sua mãe sempre tivera resposta para tudo, mesmo que fosse errada, e Blue dera como certo que ela seguiria inalterável quando todo o resto virasse do avesso.

Blue sentia falta dela.

Ela foi até o corredor e ouviu. Na rua, Orla estava conduzindo uma limpeza de chacra à meia-noite com alguns clientes ardorosos. No andar de baixo, Calla via televisão irritadamente sozinha. No seu andar, ela não ouviu nada, nada — e então uma série de suspiros curtos e intencionais do quarto de Persephone no fim do corredor.

Quando ela bateu, Persephone disse em sua voz pequenina:

— Entre, por favor.

Do lado de dentro, a luz da lâmpada chegava somente até uma mesinha barata e à extremidade da cama de solteiro, alta e antiga, de Persephone. Ela estava sentada de pernas cruzadas na cadeira vitoriana da escrivaninha, a enorme nuvem de cabelo crespo iluminada em tons dourados pela única lâmpada. Ela trabalhava em um velho blusão.

Quando Blue subiu no colchão usado, vários rolos de fios rolaram para se aninhar em seus pés descalços. Ela puxou a camiseta extragrande sobre os joelhos e observou Persephone por alguns minutos. Esta parecia acrescentar comprimento às mangas, costurando punhos que não combinavam entre si. De tempos em tempos, Persephone suspirava, como se estivesse incomodada consigo mesma ou com o blusão.

— É seu? — perguntou Blue.

— O que é meu? — Persephone seguiu o olhar dela até o blusão.

— Ah. Ah, não. Quer dizer, era. Mas, como você pode ver, estou fazendo mudanças nele.

— Para alguém com braços longos de gigante?

Persephone segurou a peça de roupa à sua frente para verificar se era esse o caso.

— Sim.

Blue lentamente alinhou os fios por cor na cama ao lado dela.

— Você acha que a minha mãe foi procurar o Chuchu?

— O seu pai. Artemus — corrigiu Persephone. Ou esclareceu. *Chuchu* não era realmente o nome do pai de Blue; era um apelido carinhoso que aparentemente Maura havia lhe dado nos velhos tempos. — Acho que isso seria simplificar demais a questão. Mas sim, essa é uma das razões por que ela foi.

— Achei que ela era a fim do sr. Cinzento.

Persephone pensou um pouco.

— O problema com a sua mãe, Blue, é que ela gosta de tocar as coisas. Nós dissemos a ela que Artemus estava no passado. Ele fez as próprias escolhas muito tempo antes de você, eu disse. Mas não, ela tinha que continuar tocando naquilo! Como você pode esperar que algo sare se você não para de *cutucar* a ferida?

— Entãããão... ela... foi... buscar... meu pai?

— Ah, não! — disse Persephone com uma risadinha. — Não acho que ela faria isso, não. Como você disse, ela é a fim do sr. Cinzento. Os jovens realmente dizem isso ainda?

— Eu acabei de dizer. E sou jovem.

— Um pouco.

— Você está me perguntando ou não? Ou você aceita minha autoridade sobre o assunto, ou seguimos em frente.

— Seguimos em frente. Mas é ela quem decide, sabe, se quer procurá-lo. Ela nunca consegue estar realmente sozinha, e essa é a chance dela de tirar um tempo para si.

Blue não achava que Maura era do tipo de pessoa que gostava de tirar *um tempo para si*, mas talvez esse tenha sido o problema.

— Então você está dizendo que a gente não deve continuar procurando por ela?

— Como eu vou saber?

— Você é médium! Você cobra das pessoas para prever o futuro delas! Então faça isso!

Persephone mirou Blue e seus olhos absolutamente negros, até que ela se sentiu um pouco mal por seu acesso de raiva, e então acrescentou:

— A Maura foi para Cabeswater. Isso não é o futuro. Além disso, se ela quisesse ajuda, teria pedido. Provavelmente.

— Se eu tivesse te pagado — disse Blue perigosamente —, pediria meu dinheiro de volta agora mesmo.

— Que sorte que você não me pagou, então. Isso parece alinhado para você? — Persephone segurou o blusão no alto. As duas mangas não pareciam nem um pouco uma com a outra.

Com um *pfiu!* um tanto explosivo, Blue saltou da cama e saiu apressada do quarto. Em seguida ouviu Persephone dizer:

— O sono é o alimento do cérebro! — enquanto seguia pelo corredor.

Blue não se sentia confortada. Parecia que não tivera uma conversa significativa com um ser humano.

Em vez de ir para o seu quarto, ela entrou furtivamente no Quarto do Telefone/Costura/Gato no escuro e se sentou ao lado da linha de atendimento mediúnico, dobrando as pernas despidas debaixo de si. A janela, escancarada, deixava entrar o ar gelado. A luz da rua através das folhas lançava sombras familiares e vivas sobre as caixas de materiais de costura. Blue pegou um travesseiro da cadeira e o largou sobre as pernas dobradas como patas de ganso antes de pegar o telefone. Ela ouviu para se certificar de que havia linha e não atividade mediúnica do outro lado.

Então ligou para Gansey.

O telefone tocou duas, três vezes, e então:

— Alô?

Ele soava como um menino qualquer. Blue perguntou:

— Te acordei?

Ela ouviu Gansey procurar desajeitadamente e encontrar seus óculos.

— Não — ele mentiu —, eu estava acordado.

— De qualquer maneira, eu te liguei por engano. Eu queria ligar para o Congresso, mas o seu número é muito parecido.

— Ah, é?

— Sim, porque o seu tem 6-6-5. — Ela fez uma pausa. — Sacou?

— Ah, você.

— 6-6-5. Um número diferente. *Sacou?*

— Sim, saquei. — Gansey ficou em silêncio por um minuto, embora ela pudesse ouvi-lo respirando. — Eu não sabia que você podia ligar para o inferno, na realidade.

— Você pode ligar — disse Blue. — A questão é que você não pode *desligar.*

— Mas imagino que você possa enviar cartas.

— Nunca com selos suficientes.

— Não, fax — Gansey se corrigiu. — Finja que eu não disse cartas. *Fax* é mais engraçado.

Blue riu no travesseiro.

— Tudo bem, isso é tudo.

— Tudo o quê?

— Tudo que eu tinha para dizer.

— Aprendi bastante. Que bom que você errou o número.

— Bom. Um erro fácil de cometer — ela disse. — Talvez eu faça isso de novo.

Pausa muito, muito longa. Blue abriu a boca para preenchê-la, então mudou de ideia e não o fez. Ela estava com calafrios de novo, embora não estivesse com frio, com o travesseiro sobre as pernas.

— Não deveria — disse Gansey finalmente. — Mas espero que você faça.

5

Na manhã seguinte, Gansey e Malory saíram para investigar a linha ley. Adam concordou em se juntar a eles, o que surpreendeu Gansey. A questão não era que os dois vinham brigando. A questão era que eles *não* vinham brigando. Nem conversando. Nem nada. Gansey seguia pela mesma estrada de sempre, e Adam tomara um desvio para uma segunda estrada.

Mas, por um momento, pelo menos, eles estavam indo na mesma direção. Meta: encontrar outra entrada para a caverna dos corvos. Método: refazer os passos de buscas anteriores pela linha ley. Recursos: Roger Malory.

Era uma boa época do ano para mostrar a cidade. Henrietta e seus arredores eram uma caixa de tintas coloridas. Prados verdes, plantações de milho douradas, plátanos amarelos, carvalhos laranja, o tom azul-arroxeado das montanhas, um céu azul-celeste e sem nuvens. A estrada recém-pavimentada era negra, cheia de curvas e convidativa. O ar estava fresco, respirável e insistindo por ação.

Os três se deslocavam com rapidez até que algo chamou realmente a atenção de Malory na quarta parada da manhã: a montanha Massanutten. Não era dos locais mais místicos. Bairros se destacavam nos flancos e um resort de esqui a coroava. Gansey a achava vulgar, forragem para turistas e estudantes, mas, se ele tivesse dito isso em voz alta, Adam teria cortado sua garganta em um minuto por estar sendo elitista.

Os três pararam ao lado da estrada, evitando os olhares dos motoristas que diminuíam a velocidade. Malory estava todo curvado por detrás do tripé, dissertando algo para Adam ou para si mesmo.

— O procedimento da busca por linhas ley é bastante diferente nos Estados Unidos! Na Inglaterra, uma verdadeira linha ley deve ter pelo menos um elemento alinhado, igreja, túmulo, pedra de pé, a cada três quilômetros, ou será considerada coincidência. Mas, é claro, aqui nas Colônias — os dois garotos sorriram expressando bom humor — tudo é muito mais distante. Além disso, vocês nunca tiveram os romanos para construir coisas para vocês em linhas maravilhosamente retas. Uma pena. Fazem falta.

— Eu *sinto* falta dos romanos — disse Gansey, apenas para ver Adam sorrir desdenhosamente, o que ele fez.

Malory apontou seu telescópio através de um vão nas árvores, na direção do vale que se abria abaixo.

— E, embora sua linha esteja desperta e profunda agora, positivamente *profunda*, com energia, a linha secundária que estamos procurando hoje é n... Maldição! — Ele havia tropeçado no Cão.

O Cão olhou para Malory. Sua expressão dizia: *Maldição!*

— Me passe aquele lápis. — Malory pegou o lápis de Adam e marcou algo no mapa. — Vá se sentar no carro!

— Como? — perguntou Adam, educado e chocado.

— Não você! O Cão!

O Cão se retirou, amuado. Outro carro reduziu a velocidade para encará-los. Malory murmurou para si mesmo. Adam bateu um dedo de maneira ausente contra o próprio punho, um gesto de certo modo vago e desconcertante. Insetos zuniam à volta deles; asas passaram raspando pela face de Gansey.

Uma abelha, talvez; eu posso estar morto em um minuto aqui, talvez, ao lado dessa estrada, antes que Malory consiga pegar o celular no carro, antes que Adam perceba o que está acontecendo.

Gansey não matou o inseto. Ele voou embora zunindo, mas seu coração ainda assim bateu rápido.

— Me explique o que você está fazendo — disse Gansey. Então corrigiu: — *Nós*. Explique para nós.

Malory adotou sua voz professoral.

— A sua caverna está ligada à linha ley, e não tem uma localização fixa. Portanto, se estamos procurando essa caverna, não faz sentido pro-

51

curar entradas de cavernas comuns. Apenas uma entrada em uma linha ley vai servir. E, como o mapa da sua caverna sugere que você está se deslocando perpendicularmente à linha ley, em vez de ao longo dela, creio que a malha da caverna em sua totalidade existe em múltiplas linhas. Então nós procuramos uma encruzilhada! Me diga, o que é isso?

Ele indicou algo em um dos mapas que um Gansey mais jovem havia anotado com destaque. O Gansey mais velho levantou o dedo de Malory para olhar debaixo dele.

— Spruce Knob. O pico mais alto da Virgínia Ocidental. Mil e quatrocentos metros ou algo assim.

— O pico mais alto da Virgínia? — ecoou Malory.

— Ocidental — Gansey e Adam disseram ao mesmo tempo.

— Virgínia *Ocidental* — repetiu Gansey, evitando cuidadosamente cruzar com o olhar de outro motorista reduzindo a marcha. — Cem quilômetros a oeste daqui. Cento e vinte, talvez?

Malory arrastou a ponta quadrada do dedo alguns centímetros ao longo de um dos muitos atalhos realçados.

— E o que é isso?

— Montanha Coopers.

Malory bateu com o dedo sobre ela.

— O que é essa anotação? Túmulo do Gigante?

— É outro nome para a montanha.

O professor ergueu as sobrancelhas peludas.

— Nome interessante para o novo mundo.

Gansey lembrou como ficara empolgado ao saber o nome antigo da montanha Coopers. Parecera um trabalho incrível de detetive tropeçar nessa informação em um velho documento de tribunal, e então fora mais emocionante ainda descobrir que a montanha era apropriadamente esquisita: ficava completamente isolada no meio dos campos ondulantes, a três quilômetros do cume principal.

— Por que é interessante? — Adam perguntou.

Gansey explicou:

— Os reis eram frequentemente gigantes na mitologia britânica. Vários locais britânicos associados a reis têm a palavra *gigante*, ou são de tamanhos gigantescos. Existe uma montanha no País de Gales, como se chama... Idris? Dr. Malory, me ajude.

— Cadair Idris. — Malory estalou os lábios.

— Isso. A tradução é *a cadeira de Idris*, que era um rei, e um gigante, e assim a cadeira na montanha é gigantesca também. Eu consegui permissão para escalar o Túmulo do Gigante. Corriam alguns rumores sobre túmulos de índios norte-americanos ali, mas não consegui encontrar. Nenhuma caverna também.

Malory continuou seguindo a linha realçada.

— E isso?

— Monte Mole. Costumava ser um vulcão. Fica no meio de uma planície. Nenhuma caverna ali também, mas um monte de estudantes de geologia.

Malory bateu com o dedo sobre o último local na linha.

— E aqui estamos nós, não é? Mas-sa-nut-ten. Nossa, essa linha de vocês. Esperei a vida inteira para ver algo assim. Extraordinário! Me digam, deve haver outros por aí vasculhando a linha também, não é?

— Sim — respondeu Adam imediatamente.

Gansey olhou para ele. O *sim* não havia deixado lugar para dúvida; um *sim* não de paranoia, mas de observação.

Com uma voz mais baixa, para Gansey, não para Malory, Adam disse:

— Por causa do sr. Cinzento.

É claro. O sr. Cinzento aparecera procurando um pacote mágico e, quando deixara de entregá-lo para seu empregador, Colin Greenmantle, este havia inundado a cidade com pessoas à procura do sr. Cinzento. Seria insensatez presumir que todos houvessem partido.

Gansey preferia ser insensato.

— Não me causa surpresa! — concluiu Malory, batendo uma mão no ombro de Gansey. — Sorte de vocês dois que este jovem tem um ouvido melhor que a maioria; ele vai ouvir aquele rei bem antes que alguém chegue a pensar em escutá-lo. Agora vamos nos mandar deste lugar ordinário antes que ele nos contamine. Aqui! Ao Spruce Knob! Valendo por esses dois outros caroços.

Por força do hábito, Gansey juntou o telescópio, o GPS e a mira de laser enquanto Malory entrava no Suburban para esperar. Adam se dirigiu mata adentro para fazer xixi, coisa que sempre fazia Gansey desejar não ser tão inibido para fazer o mesmo.

Quando voltou, Adam disse subitamente:

— Ainda bem que não estamos brigando. Foi idiotice que isso tenha continuado por tanto tempo.

— É — respondeu Gansey, tentando não soar aliviado, exaurido, satisfeito. Ele temia dizer demais e destruir aquele momento, que já parecia imaginário.

Adam continuou:

— Aquela coisa com a Blue. Eu devia saber que seria esquisito tentar sair com ela, uma vez que ela fosse uma... Você sabe, com todos nós. Sei lá.

Gansey pensou em seus dedos tocando os de Blue e como o gesto havia sido tolo. O equilíbrio era conquistado com tanto esforço.

Ele preferia ser um tolo, mas não poderia continuar daquele jeito.

Os dois garotos olharam através do espaço vazio entre as árvores na direção do vale. Um trovão retumbava em algum lugar, embora não houvesse nem uma nuvem no céu. Não parecia que ele vinha do céu, de qualquer maneira. Parecia que vinha de debaixo deles, lá da linha ley.

A expressão de Adam era feroz e satisfeita; Gansey se sentia ao mesmo tempo orgulhoso por conhecê-lo e incerto que o conhecesse realmente.

— Não consigo acreditar que estamos fazendo isso — disse Gansey.

— Eu consigo — respondeu Adam.

6

Aquela não era a vida real de Blue. Enquanto se recostava contra a parede do lado de fora da sala da orientadora vocacional, ela se perguntou quando começaria a pensar na escola como uma coisa importante de novo. Após um verão extraordinário, repleto de perseguições a reis e mães desaparecidas, era difícil de realmente, verdadeiramente se ver indo para a aula todos os dias. Que importância isso teria em dois anos? Ninguém ali se lembraria dela, e vice-versa. Ela apenas lembraria que aquele fora o outono em que sua mãe desaparecera. Aquele fora o ano de Glendower.

Ela espiou o relógio através do corredor forrado de linóleo. Em uma hora ela caminharia de volta para casa, para sua vida real.

Você vai voltar amanhã, disse Blue para si mesma. *E no dia seguinte.*

Mas parecia mais um sonho do que Cabeswater.

Ela tocou a palma com os dedos da outra mão e pensou sobre aquela bandeira que Malory havia encontrado, pintada com três mulheres de mãos vermelhas e o seu rosto. Blue pensou sobre como os garotos estavam lá fora explorando sem ela.

Então se deu conta da presença de Noah. Em um primeiro momento, ela simplesmente sabia que ele estava ali e, quando ponderou como aquilo acontecia, percebeu que podia vê-lo curvado ao lado dela, em seu uniforme da Aglionby amarrotado.

— *Aqui?* — demandou Blue, embora na realidade estivesse satisfeita. — Aqui e não na caverna dos corvos da morte?

Noah deu de ombros, envergonhado e manchado. Sua proximidade esfriava Blue, à medida que ele tirava energia dela para permanecer visível. Ele piscou para duas garotas que passaram ao lado empurrando um carrinho. Elas não pareceram notá-lo, mas era difícil dizer se isso ocorria porque Noah era invisível para elas ou apenas porque era Noah.

— Acho que sinto falta dessa parte — ele disse. — O início. Este é o início, certo?

— Primeiro dia — respondeu Blue.

— Ah, *sim*. — Noah se recostou e inspirou. — Ah, espera, não, é o outro dia. Esqueci. Na realidade, eu odeio essa parte.

Blue não odiava, porque isso exigiria reconhecer que ela estava realmente acontecendo.

— O que você está fazendo? — perguntou Noah.

Ela passou a ele um folheto, embora se sentisse constrangida compartilhando-o, como se estivesse passando a Noah uma lista para o Papai Noel.

— Vou falar com a orientadora sobre isso.

Ele leu as palavras como se elas estivessem em uma língua estrangeira.

— Ex-pe-ri-men-te di-versos tipos de flo-res-tas na A-ma-zô-nia. A Es-co-la de Eco-lo-gia pro-por-ciona estu-dos no ex-te-rior... Ah, você não pode *ir a um lugar qualquer*.

Ela sabia que provavelmente ele estava certo.

— Obrigada pelo voto de confiança.

— As pessoas vão te ver falando sozinha e vão pensar que você é esquisita.

Isso divertiu Noah, mas não a divertiu nem a preocupou. Ela passara dezoito anos como a filha da médium da cidade, e agora, no último ano do ensino médio, já tivera todas as conversas possíveis a respeito do fato. Blue fora evitada, acolhida, perseguida e adulada. Ela ia para o inferno, tinha uma linha direta para o nirvana espiritual. Sua mãe era uma picareta, sua mãe era uma bruxa. Blue se vestia como uma andarilha, Blue se vestia como uma empresária da moda. Ela era incrivelmente engraçada, ela era uma vaca sem amigos. Isso havia desaparecido em um ruído de fundo monótono. O desfecho triste e desalentador era que Blue Sargent era a coisa mais esquisita nos corredores da Escola Mountain View.

Bem, com a exceção de Noah.

— Você vê outras pessoas mortas? — Blue lhe perguntou.

Querendo dizer: *Você vê a minha mãe?*

Ele estremeceu.

Uma voz veio da porta da sala entreaberta:

— Blue? Querida, pode entrar.

Noah entrou furtivamente na sala, na frente dela. Embora parecesse sólido e vivo sob a forte luz do sol que entrava pela janela, a orientadora olhou bem através dele. Sua invisibilidade parecia absolutamente milagrosa enquanto ele se sentava no chão na frente da mesa de metal para ouvir prazerosamente a conversa.

Blue lhe lançou um olhar fulminante.

Havia dois tipos de pessoas: as que conseguiam ver Noah e as que não conseguiam. Blue geralmente só se dava bem com as primeiras.

A orientadora, srta. Shiftlet, era nova na escola, mas não em Henrietta. Blue a reconhecia da agência dos correios. Era uma daquelas mulheres mais velhas impecavelmente vestidas que gostavam das coisas feitas certas na primeira tentativa. Ela se sentava perfeitamente ereta em uma cadeira projetada para se deixar largar, fora do lugar, atrás de uma mesa barata, compartilhada e atulhada de quinquilharias pessoais que não combinavam entre si.

A srta. Shiftlet conferiu eficientemente o computador.

— Vejo que alguém acabou de fazer aniversário.

— Foi seu *aniversário*? — demandou Noah.

Blue lutou para se dirigir à orientadora em vez de a Noah.

— O quê? Ah, sim.

Fora duas semanas antes. Normalmente, Maura fazia brownies molhadinhos, mas não estava ali para o aniversário. Persephone fizera o seu melhor para recriá-los em sua glória malpassada, mas os brownies saíram acidentalmente belos e precisos, com açúcar de confeiteiro polvilhado em desenhos de padrões rendados sobre eles. Calla parecera preocupada que Blue ficaria brava, o que não fez sentido para a garota. Por que Blue ficaria brava com *elas*? Era Maura que ela queria esbofetear. Ou abraçar.

— Não acredito que você não contou para a gente — sussurrou Noah.
— A gente podia ter saído para tomar um sorvete.

Noah não podia comer, mas gostava da sorveteria na cidade por razões que escapavam ao entendimento de Blue.

A srta. Shiftlet inclinou a cabeça para ela, sem perder a postura perfeita.

— Vejo aqui que você falou com o sr. Torres antes da saída dele. Ele fez uma observação aqui a respeito de um incidente em...

— Isso já foi superado — interrompeu Blue, evitando os olhos de Noah e empurrando o folheto para o outro lado da mesa. — Faz de conta que nunca aconteceu. Eu só gostaria de saber se tem alguma maneira de chegar aqui a partir do que estou fazendo agora.

A srta. Shiftlet estava visivelmente ansiosa para abandonar o assunto de qualquer coisa que pudesse ser considerada um *incidente*. Ela consultou o folheto.

— Bem, isso parece um carnaval na floresta, sem brincadeira! Você tem interesse em vida selvagem? Vou buscar informações sobre essa escola.

Noah se inclinou para frente.

— Você devia ver os sapatos dela. Pontudos.

Blue o ignorou.

— Eu *gostaria* de fazer algo com sistemas de rios, ou florestas...

— Ah, essa escola é *muito* competitiva. — A srta. Shiftlet era eficiente demais para deixar Blue terminar a frase. — Aqui, vou lhe mostrar a média das notas dos alunos que são aceitos.

— Grossa — comentou Noah.

A srta. Shiftlet virou o monitor para que Blue pudesse ver um gráfico de certa maneira desmoralizante.

— Veja como são poucos os alunos que são aceitos. Isso significa que a ajuda financeira também seria muito disputada. Você pretende tentar uma bolsa?

Ela disse isso como uma declaração em vez de uma pergunta, mas não estava errada. Aquela era a Escola Mountain View. Ninguém pagava o valor total de uma escola particular. A maioria dos colegas de Blue considerava uma faculdade mais acessível ou do estado, isso quando considerava o grau universitário.

— Eu não sei se o sr. Torres passou pelos tipos de escola que você precisa. — A srta. Shiftlet soava como se suspeitasse que ele não o havia feito, e o julgava por isso. — O que você precisa são três tipos diferentes. Faculdades *distantes*, faculdades *acessíveis* e faculdades *seguras*. Esta aqui é um exemplo maravilhoso de faculdade distante. Mas agora chegou o momento de acrescentar mais algumas à sua lista. Algumas faculdades que você tenha certeza de que pode entrar e pagar por elas. Estamos falando apenas de bom senso.

A srta. Shiftlet escreveu *distantes, acessíveis* e *seguras* em um cartão. Sublinhando *seguras*, ela o deslizou para o outro lado da mesa. Blue não tinha certeza se deveria ficar com ele.

— Você já preencheu o formulário para a dispensa de taxa de inscrição?

— Quatro. Li na internet que posso conseguir quatro dispensas dessas taxas?

Essa demonstração de eficiência agradou visivelmente a srta. Shiftlet.

— Então talvez você já saiba que essa é a sua faculdade *distante*! Agora é chegado o momento de fazer um plano B sensato.

Blue estava tão cansada de concessões. Ela estava cansada do *sensato*.

Noah arranhou as unhas da mão sobre a perna da mesa. O som, confessamente desconfortável, fez a srta. Shiftlet franzir o cenho.

— Eu seria muito mais simpático se fosse orientador — ele disse.

— Se eu *for* admitida — disse Blue —, posso conseguir um empréstimo para cobrir tudo?

— Vou pegar a papelada para você — disse a srta. Shiftlet. — A FAFSA paga uma *porcentagem*, dependendo da sua *necessidade*. O montante varia.

Blue não podia esperar nenhuma ajuda do orçamento apertado na Rua Fox, 300. E pensou na conta bancária que andara enchendo lentamente.

— Quanto faltaria? Você teria um palpite?

A srta. Shiftlet suspirou. Dar *palpites* claramente estava fora do seu âmbito de interesses. Ela virou o monitor de novo para revelar a taxa de matrícula da faculdade.

— Se você for morar na faculdade, provavelmente vai desembolsar dez mil dólares por ano. Seus pais podem fazer um empréstimo, é claro. Eu tenho os papéis para isso, também, se você quiser.

Blue se recostou enquanto seu coração deixava a cavidade do peito. É claro que era impossível. Fora impossível antes e continuaria sendo impossível para sempre. A questão é que o fato de passar tanto tempo com Gansey e os outros a fez pensar que o impossível poderia ser mais possível do que ela pensara antes.

Maura estava sempre lhe dizendo: *Veja todo o potencial que você tem dentro de si!*

Potencial para outras pessoas, no entanto. Não para Blue.

Não valia a pena derramar lágrimas por algo que ela sabia fazia tanto tempo. Era só que *isso*, além de todo o *resto*...

Ela engoliu. *Não vou chorar na frente dessa mulher.*

Subitamente, Noah saiu com dificuldade de debaixo da mesa. Ele se pôs de pé com um salto. Havia algo de errado a respeito da ação que dava a entender que ela era rápida demais, ou vertical demais, ou violenta demais para um garoto vivo realizar. E ele continuou subindo, mesmo após já ter ficado de pé. Quando Noah se estendeu até o teto, o cartão que dizia *distantes*, *acessíveis* e *seguras* levantou voo.

— Hã? — disse a srta. Shiftlet. Sua voz não soava nem surpresa, ainda.

O calor foi sugado da pele de Blue. A água no copo da srta. Shiftlet estalou.

O porta-cartões de visita foi virado. Cartões se espalharam sobre a mesa. Uma caixinha de som do computador caiu de frente. Uma série de papéis se lançou em um redemoinho para o alto. A foto de família de alguém disparou para cima.

Blue se colocou de pé num salto. Ela não tinha nenhum plano imediato a não ser parar Noah, mas, quando se lançou para frente com as mãos estendidas, percebeu que ele não estava ali.

Havia apenas uma explosão arremessada de tecidos, envelopes e cartões de visita, um tornado frenético que perdia propulsão.

O material desabou de volta na mesa.

Blue e a srta. Shiftlet se encararam. O papel farfalhou enquanto pousava completamente. A caixa de som derrubada do computador zunia; um dos cabos havia se soltado.

A temperatura estava lentamente subindo na sala novamente.

— O que acabou de acontecer? — perguntou a srta. Shiftlet.

O pulso de Blue galopou.

Ela respondeu com sinceridade:

— Não faço ideia.

7

Blue chegou à Indústria Monmouth antes de todos os outros. Ela bateu para ter certeza, e então se deixou entrar. Imediatamente foi envolvida pelo cheiro confortável do lugar: a ligeira fragrância de biblioteca dos livros antigos, o cheiro refrescante de hortelã, o odor de mofo e ferrugem dos tijolos centenários e dos canos antigos, um toque divertido do monte de roupa suja contra a parede.

— Noah? — Sua voz era pequena no espaço enorme. Blue largou a mochila sobre a cadeira de escritório. — Você está aqui? Está tudo bem, não estou chateada. Pode usar minha energia, se precisar.

Não houve resposta. O espaço estava ficando cinza e azul à medida que uma das estranhas tempestades súbitas se formava sobre as montanhas, enchendo as janelas do chão até o teto do armazém com nuvens. As sombras definidas da tarde por trás das pilhas de livros se transformavam e se disseminavam. O aposento parecia pesado, sonolento.

Blue espiou a região escura que se formava no pico bem acima do teto.

— Noah? Eu só queria falar sobre o que aconteceu.

Ela enfiou a cabeça pela porta do quarto de Noah. As coisas de Malory o ocupavam atualmente, e ele tinha um cheiro masculino e persistente. Uma das malas estava aberta e Blue podia ver que estava inteiramente cheia de livros. Isso lhe pareceu pouco prático e típico de Gansey, e fez com que ela sentisse um pouco mais de simpatia pelo professor.

Noah não estava ali.

Blue conferiu o banheiro, que também era uma espécie de lavanderia e cozinha. As portas abertas davam para uma pequena lavadora e secadora; meias ficavam penduradas da beira do tanque, secando ou largadas. Uma pequena frigideira se escondia perigosamente próxima da privada. Uma extensão de mangueira de borracha dava voltas em torno de uma ducha acima de um ralo sujo; a cortina do chuveiro estava pendurada do teto com linha de pesca. Blue ficou impressionada com a quantidade de sacos de salgadinhos que era possível alcançar da privada. Uma gravata vermelha escura no chão apontava uma linha pontiaguda na direção da saída.

Algum impulso estranho instou Blue a juntar uma parte da bagunça, qualquer componente em si, para melhorar a situação do desastre.

Mas ela não fez isso.

Blue saiu de lá.

O quarto de Ronan era proibido, mas ela olhou lá dentro de qualquer maneira. A gaiola do corvo dele estava com a portinhola aberta, impecável e incompativelmente limpa. O quarto não tinha tanta sujeira, mas um amontoado de coisas: pás e espadas recostavam nos cantos, alto-falantes e impressoras se empilhavam junto à parede. E objetos bizarros entre elas: uma velha maleta com vinhas saindo para fora, uma árvore em um pote que parecia estar cantarolando para si mesma, uma única bota de caubói no meio do chão. Uma máscara estava pendurada alta na parede, olhos arregalados, boca aberta. Estava escurecida, como se pelo fogo, e as bordas bastante mordidas, como se por uma serra. Algo que parecia suspeitosamente uma marca de pneu passava sobre um dos olhos. A máscara fez Blue pensar em palavras como *sobrevivente* e *destruidor*.

Ela não gostou disso.

Uma batida vinda de trás a fez dar um salto, mas era apenas a porta do apartamento se abrindo. A culpa amplificara o ruído.

Blue disparou para fora do quarto de Ronan. Gansey e Malory entraram caminhando lentamente, um atrás do outro, profundamente absortos na conversa. O Cão seguia cabisbaixo por fim, excluído por não falar inglês.

— É claro que Iolo Goch faria sentido como companheiro — Gansey dizia, livrando-se da jaqueta. — Ele ou Gruffudd Llwyd, imagino. Mas... não, é impossível. Ele morreu no País de Gales.

— Mas temos certeza disso? — perguntou Malory. — Nós sabemos onde ele foi enterrado? Que ele *foi* enterrado?

— Ou se foi simplesmente transformado em camisolas de dormir, você quer dizer? — Gansey então viu Blue e a premiou com seu melhor sorriso. Não seu sorriso mais caprichado, mas sua versão mais tola, que queria dizer que ele estava empolgado. — Olá, Jane. Me diga o que Iolo Goch significa para você.

Blue tirou seus pensamentos da máscara de Ronan, de Noah e da escola.

— Uma gripe?

— O poeta mais próximo de Glendower — corrigiu Gansey. — Também, muito engraçado.

— Vocês encontraram alguma coisa? — ela perguntou.

— Absolutamente nada — ele respondeu, soando animado a respeito disso.

Malory repousou sua massa no sofá de couro. O Cão se aninhou sobre ele. Não parecia uma posição muito confortável; o Cão caíra sobre o professor como uma roupa largada sobre uma cadeira. Mas Malory só fechou os olhos e fez carinho nele, em uma demonstração atípica de afeto.

— Gansey, estou morrendo por uma xícara de chá. Seria possível conseguir isso neste lugar? Não há como ter esperança de sobreviver à mudança de fuso horário sem uma xícara de chá.

— Comprei um chá só para você — disse Gansey. — Vou fazer um.

— Só não faça com água da privada, por favor — disse Malory às suas costas, sem abrir os olhos. O Cão continuou deitado sobre ele.

Por um momento quase insuportável, Blue temeu não ser capaz de evitar perguntar para que servia o Cão. Em vez disso, ela seguiu Gansey até a cozinha-banheiro-lavanderia.

Ele procurava algo nas prateleiras entulhadas.

— Estávamos falando há pouco sobre como Glendower foi trazido para cá. Os livros dizem que ele viajou com magos... Será que foram eles que o colocaram para dormir? Ele *queria* isso? Ele estava dormindo antes de partir ou caiu no sono aqui?

Subitamente pareceu algo solitário ser enterrado a um oceano de distância de sua casa, como ser lançado no espaço.

— Iolo Goch era um dos magos?

— Não, apenas um poeta. Você ouviu o Malory no carro. Eles eram muito poelíticos... poéticos... políticos... — Gansey riu do próprio tropeço. — *Poetas* eram *políticos*. Eu sei que não chegam a ser palavras complicadas de dizer. Estive ouvindo Malory o dia inteiro. P-p-políticos. Poetas. Iolo compôs uns poemas bem elogiosos a respeito da bravura de Glendower, sua casa e suas terras. Sua família e por aí afora. Ah, o que estou procurando aqui mesmo?

Ele fez uma pausa para localizar um pequeno forno de micro-ondas. Gansey examinou o interior da xícara antes de enchê-la. Tirou uma folha de hortelã do bolso para mascar e falou em torno dela enquanto a água esquentava.

— Realmente, se Glendower fosse Robin Hood, Iolo Goch teria sido... aquele outro cara.

— Marian — disse Blue. — João Pequeno.

Gansey apontou para ela.

— Como Batman e Robin. Mas ele morreu no País de Gales. Devemos acreditar que retornou ao País de Gales depois de deixar Glendower aqui? Não. Eu rejeito a ideia.

Blue adorava aquele Gansey ponderado e acadêmico, envolvido demais com os fatos para considerar como parecia para o mundo exterior. Ela perguntou:

— Glendower tinha esposa, certo?

— Morreu na Torre de Londres.

— Irmãos?

— Decapitados.

— Filhos?

— Um milhão, mas quase todos presos e mortos, ou simplesmente mortos. Ele perdeu a família inteira no levante.

— Então é o poeta!

— Você já ouviu aquele papo que se ferver água no micro-ondas ela explode quando você a tocar? — perguntou Gansey.

— Tem que ser pura — respondeu Blue. — Água destilada. A água comum não explode, por causa dos minerais. Você não devia acreditar em tudo que lê na internet.

Um ruído trovejante os interrompeu, de maneira súbita e absoluta. Blue levou um susto, mas Gansey apenas olhou para cima.

— É a chuva no telhado. Deve estar desabando água.

Ele se virou, xícara na mão, e subitamente eles estavam a centímetros de distância. Ela podia sentir o cheiro de hortelã na boca dele. Blue viu sua garganta se mover enquanto ele engolia.

Ela estava furiosa com seu corpo por traí-la, por querer Gansey de um jeito diferente do que qualquer um dos outros garotos, por se recusar a dar ouvidos à sua insistência de que eles eram apenas amigos.

— Como foi seu primeiro dia de escola, Jane? — ele perguntou, a voz diferente de minutos atrás.

Minha mãe desapareceu. O Noah explodiu. Eu não vou para a faculdade. Não quero voltar para casa, onde tudo é estranho, e não quero voltar para a escola, onde tudo é normal.

— Ah, você sabe, escola pública — ela disse, sem encará-lo. Em vez disso, se concentrou no pescoço de Gansey, que estava bem na altura de seus olhos, e em como seu colarinho não ficava bem contra a pele em volta dele, por causa do pomo de adão. — Nós só vimos desenhos o dia inteiro.

Blue quisera ser irônica, mas ficou com a impressão de que não havia realmente conseguido.

— Nós vamos encontrar a sua mãe — disse Gansey, e Blue sentiu uma pontada no peito novamente.

— Não tenho certeza se ela quer ser encontrada.

— É um direito dela. Jane, se... — Ele parou e mexeu o chá. — Espero que o Malory não queira leite. Esqueci completamente.

Ela desejou que ainda pudesse evocar aquela Blue que o desprezava. Ela gostaria de saber se Adam se sentiria terrível a respeito disso. Ela gostaria de saber se lutar contra aquele sentimento faria com que o fim previsto de Gansey a destruísse menos.

Blue fechou o micro-ondas, e Gansey deixou o aposento.

No sofá, Malory olhava para o chá como um homem veria uma sentença de morte.

— O que mais? — perguntou Gansey afavelmente.

Malory empurrou o Cão para o chão.

— Eu gostaria de um quadril novo. E um tempo melhor. Ah... no entanto... Esta é a sua casa e sei que sou um estranho, então longe de mim ditar regras ou não saber o meu lugar. Dito isso, vocês sabiam que tinha alguém debaixo...?

Ele indicou a área escura como uma tempestade debaixo da mesa de sinuca. Se Blue forçasse a vista, poderia distinguir uma forma no escuro.

— *Noah* — disse Gansey. — Saia daí imediatamente.

— Não — respondeu Noah.

— Bem! Vejo que vocês dois se conhecem e que está tudo bem — disse Malory, na voz de alguém que percebia que o tempo ruim estava vindo e ele não trouxera guarda-chuva. — Vou estar no meu quarto cuidando de me adaptar ao fuso horário.

Após ele se retirar, Blue disse, exasperada:

— Noah! Eu te chamei várias vezes.

Noah permaneceu onde estava, os braços abraçados ao corpo. Ele parecia notadamente menos vivo que antes; havia algo manchado em torno de seus olhos, algo incerto próximo de seus contornos. Era um pouco difícil olhar para o lugar onde Noah parava e a sombra abaixo dele continuava. Algo desagradável aconteceu na garganta de Blue quando ela tentou descobrir o que havia de errado com o rosto dele.

— Estou cansado disso — disse Noah.

— Cansado do quê? — perguntou Gansey, num tom de voz generoso.

— De me decompor.

Ele andara chorando. Era isso que havia de errado com seu rosto, percebeu Blue. Nada sobrenatural.

— Ah, Noah — ela disse, agachando-se.

— O que eu posso fazer? — perguntou Gansey. — Nós. O que nós podemos fazer?

Noah deu de ombros, um tanto desenxabido.

De repente Blue ficou desesperadamente com medo de que Noah pudesse querer realmente morrer. Isso parecia algo que a maioria dos fantasmas queria: descansar. Era uma noção terrível, um adeus para sempre. O egoísmo de Blue travou uma luta ferrenha com cada porção de ética que ela havia aprendido com as mulheres de sua família.

Maldição. Ela tinha de.

— Você quer que a gente encontre uma maneira apropriada de... hum... fazer com que você... — ela perguntou.

Blue não havia nem terminado a frase e Noah começou a balançar a cabeça. Ele abraçou as pernas mais apertado.

— Não. Nãonãonão.

— Você não deve ter vergonha — disse Blue, porque soava como sua mãe teria dito. Ela tinha certeza de que sua mãe teria dito algo confortador a respeito da vida após a morte, mas não conseguiu, dessa vez, soar confortadora quando ela mesma queria ser confortada. Sem jeito, ela terminou: — Você não precisa ter medo.

— Você não sabe! — disse Noah, vagamente histérico. — Você não sabe!

Blue estendeu a mão.

— Está tudo bem, olha...

— Você não sabe! — repetiu Noah.

— Nós podemos conversar sobre isso — disse Gansey, como se uma alma em decomposição fosse algo que pudesse ser solucionado com uma conversa.

— Você não sabe! Você não sabe!

Noah estava de pé. Era impossível, porque não havia espaço suficiente debaixo da mesa de sinuca para ele ficar de pé. Mas ele estava de alguma maneira escapando de cada lado, cercando Gansey e Blue. Os mapas esvoaçavam freneticamente contra a superfície verde. Um monte de tufos de poeira rolou debaixo da mesa e correu rápido pelas ruas do modelo em miniatura de Henrietta de Gansey. A luminária de mesa tremeluziu.

A temperatura caiu.

Blue viu os olhos de Gansey se arregalarem por trás de uma nuvem de sua própria respiração.

— Noah — Blue avisou. Ela sentia a cabeça tonta à medida que Noah roubava sua energia. Ela percebeu, estranhamente, um sopro do cheiro de tapete velho da sala da orientadora, e então o cheiro vivo, fresco, de Cabeswater. — Isso não é você!

O redemoinho de vento estava aumentando, esvoaçando papéis e derrubando pilhas de livros. O Cão estava latindo de detrás da porta fechada do antigo quarto de Noah. Blue sentia a pele arrepiada, e as pernas e braços pesados.

— Noah, *para* — disse Gansey.

Mas ele não parou. A porta do apartamento estremeceu ruidosamente.

— Noah, estou pedindo para você agora — Blue disse.

Ele não estava atendendo, ou não havia o suficiente do verdadeiro Noah para atender.

Blue ficou de pé sobre as pernas trêmulas e começou a usar todas as visualizações protetoras que sua mãe havia lhe ensinado. Ela se imaginou dentro de uma bola de vidro inquebrável; ela podia ver lá fora, mas ninguém podia tocá-la. Ela imaginou uma luz branca rompendo as nuvens de tempestade, o teto, a escuridão de Noah, encontrando Blue, blindando-a.

Então ela desconectou a bateria que era Blue Sargent.

O aposento ficou parado. Os papéis pousaram. A luz tremeluziu uma vez mais e então ficou mais forte. Ela ouviu a ligeira respiração entrecortada de um soluço, e então o silêncio absoluto.

Gansey parecia chocado.

Noah estava sentado no meio do chão, rodeado de papéis, uma planta de hortelã em sua mão derrubando terra. Ele estava todo curvado e sem projetar sombra, sua forma estreita e inconstante praticamente invisível. Ele estava chorando novamente.

Em uma voz bem fina, ele se dirigiu a Blue:

— Você disse que eu podia usar sua energia.

Blue se ajoelhou diante dele. Ela queria abraçá-lo, mas Noah não estava realmente ali. Sem a energia dela, ele era um garoto fino como um papel, ele era um crânio, ele era ar na forma de Noah.

— Não desse jeito.
— Sinto muito — ele sussurrou.
— Eu também.
Noah cobriu o rosto e então desapareceu.
— Isso foi impressionante, Jane — disse Gansey.

8

Naquela noite, Blue se recostou contra a faia em seu quintal, os olhos voltados para cima, para as estrelas, e os dedos tocando a casca fria e lisa de uma das raízes. A luz da cozinha que passava pela porta de correr parecia distante.

Isso foi impressionante, Jane.

Embora Blue soubesse perfeitamente os efeitos positivos de sua capacidade, ela nunca havia considerado realmente o contrário. E, no entanto, Noah teria destruído a Indústria Monmouth se ela não tivesse se desligado dele.

As estrelas piscavam através das folhas da faia. Ela lera que estrelas novas tendiam a se formar em pares. Estrelas binárias, orbitando próximas, somente se tornando estrelas únicas quando sua parceira fosse destruída por outro par de estrelas novas girando ao acaso. Se ela forçasse a imaginação, podia ver a profusão de pares se prendendo uns aos outros na gravidade destrutiva e criativa de suas constelações.

Impressionante.

Talvez ela estivesse um pouco impressionada. Não por desconectar um garoto morto — isso parecia triste, nada para se gabar. Mas porque ela aprendera algo a respeito de si mesma naquele momento, quando achara que não havia mais nada a ser descoberto.

As estrelas se moviam lentamente acima de Blue, uma gama de possibilidades, e, pela primeira vez em muito tempo, ela as sentiu refletidas em seu coração.

Calla abriu a porta de correr.

— Blue?
— O quê?
— Se você já terminou de vagabundear por hoje, eu poderia usar o seu corpo — disse Calla. — Eu tenho uma leitura.
Blue ergueu as sobrancelhas. Maura só pedia sua ajuda durante leituras importantes, e Calla jamais pedia, ponto-final. A curiosidade em vez da obediência pôs Blue de pé.
— A essa hora? Agora?
— Estou pedindo agora, não estou?
Uma vez dentro de casa, Calla andou de um lado para o outro na sala de leitura e chamou Persephone tantas vezes que Orla gritou que algumas pessoas estavam tentando conduzir telefonemas, e Jimi gritou:
— Posso ajudar em alguma coisa?
Toda a confusão deixou Blue estranhamente nervosa. Na Rua Fox, 300, as leituras aconteciam com tanta frequência que pareciam ao mesmo tempo mecânicas e pouco mágicas. Mas aquilo parecia um caos. Parecia que qualquer coisa poderia acontecer.
A campainha tocou.
— PERSEPHONE, EU TE DISSE — gritou Calla. — Blue, atenda a porta. Vou estar na sala de leitura. Traga ele aqui.
Quando Blue abriu a porta da frente, encontrou um estudante da Aglionby parado sob o brilho da luz da varanda. Mariposas esvoaçavam em torno de sua cabeça. Ele vestia calças em um tom de salmão e mocassins brancos, e exibia uma pele perfeita e um cabelo desgrenhado.
Então os olhos de Blue se ajustaram à claridade e ela percebeu que ele era velho demais para ser um garoto corvo. Na realidade, bem mais velho; difícil imaginar como ela pensara isso, mesmo que por um momento.
Blue franziu o cenho para os sapatos e então para o rosto dele. Embora tudo a respeito dele tivesse sido cultivado para impressionar, ela o considerou menos impressionante do que poderia alguns meses antes.
— Olá.
— Opa — ele respondeu com um sorriso alegre, cheio de belos dentes, como já era de esperar. — Vim aqui para sondar o meu futuro. Espero que a hora ainda seja boa.

— Você espera certo, marinheiro. Entre.

Na sala de leitura, Calla havia recebido a companhia de Persephone. Elas estavam sentadas de um lado da mesa, como um júri. O homem parou do outro lado delas, batucando preguiçosamente os dedos no encosto de uma cadeira.

— Sente-se — entoou Calla.

— Em qualquer velha cadeira — acrescentou Persephone suavemente.

— Não em qualquer velha cadeira — disse Calla e apontou. — Nesta.

Ele se sentou do outro lado, os olhos brilhantes correndo por todos os cantos do aposento enquanto se ajeitava, o corpo dinâmico. Ele parecia uma pessoa que *fazia as coisas*. Blue não conseguia decidir se ele era bonito ou se o jeito dele a estava fazendo acreditar nisso.

— Bom, como funciona? Eu pago adiantado ou vocês decidem quanto vai sair quando virem como o meu futuro é complicado? — ele perguntou.

— A qualquer momento está bom — disse Persephone.

— Não — disse Calla. — Agora. Cinquenta.

Ele abriu mão das notas sem rancor.

— Poderiam me dar um recibo? Gasto de negócios. Aliás, aquele é um retrato fantástico de Steve Martin, ali do outro lado. Observem como os olhos dele nos seguem pelo aposento.

— Blue, você pegaria o recibo? — perguntou Persephone.

Parada junto à porta, Blue saiu em busca do talão de recibos para escrever o montante. Quando voltou, Persephone estava dizendo para Calla:

— Ah, vamos ter que usar só as suas. Não estou com as minhas.

— Não está com as suas! — Calla respondeu incrédula. — O que aconteceu com elas?

— O camiseta da Coca-Cola está com elas.

Bufando irritada, Calla pegou suas cartas de tarô e instruiu o homem a embaralhá-las. Então completou:

— Depois você devolve para mim, viradas para baixo, e eu tiro as cartas.

Ele começou.

— Enquanto embaralha, pense no que gostaria de saber — acrescentou Persephone em voz baixa. — Isso vai deixar a leitura bem mais precisa.

— Bom, bom — ele respondeu, embaralhando as cartas mais agressivamente e lançando um olhar de relance para Blue. Então, sem avisar, virou o baralho de maneira que as cartas estivessem voltadas para cima. E as abriu como um leque, os olhos atentos à seleção.

Não fora assim que Calla o havia instruído.

Algo nos nervos de Blue formigou um aviso.

— Então, se a questão é "Como eu posso fazer *isso* acontecer?" — ele tirou uma carta do baralho e a colocou sobre a mesa —, isso seria um bom começo, certo?

Houve um silêncio mortal.

A carta era o três de espadas. Trazia um coração sanguinolento atravessado pelas supracitadas três espadas. Sangue pingava das lâminas. Maura a chamava de "a carta da desilusão".

Blue não precisava de percepção mediúnica para sentir a ameaça que transpirava dela.

As médiuns encararam o homem. Com um frio na barriga, Blue percebeu que elas não esperavam por essa.

— Qual é a sua? — rosnou Calla.

Ele seguiu sorrindo seu sorriso alegre e simpático.

— Eis a questão: Existe outra de vocês? Uma que pareça mais com aquela? — e apontou para Blue, cujo estômago se revirou desagradavelmente uma vez mais.

Mãe.

— Vá para o inferno — irrompeu Calla.

Ele anuiu.

— Foi o que pensei. Vocês a estão esperando em breve? Eu adoraria bater um papo com ela em particular.

— Inferno — disse Persephone. — Na realidade, eu concordo neste caso. Quanto a ir para lá.

O que esse homem quer com a minha mãe?

Blue memorizou freneticamente tudo sobre ele, de maneira que pudesse descrevê-lo mais tarde.

O homem ficou de pé, juntando o três de espadas.

— Sabem de uma coisa? Vou ficar com isso. Obrigado pela informação.

Quando ele se virou para ir embora, Calla partiu atrás dele, mas Persephone colocou um único dedo sobre o braço dela, o que a fez parar.

— Não — disse Persephone suavemente. A porta da frente se fechou.

— Esse aí não deve ser tocado.

9

Adam estava lendo e relendo o cronograma do primeiro trimestre quando Ronan se jogou na mesa ao lado.

Eles eram os únicos dois na sala de aula com carpete azul-claro; Adam havia chegado bem cedo à Borden House. Parecia errado que o primeiro dia de aulas tivesse o mesmo peso emocional que a tarde ansiosa na caverna dos corvos, mas não havia como negar que a agitação contente e esperançosa em suas veias era agora tão pronunciada quanto aqueles minutos ofegantes em que os pássaros cantavam à sua volta.

Um ano mais e ele a teria terminado.

O primeiro dia foi o mais fácil, é claro. Antes de tudo começar para valer: as tarefas de casa e os esportes, os jantares para toda a escola e o aconselhamento vocacional, as provas e os créditos extras. Antes de o trabalho noturno de Adam e os estudos até as três da madrugada conspirarem para destruí-lo.

Ele leu seu cronograma de novo. As aulas e as atividades extracurriculares saltavam para fora. Parecia impossível. A Aglionby era uma escola difícil: mais difícil para Adam, no entanto, porque ele tinha de ser o melhor.

No ano passado, Barrington Whelk havia se postado na frente daquela sala e ensinado latim para todos. Agora ele estava morto. Adam sabia que tinha visto Whelk morrer, mas não conseguia lembrar como tudo realmente acontecera — embora pudesse, se tentasse realmente, imaginar a cena toda.

Adam fechou os olhos por um momento. No silêncio da sala de aula vazia, ele podia ouvir o farfalhar das folhas batendo em mais folhas ainda.

— Não consigo mais suportar — disse Ronan.

Adam abriu os olhos.

— Suportar o quê?

Ficar sentado, ao que parecia. Ronan foi até o quadro e começou a escrever. Ele tinha uma caligrafia furiosa.

— O Malory. Ele está sempre reclamando dos quadris, ou dos olhos, ou do governo, ou... ah, e aquele *cão*. E ele não é cego ou aleijado ou qualquer coisa do tipo.

— Por que ele não pode ter algo normal como um corvo?

Ronan ignorou o comentário.

— E ele levantou três vezes à noite para mijar. Acho que ele tem um tumor.

— Você não dorme de qualquer maneira.

— Não *mais*.

A caneta guinchou em protesto enquanto ele lançava palavras em latim no quadro. Embora Ronan não estivesse sorrindo e Adam não soubesse parte do vocabulário, Adam tinha certeza de que era uma piada suja. Por um momento, observou Ronan e tentou imaginar que ele era um professor em vez de Ronan. Era impossível. Adam não conseguia decidir se fora a maneira como ele puxara suas mangas desajeitadamente para cima ou a maneira apocalíptica como dera o nó na gravata.

— Ele sabe de tudo — disse Ronan de maneira casual.

Adam não respondeu imediatamente, embora soubesse o que Ronan queria dizer, porque também achara a onisciência do professor desconfortável. Quando ele pensou mais atentamente a respeito da fonte de seu aborrecimento — a ideia de Malory passar um ano com Gansey, de quinze anos —, teve de admitir que não era paranoia, mas inveja.

— Ele é mais velho do que eu esperava — disse Adam.

— Ah, Deus, muito velho — respondeu Ronan imediatamente, como se estivesse esperando que Adam mencionasse isso. — Ele nunca mastiga com a boca fechada.

Eles ouviram o ruído de uma tábua de assoalho. Imediatamente, Ronan largou a caneta. Era impossível abrir a porta da frente da Borden House sem fazer o assoalho ranger duas salas adiante. Então os dois garotos sabiam o que aquele ruído queria dizer: as aulas estavam para começar.

— Bom — disse Ronan, soando rude e infeliz —, lá vamos nós, caubói.

Voltando para sua mesa, ele jogou os pés sobre ela. Isso era proibido, é claro. Ronan cruzou os braços, lançou o queixo para trás e fechou os olhos. Insolência instantânea. Aquela era a versão de si mesmo que ele preparava para a Aglionby, para seu irmão mais velho, Declan, e às vezes para Gansey.

Ronan estava sempre dizendo que nunca mentia, mas ele apresentava o rosto de um mentiroso.

Entraram os estudantes. O ruído era tão familiar — pernas de mesas arranhando o chão, jaquetas jogadas sobre o encosto das cadeiras, notebooks batendo sobre bancadas — que Adam poderia ter fechado os olhos e ainda ter visto a cena com perfeita clareza. Eles eram tagarelas, odiosos e desatentos. *Para onde você foi nas férias, cara? Cape, sempre, onde mais? Tão chato. Vail. Minha mãe quebrou o tornozelo. Ah, você sabe, fizemos a Europa de mochilão. Meu avô me disse para ganhar uns músculos porque eu estava parecendo meio gay. Não, ele não disse pra valer. Falando nisso, olha lá o Parrish.*

Alguém deu um tapa na nuca de Adam. Ele piscou. Para um lado, então o outro. Seu agressor tinha vindo pelo lado surdo.

— Ah — disse Adam. Era Tad Carruthers, cujo pior defeito era que Adam não gostava dele, e Tad não percebia.

— Ah — imitou Tad de maneira benevolente, como se a pouca sociabilidade de Adam o encantasse. Adam queria de maneira desesperada e masoquista que Tad lhe perguntasse onde ele passara o verão. Em vez disso, Tad se virou para onde Ronan ainda estava reclinado com os olhos fechados. Ele levantou a mão para dar um tapa na cabeça de Ronan, mas perdeu a coragem a um centímetro do golpe. Então apenas tamborilou sobre a mesa de Ronan e seguiu em frente.

Adam podia sentir o pulso da linha ley nas veias das suas mãos.

Os estudantes continuavam entrando. Adam continuava observando. Ele era bom nessa parte, na observação dos outros. Era ele mesmo que ele parecia estudar ou compreender. Como ele os desprezava, como queria ser um deles. Como era sem sentido passar um verão no Maine, como ele queria fazer isso. Quão afetado ele achava o discurso deles, como ansiava ter o tom monótono da fala deles. Ele não conseguia dizer como todas essas coisas podiam ser igualmente verdadeiras.

Gansey apareceu no vão da porta. Ele falava com um professor no corredor, o polegar posicionado sobre o lábio inferior, o cenho belamente franzido, o uniforme usado com uma tranquilidade confiante. Ele entrou na sala de aula, os ombros aprumados, e, apenas por um segundo, era como se ele fosse um estranho de novo — mais uma vez aquele principezinho da Virgínia, incognoscível e majestoso.

A cena atingiu Adam como algo real. Como se de alguma forma ele tivesse deixado de ser amigo de Gansey e tivesse esquecido disso até aquele momento. Como se Gansey fosse sentar do outro lado de Ronan em vez de na cadeira ao lado de Adam. Como se o ano anterior não tivesse acontecido, e mais uma vez seria apenas Adam contra todo o resto daqueles predadores superalimentados.

Então Gansey se sentou na cadeira na frente de Adam com um suspiro. Ele se virou.

— Meu Deus, não dormi um segundo. — Ele se lembrou das boas maneiras e estendeu o punho. Quando Adam tocou os nós dos dedos com os de Gansey, sentiu uma sensação extraordinária de alívio e afeição. — Ronan, pés no chão.

Ronan colocou os pés no chão.

Gansey se virou novamente para Adam.

— O Ronan te contou tudo sobre o Pig, então.

— O Ronan não me contou nada.

— Eu contei sobre a mijada — disse Ronan.

Adam o ignorou.

— E o que tem o carro?

Gansey olhou à sua volta para a Borden House, como se esperasse ver que ela havia mudado durante o verão. É claro que não havia: carpete azul-claro sobre tudo, aquecedor ligado cedo demais para a época do ano, prateleiras cheias de livros elegantemente esfarrapados em latim, grego e francês. Era como a sua tia favorita que cheirava mal quando você a abraçava.

— Na noite passada a gente saiu para buscar pão, geleia e mais chá no Pig, e a direção hidráulica desligou. Depois o rádio e as luzes. Jesus. O Ronan estava cantando aquela música péssima sobre o assassinato das abóboras, e não tinha chegado nem na metade de um verso e eu já não tinha mais nada. Foi uma luta para tirar o carro da estrada.

— O alternador de novo — observou Adam.

— Certo, sim, sim — disse Gansey. — Eu abri o capô e vi a correia do alternador pendurada ali, esfarrapada. A gente teve que sair para buscar outra, e foi um *inferno* conseguir uma no estoque, não sei por quê, parecia que tinha tido grande procura por uma justo desse tamanho. É claro, instalar a correia nova no acostamento foi a parte mais rápida.

Ele disse isso da maneira mais natural possível, como se não tivesse sido nada ter instalado uma correia nova, mas, não fazia muito tempo, Richard Gansey III tinha apenas uma habilidade automotiva: chamar o guincho.

— Você foi esperto e descobriu rápido o problema — disse Adam.

— Ah, não sei — respondeu Gansey, mas não restava dúvida de que ele sentia orgulho de si mesmo. Adam sentia como se tivesse ajudado um passarinho a quebrar a casca do ovo.

Graças a Deus não estamos brigando graças a Deus não estamos brigando graças a Deus não estamos brigando como eu faço para que isso não aconteça de novo...

Ronan disse:

— Continue assim e talvez você seja mecânico depois que se formar. Vão colocar *isso* na revista dos ex-alunos.

— Haha e... — Gansey girou em sua cadeira para observar enquanto o novo professor de latim abria caminho até a frente da sala.

Todos os estudantes o observavam.

No porta-luvas, Adam mantinha um anúncio recortado para inspiração. A foto trazia um carro cinza cheio de estilo feito por alemães felizes. Um jovem se recostava contra o veículo em um casaco longo de lã negra, colarinho virado para cima contra o vento. Ele era confiante e arrogante, como uma criança poderosa, com montes de cabelo escuro e dentes brancos. Seus braços estavam cruzados sobre o peito como um lutador.

Era assim que o novo professor de latim parecia.

Adam não teve uma boa impressão.

O novo professor tirou o casaco escuro enquanto observava a caligrafia de Ronan no quadro. Então voltou o olhar para os estudantes sentados com a mesma confiança que o homem na propaganda do carro.

— Bom, olhem só para vocês — ele disse. Seus olhos se demoraram em Gansey, Adam e Ronan. — A juventude da América. Não consigo decidir se vocês são a melhor ou a pior coisa que eu vi esta semana. Quem escreveu isso?

Todos sabiam, mas ninguém entregou Ronan.

Ele segurou as mãos atrás das costas e fez um exame mais próximo.

— O vocabulário é impressionante. — Depois bateu com o nó do dedo em algumas palavras. Ele era cinético. — Mas o que está acontecendo com a gramática aqui? E aqui? Seria preciso colocar um subjuntivo nessa oração do temor. "Eu temo que eles *possam* acreditar nisso"... Deveria haver um vocativo aqui. *Eu* sei o que está sendo dito aqui porque conheço a piada, mas um nativo da língua apenas encararia vocês sem entender. Não se trata de latim utilizável.

Adam não precisou virar a cabeça para *sentir* Ronan fervendo.

O novo professor de latim se virou, rápido, compacto e entusiástico, e mais uma vez Adam teve aquela sensação ao mesmo tempo de intimidação e admiração.

— Uma coisa boa, também, ou eu perderia o emprego. Bem, seus tampinhas. Cavalheiros. Eu sou o professor de latim deste ano. Não sou realmente um fã de línguas por si só. Só estou interessado em como podemos usá-las. E não sou realmente professor de latim. Sou um historiador. Isso significa que só estou interessado em latim como um mecanismo para... para... pilhar os papéis de homens mortos. Alguma pergunta?

Os alunos o encararam. Aquela era a primeira aula do primeiro dia de escola, e nada poderia fazer uma aula de latim mais vazia de latim. A energia ardorosa daquele homem se afundava inutilmente em pedras cobertas de musgo.

Adam levantou a mão.

O homem apontou para ele.

— *Miserere nobis* — disse Adam. — *Timeo nos horrendi esse.* Senhor. *Tenha misericórdia de nós* — *temo que sejamos terríveis.*

O sorriso do homem se abriu ao *senhor*. Mas ele devia saber que os alunos tinham a obrigação de se dirigir aos professores como *senhor* ou *senhora* para demonstrar respeito.

— *Nihil timeo* — ele respondeu. — *Solvitur ambulando.*

As nuances de sua primeira frase — *Não temo nada!* — escaparam à maioria da turma, e a segunda frase — um idioma contando com o mérito da prática — passou completamente despercebida do resto.

Ronan sorriu preguiçosamente. Sem levantar a mão, disse:

— É. *Noli prohicere maccaritas ad porcos.*

Não jogue pérolas aos porcos.

Ele não acrescentou *senhor*.

— Vocês são porcos, então? — perguntou o homem. — Ou são homens?

Adam não estava ansioso para observar Ronan ou seu novo professor de latim ultrapassarem os limites um do outro. E perguntou rapidamente:

— *Quod nomen est tibi,* senhor?

— Meu nome — o homem apagou uma grande faixa da gramática ruim de Ronan com a ponta de um apagador e usou o espaço para substituí-la com letras eficientes de sua própria mão — é Colin Greenmantle.

10

— Aqui estamos, vivendo em meio aos provincianos! — Colin Greenmantle se inclinou para fora da janela. Lá embaixo, um rebanho de vacas olhou para ele. — Piper, venha dar uma olhada nessas vacas. Essa imbecil está olhando diretamente para mim. "Colin", diz essa vaca, "você está realmente vivendo entre os provincianos agora."

— Estou no banheiro — disse Piper.

Sua voz vinha da cozinha, no entanto. Sua esposa (embora ele não gostasse de usar essa palavra, *esposa*, porque o fazia lembrar que ele tinha mais de trinta anos, o que ele tinha, mas mesmo assim ele não precisava ser lembrado, e, de qualquer maneira, ele ainda tinha sua bela aparência de garoto; na realidade, a caixa no supermercado tinha flertado com ele na noite passada, e, mesmo que talvez isso tenha acontecido porque ele estava arrumado a ponto de ser intimidante para um pulo no supermercado, provavelmente tinham sido seus olhos azul-claros, pois ela estivera virtualmente nadando neles) tinha assimilado a mudança para Henrietta melhor do que ele imaginara. Até o momento, o único ato de rebelião de Piper fora bater o carro alugado ao dirigir agressivamente através da placa de um centro comercial para demonstrar que não nascera para viver em um lugar onde não podia fazer suas compras a pé. Era possível que ela não o tivesse feito de propósito, mas havia muito pouco que Piper fazia acidentalmente.

— São basicamente monstros — disse Greenmantle, embora agora ele estivesse pensando menos em vacas e mais em seus novos pupilos.

— Aceitam tudo de mão beijada o dia inteiro, mas comeriam você em um segundo, se tivessem os dentes certos para isso.

Eles tinham se mudado havia pouco para sua casa alugada "histórica" em uma fazenda de gado. Greenmantle, que havia protagonizado história suficiente, duvidava da reivindicação *histórica* da casa de fazenda, mas ela era suficientemente encantadora. Ele gostava da ideia da produção rural em uma fazenda; no sentido linguístico mais básico, ele era um fazendeiro agora.

— Eles vão estar aqui atrás do seu sangue na sexta — disse Piper.

As vacas mugiram curiosamente. Greenmantle gesticulou para que fossem embora; suas expressões não mudaram.

— Estão aqui agora.

— Não as vacas. Estou fazendo mais um seguro de vida para você, e eles precisam do seu sangue. Na sexta. Esteja aqui.

Ele enfiou a cabeça de volta para dentro e foi até a cozinha rangendo o assoalho. Piper estava no balcão, de calcinha e sutiã rosa, cortando uma manga. Seu cabelo loiro era uma cortina em torno da cabeça. Ela não ergueu o olhar.

— Vou dar aula na sexta — ele disse. — Pense nas *crianças*. Quanto seguro de vida nós precisamos?

— Eu tenho um determinado padrão de vida que quero manter se algo terrível acontecer com você no meio da noite. — Ela tentou acertá-lo com a faca quando Greenmantle roubou um pedaço de manga. Ele só evitou um ferimento porque foi rápido, não pela falta de intenção dela. — Volte direto depois da aula. Não desperdice seu tempo por aí, como anda fazendo.

— Não tenho desperdiçado meu tempo — disse Greenmantle. — Tenho sido bastante focado.

— Sim, eu sei, se vingando, sendo macho e sei lá mais o quê.

— Você pode ajudar, se quiser. Você sabe se orientar muito melhor do que eu e tudo o mais.

Piper não conseguiu dissimular que o apelo ao seu ego a agradou.

— Não posso até domingo. Vou fazer as sobrancelhas na quarta. Virilha na quinta. Não venha para casa no sábado. Vá dar uma volta. Vai vir um pessoal fazer limpeza espiritual da casa.

Greenmantle roubou outro pedaço de manga; a faca chegou um pouco mais perto dessa vez.

— O que isso quer dizer?

— Eu vi um folheto. É se livrar da energia ruim do lugar. Essa casa está cheia de energia ruim.

— Isso é coisa sua.

Ela jogou a faca na pia, onde ela permaneceria até a morte. Piper não era muito chegada em afazeres do lar. Ela tinha um leque de habilidades muito restrito. Então seguiu silenciosamente na direção do quarto, a caminho de um banho, uma sesta ou começar uma guerra.

— Não nos mate.

— Ninguém vai nos matar — disse Greenmantle com certeza. — O Homem Cinzento conhece as regras. E os outros... — Ele lavou a faca e a recolocou no bloco de madeira.

— Os outros o quê?

Ele não havia se dado conta de que ela ainda estava na cozinha.

— Ah, eu só estava pensando que vi um dos filhos de Niall Lynch hoje.

— Era um canalha também? — perguntou Piper. Niall Lynch havia sido responsável por sete meses moderadamente desagradáveis e quatro extremamente desagradáveis na vida deles.

— Provavelmente. Mas, meu Deus, ele é a cara daquele desgraçado. Mal posso esperar para reprová-lo. Eu me pergunto se ele sabe quem eu sou, e me pergunto se devo contar.

— Você é tão sádico — ela disse descuidadamente.

Greenmantle bateu com os nós dos dedos no balcão.

— Vou lá ver em qual mandíbula essas vacas têm dentes.

— Na de baixo. Eu vi no Animal Planet.

— Vou ver de qualquer jeito.

Enquanto ele tentava lembrar qual porta levava ao quarto adjacente onde eram deixadas as botas, Greenmantle a ouviu dizer algo, mas não captou o que era. Ele já havia ligado para o número de um contato na Bélgica que estava pesquisando a respeito de uma fivela de cinto do século XV que provocava pesadelos no usuário. Estava levando uma eternidade para o cara encontrá-lo. Uma pena que ele não pudesse colocar o Homem Cinzento nessa parada; ele fora o melhor. Até trair Greenmantle, é claro.

Ele se perguntou quanto tempo levaria para o Homem Cinzento chegar até ele.

11

Quando Gansey e Ronan chegaram à Rua Fox, 300 após a escola, Calla estava sendo atacada na sala de estar por um homem vestido inteiramente de cinza. Blue, Persephone e os móveis pairavam ao fundo. O homem exibia uma postura de luta perfeita, as pernas um pouco mais abertas que os ombros, um pé à frente. Ele segurava firmemente uma das mãos dela. Na outra mão, Calla segurava um manhattan, que tentava não derramar.

O Homem Cinzento sorria ligeiramente. Ele tinha dentes extraordinários.

Os garotos tinham entrado sem bater, de um jeito familiar, e agora Gansey largara a bolsa a tiracolo sobre o velho assoalho empenado e estava parado no vão da porta para a sala de estar. Ele não tinha certeza se a situação exigia intervenção. O Homem Cinzento era um assassino profissional (possivelmente aposentado). Nada para se brincar a respeito.

Mas, mesmo assim, se Calla quisesse ajuda, certamente teria largado seu drinque. E Blue não estaria simplesmente comendo iogurte.

— Me mostra de novo — disse Calla. — Acho que não vi direito.

— Vou fazer um pouco mais forte — respondeu o Homem Cinzento —, mas não quero quebrar o seu braço de verdade.

— Você não chegou nem perto disso — ela assegurou. — Vá em frente.

Ela deu um pequeno gole em seu manhattan. Ele pegou a mão e o punho dela novamente, sua pele clara contra a dela, e rapidamente virou o braço inteiro de Calla. O ombro dela virou bruscamente para baixo; ela agarrou firmemente o drinque e riu.

— Essa deu para sentir.

— Agora faça comigo — disse o sr. Cinzento. — Vou segurar o seu drinque.

Com as mãos nos bolsos, Gansey se recostou no batente da porta e ficou observando. Ele sabia instintivamente que a notícia terrível que trazia era o tipo de fardo que apenas ficaria mais pesado uma vez que ele a compartilhasse. Ele se permitiu deixar, um momento antes da tempestade, que a atmosfera da casa provocasse o efeito de sempre nele. Diferentemente da Indústria Monmouth, a Rua Fox, 300 estava tomada de pessoas estranhas e objetos excêntricos. Ela tinha um ruído constante de conversa, música, telefones e aparelhos antigos. Era impossível esquecer que todas aquelas mulheres estavam ligadas ao passado e exploravam o futuro, conectadas a tudo no mundo e umas às outras.

Gansey não chegava tanto a visitar, era mais absorvido.

Ele adorava isso. Ele queria fazer parte daquele mundo, embora compreendesse que havia razões intermináveis para nunca fazer parte dele. Blue era o resultado natural de uma casa assim: confiante, estranha, crédula, curiosa. E lá estava *ele*: neurótico, refinado, o produto de algo inteiramente diferente.

— O que mais? — perguntou Calla.

— Se você quiser, posso mostrar como tirar o meu queixo do lugar — disse o sr. Cinzento generosamente.

— Ah, sim, isso... Ora, eis Richard Gansey, o Terceiro — disse Calla, vendo-o de relance. — E a cobra. Onde está o Coca-Cola?

— Trabalho — disse Gansey. — Ele não conseguiu se livrar.

Persephone acenou para ele vagamente de trás de um drinque alto, rosa-claro. Blue não acenou. Ela tinha visto a expressão de Gansey.

— O nome Colin Greenmantle significa alguma coisa para você? — perguntou Gansey ao sr. Cinzento, embora já soubesse a resposta.

O Homem Cinzento passou a Calla o drinque e secou a palma das mãos nas calças. Os dentes excelentes haviam desaparecido.

— Colin Greenmantle era meu empregador.

— Ele é nosso novo professor de latim.

— Ah, querido — disse Persephone. — Você gostaria de um drinque?

Gansey percebeu que ela estava falando com ele.

— Ah, não, obrigado.

— Eu preciso de outro — disse ela. — Estou preparando um para você também, sr. Cinzento.

O Homem Cinzento foi até a janela. Seu carro, um Mitsubishi branco pouco sutil com um enorme aerofólio, estava estacionado na rua, e tanto ele quanto Ronan o estudaram pensativamente. Após um momento muito longo, o Homem Cinzento disse:

— Ele é o homem que me pediu para matar o pai de Ronan.

Gansey sabia que não podia ser atingido pela casualidade da declaração — o sr. Cinzento era um assassino profissional, Niall Lynch era seu alvo, ele não conhecia Ronan à época e, eticamente, a profissão do sr. Cinzento talvez não fosse pior do que a de um mercenário —, mas isso não mudava o fato de que o pai de Ronan estava morto. Ele lembrou a si mesmo que o Homem Cinzento fora meramente a arma impessoal. Greenmantle fora a mão que a empunhara.

Ronan, calado até aquele momento, disse:

— Vou matar esse cara.

Gansey teve uma súbita e terrível visão do fato: as mãos de Ronan pintadas de sangue, os olhos vazios e impenetráveis, um corpo a seus pés. Era uma imagem selvagem e impossível de esquecer, tornada ainda pior porque Gansey tinha visto muitos fragmentos separadamente para saber bem como eles ficariam quando colocados juntos.

O Homem Cinzento se virou prontamente.

— Você *não* vai — ele disse, com a máxima intensidade com que Gansey já o ouvira falar. — Está me ouvindo? Você não pode.

— Ah, não posso? — perguntou Ronan. Sua voz era baixa e perigosa; infinitamente mais ameaçadora do que se ele tivesse rosnado em resposta.

— Colin Greenmantle é intocável — disse o Homem Cinzento. Ele abriu bem os dedos, a mão parada no ar. — Ele é uma aranha se firmando a uma teia. Cada perna toca um fio, e, se qualquer coisa acontecer com a aranha, o inferno vai cair sobre a nossa cabeça.

— Eu já passei pelo inferno — disse Ronan.

— Você não faz ideia do que seja o inferno — disse o Homem Cinzento, mas não de maneira agressiva. — Você acha que é o primeiro filho a querer vingança? Você acha que o seu pai foi o primeiro que ele matou? E, no entanto, Greenmantle está vivo e intocado. Porque todos nós sabemos como a coisa funciona. Antes de vir para cá de Boston, ele deve ter firmado dezesseis fiozinhos a pessoas como eu, a programas de computador, a contas bancárias. A aranha morre, a teia estremece, subitamente suas contas são limpas, seu irmão mais novo vira um amputado, seu irmão mais velho morre atrás da direção de um carro em Washington, a campanha da sra. Gansey desmorona por causa de fotos escandalosas falsas, a bolsa do Adam desaparece, a Blue perde um olho...

— Pare — disse Gansey, achando que poderia vomitar. — Meu Deus, por favor, pare.

— Eu só quero que o Ronan compreenda que não pode fazer nada estúpido — disse o Homem Cinzento. — Matar o Greenmantle significa acabar com a nossa vida. E que bem uma vingança traria para você?

— O assassino falando — disse Ronan. Agora seu rosnado estava de volta, sinal de que a conversa o machucava.

— O assassino falando, sim, mas eu sou bom nisso — respondeu o sr. Cinzento. — Mesmo que ele não fosse uma aranha em uma teia estonteante, você estaria disposto a ir para a prisão pela satisfação de matá-lo?

Sem uma palavra, Ronan saiu, batendo a porta atrás de si. Gansey não o seguiu. Ele estava dividido entre o impulso de mitigar a dor de Ronan e a vontade de deixá-lo ferido, mas consciente de que precisava tomar cuidado. A violência era uma doença que Gansey não acreditava que pudesse pegar. Mas, à sua volta, seus amigos estavam lentamente infectados.

Persephone trouxe um drinque para o Homem Cinzento; ela preparara outro para si. Eles tomaram em uníssono, de um gole só.

— Quer? — Blue perguntou a Gansey, virando o pote de iogurte para que ele pudesse ver que tudo que sobrara fora a fruta no fundo. Ele não anuiu, mas ela o trouxe de qualquer maneira, dando-lhe a colher. O gesto teve um efeito de firmá-lo — a viscosidade chocante dos mirtilos, o açúcar atingindo seu estômago, vazio da escola, o conhecimento de que a boca de Blue havia sido a última coisa que tocara a colher.

Blue o observou dar a primeira colherada e então se virou rapidamente para o sr. Cinzento.

— Foi ele que veio para uma leitura ontem à noite, não foi?

— Sim — disse o sr. Cinzento. — Como eu pensei. E agora ele está ensinando latim para os garotos.

— Por quê? — perguntou Gansey. — Por que nós?

— O negócio não é com vocês — respondeu o sr. Cinzento. — É comigo. Obviamente, ele não acreditou na minha história de fugir com o Greywaren. Ele veio até aqui atrás da Maura, porque acredita que ela é importante para mim. E se infiltrou na escola porque descobriu que vocês e eu nos conhecemos. Ele quer me mostrar que sabe que eu ainda estou aqui e que sabe muito a meu respeito.

— O que vamos fazer? — perguntou Gansey. Ele estava começando a achar que aquele dia fora um erro; aquele não era o primeiro dia de verdade da escola; ele devia ter ficado na cama até o dia seguinte e tentado de novo.

— Ele não é problema seu; é problema meu — o sr. Cinzento disse secamente.

— Ele está na minha escola todos os dias. O Ronan tem que olhar *para a cara dele todos os dias*. Como isso não é problema meu?

— Porque não é você que ele quer. Vou cuidar disso. O seu problema é me deixar cuidar disso.

Gansey se agachou, desanimado. Ele acreditava nas intenções do sr. Cinzento, mas não na declaração. Se ele tinha aprendido algo no último ano, era que tudo naquela cidade estava emaranhado.

Calla pegou o punho do sr. Cinzento e lentamente fingiu quebrar seu braço. Balançando um pouco a cabeça, ele trocou de posição com ela, pegando sua palma com uma mão e o punho com a outra. Ele o virou com lenta precisão. Algumas vezes, para que ela pudesse ver como ele fazia. Havia algo de prazeroso em vê-lo demonstrar de maneira competente aquele ato de violência fingida, algo controlado e belo, como uma dança. Tudo a respeito de sua aparência limpa e musculosa, e do método limpo e intencional, dizia: *Tenho a situação sob controle*. E *situação* queria dizer *tudo*.

Como Gansey desejava que Greenmantle fosse um problema do Homem Cinzento. No entanto, mais uma vez ele viu aquele túnel negro se estreitando e o poço, e no fundo uma cova.

Calla disse um palavrão e segurou o próprio ombro.

— Desculpe — disse o sr. Cinzento. E, para Gansey: — Vou descobrir o que ele quer.

— Não vá morrer — disse Blue imediatamente.

— Não é a minha intenção.

Persephone finalmente se manifestou com sua voz fina:

— Acho que é uma coisa boa que você quase tenha encontrado aquele rei.

Gansey percebeu que ela estava falando com ele.

— Eu quase encontrei?

— Certamente — disse Calla. — Isso já lhe tomou tempo suficiente.

12

Naquela noite, não muito tempo após ele ter voltado do trabalho, Adam ouviu uma batida na porta do seu apartamento na igreja. Quando a abriu, em um primeiro momento ficou surpreso que a pessoa do outro lado fosse real, e então surpreso que essa pessoa fosse Gansey, e não Ronan.

— Ah — ele disse. — É tarde.

— Eu sei. — Gansey estava de sobretudo e óculos; era óbvio que tinha tentado dormir e fracassara. — Desculpe. Você já fez os exercícios de cálculo? Não consigo entender o número quatro.

Ele não disse a palavra *Greenmantle*. Não havia mais nada a dizer até que ouvisse mais do sr. Cinzento.

— Já. Pode dar uma olhada.

Adam abriu a porta para Gansey, empurrando a carta — *a carta* — para trás da pequena prateleira junto à porta enquanto o deixava entrar. Diferentemente de Ronan, Gansey parecia deslocado dentro do apartamento. O teto oblíquo fazia com que ele se sentisse mais oprimido; as rachaduras no reboco estavam desenhadas mais claramente; as caixas de plástico utilitárias contendo as coisas de Adam pareciam mais destituídas de charme estético. Gansey pertencia às coisas velhas, e aquele lugar não era somente velho, mas também barato.

A carta estava escondida, sim? Estava. Adam podia sentir o contorno dela brilhando por detrás da prateleira. Gansey teria pena dele e contrataria um advogado e Adam se sentiria um imbecil e eles brigariam...

Nós não vamos brigar.

Gansey tirou o sobretudo — por baixo, estava de camiseta e calça de pijama, o que era possivelmente a vestimenta mais metafórica que Adam poderia imaginar para seu amigo, a não ser que ele conseguisse usar outro sobretudo por baixo da camiseta, e outro conjunto de pijama por baixo desse segundo sobretudo, e assim por diante, uma série interminável de matrioskas de Ganseys — e se largou na ponta da cama.

— Minha mãe ligou — disse Gansey. — Queria saber se eu gostaria de me encontrar com o governador no fim de semana depois do próximo, porque seria ótimo se eu fosse, e se eu queria levar meus amigos. Não, mãe, na realidade eu não gostaria de fazer isso. A Helen vai estar lá! Sim, mãe, achei que ela estaria mesmo, mas não chego a considerar isso uma vantagem, pois estou preocupado que ela dê um jeito de raptar o Adam. Está bem, está bem, você não precisa ir, eu sei que está ocupado, mas, ah... etc. etc. etc. Ah, esqueci, eu trouxe um pagamento pela minha intromissão.

Ele puxou o casaco mais para perto pela manga e retirou dois doces do bolso. Jogou um no colo de Adam e abriu o outro para si.

Adam estava louco para abrir o seu, mas guardou para comer durante sua folga no trabalho na noite seguinte.

— Vai me manter acordado.

Ele gostava da ideia de que a elegante irmã mais velha de Gansey o achava bonito. A impossibilidade dela lhe proporcionava meramente um afago no ego.

— Você vai?

— Não sei. Se eu for, você vai comigo?

Adam sentiu uma sensação instintiva de angústia. Memória muscular, da última vez em que ele havia viajado para um evento político dos Gansey.

— Melhor convidar a Blue também. Ela me cobrou por não ter sido convidada da última vez.

Gansey piscou, sobressaltado por trás dos óculos.

— Porque *eu* não a convidei?

— Não, eu. Mas ela vai querer ir. Confie em mim. Ela chegou a dar medo.

— Eu acredito. Meu Deus, fico imaginando a Blue encontrando o governador. Tenho uma apresentação de slides das perguntas dela passando na minha cabeça.

Adam abriu um largo sorriso.

— Ele merece todas elas.

Gansey passou um lápis sobre sua tarefa de casa, conferindo-a com a de Adam, embora Adam pudesse ver que ele havia feito a de número quatro de maneira bastante adequada. Adam olhou para o doce e esfregou as costas das mãos. No inverno elas ficavam terrivelmente ásperas, apesar de seus melhores esforços, e já haviam começado a ressecar. Ele percebeu que as ligeiras batidas com o lápis haviam cessado, e, quando olhou para frente, viu Gansey franzindo o cenho para o espaço.

— Todo mundo diz: *Apenas encontre Glendower* — disse Gansey subitamente —, mas ao meu redor as paredes da caverna estão desabando.

Não eram as paredes da caverna que estavam desabando. Agora que Adam ouvira a ansiedade que emanava da voz de Gansey dentro da caverna, estava absolutamente atento ao seu reaparecimento. Ele desviou o olhar para dar a Gansey uma chance de se recompor, e então perguntou:

— O que o Malory disse para fazermos em seguida?

— Ele parece entusiasmado com o Túmulo do Gigante, por alguma razão que eu nem imagino.

Gansey havia realmente aproveitado o momento que Adam lhe concedera para controlar cuidadosamente seu tom; a ansiedade se transubstanciara em censura desvirtuada, em um ritual seguidamente praticado.

— Ele fala de pistas visuais e leituras de energia e que todas apontam para lá. E que adora a nossa linha ley. Ele está todo deslumbrado com ela.

— Você já esteve um dia — Adam o lembrou. Ambos haviam estado. Quão ingratos eles haviam se tornado, quão gananciosos por espetáculos melhores.

Gansey bateu ligeiramente com o lápis, concordando sem falar nada.

No silêncio, Adam ouviu sussurros vindos do banheiro. Por experiência, ele sabia que vinham da água que pingava da torneira da pia e que a linguagem era um tagarelar inarticulado para ele. Ronan talvez tivesse sido capaz de identificar uma palavra ou duas; ele tinha sua caixa mágica que traduzia o que quer que fosse aquela língua antiga. Mas Adam ainda ouvia, esperando para identificar se as vozes ascenderiam ou desapareceriam, esperando para ver se a linha ley estava se intensificando ou se Cabeswater estava tentando se comunicar.

Então ele percebeu Gansey olhando para ele com o cenho franzido. Adam não sabia ao certo qual havia sido sua expressão, ou por quanto tempo estivera concentrado em algo que Gansey não conseguia ouvir. Pelo rosto de Gansey, fazia um tempo.

— O Malory passou o dia trancado na Monmouth? — Adam perguntou rapidamente.

O rosto de Gansey se desanuviou.

— Eu emprestei o Suburban para ele dar uma volta. Pelo amor de Deus, ele dirige do mesmo jeito que anda. Mas não há dúvida de que ele não gosta da Monmouth.

— Traição — disse Adam, porque sabia que isso agradaria Gansey, e viu que agradou. — Onde está o Ronan?

— Falou que ia para a Barns.

— Você acreditou nele?

— Provavelmente. Ele levou a Motosserra — disse Gansey. — Não acho que ele vá se meter com Greenmantle... O sr. Cinzento foi muito persuasivo. E em que mais ele se meteria? O Kavinsky está morto, então... Jesus *Cristo*, olha o que estou dizendo. Jesus Cristo.

As paredes da caverna desmoronaram ainda mais; o ritual fora imperfeito. Gansey se recostou contra a parede e fechou os olhos. Adam o observou se conter.

Mais uma vez ele ouviu a voz de Gansey na caverna.

— Está tudo bem — disse Adam. Ele não se importava que Joseph Kavinsky estivesse morto, mas gostava da ideia de que Gansey se importava. — Eu sei o que você quer dizer.

— Não, não está tudo bem. Isso é revoltante para mim. — Gansey não abriu os olhos. — Tudo ficou tão feio. Não devia ser dessa forma.

Tudo havia *começado* feio para Adam, mas ele sabia o que Gansey queria dizer. Seu amigo nobre, desatento e otimista estava lentamente abrindo os olhos e vendo o mundo pelo que ele era, e ele era sujo e violento e profano e injusto. Adam sempre achara que era isso que ele queria — que Gansey *soubesse*. Mas agora ele não tinha certeza. Gansey não era qualquer um, e, subitamente, Adam não sabia ao certo se realmente queria que ele fosse.

— Aqui — disse Adam, de pé, pegando seu texto de história. — Leia. Em voz alta. Vou tomar notas.

Uma hora se passou dessa maneira, Gansey lendo em voz alta em sua adorável voz de sempre, e Adam tomando notas com sua caligrafia exagerada, e, quando Gansey chegou ao fim da tarefa, fechou o texto cuidadosamente e o colocou sobre a caixa de plástico virada de cabeça para baixo que Adam usava como mesa ao lado da cama.

Gansey se pôs de pé e vestiu o casaco, dizendo:

— Eu acho que se... *quando* a gente encontrar Glendower, vou pedir a ele pela vida do Noah. Você acha que daria certo?

A mudança de assunto foi tamanha que Adam não respondeu de imediato. Simplesmente olhou para Gansey. Algo havia mudado nele; ele havia mudado enquanto Adam estivera de costas. O vinco entre as sobrancelhas? A maneira como ele recolhia o queixo? A boca mais cerrada, talvez, à medida que a responsabilidade puxava os cantos para baixo.

Adam não entendia como eles haviam conseguido brigar com tanta frequência durante o verão. Gansey, seu melhor amigo, seu idiota e gentil e maravilhoso melhor amigo.

— Não. Mas acho que vale a pena pedir.

Gansey anuiu uma vez. Duas vezes.

— Desculpe por te deixar acordado até tarde. Nos vemos amanhã?

— Na primeira hora.

Depois que Gansey foi embora, Adam pegou a carta que estava escondida. Nela havia a data para se apresentar ao tribunal, no processo referente a seu pai. Uma parte remota de Adam ficou admirada com como a mera visão das palavras *Robert Parrish* podia revirar seu estômago de maneira nostálgica e confusa.

Olhos à frente, Adam. Logo isso seria passado. Logo aquele ano escolar também. Logo eles encontrariam Glendower, logo todos eles seriam reis. Logo, logo.

13

No dia seguinte, depois da escola, Blue se sentou à mesa com uma colher em uma mão e *Lisístrata*, a peça que ela havia escolhido analisar para a aula de inglês, na outra. (*A vida das mulheres não é fácil, sabe. Você vive zanzando em torno do marido; cutucando a empregada para ela acordar; pondo o filho para dormir, dando banho ou comida para o garoto.*) Uma chuva fina e cinzenta batia contra as janelas da cozinha apinhada.

Blue não estava pensando em *Lisístrata*. Estava pensando em Gansey e no Homem Cinzento, em Maura e na caverna de corvos.

Subitamente, uma sombra exatamente do tamanho e da forma de sua prima Orla caiu sobre a mesa.

— Não é porque a Maura não está aqui que você precisa andar por aí como uma lesma social — disse Orla, como a cumprimentá-la. — Outra coisa: quando foi a última vez que você comeu algo que não fosse iogurte?

Às vezes Blue não suportava Orla. Essa era uma das vezes. Ela não ergueu o olhar.

— Não precisa ser grossa.

— A Charity me disse que o T.J. te convidou para sair hoje e você simplesmente encarou o garoto sem dizer nada.

— O quê?

— O T.J. te convidou para sair e você simplesmente ficou olhando para ele. Isso te lembra alguma coisa? — Fazia muito tempo que Orla havia se formado na Escola Mountain View, mas ainda era amiga ou ex-

-amiga de toda a turma, e o poder coletivo de todas aquelas irmãs mais novas servia para fornecer a Orla uma visão, de certa maneira incompleta, da vida de Blue no período escolar.

Blue ergueu o olhar (acima, acima) para sua prima alta.

— No almoço, o T.J. veio até a minha mesa e desenhou um pênis no unicórnio do meu fichário. É sobre isso que a Charity está falando?

— Não banque a Richard Gansey Terceira comigo — respondeu Orla.

— Porque, se é sobre isso que ela está falando, então, sim, eu só encarei o T.J. Não percebi que era uma conversa, por causa do *pênis*.

Orla respirou fundo, abrindo visivelmente as narinas.

— Escuta, às vezes as pessoas só querem ser amigáveis. Você não pode esperar que elas sejam profundas o tempo inteiro. Às vezes elas só querem bater um papo.

— Eu *bato papo* — argumentou Blue. O incidente com T.J. não a havia ofendido, embora ela preferisse seu unicórnio sem gênero definido. Ele apenas a fez se sentir cansativamente mais velha que todos na escola.

— Dá licença? Estou tentando terminar isso antes que o Gansey chegue. — (*Ó Zeus, que sofrimento palpitante!*)

— Você pode simplesmente ser amiga das pessoas, sabia? — disse Orla. — Acho que é loucura você estar apaixonada por todos aqueles garotos corvos.

Orla não estava errada, é claro. Mas o que ela não tinha percebido a respeito de Blue e seus garotos era que *todos* estavam apaixonados uns pelos outros. Ela não estava menos obcecada por eles do que eles por ela, ou uns pelos outros, analisando cada conversa e gesto, tornando cada piada uma brincadeira interminável cada vez maior, passando cada momento juntos ou pensando em quando se encontrariam de novo. Blue sabia perfeitamente que era possível existir uma amizade que não tomasse tanto sua vida, que não a cegasse, que não a ensurdecesse, que não a enlouquecesse, que não a excitasse. A questão era que, agora que ela tinha uma desse tipo, não queria a outra.

Orla estalou os dedos entre Blue e o livro.

— Blue. Era disso que eu estava falando.

Blue segurou as páginas com o dedo para não se perder.

— Não pedi nenhum conselho.

— Não, mas deveria — disse Orla. — O que você acha que vai acontecer daqui a um ano? Todos os seus garotos vão para faculdades bacanas, e onde você vai estar? Aqui em Henrietta, com as pessoas com quem você não *bateu papo*.

Blue abriu a boca e fechou, e os olhos de Orla brilharam vitoriosos. Ela sabia que a havia atingido para valer.

Na rua, soou o ronco familiar de um velho Camaro, e Blue se levantou de um salto.

— Minha carona chegou.

— Carona *temporária*.

Blue explodiu, lançando o pote de iogurte no lixo reciclável.

— Que foi, Orla? Está com ciúme? Ou o quê? Você simplesmente não quer que eu goste deles tanto assim porque... está tentando me poupar de ser magoada? Sabe o que mais é temporário? A *vida*.

— Ah, por favor, você não acha que está levando isso um pouco...

— Então talvez eu devesse ter espalhado meu amor para outras mães também! — Blue pegou a jaqueta e saiu apressada pelo corredor na direção da porta. — Se eu não amasse tanto a *minha* mãe, não me sentiria tão mal quando ela sumisse! Eu poderia ter alguns pais de reserva, cada um com um *pedacinho* do meu afeto, para que, quando um deles fosse embora, eu mal notasse! Ou talvez seja melhor simplesmente não amar nada nem ninguém! Isso facilitaria as coisas, porque assim ninguém nunca ia me deixar na mão! Vou construir uma torre para o meu coração!

— Ah, calma aí — disse Orla, fazendo ruído com seus sapatos plataforma. — Não foi isso que eu quis dizer.

— Sabe o que eu acho, Orla? Acho que você adora fazer bullying. — Blue esbarrou em Gansey, que havia chegado ao hall de entrada. Por um momento ela sentiu o cheiro da hortelã, a solidez do peito dele, e então voltou para trás.

Gansey desenganchou seu relógio da jaqueta de crochê de Blue.

— Oi. Ah, Orla.

— Ah, *Orla* — ecoou Orla, de maneira pouco agradável. Não era com ele, mas Gansey não sabia disso; ele recuou.

Do andar de cima, Calla gritou:

— CALEM A BOCA!

— Você vai se lembrar dessa conversa mais tarde e me pedir desculpas — Orla disse para Blue. — Você esquece quem você é. — Ela se voltou com a maior elegância possível sobre as longas pernas e os enormes sapatos.

Gansey era educado demais para perguntar sobre a causa da discussão.

— Me tira daqui — disse Blue.

♉

Na rua, estava um dia miserável, abafado e frio, um fim de outono que chegava cedo demais. Malory já estava instalado no assento da frente do Pig; Blue se sentia ao mesmo tempo desapontada e grata com a presença dele. Assim ele evitaria que ela fizesse algo estúpido.

Ela se sentou ao lado do Cão, olhando para fora pela janela do banco de trás, enquanto eles passavam pelo monte Mole a caminho da montanha Coopers, sentindo seu mau humor melhorar um pouquinho. Aquela era uma parte do mundo muito diferente de Henrietta. Rural, mas menos selvagem. Mais vacas, menos árvores. E muito pobre. As casas ao longo da rodovia eram menores que trailers comuns.

— Não tenho muita esperança quanto a isso — Gansey disse a Malory, dando um safanão no próprio ombro esquerdo; a chuva entrava por sua janela, embora ela estivesse fechada. Também pingava no painel debaixo do espelho retrovisor. Malory espanou a água do mapa em suas mãos. — Eu rastejei por essa montanha inteira um ano atrás e não vi nenhuma caverna. Se existe alguma, é segredo de outra pessoa.

Blue se inclinou para frente, da mesma forma que o Cão. Ela disse:

— Existe um jeito superinteligente que o pessoal do interior usa para descobrir o segredo das pessoas. A gente *pergunta* a elas.

Gansey cruzou o olhar com o dela, e então com o do Cão, no espelho retrovisor.

— O Adam mantém os segredos dele bem guardados.

— Ah, não estou me referindo ao tipo de gente do interior como o *Adam*.

101

Blue descobrira que havia dois estereótipos distintos para a população rural de sua região na Virgínia: os vizinhos que emprestavam xícaras de açúcar uns para os outros e que sabiam tudo a respeito de todos, e os caipiras que ficavam em suas varandas com espingardas, gritando palavras racistas quando ficavam bêbados. Por ter crescido tão envolvida no primeiro grupo, Blue só acreditara na existência do segundo já em sua adolescência bem avançada. A escola lhe ensinara que os dois tipos quase nunca nasciam na mesma ninhada.

— Escutem — ela disse. — Quando chegarmos lá, vou mostrar para vocês as casas onde devemos parar.

A montanha Coopers acabou se revelando mais um pequeno monte do que uma montanha de verdade, chamando atenção mais por causa de sua súbita aparição no meio de campos esparsamente povoados. Havia um pequeno bairro de um lado. Casas de fazenda distantes umas das outras pontilhavam o resto da área circundante. Blue desviou Gansey do primeiro bairro em direção às casas de fazenda.

— As pessoas dos bairros só sabem sobre as pessoas dos bairros — ela disse. — Não tem cavernas nos bairros. Aqui, aqui, essa é boa! É melhor você esperar no carro com essa sua cara de bacana.

Gansey era absolutamente consciente de sua cara de bacana para protestar. Ele dirigiu o Camaro lentamente por um longo acesso de cascalho que terminava em uma casa de fazenda branca. Um cão desmazelado sem raça ou numa mistura de todas elas correu para latir enquanto Blue descia na chuva.

— Ei, você — Blue o cumprimentou, e o cão recuou imediatamente para baixo da varanda. Na porta, uma mulher mais velha segurando uma revista respondeu à sua batida. Ela parecia amigável. Pela experiência de Blue, todos que viviam em casas de fazenda remotas e decadentes geralmente pareciam amigáveis, até que não pareciam mais.

— Posso ajudar?

Blue exagerou seu sotaque, deixando-o o mais lento e local possível.

— Não estou vendendo nada, juro. Meu nome é Blue Sargent, moro em Henrietta e estou fazendo um trabalho de geologia. Ouvi dizer que tem uma caverna aqui perto. Você poderia me indicar o caminho?

Então sorriu, como se a mulher *já* a tivesse ajudado. Se havia uma coisa que Blue havia aprendido como garçonete, levando cães para passear e sendo a filha de Maura Sargent, era que as pessoas geralmente se tornavam o tipo de pessoa que você esperava que elas fossem.

A mulher pensou a respeito.

— Bem, isso parece familiar, mas não creio que... Você perguntou ao Wayne? Bauer? Ele conhece bem a região.

— Quem é ele, mesmo?

A mulher apontou na direção do outro lado da estrada.

Blue ergueu o polegar, agradecendo. A mulher lhe desejou boa sorte.

No fim das contas, Wayne Bauer não estava em casa, mas sua esposa estava, e ela não sabia de nada sobre uma caverna, mas então eles perguntaram ao Jimmy mais adiante, porque ele estava sempre cavando valas, e você sabe que você encontra de tudo em valas. E Jimmy não sabia de nenhuma caverna, mas achava que Gloria Mitchell tinha dito algo a respeito de uma no ano passado. Eles descobriram que Gloria não estava em casa, mas sua irmã mais velha estava, e ela perguntou:

— O quê, você está falando da caverna de Jesse Dittley?

— Não precisa ficar convencida — Gansey disse para Blue enquanto ela colocava o cinto de segurança.

— Claro que preciso — respondeu Blue.

A fazenda Dittley ficava bem na base da montanha Coopers. A casa de estrutura de madeira inclinada estava cercada de carros aos pedaços, sofás inteiros e grama alta. Os pneus abandonados e os aparelhos de ar-condicionado em janelas quebradas inspiravam o mesmo sentimento em Blue que a cozinha-banheiro-lavanderia bagunçada na Monmouth: a vontade irresistível de arrumar e organizar as coisas.

Enquanto descia do carro, Blue repassava o nome *Jesse Dittley* na cabeça. Algo a respeito dele lhe trazia uma lembrança, mas ela não sabia o que era. Um velho amigo da família? Um tarado de uma reportagem no jornal? Um personagem de história em quadrinhos?

Caso fosse a alternativa do meio, Blue se certificou de que trazia seu canivete rosa no bolso. Ela não acreditava realmente que teria de esfaquear ninguém, mas gostava de estar preparada.

Blue parou na varanda inclinada com catorze jarros de leite vazios e dez gatos e bateu na porta. Levou um bom tempo para a porta se abrir, e, uma vez aberta, uma baforada de cigarro saiu porta afora.

— MAS QUEM DIABOS VOCÊ É?

Blue espiou o homem para cima. Ele a espiou para baixo. Ele devia ter aproximadamente dois metros de altura e usava a maior regata branca que ela já vira na vida (e ela vira muitas). Seu rosto era suave, se um tanto surpreso; a voz alta, concluiu Blue, era por causa da caixa torácica, e não por maldade. Ele encarou a blusa dela, feita de faixas de tecido e linguetas de latas de refrigerante, e então o rosto.

— Muito contente por conhecê-lo, é quem eu sou.

Blue espiou para dentro da casa. Viu mais cadeiras reclináveis do que já vira na vida (e ela vira muitas). Nada indicava onde ela poderia ter ouvido o nome daquele homem antes.

— Você é Jesse Dittley?

— EU SOU JESSE DITTLEY. VOCÊ NUNCA COMEU FEIJÃO?

Era verdade que Blue mal tinha um metro e meio e também era verdade que não comia feijão, mas ela havia pesquisado e não acreditava que as duas coisas estivessem relacionadas. Ela disse:

— Eu saí perdendo no jogo de dados da genética.

— PODE ESTAR CERTA DISSO.

— Estou aqui porque disseram que você tem uma caverna.

Ele considerou a questão e coçou o peito. Por fim, olhou para onde o Camaro estava parado, encharcado no acesso escavado.

— QUEM SÃO ELES?

— Meus amigos — respondeu Blue —, que também estão interessados na caverna. Se ela existir.

— AH, ELA EXISTE. — Ele soltou um suspiro do tamanho de um furacão. — MELHOR FALAR PARA ELES SAÍREM DA CHUVA.

O Camaro já estava teoricamente fora da chuva — bem, talvez não o ombro esquerdo de Gansey —, mas Blue não discutiu a questão e gesticulou para que os outros se juntassem a ela.

Dentro da casa parecia muito com o lado de fora. Máquinas meio dissecadas, plantas mortas em vasos secos, colchas empoeiradas amon toadas nos cantos, gatos espiando de dentro de pias. Estava cinzento, descorado e escuro na chuva. Havia algo *fora de centro* a respeito da casa, como se os corredores fossem estreitos demais, ou um pouco inclinados, ou apenas ligeiramente equivocados de alguma maneira.

Jesse Dittley. A familiaridade do nome a estava deixando maluca.

Na sala de estar, Malory se sentou em um sofá reclinável sem piscar um olho. Gansey continuou de pé. Ele parecia um pouco tonto.

Blue se sentou em um pufe. Jesse Dittley se postou junto à mesa de cartas, coberta de copos vazios. Ele não lhes ofereceu uma bebida.

— O QUE VOCÊS QUEREM SABER SOBRE A CAVERNA? — Antes que eles pudessem responder, acrescentou sombriamente: — ELA É AMALDIÇOADA.

— Meu Deus — disse Malory.

— Não me importo muito com maldições — disse Gansey, seu sotaque de dinheiro antigo da Virgínia soando elegante e afetado junto ao de Jesse. — Ela fica aqui perto?

— BEM ALI — relatou Jesse.

— Ah! Você sabe o tamanho dela? — perguntou Gansey, ao mesmo tempo em que Blue perguntava de maneira amigável:

— Que tipo de maldição?

— MEU PAI MORREU DENTRO DELA. E O PAI DO MEU PAI. E O PAI DO PAI DO MEU PAI. — Jesse concluiu, talvez equivocadamente: — ELA PROVAVELMENTE NÃO TEM FIM. VOCÊ É UM DOS GAROTOS DA AGLIONBY, ESTOU CERTO?

— Sim — respondeu Gansey precisamente.

— ESSE CÃO QUER ÁGUA?

Todos olharam para o Cão. Ele parecia um pouco tonto.

— Ah, se não for muito incômodo — disse Malory.

Jesse foi buscar água, e Gansey trocou um olhar com Blue.

— Essa história de repente ficou sinistra.

— Vocês acreditam que existe uma maldição? — ela perguntou.

— É claro que sim — respondeu Malory. — Ela está na linha ley. Aparições e tempestades elétricas, feras negras e lapsos de tempo.

— Para a gente, é apenas a linha ley. Para todos os outros, é uma maldição — completou Gansey, abismado. — É claro.

Jesse voltou com uma tigela de vidro lascada cheia de água. O Cão bebeu ansiosamente. O Camaro tinha um vazamento no escapamento, o que provocava um efeito de desidratação em seus ocupantes.

— O QUE VOCÊS QUEREM NA CAVERNA? IMAGINO QUE EXISTA UM MONTE DE CAVERNAS SEM MALDIÇÃO POR AQUI.

— Estamos explorando outro sistema de cavernas e chegamos a uma parte que está bloqueada. Estamos tentando descobrir outra maneira de entrar nela, e acreditamos que a sua caverna possa ser a solução.

Como a verdade funcionava bem.

Jesse os levou pela porta dos fundos, passando por outra varanda protegida por telas e então para a garoa.

Na rua, ele era ainda maior do que Blue achava que ele era. Ou, possivelmente, agora era mais fácil comparar o tamanho dele com a casa e perceber que ela era insuficiente. Enquanto os guiava através de uma vasta pastagem para vacas, Jesse não baixou a cabeça contra a chuva. Essa falta de preocupação pareceu nobre para Blue, embora ela não conseguisse realmente seguir o exemplo dele à medida que a chuva pingava dos lóbulos de suas orelhas.

— Esse tempo me lembra a escalada terrível que fiz com um sujeito chamado Pelham — murmurou Malory, abrindo um guarda-chuva para si e compartilhando-o com Blue. — Catorze quilômetros na ida e catorze na volta, e tudo por uma rocha vertical que parecia um cachorro dependendo da luz. O homem só falava de futebol e da namorada... Que empreitada terrível.

A passos grandes e curvos, Jesse os levou até uma cerca de arame farpado. Do outro lado, uma estrutura de pedra em ruínas perdida no tempo se sobressaía da encosta pedregosa. Ela não tinha teto e tinha aproximadamente dois metros quadrados. Embora tivesse apenas um pavimento arruinado, algo a respeito dela passava a impressão de altura, como se um dia tivesse sido mais alta. Blue lutou para imaginar qual teria sido o seu propósito original. Algo a respeito do aspecto minúsculo das janelas parecia errado para uma residência. Se ela não estivesse na Virgínia, se ela estivesse em algum lugar mais *antigo*, Blue teria pensado que ela parecia com a ruína de uma torre de pedra.

— É AQUI.

Blue e Gansey trocaram um olhar. O olhar de Gansey dizia: *Nós falamos "caverna", certo?* O olhar de Blue dizia: *Definitivamente.*

Jesse usou um pedaço de pau para empurrar para baixo o arame farpado, para que eles pudessem passar pela cerca — todos exceto o Cão, que ficou irritadamente para trás. Então, com os pés escorregando sobre folhas úmidas, eles escalaram a colina. Do lado de trás da construção, uma porta consideravelmente mais nova havia sido colocada no velho marco. Um cadeado a mantinha fechada. Jesse tirou uma chave e passou para Blue.

— Eu? — ela perguntou.

— EU NÃO VOU ENTRAR.

— Que galante — observou Blue. Ela não estava exatamente nervosa, a questão era que simplesmente não levantara naquela manhã com a intenção de cutucar uma maldição.

— MATA APENAS DITTLEYS — Jesse a acalmou. — A NÃO SER QUE VOCÊ TENHA SANGUE DITTLEY?

— Acho que não — disse Blue.

Ela encaixou a chave no cadeado e abriu a porta.

Dentro havia mudas de árvores, rochas desmoronadas e então, em meio ao entulho, um buraco. Não parecia nem um pouco com a abertura de caverna convidativa que Cabeswater havia lhes proporcionado. Era menor, mais escuro, mais irregular e mais íngreme desde a entrada. Parecia um lugar para segredos.

— Olhe essa caverna, Gansey — disse Malory. — Eu me pergunto quem disse que havia uma caverna aqui.

— Deixe a presunção para a Jane — disse Gansey.

— Não entre aqui — Blue avisou, abrindo caminho em meio aos fragmentos de pedras. — Caso tenha marimbondos ou algo assim.

— PARECE PIOR QUANDO VOCÊ OLHA PARA DENTRO — disse Jesse enquanto Blue espiava no buraco. Era absolutamente negro lá dentro, mais escuro ainda por causa da ausência do sol. — MAS NÃO É ÍNGREME. APENAS AMALDIÇOADO.

— Como você sabe que não é íngreme? — ela perguntou.

— JÁ ESTIVE AÍ ANTES, EM BUSCA DOS OSSOS DO MEU PAI. A MALDIÇÃO NÃO TE LEVA ANTES DA HORA.

Era difícil de argumentar com esse tipo de lógica.

— Você acha que podemos entrar? — perguntou Gansey. — Não agora, mas voltando com o equipamento certo?

Jesse o espiou, e então Malory, e por fim Blue.

— EU FUI COM A CARA DE VOCÊS, ENTÃO... — Ele balançou a cabeça. — NÃO.

— Como? Você disse não? — perguntou Gansey.

— POR UMA QUESTÃO DE CONSCIÊNCIA, EU NÃO POSSO DEIXAR. VAMOS TRANCAR A PORTA DE NOVO.

Ele aceitou a chave dos dedos chocados de Blue.

— Mas nós tomaríamos o máximo de cuidado — ela lhe disse.

Jesse trancou novamente a porta, como se não tivesse ouvido nada.

— E poderíamos pagar as despesas — Gansey sugeriu cuidadosamente, e Blue chutou sua perna com tanta força que deixou uma marca de lama em suas calças. — Meu Deus, Jane!

— NÃO DIGAM O NOME DO SENHOR EM VÃO — disse Jesse. — AGORA DIVIRTAM-SE EXPLORANDO OUTRO LUGAR.

— Ah, mas...

— O ATALHO É PELO CAMPO. TENHAM UM BOM DIA.

Eles haviam sido dispensados. Por incrível que pareça, eles haviam sido dispensados.

— Melhor assim — disse Malory enquanto caminhavam de volta através do campo úmido, os ombros miseravelmente curvados. — Cavernas são lugares terríveis para se morrer.

— E agora? — perguntou Blue.

— Pelo visto precisamos nos apressar. Rápido, rápido — disse Gansey. — Para achar um jeito de fazer o homem mudar de ideia. Ou então invadimos a propriedade dele.

Após ele entrar no carro, Blue percebeu que Gansey estava usando o uniforme da Aglionby, com os ombros salpicados de chuva, como estivera seu espírito quando ela o vira sobre a linha ley. Ele poderia ter morrido naquele campo, e ela teria sido avisada. Mas Blue só pensara nisso depois.

Viver a vida de trás para frente era algo tão impossível.

14

— Este aqui diz "cheddar orgânico de gado alimentado em pasto da Nova Zelândia" — disse Greenmantle, fechando a porta atrás de si. A entrada vazia imediatamente caiu no escuro sem a luz da rua. Segurando o pacote próximo do rosto, a fim de ver o rótulo, e falando alto para ser ouvido através da casa, ele continuou: — "Queijo cheddar suave feito de leite orgânico fresco de gado alimentado em pasto. Ingredientes: leite de vaca, sal, culturas"... tipo Dave Brubeck, Warhol, coisas desse tipo... "enzima coagulante". Ah, isso é comercial demais.

Ele deixou cair o casaco sobre a cadeira junto à porta da frente e então, após um momento de consideração, as calças também. O desejo de Piper era como uma única armadilha de urso em meio à mata selvagem. Era praticamente impossível encontrá-lo se você estivesse procurando, mas era algo para o qual você gostaria de estar preparado caso pisasse nele por acidente.

— Espero que esse silêncio signifique que você está pegando as bolachas. — Greenmantle entrou na cozinha. A busca por bolachas não era, na realidade, a causa do silêncio de Piper. Ela estava parada na sala de jantar com uma expressão aborrecida no rosto, calças rosa de ioga nas pernas e uma arma apontada para a cabeça.

O ex-empregado de Greenmantle, o Homem Cinzento, era o portador da citada arma. Tanto ele quanto Piper formavam uma silhueta contra a janela que dava para o pasto. O Homem Cinzento parecia bem, saudável, bronzeado, como se Henrietta e um motim combinassem com ele. Piper parecia brava, não com o Homem Cinzento, mas com Greenmantle.

O Homem Cinzento levara mais tempo para aparecer do que Greenmantle imaginara.

Bem, finalmente ele estava aqui.

— Bom, acho que vou eu mesmo pegar as bolachas — disse Greenmantle, largando o pedaço de queijo na ilha no centro da cozinha. — Desculpe não estar vestido para a visita.

— Não se mexa — disse o Homem Cinzento, indicando com o queixo a arma em sua mão. Era preta e tinha uma aparência assustadora, embora Greenmantle não fizesse ideia de que tipo era. Armas de tom prateado pareciam menos perigosas para ele, embora ele imaginasse que isso era uma falácia que poderia lhe causar problemas. — Não se mexa.

— Ah, *pare* — disse Greenmantle exasperado, virando-se para pegar a tábua de queijos do balcão. — Você não vai atirar na Piper.

— Tem certeza disso?

— Sim, acho que sim. — Greenmantle pegou as bolachas, um prato e uma faca do bloco de facas e os arrumou de maneira razoável. Semicerrou um olho e segurou um pedaço de queijo no alto. — Você acha que esse é o tamanho certo? Ou eu devia cortar mais fino? As bolachas que vão acompanhar são essas.

— Esse pedaço é do tamanho de um úbere inteiro — disse Piper.

— Desculpe, essa faca não é muito afiada. Sr. Cinzento, sério. A arma? Você não acha isso um pouco teatral demais?

O Homem Cinzento não baixou a arma. Ela continuava parecendo perigosa, assim como o Homem Cinzento. Ele era muito bom em parecer assustador, mas a descrição de seu trabalho era para ser o fator mais intimidador no aposento a qualquer momento.

— Por que você está aqui? — perguntou o sr. Cinzento.

Ah, e a dança começou.

— Por que *eu* estou aqui? — disse Greenmantle. — Eu queria saber por que *você* está aqui, tendo em vista que me disse que havia roubado as minhas coisas e fugido para West Palm Springs.

Que dia havia sido aquele, com Laumonier sendo Laumonier e aqueles malditos tapetes peruanos sendo parados na alfândega antes que ele tivesse tempo de vê-los, e então o Homem Cinzento estragando tudo.

— Eu lhe contei a verdade primeiro. E isso não foi o suficiente.
Greenmantle cortou um pedaço de queijo.
— Ah, certo, a... "verdade". Qual era mesmo? É claro. A *verdade* era aquela que você me contou, que o artefato que se dizia que estava nesta região há mais de uma década, e que havia sido rastreado de maneira bastante conclusiva até aquele perdedor do Niall Lynch, *não chegava nem a existir*. Pelo que me lembro, eu rejeitei essa verdade. Estou tentando lembrar por que eu faria tal coisa. Você se lembra, tesouro, por que eu decidi que era mentira?

Piper estalou a língua.

— Porque você não é um idiota completo?

Greenmantle gesticulou com a faca na direção de sua mulher. Esposa. Parceira. Amante.

— Sim, era isso. Agora eu lembro.

— Eu lhe disse que não era um artefato, e continuo afirmando isso. Trata-se de um fenômeno, não de uma coisa.

— Não tente me enganar, sr. Cinzento — disse Greenmantle agradavelmente, colocando uma bolacha com queijo na boca e falando ao mesmo tempo. — Como você acha que eu sabia como ele era chamado? Niall Lynch me contou. Maldito fanfarrão. Ele achou que era invencível. Posso lhe servir um vinho? Trouxe um tinto fantástico comigo. É uma beleza.

O Homem Cinzento lhe lançou um olhar frio. Seu olhar de assassino. Greenmantle sempre gostara da ideia de ser um assassino misterioso, mas esse sonho profissional invariavelmente perdia em comparação ao seu prazer de sair pela cidade e ter a admiração das pessoas em virtude de sua reputação, assim como dirigir seu Audi com placa personalizada (GRNMNTL) e viajar atrás de queijos para países que colocavam pequenos chapéus sobre as vogais, como: ê.

— O que você quer de mim? — perguntou o sr. Cinzento.

— Se nós tivéssemos uma máquina do tempo, eu diria que você poderia voltar correndo e fazer o que eu lhe pedi da primeira vez, mas acho que *esse* barco já partiu para o mar do esquecimento. Você gostaria de abrir o vinho? Eu sempre deixo com a rolha. Não? Está bem, então. Imagino que você compreenda que terá de ser um exemplo — respondeu Greenmantle.

Ele atravessou a cozinha e colocou uma bolacha com queijo na língua de Piper. Ofereceu uma para o Homem Cinzento, que não aceitou e tampouco baixou a arma. Ele continuou:

— Quer dizer, o que os outros pensariam seu eu deixasse você sair livre dessa? Não seria bom. Então, embora eu tenha curtido nosso tempo juntos, acredito que isso significa que você provavelmente vai precisar ser destruído.

— Então atire em mim — disse o Homem Cinzento, sem medo.

Ele realmente era uma obra de arte, o Homem Cinzento. Um personagem de ação em forma de assassino. Tudo que sua nobreza conseguiu foi provar o que Greenmantle já sabia: havia coisas naquela cidade que o Homem Cinzento considerava mais importantes que sua própria vida.

— Ah, sr. Cinzento. Dean. Você é mais esperto que isso. Ninguém se lembra de um cadáver. Eu sei que você sabe como isso funciona. — Greenmantle cortou outro pedaço de queijo. — Primeiro eu vou ficar por aqui, apenas *observando*. Curtindo a paisagem. Descobrindo os melhores lugares para tomar café da manhã, vendo os pontos turísticos, observando você dormir, descobrindo tudo que é importante para você, encontrando aquela mulher por quem você se apaixonou, planejando a melhor maneira de fazer a destruição de tudo isso publicamente excruciante para você. Et cetera e por aí afora.

— Me dá mais uma, mas sem tanto queijo — disse Piper.

Ele o fez.

— Se você vai destruir a minha vida de qualquer jeito, não tenho por que simplesmente não matar você e a Piper agora mesmo — disse o Homem Cinzento.

— Me fale safadezas — disse Greenmantle. — Como nos velhos tempos. Na realidade, há outra opção, sr. Cinzento. Você me dá o Greywaren, como eu lhe pedi, e então filmamos um vídeo curto de você cortando o seu dedo do gatilho. Aí estaremos quites.

Ele ergueu as mãos como a deusa da Justiça, segurando o queijo em uma mão e a faca na outra.

— Ou isso, ou aquilo.

— E se não houver Greywaren?

— Então há a destruição pública de tudo o que você ama. Opção: o sonho americano.

O Homem Cinzento parecia estar considerando. Normalmente qualquer outra pessoa pareceria assustada a essa altura da conversa, mas era possível que o Homem Cinzento não tivesse emoções.

— Vou precisar pensar a respeito.

— Com certeza — disse Greenmantle. — Que tal uma semana? Não, nove dias. Nove é três mais três mais três. Vou continuar olhando por aí enquanto você decide. Obrigado por vir.

O Homem Cinzento se afastou de Piper, a arma ainda apontada para ela, e então desapareceu pela porta atrás de si. O aposento ficou em silêncio.

— Aquela porta não dá para um armário? — perguntou Greenmantle.

— É a porta da garagem, seu imbecil — disse Piper com seu carinho característico. — Agora eu perdi a ioga, e o que vou dizer a eles? *Ah, eu tinha uma arma apontada para a minha cabeça.* Outra coisa, eu disse para você jogar fora essas cuecas há meses. O elástico está todo solto.

— Fui eu — ele disse. — Eu o afrouxei. Entendeu?

A voz de Piper permaneceu, enquanto o resto de si deixava o aposento.

— Estou cansada dos seus passatempos. Essas são as piores férias que eu já tive.

15

Adam estava sozinho na oficina mecânica.

Na noite ainda chuvosa, ficou prematuramente escuro no interior da oficina, os cantos da garagem consumidos por uma escuridão que as luzes fluorescentes acima não conseguiam alcançar. No entanto, ele havia passado horas incontáveis trabalhando lá, e suas mãos sabiam onde encontrar coisas mesmo quando seus olhos não sabiam.

Agora Adam estava debruçado sobre o motor de um velho Pontiac, o rádio sujo nas prateleiras da oficina lhe fazendo companhia. Boyd havia lhe deixado a tarefa de trocar a junta do cabeçote e fechar a oficina. Jantar, ele disse, era para velhos como ele. A longa monotonia de juntas do cabeçote era para jovens como Adam.

Não era um trabalho difícil, o que era pior, de certa maneira, pois sua mente desocupada girava. Mesmo enquanto ele repassava mentalmente os detalhes dos acontecimentos mais importantes dos anos 20 na história dos Estados Unidos para uma prova, Adam tinha potência de sobra no cérebro para pensar como suas costas doíam de se esticar sobre o motor, a graxa que ele podia sentir em sua orelha, a frustração desse pino enferrujado, a proximidade do dia de sua audiência e a presença de outras pessoas na linha ley.

Ele se perguntou se Gansey e os outros haviam realmente saído na chuva para explorar a montanha Coopers. Parte dele tinha esperança de que eles não tivessem feito isso, embora ele fizesse o seu melhor para expulsar as emoções mesquinhas em relação aos amigos — se ele as deixasse correr soltas, teria ciúme de Ronan, ciúme de Blue, ciúme de Gansey com qualquer um dos outros dois. Qualquer combinação que não envolvesse Adam provocaria um grau de desconforto, se ele deixasse.

Mas ele não deixaria.

Não brigue com Gansey. Não brigue com Blue. Não brigue com Gansey. Não brigue com Blue.

Não fazia sentido dizer a si mesmo para não brigar com Ronan. Eles brigariam de novo, pois Ronan ainda respirava.

Do lado de fora da oficina, o vento soprava, salpicando a chuva contra as janelas pequenas e raiadas das portas da garagem. Folhas secas farfalhavam contra as paredes e corriam junto a elas para longe. Era aquela época do ano em que podia ser quente ou frio de um dia para o outro; não era nem verão nem outono. Um entre-estações, um tempo transitório. Uma fronteira.

Quando mudou de posição para alcançar melhor o bloco do motor, Adam sentiu uma brisa fria em volta dos tornozelos, passando bem junto à bainha das calças. Suas mãos doíam: estavam mais ressecadas ainda. Quando era garoto, Adam costumava lamber as costas das mãos, sem perceber que isso as deixava mais ressecadas ainda com o passar do tempo. Fora um costume difícil de abandonar. Mesmo agora, quando elas o incomodavam, ele resistia ao impulso de aliviar o desconforto por apenas um segundo.

Na rua, o vento soprava de novo, mais folhas sacudindo as janelas. Dentro, algo se mexia e estalava. Algo se acomodando na lata de lixo, talvez.

Adam esfregou o braço no rosto, e só então se deu conta de que seu braço tinha uma mancha de graxa. No entanto, não fazia sentido limpar o rosto até que tivesse terminado seu turno.

Houve mais um estalido dentro da oficina. Adam parou o trabalho, chave-inglesa pairando sobre o motor, o topo do crânio tocando o capô aberto. Algo parecia diferente, mas ele não conseguia descobrir o que era.

O rádio havia parado de tocar.

Adam olhou desconfiado para o velho rádio. Ele podia vê-lo, duas baias adiante, do outro lado do Pontiac, de uma picape e de um Toyota pequeno. A energia estava desligada; possivelmente a pilha havia finalmente acabado.

Mas, mesmo assim, Adam perguntou à garagem vazia:

— Noah?

Não era do feitio de Noah ser assustador de propósito, mas ele vinha sendo menos *Noah* do que de costume ultimamente. Menos Noah e mais morto.

Algo deu um estouro.

Adam levou um segundo para perceber que era a luz de trabalho portátil pendurada na ponta do capô. Ela havia ficado escura.

— Noah, é você?

Adam subitamente teve o *sentimento* terrível e avultante de que algo estava atrás dele, observando-o por trás. Algo próximo o suficiente para soprar uma aragem fria em torno de seus tornozelos de novo. Algo grande o suficiente para bloquear parte da luz da lâmpada incandescente junto à porta lateral.

Não era Noah.

Na rua, um raio caiu subitamente. Adam não aguentou e saiu apressadamente de debaixo do capô, virando-se com as costas pressionadas contra o carro.

Não havia nada lá a não ser blocos de concreto, calendários, ferramentas na parede, pôsteres. Mas uma das chaves-inglesas na parede de ferramentas estava balançando. O outro lado da garagem estava escuro de uma maneira que Adam não se lembrava de ter visto.

Vá embora, vá embora...

Algo tocou sua nuca.

Ele fechou os olhos.

Subitamente, Adam compreendeu. Era Cabeswater, tentando se fazer compreender. Persephone estivera trabalhando com ele para melhorar sua comunicação: normalmente, Adam lhe perguntava todas as manhãs o que ela precisava, enquanto abria cartas de tarô ou fazia uma divinação na pia do banheiro. Mas Adam não havia perguntado desde que a escola começara.

Então agora Cabeswater o forçava a ouvi-la.

Cabeswater, dissera Persephone um dia, calma e severa, *não manda em você*.

Algo retiniu sobre a mesa junto à parede oposta.

— Espera! — disse Adam.

Ele mergulhou em busca de sua bolsa a tiracolo enquanto o aposento ficava mais escuro. Seus dedos encontraram cadernos, livros didáticos, envelopes, canetas, o doce esquecido. Algo mais caiu no chão, bem próximo. Por um minuto angustiante ele achou que havia deixado as cartas de tarô no apartamento.

Ela não vai me machucar. Vai ser assustador, mas não vai me machucar...

Mas o medo machuca, também.

Só porque ela tem acessos de fúria, acrescentou Persephone, *isso não a torna mais certa do que você.*

As cartas. Adam se agachou ao lado da bolsa, pegou o saco de veludo e despejou o baralho nas mãos. Persephone andara lhe ensinando todos os tipos de meditação, mas não haveria meditação agora. Tremendo, ele embaralhou as cartas enquanto o óleo na panela debaixo do Pontiac começou a transbordar, um oceano furioso.

Adam abriu três cartas no chão de concreto. *A Morte, a Imperatriz, o Diabo.*

Pense, Adam, pense, entre nela...

A luz fluorescente mais próxima zuniu estridentemente, subitamente brilhante demais, então subitamente muito apagada.

O subconsciente de Adam se esvaiu através da consciência de Cabeswater, ambos emaranhados naquela estranha barganha que ele havia feito.

A Morte, a Imperatriz, o Diabo. Três adormecidos, sim, sim, ele sabia disso, mas só precisava de um, e, de qualquer maneira, que importância Cabeswater dava para quem estava dormindo sobre a linha ley, o que ela *precisava* que Adam fizesse?

Sua mente se concentrou em um pensamento ramificado, viajou ao longo de um galho, até um tronco, descendo para as raízes, em seguida chão adentro. Naquela escuridão e terra e pedra, ele viu a linha ley. Finalmente viu a conexão, onde ela havia sido interrompida, e compreendeu o que Cabeswater estava pedindo para ele reparar. O alívio tomou conta de Adam.

— Entendi — ele disse em voz alta, deitando-se e recuperando as forças sobre o concreto frio. — Vou fazer esta semana.

A oficina imediatamente voltou ao normal. O rádio recomeçara a tocar, e Adam não percebera o momento em que isso acontecera. Embora os meios de comunicação de Cabeswater pudessem ser aterrorizantes — aparições, cães negros, ventos uivantes, rostos em espelhos —, a questão nunca era intimidar. Ele sabia disso. Mas era difícil se lembrar disso enquanto as paredes se mexiam, a água formava gotículas do lado de dentro de janelas e mulheres imaginárias soluçavam em seu ouvido.

Cabeswater sempre parava tão logo Adam a compreendia. Ela só queria que ele compreendesse.

Adam suspirou fundo junto às cartas de tarô. Hora de voltar ao trabalho.

Mas.

Ele ouviu algo. Não deveria haver mais nada, não mais.

Mas algo estava arranhando a porta da oficina. Era um ruído seco, fino, como um papel sendo rasgado. Uma garra. Uma unha.

Mas ele havia *compreendido*. Ele havia prometido fazer o trabalho.

Adam queria dizer a si mesmo que era apenas uma folha ou um graveto. Algo comum.

Mas Henrietta não era mais um lugar comum. *Ele* não era mais uma pessoa comum.

— Eu disse que compreendi — falou Adam. — *Saquei*. Esta semana. Precisa ser antes?

Não houve resposta do lado de dentro da garagem, mas, do lado de fora, algo leve e inquieto passou por uma das janelas, alto, longe do chão. Havia apenas luz suficiente para ver suas escamas.

Escamas.

O pulso de Adam se acelerou, o coração batendo tão rápido que doía.

Certamente Cabeswater acreditava nele; Adam nunca a deixara na mão antes. Não havia regras, mas havia confiança.

Um ruído veio bem junto à porta do lado de fora: *tck-tck-tck-tck*.

A porta da garagem se escancarou. Soou como um trem de carga enquanto rugia ao longo dos trilhos até o teto.

Na noite sombria, na chuva de um profundo azul-escuro, um monstro pálido se ergueu. Ele tinha unhas como garras e bicos selvagens, asas esfarrapadas e escamas gordurosas. Era tão contrário a tudo o que era real que se tornava difícil vê-lo verdadeiramente.

O terror tomou conta de Adam. O velho terror, aquele que era tanta confusão e traição quanto o próprio medo.

Ele havia feito tudo certo. Por que aquilo ainda estava acontecendo se ele havia feito tudo certo?

O horror de animal deu um passo, arranhando e resvalando sobre o chão na direção de Adam.

— Xô, seu canalha feioso — disse Ronan Lynch.

Ele saiu da chuva e entrou na oficina; estivera escondido no escuro em sua jaqueta e seus jeans escuros. Motosserra se agarrava em seu ombro. Ronan ergueu uma mão para a besta branca como se estivesse lançando um barco ao mar. A criatura recuou a cabeça, bicos de lado a lado abertos.

— Vá — disse Ronan, sem medo.

Ela levantou voo.

Porque não era apenas um monstro qualquer; era o monstro de Ronan Lynch. Um horror noturno trazido para uma vida corrompida. Ela flutuou no escuro, estranhamente graciosa, uma vez que seu rosto estava fora de vista.

— Droga, Ronan, que merda — disse Adam ofegante, baixando a cabeça. — Meu Deus do céu, você quase me matou de susto.

Ronan sorriu, irônico. Ele não compreendia que o coração de Adam ia realmente explodir. Adam segurou a nuca com as mãos, encolhendo-se como uma bola sobre o concreto, esperando sentir que não ia morrer.

Então ouviu o estrépito da porta da garagem ser fechada novamente. A temperatura subiu imediatamente quando o vento foi bloqueado.

Uma bota cutucou o joelho de Adam.

— Levanta.

— Seu babaca — murmurou Adam, ainda sem erguer a cabeça.

— Levanta. Ela não ia te machucar. Não sei por que você está se mijando de medo.

Adam se desenrolou. Ele estava lentamente se recuperando, se sentindo mais incomodado que temeroso. Então se pôs de pé.

— Tem mais coisas acontecendo no mundo do que apenas você, Lynch.

Ronan virou a cabeça de lado para ler as cartas.

— O que é isso?

— Cabeswater.

— Que merda aconteceu com o seu rosto?

Adam não respondeu.

— Por que ela estava com você?

— Eu estava na Barns. Ela seguiu o carro — Ronan rondou o Pontiac, espiando o processo dentro com uma falta de compreensão desinteressada. Motosserra bateu asas para pousar sobre o bloco do motor, a cabeça recolhida. — Não — avisou Ronan. — Isso é tóxico.

Adam queria perguntar o que Ronan andara fazendo na Barns todos aqueles últimos dias e noites, mas não o pressionou. A Barns era uma questão de família, e família era um assunto particular.

— Vi a merda do seu carro no estacionamento no caminho de volta — disse Ronan. — E pensei, qualquer coisa para evitar o Malory por alguns minutos a mais.

— Comovente.

— O que você acha da ideia de pesquisar a teia de aranha do Greenmantle? Possível? Não possível?

— Qualquer coisa é possível.

— Faça, então, por mim — disse Ronan.

Adam riu, descrente.

— Fazer por você! Alguns de nós temos tarefas de casa para fazer, sabia?

— Tarefas de casa! Qual o sentido disso?

— Passar de ano? Se formar?

Ronan praguejou, mostrando um desinteresse maior ainda.

— Você está simplesmente tentando me deixar bravo? — perguntou Adam.

Ronan pegou uma chave na bancada do outro lado do Pontiac. Ele a estudou de um jeito que sugeria que contemplava seu mérito como arma.

— A Aglionby não faz muito sentido para gente como nós.

— O que é "gente como nós"?

— Eu não vou usar a escola — disse Ronan — para conseguir um trabalho de terno e gravata... — Ele fez como se estivesse sendo enforcado, a cabeça de lado. — E você pode encontrar uma maneira de fazer a linha ley trabalhar para você, uma vez que já barganhou com ela.

— O que você acha que eu estou fazendo agora? Onde estamos mesmo?

— Terrivelmente próximo daquele Toyota é onde *eu* estou.

— Estou trabalhando. Daqui a duas horas, vou para o meu próximo trabalho, por mais quatro horas. Se você está tentando me convencer de que eu não preciso da Aglionby depois de eu ter me *matado* para estudar lá por um ano, está desperdiçando seu fôlego. Se quiser ser um perdedor, que seja, mas não me ponha no meio disso para se sentir melhor.

A expressão de Ronan era fria sobre o teto do Pontiac.

— Bom — ele disse —, vá se foder, Parrish.

Adam apenas olhou para ele, fulminante.

— Faça a sua tarefa de casa.

— Tanto faz. Estou caindo fora.

Quando Adam se abaixou para pegar um trapo para tirar a graxa do ouvido, o outro garoto havia desaparecido. Foi como se ele tivesse levado todo o barulho da garagem consigo; o vento morrera, as folhas pararam de farfalhar e a sintonia do rádio mudara, de modo que a transmissão só chiava um pouquinho. O ambiente parecia mais seguro, mas também mais solitário.

Mais tarde, Adam saiu caminhando pela noite fria e úmida até seu carrinho velho. Quando se deixou afundar no assento do motorista, encontrou algo que já estava ali em cima.

Ele retirou o objeto e o segurou sob a fraca luz interior. Era um pote de plástico, branco e pequeno. Adam girou a tampa e o abriu. Dentro havia uma loção incolor que cheirava a nevoeiro e musgo. Com o cenho franzido, recolocou a tampa e virou o pote, procurando algum traço a mais que o identificasse. No fundo, a caligrafia de Ronan o rotulava meramente: *manibus*.

Para suas mãos.

16

— Digo isso da maneira mais gentil possível — disse Malory, reclinado na cadeira da escrivaninha de Gansey —, mas vocês não sabem fazer chá nem aqui nem na China.

A noite fora da parede de janelas estava negra e úmida; as luzes de Henrietta pareciam se mover enquanto as árvores escuras balançavam de um lado para o outro diante deles. Gansey estava sentado no chão, ao lado de sua maquete da cidade, trabalhando lentamente nela. Ele não tivera tempo para acrescentar nada novo; em vez disso, havia conseguido uns minutos aqui e outros ali para reparar os danos incorridos naquele verão. A sensação de restaurar era distintamente menos satisfatória do que fora construir.

— Não sei o que estou fazendo de errado — admitiu Gansey. — Parece um processo objetivo.

— Se eu não estivesse aterrorizado de utilizar o banheiro que vocês chamam de cozinha, eu o aconselharia — disse Malory. — Mas temo que um dia entrarei naquele aposento e nunca mais sairei.

Gansey arrumou uma escada minúscula de cartolina com um tubo de cola e ergueu o olhar para descobrir o Cão, que o observava atentamente. O Cão não estava errado; ele havia colocado as escadas um pouco tortas. Gansey as arrumou.

— Melhor? — ele perguntou.

— Não dê atenção — respondeu Malory. — Ele é alerta demais. Estou impressionado, Gansey, pela falta de consideração que você colocou na ação de mandar Glendower dormir por seiscentos anos

— Eu considerei a questão — disse Gansey. — Bem, *conjeturei*. Não tenho como provar ou desaprovar teorias. E mesmo que seja interessante, em última análise, isso é altamente irrelevante.

— Do ponto de vista de um estudioso, eu discordo. Aliás, você também deveria discordar.

— Ah, deveria?

— Segunda a sua teoria, Glendower viajou até aqui por uma linha ley. Uma linha perfeitamente reta através do mar, não uma coisa fácil de conseguir. Uma confusão e tanto para esconder um príncipe. Por que não escondê-lo em uma linha galesa?

— Os ingleses não descansariam até encontrá-lo — disse Gansey.

— O País de Gales é pequeno demais para um segredo desses.

— É mesmo? Você e eu andamos pelo País de Gales. Então me diga que não existem lugares naquelas montanhas que não se prestariam a esconder um rei.

Gansey não tinha como discordar.

— Então por que navegar cinco mil quilômetros em uma viagem sem volta para um novo mundo onde ninguém sabe fazer uma xícara de chá decente? — Malory rolou a cadeira até a mesa de sinuca com os mapas. Quando Gansey se juntou a ele, Malory correu um dedo sobre um mar transbordante, do País de Gales até a minúscula Henrietta. — Por que alguém levaria adiante a tarefa quase impossível de navegar uma linha perfeitamente reta através desse mar?

Gansey não disse nada. O mapa não estava marcado, mas ele não conseguia deixar de ver todos os lugares onde ele estivera. Na rua, o vento ficou mais intenso abruptamente, colando folhas mortas e úmidas contra as venezianas.

— As linhas ley, os caminhos dos corpos, as estradas da morte, Doodwegen, se você acreditar nos holandeses (mas quem acredita), era assim que costumávamos carregar nossos mortos — disse Malory. — Os carregadores de caixões viajavam ao longo de estradas de funerais a fim de manter as almas intactas. Tomar um caminho torto perturbava a alma e criava uma maldição, ou pior. Então, quando eles viajavam em uma linha reta com Glendower, era porque ele tinha de ser transportado como os mortos.

— Então ele já estava dormindo quando eles partiram — disse Gansey, embora agora *dormindo* soasse como uma palavra suave demais para isso. Ele teve um flash de memória, embora não fosse uma memória de verdade; fora uma visão que ele tivera em Cabeswater. Glendower deitado de costas para cima em seu caixão, os braços dobrados sobre o peito, a espada em uma mão, o copo na outra. Gansey, a mão pairando sobre o capacete, temeroso e extasiado por finalmente olhar para o rosto desse rei após seiscentos anos. — Eles estavam mantendo a alma dele com o corpo.

— Precisamente. E agora que estou aqui, agora que eu vi a sua linha... acho que eles navegaram todo esse trajeto porque estavam procurando este lugar — Malory bateu de leve no mapa.

— Virgínia?

— Cabeswater.

A palavra pairou no ambiente.

— Se não Cabeswater em si, então um lugar como esse — continuou Malory. — Talvez tenham seguido leituras de energia até que pudessem encontrar um lugar com força suficiente para manter uma alma em estase por centenas de anos. Ou pelo menos por mais tempo do que as pessoas que cuidavam daquele corpo acreditavam que viveriam.

Gansey considerou todos os argumentos.

— As médiuns disseram que existem três adormecidos. Não apenas Glendower, mas outros dois. Suponho que o que você está dizendo explicaria por que pode haver outros aqui também. Não necessariamente porque ninguém tentou colocar nenhuma outra pessoa para dormir em qualquer outra parte, mas porque a tentativa fracassou em todos lugares, exceto aqui.

A hipótese inspirou um pensamento desagradável e de dar arrepios, de imaginar que você está sendo levado para dormir e, em vez disso, é enviado cheio de esperança para uma morte acidental.

Os dois encararam o mapa por vários minutos, então Malory disse:

— Vou para a cama. Vamos explorar amanhã, ou posso pegar o carro para ir até aquela outra Virgínia novamente e exercitar um pouco mais minha cartografia?

— Outra...? Ocidental. Virgínia Ocidental. Acho que podemos te acompanhar depois das aulas.

— Excelente.

Malory deixou sua xícara de chá de baixa qualidade sobre a mesa de sinuca e se retirou com o Cão.

Gansey permaneceu imóvel no depósito após a porta se fechar. Ele ficou parado por tanto tempo que se sentiu desorientado; talvez estivesse parado por um minuto, talvez estivesse parado por uma hora. Poderia ser naquele momento, poderia ser um ano atrás. Sua presença era tão forte naquele aposento quanto seu telescópio e suas pilhas de livros. Imutável. Incapaz de mudar.

Gansey não sabia se estava cansado ou cansado de esperar.

Ele se perguntou onde Ronan tinha ido.

Não ligou para Blue.

— Olha, achei isso.

Gansey deu um salto no mesmo instante em que reconheceu a voz de Noah. O garoto morto estava sentado de pernas cruzadas na ponta do colchão de Gansey, no meio do aposento. Gansey se sentiu aliviado ao ver que Noah parecia mais firmemente ele mesmo do que quando ele o vira da última vez. Nas mãos, Noah segurava uma massa de argila cinza-escura que ele havia moldado em uma imagem negativa, pequena, de um boneco de neve.

— Frosty, o homem de argila — disse Noah, divertindo-se consigo mesmo. — Peguei no quarto do Ronan. Olha, ele derrete.

Gansey o examinou mais de perto enquanto se ajeitava de pernas cruzadas, uma imagem espelhada de Noah.

— Ele tirou isso de um sonho?

— Acho que de um posto de gasolina. A argila tem flocos de metal ou algo assim — disse Noah. — Está vendo? Ele está de pé sobre um ímã. Ele desmorona e cobre o ímã depois de um tempo.

Eles observaram. Observaram bastante. O boneco se movia tão lentamente que Gansey levou um minuto inteiro para acreditar que talvez a massa metalizada engolfasse o ímã.

— Isso é para ser um brinquedo? — perguntou Gansey.

— Seis anos para cima.

— É o pior brinquedo que eu já vi na vida.

Noah abriu um largo sorriso.

— Vai ver se eu estou na esquina — ele disse.

Os dois caíram na risada diante das palavras de Ronan saindo da boca de Noah.

A parte de baixo da figura de argila havia conseguido esconder o ímã sem que Gansey notasse qualquer movimento.

— Como é aquele ditado para a *paciência*? — perguntou Noah. — A paciência, a paciência...

— ... é uma virtude — completou Gansey. — Noah, não vá embora. Vou te fazer uma pergunta, e não quero que você suma, como sempre.

O garoto morto ergueu a cabeça para cruzar o olhar com o de Gansey. Embora não fosse transparente nem tivesse uma aparência incorreta, ele era involuntariamente perturbador naquela luz. Algo a ver com seus olhos imóveis.

Poderia ter sido eu. Deveria ter sido eu.

— Você ouviu? Quando... quando você morreu? — Gansey se arrependeu imediatamente de ter feito a pergunta, mas seguiu em frente. — Você ouviu uma voz também?

Os dedos de Noah tocaram seu rosto manchado, embora ele não parecesse notar. Ele balançou a cabeça.

Se ambos, Gansey e Noah, estiveram morrendo na linha ley ao mesmo tempo, por que Gansey tinha sido escolhido para viver e Noah para morrer? De qualquer ângulo que se visse a situação, a morte de Noah fora a mais equivocada: ele havia sido assassinado sem nenhum motivo. Gansey havia sido picado por uma morte que estivera em seu encalço por mais de uma década.

— Eu acho... Cabeswater queria ser acordada — disse Noah. — Ela sabia que eu não faria o que era preciso, mas você faria.

— Ela não poderia saber disso.

Noah balançou a cabeça novamente.

— É fácil saber um monte de coisas quando o tempo anda em círculos em vez de em linha reta.

— Mas... — disse Gansey, sem saber contra o que protestar. Realmente era apenas o fato da morte lenta de Noah, e não parecia haver ninguém a quem dirigir aquele protesto. Ele tocou uma das orelhas; Gansey podia sentir fantasmas daqueles marimbondos rastejando sobre ela. — Quando encontrarmos Glendower, vou pedir para ele dar um jeito em você. Como o favor.

Gansey não gostava de dizer isso em voz alta; não porque não fosse sua intenção, mas porque eles ainda não tinham certeza de como o favor funcionava, ou se realmente funcionava, e não gostava de fazer falsas promessas.

Noah cutucou seu homem de argila. Não havia mais muito de um homem nele; apenas porque Gansey o vira antes, ele ainda conseguia ver a sugestão da figura no monte indistinto.

— Eu sei. É... É legal da sua parte.

— Mas...?

— Não tenha medo — disse Noah de repente, estendendo o braço e tirando a mão de Gansey da orelha. Gansey não havia se dado conta de que ainda a tocava de leve. Noah se inclinou para frente e soprou um hálito frio e cadavérico na orelha de Gansey. — Não tem nada aí. Você só está cansado.

Gansey estremeceu um pouco.

Porque era Noah e ninguém mais, Gansey podia admitir.

— Não sei o que vou fazer se o encontrar, Noah. Não sei o que serei se não estiver procurando por ele. Não faço ideia de como ser aquela pessoa novamente.

Noah colocou a argila nas mãos de Gansey.

— É exatamente assim que eu me sinto sobre a ideia de estar vivo novamente.

17

— Me conte o meu futuro — disse Blue aquela noite, jogando-se na frente de Calla, que havia coberto a mesa da sala de leitura com recibos. Toda a Rua Fox, 300 estava terrivelmente barulhenta; Orla tinha mais um grupo por lá, assim como a mãe de Orla, Jimi. Além disso, Trinity — a irmã de Jimi, ou prima, ou amiga — havia trazido para casa mil priminhos ou algo assim para fazer sabonete. A sala de leitura era o lugar mais silencioso. — Me conte se eu vou ficar órfã.

— Vá embora — disse Calla, apertando botões em uma calculadora. De modo geral, ela e Maura cuidavam das finanças da casa, Calla operando a calculadora como uma adulta e Maura sentada de pernas cruzadas no meio da mesa próxima. Mas agora não havia Maura. — Estou ocupada.

— Acho que na verdade você não sabe — disse Blue. — Acho que é isso. Você e a Persephone estão fingindo ser todas sábias a respeito disso, "Ah, ela precisa encontrar o próprio caminho no mundo" e blá-blá-blá, mas na verdade vocês só dizem isso porque não fazem a menor ideia.

— Estou fazendo trabalho administrativo — disse Calla. — E você é uma peste. Vá embora.

Blue pegou um punhado de recibos e jogou no rosto de Calla.

Calla olhou para ela através das folhas esvoaçantes sem se mexer.

Os papéis pousaram sobre a mesa.

Blue e Calla se encararam.

— Desculpa — disse Blue, se encolhendo. — Desculpa mesmo.

Ela começou a pegar um dos recibos, e Calla agarrou seu punho.

— Não — disse.

Os ombros de Blue se curvaram mais ainda.

Calla disse:

— Escuta. Não é fácil para nenhuma de nós. Você está certa. Nós jamais conseguimos ver Cabeswater, e está mais difícil ver todo o resto agora, quando somos só duas. É mais difícil concordar quando não há uma terceira opinião, especialmente quando a questão é *sobre* a terceira opinião... — Seu rosto mudou. — Vou lhe dizer uma coisa: há três adormecidos.

— Você já me disse isso. Todos já me disseram isso.

— Bem, acho que o seu trabalho é despertar um deles, e que o trabalho da Maura é *não* despertar o outro.

— Isso totaliza dois trabalhos, e são três adormecidos.

— Persephone e eu discordamos um pouco sobre a existência de um terceiro trabalho ou não.

— Aliás, de que tipo de trabalho estamos falando aqui? Tipo, um trabalho onde tiramos um salário e no fim temos nosso rosto colado na parede de uma floresta mágica como Funcionário do Mês? — perguntou Blue.

— Um trabalho do tipo em que, no fim, tudo entra em equilíbrio e todos nós vivemos felizes até o fim dos malditos tempos.

— Bom, isso parece bacana, exceto que a) o que fazer com aquele outro adormecido, e b) não dá para realmente terminar um trabalho negativo, isto é, como a minha mãe vai saber que teve sucesso em *não* acordar alguém, e 3) isso ainda envolve o Gansey morrer? Porque f) essa não é a minha ideia de um final feliz.

— Lamento que estejamos tendo esta conversa — disse Calla, e começou a empilhar recibos.

— E também g) eu não quero mais ir para a escola.

— Bom, você não vai largar a escola, então sinto muito.

— Eu não disse que ia largar a escola. Eu só tenho um nível de satisfação muito baixo no momento. A moral está baixa. As tropas não querem ir para uma faculdade comunitária.

Calla apertou outro botão na calculadora. Sua boca assumiu um formato muito pouco impressionado.

— Então as tropas não deveriam reclamar com alguém que trabalhou tão duro para conseguir frequentar uma faculdade comunitária.

— Essa é uma daquelas conversas do tipo "olha-como-eu-me-esforcei-para-conseguir-estudar"? Porque se for...

— É uma daquelas conversas do tipo "você-acha-que-o-mundo-te-deve-alguma-coisa-Blue-Sargent".

Blue se pôs de pé, envergonhada e amuada.

— Tanto faz. Onde está a lista da vigília da igreja?

— Isso não vai tornar o Gansey menos morto.

— Calla.

— Está na caixa em cima da geladeira, eu acho.

Profundamente insatisfeita, Blue saiu correndo da sala, arrastando uma cadeira até a geladeira, através de hordas de crianças que faziam sabonete. De fato, ela encontrou os blocos de anotação da vigília da igreja na caixa no topo. Pegou a coleção inteira, abriu caminho em meio às crianças atarefadas e então saiu pela porta de correr para o quintal escuro.

O ambiente ficou instantaneamente mais silencioso. O jardim estava vazio, exceto por alguns crisântemos esperando para serem plantados, a enorme faia com seu grande dossel amarelo e o Homem Cinzento.

Ele estava sentado tão silencioso em uma das cadeiras no gramado que Blue não o percebeu até se virar para se sentar na outra.

— Ah! Desculpa. Você quer ficar sozinho? Eu posso voltar para dentro.

Sua expressão era pensativa. Ele inclinou sua cerveja ainda bastante cheia na direção da outra cadeira.

— Não, eu sou o intruso aqui. Eu que devia perguntar se você quer o espaço só para você.

Blue acenou uma mão acanhada para ele enquanto se sentava. A noite cheirava a mofo e umidade, toda chuva e montes de folhas queimadas. Por um momento eles ficaram em silêncio, enquanto Blue folheava os papéis e o Homem Cinzento bebia sua cerveja lentamente, de maneira contemplativa. A brisa era fria, e o Homem Cinzento tirou a jaqueta e a passou sem nenhuma cerimônia para Blue.

Enquanto ela a colocava sobre os ombros, ele perguntou:

— Então, o que você tem aí? Sonetos, espero.

Blue tamborilou os dedos sobre as páginas, pensando em como resumir a questão.

— Todo mês de abril, nós fazemos uma vigília e vemos os espíritos das pessoas que vão morrer dentro de um ano. Perguntamos o nome delas e, se são clientes, deixamos que saibam que vimos seus espíritos para que elas possam colocar suas coisas em ordem. Essa é a lista dos nomes.

— Você está bem?

— Ah, sim, é só um... cílio no meu olho ou alguma coisa parecida — disse Blue, passando a mão no olho direito. — Por que essa cara?

— O fascínio das ramificações éticas e espirituais.

— Não é? — Blue ergueu a lista mais recente sobre a cabeça para que a luz da cozinha iluminasse sua escrita. — Vixe.

— O quê?

Ela acabara de encontrar o que estava procurando: "JESSIE DITTLEY". Escrito errado, mas ali, de qualquer forma.

Blue se recostou.

— O Gansey e eu encontramos alguém, e eu achei que conhecia o nome.

— E ele está na lista.

— Sim. A questão é que eu não sei se ele vai morrer porque nós estamos na vida dele ou porque não estamos, ou se ele vai morrer de qualquer maneira.

O Homem Cinzento repousou o pescoço sobre o encosto da cadeira e mirou as nuvens baixas refletindo a luz de Henrietta.

— Destino *versus* um mero prognóstico? Imagino que você saiba mais sobre como esse negócio mediúnico funciona.

Blue se encolheu ainda mais na jaqueta dele enquanto a brisa farfalhava as folhas da faia.

— Eu só sei o que me contaram.

— E o que te contaram?

Ela gostava da maneira como ele perguntava. Era menos porque precisava da informação e mais porque estava gostando da companhia dela.

Parecia estranho que ela se sentisse menos solitária e inquieta sentada ali com o Homem Cinzento, em vez de com Calla ou Persephone.

Blue sentiu mais cílios pinicando seu olho.

— Minha mãe diz que é como uma memória — disse Blue. — Em vez de olhar para trás, você olha para frente. Lembra o futuro. Porque o tempo não é assim — ela traçou uma linha. — É assim — e traçou um círculo. — Então imagino que, se você pensa a respeito dele dessa maneira, não é que a gente não possa mudar o futuro. A questão é que, se você vê o futuro, ele já reflete as mudanças que você poderia ter feito com base no que viu nesse futuro. Não sei. Não sei! Porque a minha mãe sempre diz para as pessoas que as leituras dela são uma promessa, não uma garantia. E uma promessa você pode quebrar.

— Algumas garantias também — observou o Homem Cinzento, com a voz esquisita. Então, subitamente: — A Maura está na lista?

Blue balançou a cabeça.

— Ela nasceu na Virgínia Ocidental. A vigília da igreja mostra somente pessoas que nasceram na região.

Ou, no caso de Richard Gansey III: renasceram.

— Posso ver? — perguntou o sr. Cinzento.

Ela lhe entregou a lista e observou as folhas se movendo lentamente sobre sua cabeça enquanto o Homem Cinzento ia passando os nomes. Como ela adorava aquela faia. Tantas vezes, quando garotinha, ela saíra para pousar as mãos contra a casca suave e fria da árvore, ou sentar sobre suas raízes retorcidas e expostas. Blue havia escrito uma carta para ela, uma vez, ela se lembrava, e a colocara em um estojo de lápis que enfiara nas raízes. Com o tempo, elas cresceram em torno da caixa, escondendo-a completamente. Agora, Blue gostaria de ler a carta novamente, pois se lembrava somente de sua existência, não do conteúdo.

O sr. Cinzento parara de se mexer. Com a voz cuidadosa, ele disse:
— Gansey?

O último de todos os nomes, na última página.

Blue apenas mordeu o lábio inferior.

— Ele sabe?

Ela balançou a cabeça, só um pouco.

— Você sabe quanto tempo?

Ela balançou a cabeça novamente.

Os olhos do Homem Cinzento repousavam pesados sobre ela, e então ele apenas suspirou e anuiu, a solidariedade de ser aquele deixado para trás, aquele que não estava na lista.

Finalmente, ele disse:

— Muitas promessas não são cumpridas, Blue.

E deu um golinho em sua cerveja. Blue dobrou o pedaço de papel para esconder "JESSIE DITTLEY" e então revelá-lo novamente. No escuro, ela perguntou:

— Você ama a minha mãe?

Ele olhou de relance para cima, através dos emaranhados mais escuros das folhas. Então anuiu.

— Eu também.

O Homem Cinzento flexionou o dedo indicador. Com um franzido de cenho, disse:

— Não era minha intenção colocar sua família em perigo.

— Eu sei que não era. Não acredito que ninguém pense isso.

— Eu tenho uma decisão a tomar — ele disse. — Ou um plano a traçar. Acho que o levarei adiante até domingo.

— O que tem de mágico a respeito de domingo?

— É uma data que costumava ser muito importante para mim — disse o Homem Cinzento. — E parece adequado torná-lo o dia em que vou começar a ser a pessoa que a sua mãe pensa que eu posso ser.

— Espero que a pessoa que a minha mãe pensou que você pode ser seja uma pessoa que encontra mães — respondeu Blue.

Ele se levantou e se espreguiçou.

— *Helm sceal cenum, ond a þæs heanan hyge hord unginnost.*

— Isso significa "Eu vou ser um herói"?

Ele sorriu e disse:

— O coração de um covarde não é um prêmio, mas o homem de valor merece o seu capacete reluzente.

— Então, foi o que eu disse — ela respondeu.

— Basicamente.

18

Gansey não estava dormindo.

Como Blue não tinha celular, não havia como ele desobedecer às regras e ligar para ela. Em vez disso, ele começara a se deitar na cama todas as noites, os olhos fechados, a mão pousada sobre o telefone, esperando para ver se ela ligaria para ele do Quarto do Telefone/Costura/Gato na casa dela.

Pare com isso, ele disse a si mesmo. *Pare de querer isso...*

O telefone vibrou.

Gansey o colocou no ouvido.

— Você ainda não está no Congresso, pelo visto.

Ele estava completamente desperto.

Olhando de relance na direção da porta do quarto fechada de Ronan, Gansey pegou seus óculos e seu diário e saiu da cama. Ele se trancou na cozinha-banheiro-lavanderia e se sentou na frente da geladeira.

— Gansey?

— Estou aqui — ele disse em voz baixa. — O que você sabe sobre o marreco-de-asa-azul?

Pausa.

— É isso que vocês discutem no Congresso a portas fechadas?

— Sim.

— É tipo um pato?

— *Ding!* Ponto para a Rua Fox. A audiência do feriado vai à loucura! Sabia que eles não conseguem voar por um mês durante o verão, quando mudam todas as penas de voo ao mesmo tempo?

— Isso não acontece com todos os patos? — perguntou Blue.

— Acontece?

— Esse é o problema com o Congresso.

— Não brinque comigo, Sargent — disse Gansey. — Jane. Sabia que o marreco-de-asa-azul tem que comer cem gramas de proteína para substituir os sessenta gramas de penas do corpo e da cauda trocados nessa época?

— Não sabia.

— Isso dá algo em torno de trinta e um mil invertebrados que eles precisam comer.

— Você está lendo anotações?

— Não. — Gansey fechou o diário.

— Bom, isso foi muito instrutivo.

— Sempre é.

— Tudo bem, então.

Outra pausa, e Gansey percebeu que ela havia desligado. Ele se recostou na geladeira, olhos fechados, culpado, consolado, empolgado, contido. Em vinte e quatro horas, ele estaria esperando por isso de novo.

Você não devia não devia não devia.

— Mas que diabos, cara? — disse Ronan.

Os olhos de Gansey se abriram imediatamente assim que Ronan acendeu as luzes. Ele estava parado no vão da porta, fones de ouvido enrolados em torno do pescoço, Motosserra se assomando como um vigia mafioso sobre seu ombro. Os olhos de Ronan encontraram o telefone junto à perna de Gansey, mas ele não perguntou e Gansey não disse nada. Ronan perceberia a mentira em um segundo, e a verdade não era uma opção. Ciúmes haviam arruinado Ronan durante os primeiros meses em que Adam fora introduzido no grupo, e isso o machucaria mais do que aquilo.

— Não estava conseguindo dormir — disse Gansey com sinceridade. Então, após uma pausa: — Você não vai tentar matar o Greenmantle, vai?

O queixo de Ronan se ergueu. Seu sorriso era aguçado e sem humor.

— Não, pensei em uma opção melhor.

— Será que eu quero saber qual é? Será a aceitação da falta de sentido na vingança?

O sorriso se abriu e se aguçou mais ainda.

— Não é problema seu, Gansey.

Ele era tão mais perigoso quando não estava bravo.

E Gansey estava certo: ele não queria saber.

Ronan abriu a porta da geladeira, empurrando Gansey um bom meio metro sobre o assoalho. Pegou um refrigerante e passou para Motosserra uma salsicha fria. Então encarou Gansey novamente.

— Ei, descobri um som muito legal — ele disse. Gansey tentou não dar ouvidos ao ruído de um corvo devorando uma salsicha. — Quer ouvir?

Gansey e Ronan raramente concordavam sobre música, mas Gansey deu de ombros, anuindo.

Ronan tirou os fones do pescoço e os colocou nos ouvidos de Gansey — eles tinham um cheiro um pouco empoeirado e de pássaro, pela proximidade de Motosserra.

O som veio através dos fones de ouvido:

— Abóbora um, abóbora do...

Gansey os tirou com um safanão enquanto Ronan se acabava em um riso maníaco ecoado por Motosserra batendo as asas, ambos terríveis e entretidos.

— Seu imbecil — disse Gansey selvagemente. — Seu *imbecil*. Você traiu a minha confiança.

— Essa é a melhor música já inventada — Ronan lhe disse em meio a risadas ofegantes. Então se recuperou: — Vamos, pássaro, vamos dar ao homem alguma privacidade com sua comida. — Ao sair, ele apagou as luzes, retornando Gansey para o escuro. Gansey o ouviu assoviar o resto da canção de assassinato a caminho do quarto.

Em seguida se pôs de pé, recolheu o telefone e o diário e então voltou para a cama. A culpa e a preocupação já o haviam deixado quando sua cabeça pousou no travesseiro, e tudo o que restava era felicidade.

19

Gansey havia esquecido como a escola ocupava seu tempo. Talvez porque agora ele tinha mais o que fazer fora dela, ou talvez porque, agora, ele não conseguia parar de pensar na escola mesmo quando estava fora.

Greenmantle.

— Dick! Gansey! Gansey, cara! *Richard Campbell Gansey Terceiro*.

O Gansey em questão seguia a passos largos pela colunata com Ronan e Adam após a escola, rumo à secretaria. Embora ouvisse perfeitamente os gritos, havia ruído demais em sua mente para que as palavras se registrassem. Parte disso era devido a Greenmantle, parte ao desaparecimento de Maura, parte à exploração de Malory da linha ley perpendicular, parte à caverna de corvos, parte ao conhecimento de que em sete horas Blue poderia ligar para ele. E uma parte final, ansiosa — uma parte cada dia maior —, estava ocupada com a cor do céu de outono, as folhas no chão, o sentimento de que o tempo estava passando, se acabando e se desenrolando até o fim.

Era um dia com uniforme liberado em homenagem à vitória da escola em uma gincana regional, e a falta de uniforme de certa maneira piorava a ansiedade de Gansey. Seus colegas se espalhavam pelo campus histórico com jaquetas sem manga, calças de lã xadrez e pulôveres de marca. Isso o fazia lembrar que ele existia *naquele momento*, e não em outra época. Os outros alunos se marcavam inequivocamente como habitantes deste século, desta década, deste ano, desta temporada, desta faixa de renda. Relógios humanos. Somente quando todos voltavam a seus blusões de gola v azuis idênticos a Aglionby deixava o tempo, e todos os momentos pareciam ser na realidade o mesmo momento.

Às vezes, Gansey sentia que passara os últimos sete anos de sua vida buscando lugares que o fizessem se sentir assim.

Greenmantle.

Todas as manhãs naquela semana haviam começado com Greenmantle parado à frente da sala de latim, eternamente sorrindo. Ronan parara de vir no primeiro período. Não havia como ele se formar se não passasse em latim, mas como Gansey poderia culpá-lo?

As paredes desmoronavam.

Adam perguntara por que Gansey precisava ir à secretaria. Gansey mentira. Ele estava cansado de brigar com Adam Parrish.

— Ganseeeeeeey!

Na noite anterior, o sr. Cinzento dissera a Ronan:

— Sonhe para mim um Greywaren para dar ao Greenmantle.

E Ronan respondera:

— Você quer que eu dê para aquele canalha as chaves para Cabeswater? É isso que você está pedindo?

Então eles estavam em um impasse.

— Gansey, cara! *DICK!*

Ronan deu um giro e caminhou de volta para encarar o gritão. Ele abriu bem os braços.

— Agora não, Cheng. O rei está um pouco ocupado.

— Eu não estava falando com você, Lynch. Preciso de alguém com alma.

A luz que brilhou do rosnar de Ronan chamou a atenção de Gansey, trazendo-o de volta ao momento presente. Ele deteve o passo e conferiu o relógio, antes de voltar atrás até Henry, que estava sentado em uma mesa de jogo situada entre colunas. Seu cabelo era escuro como piche.

Os dois garotos trocaram um cumprimento de mão camarada sobre a mesa. Eles tinham algumas coisas em comum: antes de abandoná-la no último outono, Gansey havia sido o capitão da equipe de remo, e Henry uma vez se inscrevera para a equipe no café da manhã, antes de apagar seu nome no jantar. Gansey havia estado no Equador; Henry uma vez havia feito um trabalho de modelo com um cavalo de corrida chamado Equador Apaixonado. Gansey havia sido morto uma vez por marimbondos; o negócio da família de Henry era uma empresa de tecnologia de ponta que projetava abelhas drones robóticas.

Os dois garotos tinham uma relação amigável, mas não eram amigos. Henry andava com a turma de Vancouver, e Gansey com reis galeses mortos.

— O que eu posso fazer por você, sr. Cheng? — perguntou Gansey agradavelmente.

Henry estendeu a mão para ele.

— Está vendo, Ronan? É assim que se fala com um homem. Que. Bom. Que. Perguntou, Gansey. Escuta, preciso da sua ajuda. Assine isso.

Gansey observou *isso*. O texto era bastante oficial, mas parecia uma petição para estabelecer um conselho de estudantes escolhido pelos estudantes.

— Você quer que eu vote pelo direito de votar?

— Você captou o ponto crucial da minha posição muito mais rápido que o resto dos seus pares. Agora eu entendo por que você está sempre no boletim informativo.

Henry lhe ofereceu uma caneta e, quando Gansey não a pegou imediatamente, uma canetinha, depois um lápis.

Em vez de aceitar uma ferramenta de escrita, Gansey ficou pensando se assinar a petição comprometeria alguma parcela de seu tempo.

Rex Corvus, parate Regis Corvi.

— Vamos lá, Gansey — disse Henry. — Eles vão dar ouvidos a você. O seu voto conta duas vezes, porque você é um caucasiano com um cabelo legal. Você é o garoto de ouro da Aglionby. A única maneira de você marcar mais pontos seria se a sua mãe fosse eleita.

Ronan abriu um sorriso irônico para Adam. Gansey passou um polegar sobre o lábio inferior, desagradavelmente consciente de que Henry não dissera nenhuma mentira. Ele jamais saberia quanto do lugar dele ali fora conquistado de maneira justa e quanto fora herdado por seu pedigree dourado. Isso costumava incomodá-lo um pouco.

Agora o incomodava muito.

— Eu vou assinar, mas quero ficar de fora de nomeações. — Gansey aceitou uma caneta. — Estou com a agenda cheia.

Henry esfregou as mãos.

— Pode crer, meu velho. Parrish?

Adam simplesmente balançou a cabeça. E o fez de maneira remota, fria, que não convidou Henry a perguntar novamente.

— Lynch? — disse Henry.

Ronan desviou rapidamente o olhar de Adam para Henry.

— Achei que você disse que eu não tinha alma.

Ele não parecia nem um pouco Aglionby ali naquele momento, com sua cabeça raspada, sua jaqueta de couro preta e seus jeans caros. De maneira geral, ele parecia bastante maduro. Era como se o tempo tivesse levado Ronan um pouco mais rápido que o resto da turma naquele verão, pensou Gansey.

Quem são esses dois?, Gansey se perguntou. *O que estamos fazendo?*

— A questão é que a política já acabou com os meus princípios — disse Henry.

Ronan escolheu um marcador de ponta grossa e se inclinou sobre a petição. Ele escreveu "ANARQUIA" em letras enormes e então lançou o instrumento de guerra no peito de Henry.

— Ei! — exclamou Henry enquanto o marcador rebatia nele. — Seu *maloqueiro*.

— A democracia é uma farsa — disse Ronan, e Adam sorriu ironicamente, um gesto pequeno, privado, inerentemente excludente. Uma expressão, na realidade, que ele poderia muito bem ter aprendido com Ronan.

Gansey poupou Henry de um olhar de pena.

— Desculpa, ele não se exercitou o suficiente hoje. Ou tem algo errado com a dieta dele. Vou levar ele embora agora.

— Quando eu for eleito presidente — disse Henry a Ronan —, vou declarar a sua cara ilegal.

Ronan abriu um sorriso ligeiro e sombrio.

— Disputas judiciais são uma farsa.

Enquanto seguiam pela colunata na sombra, Gansey perguntou:

— Você já considerou a possibilidade de que talvez você esteja se tornando um babaca?

Ronan chutou um cascalho, que passou rasante pelos tijolos à frente deles antes de desaparecer no pátio gramado.

— Dizem que o pai do Henry deu um Fisker para ele de aniversário e ele tem medo de dirigir. Quero ver, se ele tiver mesmo um Fisker. Dizem que ele veio de bicicleta para a escola.

— De Vancouver? — perguntou Adam.

Gansey franziu o cenho enquanto uma dupla de alunos do nono ano impossivelmente jovens corria pelo pátio. Será que um dia ele fora tão pequeno? Ele bateu na porta do diretor. *Estou fazendo isso mesmo?* Ele estava.

— Vocês vão esperar por mim aqui fora?

— Não — disse Ronan. — O Parrish e eu vamos dar uma volta de carro.

— Vamos? — perguntou Adam.

— Que bom — disse Gansey, aliviado com o fato de que eles estariam fazendo algo, sem pensar no diretor, sem se perguntar se Gansey estava, no fim das contas, se comportando como um Gansey. — A gente se vê mais tarde.

E, antes que eles pudessem dizer mais alguma coisa, Gansey entrou na sala do diretor e fechou a porta.

20

Ronan levou Adam à Barns.

Desde a desastrosa festa do Dia da Independência, Ronan adquirira o hábito de frequentar regularmente a casa de sua família, voltando tarde sem nenhuma explicação. Adam jamais se intrometeria — segredos eram segredos —, mas era inegável que ele estava curioso.

No entanto, parecia que agora ele estava perto de saber.

Ele sempre achara a Barns desconcertante. A propriedade da família Lynch talvez não tivesse a pátina de riqueza opulenta da casa dos Gansey, mas ela mais do que compensava por isso com um sentimento de história claustrofóbica. Os campos cravejados de celeiros eram uma ilha, intocados pelo resto do vale, semeados pela imaginação de Niall Lynch e pastoreados por seus sonhos.

Era um mundo à parte.

Ronan navegou pelo acesso estreito, o cascalho cortando através de um aterro e um emaranhado de árvores retorcidas. Folhas avermelhadas de toxidendro e treliças vermelho-sangue de videiras de framboesa brilhavam entre os troncos. Todo o resto era verde ali: os dosséis das árvores densos o suficiente para bloquear o sol da tarde, a relva alta nas ribanceiras, o musgo se apegando úmido às superfícies.

E então eles tinham passado pela floresta e estavam nos vastos e protegidos campos. Ali o espaço estava ainda mais saturado: pastos verdes e dourados; celeiros vermelhos e brancos; rosas densas e misturadas de outono penduradas sobre arbustos cheios; montanhas púrpuras e sonolentas meio escondidas por trás da linha de árvores. Maçãs amarelas, reluzentes como manteiga, espiavam das árvores de um lado do acesso. Algum tipo de flor azul, improvável, sonhada, crescia descontroladamente pela relva do outro lado. Tudo era selvagem e bruto.

Mas assim eram os Lynch.

Ronan se exibiu com um cavalo de pau ao fim do acesso — Adam estendeu silenciosamente a mão para se segurar na alça no teto —, e o BMW escorregou relaxadamente até a área de estacionamento de cascalho na frente da sede branca da fazenda.

— Um dia você vai destruir uma parede — disse Adam enquanto saía do carro.

— Com certeza — concordou Ronan, descendo do carro e espiando os galhos das ameixeiras ao lado da área do estacionamento. Como sempre, Adam foi lembrado de como Ronan *pertencia* àquele lugar. Algo a respeito da maneira familiar como ele se portava enquanto buscava por uma fruta madura implicava que ele já havia feito isso antes muitas vezes. Era fácil compreender que Ronan havia crescido ali e ficaria velho ali. Fácil perceber como expulsá-lo de lá significava oprimir a sua alma.

Adam se permitiu um momento de meditação para imaginar um Adam Parrish criado naqueles campos em vez de num parque empoeirado na periferia de Henrietta — um Adam Parrish a quem fora autorizado desejar aquela casa só para si. Mas isso era tão impossível quanto tentar imaginar Ronan como um professor da Aglionby.

Ele não conseguia descobrir como Ronan havia aprendido a ser durão naquele lugar protegido.

Ronan encontrou duas ameixas roxo-escuras que ele gostava. Jogou uma para Adam e então inclinou o queixo para indicar ao amigo que ele devia segui-lo.

Por alguma razão, Adam colocara na cabeça que, todas as vezes em que Ronan desaparecera na Barns, estivera preparando a casa para si e Matthew. Era algo tão convincente que ele ficou surpreso quando Ronan o levou para um dos muitos celeiros que foram construídos na propriedade.

Era um celeiro longo e grande que provavelmente deveria conter cavalos e gado, mas, em vez disso, estava repleto de tralha. Uma inspeção mais atenta revelava que na realidade era uma tralha sonhada, sutilmente datada pelo pó e esmaecida.

Ronan se deslocava pelo espaço largo e escuro com naturalidade, pegando um relógio, uma lanterna, uma peça de um tecido estranho que de certa maneira doía ao olhar de Adam. Ronan encontrou uma espécie de luminária fantasmagórica em uma correia; ele a jogou sobre o ombro para levar consigo. Ele já havia cortado a sua ameixa.

Adam se deixou ficar no vão da porta, observando através dos grãos de poeira, saboreando a ameixa.

— É nisso que você andou trabalhando?

— Não, isso é do meu pai.

Ronan pegou um pequeno instrumento de cordas e o virou para que Adam pudesse ver que suas cordas eram de ouro puro.

— Olha isso.

Adam se juntou a ele. Embora ele tivesse tarefa de casa para fazer e Cabeswater para cuidar, era difícil se sentir apressado. A atmosfera no celeiro era sonolenta e atemporal, e não havia nada de incômodo em remexer aquelas maravilhas e bobagens. Algumas coisas ali eram máquinas que ainda funcionavam por meios misteriosos. Mas outras eram coisas que Niall Lynch havia sonhado e trazido à vida, pois agora elas dormiam. Eles encontraram pássaros e um gato dormindo em meio à bagunça, assim como um urso empalhado antigo que devia ter sido vivo um dia, também, pois seu peito subia e descia. Com seu criador morto, todos estavam além do despertar — a não ser, assim como a mãe de Ronan, que fossem devolvidos a Cabeswater.

Enquanto caminhavam pelo velho celeiro, Adam sentiu os olhos de Ronan o mirarem de relance e então se desviarem, com um desinteresse treinado, mas incompleto. Adam se perguntou se alguém mais notara aquilo. Parte dele gostaria que sim, e imediatamente ele se sentiu mal, pois era vaidade: *Vejam, Adam Parrish é desejável, vale uma paixão, não da parte de qualquer pessoa, mas de uma pessoa como Ronan, que poderia querer Gansey ou qualquer outro, mas escolheu Adam para seus olhos famintos.*

Talvez ele estivesse errado. Ele poderia estar errado.

Eu sou incognoscível, Ronan Lynch.

— Você quer ver no que eu andei trabalhando? — perguntou Ronan. Todo casual.

— Claro — respondeu Adam. Todo casual.

Pausando apenas para jogar a luz fantasmagórica sobre o poste de uma cerca a fim de buscá-la mais tarde, Ronan levou Adam através do campo úmido até um celeiro que eles já haviam visitado antes. Adam sabia o que encontraria antes de Ronan abrir a grande porta enferrujada, e dito e feito: lá dentro havia um vasto rebanho de gado de todas as cores. Como todas as outras coisas vivas naqueles celeiros, os animais dormiam. Esperavam.

Lá dentro, a luz era opaca e marrom, filtrada através de claraboias cobertas de sujeira no teto distante acima. O ambiente era quente, vivo, familiar, como pelo, bosta e umidade. Quem havia sonhado um rebanho de gado? Não era de espantar que Cabeswater fora incapaz de aparecer até que o pai de Ronan tivesse morrido. Mesmo o sonhar descuidado de Ronan e Kavinsky havia drenado a linha ley de energia o suficiente para fazer a floresta desaparecer. Eram bugigangas, drogas, carros.

Não campos repletos de criaturas vivas. Não um vale inventado.

Essa era a razão por que Greenmantle não poderia ter nem um Greywaren forjado. A feroz Cabeswater também era estranhamente frágil.

Ronan chegou a uma porta dentro do celeiro; atrás dela havia um escritório andrajoso. Por toda parte havia um pó grosso o suficiente para ser terra. Registros veterinários e receitas de alimentação amarelavam sobre a escrivaninha. Uma lata de lixo continha latas de Coca-Cola antigas. Impressões sem molduras estavam presas com tachinhas nas paredes — um folheto de uma banda típica irlandesa tocando em Nova York; uma impressão antiga de algumas crianças correndo em um píer mais antigo e distante, em um país mais antigo e distante. Era algo tão diferente do que o pai de Adam prendera às paredes do seu local de trabalho que novamente Adam questionou a admiração de Ronan por ele. Alguém como ele tratar alguém como Adam como uma pessoa que valesse...

Ronan falou um palavrão ao tropeçar. Encontrou o interruptor de luz, e uma lâmpada fluorescente benevolente acendeu sobre suas cabeças. Estava cheia de moscas mortas.

Na luz ligeiramente melhor, Adam viu trilhas limpas de pó seguindo da escrivaninha até uma cadeira de escritório junto à parede. Um cobertor — não empoeirado — repousava sobre a cadeira, e não era difícil imaginar a forma de um jovem dormindo nela. Havia algo inesperadamente solitário a respeito da imagem.

Ronan arrastou uma caixa de ferramentas de metal da parede e abriu a tampa com um barulho tremendo.

— Andei tentando despertar os sonhos do meu pai.

— O quê?

— Eles não morreram. Estão dormindo. Se eu arrastasse todos até Cabeswater, eles se levantariam e sairiam andando. Então comecei a pensar... e se eu trouxesse Cabeswater até eles?

Adam não sabia ao certo o que esperava como revelação, mas não era aquilo.

— Até as vacas.

— Alguns de nós temos família, Parrish.

Aurora estava presa a Cabeswater. É claro que Ronan gostaria que ela pudesse ir e vir. Envergonhado, Adam respondeu:

— Desculpa. Entendi.

— Não é só isso. É o Matthew... — Ronan se interrompeu, absolutamente, e Adam compreendeu. Esse era outro segredo, um que Ronan não estava pronto para contar.

Após um momento remexendo na caixa, Ronan se virou com uma esfera de vidro límpido na mão. O ar dentro tremeluzia enevoado. Era bonita, algo que você penduraria em um jardim ou na cozinha de uma velha senhora. Chamou a atenção de Adam como algo *seguro*. Não combinava muito com Ronan.

Ronan a segurou contra a luz. O ar dentro rolava de um lado para o outro. Talvez não fosse nem ar. Talvez um líquido. Adam podia vê-lo refletido em seus olhos azuis. Ronan disse:

— Essa foi minha primeira tentativa.

— Você sonhou isso.

— É claro.

— Hum... E Cabeswater?

Ronan soou ofendido.

— Eu pedi.

Ele pediu. Tão fácil. Como se fosse uma coisa fácil para ele se comunicar com aquela entidade que só conseguia se manifestar para Adam através de gestos grandiosos e violentos.

— No sonho, ela tinha um pouco de Cabeswater dentro de si — continuou Ronan, e entoou: — Se funciona no sonho, funciona na vida real.

— Funciona mesmo? Então me mostra.

— Imbecil. Não. Não funciona. Na realidade, ela não faz merda nenhuma. — Ronan voltou a remexer na caixa de ferramentas e tirou várias outras tentativas fracassadas, todas elas confusas. Uma faixa bruxuleante, um tufo de relva ainda crescendo de um torrão de terra, um galho bifurcado. Ele deixou Adam segurar alguns deles; todos pareciam estranhos. Pesados demais, como se a gravidade os fizesse pesar mais do que deveriam. E cheiravam vagamente familiares, como Ronan, ou como Cabeswater.

Se Adam pensasse a respeito disso — ou melhor, se *não* pensasse a respeito disso —, podia sentir o pulso da linha ley em cada um.

— Eu tinha uma bolsa de areia, também — disse Ronan —, mas derrubei.

Horas de sonhos. Ele havia dirigido uma hora todos os dias para estacionar seu carro, se enrolar em sua cadeira e dormir sozinho.

— Por que aqui? Por que você vem aqui fazer isso?

Em um tom de voz impessoal, Ronan disse:

— Às vezes eu sonho com vespas.

Então Adam imaginou: Ronan despertando na Indústria Monmouth, um objeto de sonho agarrado em suas mãos, vespas caminhando em seus lençóis, Gansey sem saber no outro quarto.

Não, ele não podia sonhar livremente em Monmouth.

Solitário.

— Você não tem medo de se machucar aqui sozinho? — perguntou Adam.

Ronan desdenhou. Ele, temer por sua própria vida. Mas havia algo em seus olhos, ainda. Ronan estudou as próprias mãos e admitiu:

— Eu sonhei para ele uma caixa de seringas de adrenalina. Eu sonho curas para picadas o tempo inteiro. Eu carrego uma. Deixo algumas no Pig. Eu espalhei várias em Monmouth.

Adam sentiu uma esperança feroz e cruel.

— Elas funcionam?

— Não sei. E não tem como descobrir antes de acontecer. Não vai ter uma segunda chance. — Ronan pegou dois objetos da caixa de ferramentas e ficou de pé. — Aqui. Hora de pesquisa de campo. Vamos para o laboratório.

Com um braço, ele agarrou um cobertor de lã polar azul-claro contra o corpo. No outro, pousou uma leiva de musgo, como uma toalha de garçom.

— Quer que eu carregue alguma coisa? — perguntou Adam.

— Claro que não.

Adam segurou a porta para ele.

No ambiente maior do celeiro, Ronan se demorou caminhando entre as vacas, parando para olhar suas caras ou inclinando a cabeça para observar suas marcas. Finalmente, parou perto de uma marrom-chocolate, com uma listra que descia por seu rosto amigável. Ele empurrou sua paleta imóvel com a ponta da bota e explicou:

— Funciona melhor quando elas parecem mais... não sei. Peculiares. Quando parecem com alguma coisa que eu poderia ter sonhado.

Ela parecia uma vaca para Adam.

— Então, e essa aí?

— Parece malditamente amigável. Bovina, a sábia garota. — Ele colocou o cobertor azul sobre o chão. Cuidadosamente. Então ordenou: — Sinta o pulso dela. Não fique só olhando. Pulso. No rosto dela. Ali. Ali, Parrish, meu Deus. Ali.

Adam tateou cuidadosamente o pelo facial curto da vaca, até sentir o pulso lento do animal.

Ronan ergueu a leiva de musgo e a colocou sobre a cernelha da vaca.

— E agora?

Adam não tinha certeza do que deveria ver. Ele não sentiu nada, nada, nada — ah, lá estava. O pulso da vaca havia se acelerado um pouquinho. Novamente, ele imaginou Ronan ali, sozinho, tão esperançoso por uma mudança que teria notado uma diferença muito sutil. Aquilo representava uma dedicação muito maior do que ele achara que Ronan Lynch fosse capaz de ter.

Solitário.

— Isso é o mais próximo que você chegou? — ele perguntou.

Ronan desdenhou.

— Você acha que eu me daria o trabalho de te mostrar só isso? Tem mais uma coisa. Você precisa mijar primeiro?

— Ha, ha.

— Não, sério.

— Estou bem.

Ronan se virou para o outro objeto que ele havia trazido. Não era o cobertor azul, como Adam havia esperado, mas algo enrolado dentro do cobertor. O que quer que estivesse dentro não podia ser maior que uma caixa de sapato ou um livro grande. Não parecia muito pesado.

E, se os olhos de Adam não o estavam enganando, Ronan Lynch estava com medo do objeto.

Ronan respirou fundo.

— Tudo bem, Parrish.

Ele o desenrolou.

Adam olhou.

Então desviou o olhar.

Então olhou de novo.

Era um livro, ele achou. E depois ele não sabia por que achara que era um livro; era um pássaro. Não, um planeta. Um espelho.

Não era nada disso. Era uma palavra. Uma palavra fechada na palma da mão de Ronan, que ele queria dizer em voz alta, mas não queria, mas na realidade queria...

Então Adam desviou o olhar novamente, porque não conseguia mais manter os olhos sobre o objeto. Ele estava ficando maluco tentando dar um nome para aquilo.

— O que é isso? — perguntou.

Ronan olhou para ele, de lado, com o queixo virado para longe. Ele parecia mais jovem que de costume, seu rosto suavizado pela incerteza e pela precaução. Às vezes Gansey contava histórias do Ronan que ele havia conhecido antes de Niall morrer; agora, olhando para esse Ronan falível, Adam achou que poderia acreditar nelas.

— Um pedaço de Cabeswater. Um pedaço de um sonho. É o que eu pedi. E é... é como eu acho que esse pedaço de sonho devia parecer, provavelmente... — disse Ronan.

Adam sentiu a verdade do que ele estava dizendo. Aquele objeto terrível e impossível e adorável era o que um sonho era quando não tinha um lugar para habitar. Quem era essa pessoa que conseguia sonhar um sonho com uma forma concreta? Não era de espantar que a Aglionby entediasse Ronan.

Adam olhou para o pedaço de sonho e desviou o olhar.

— Funciona? — perguntou.

A expressão de Ronan se endureceu. Ele segurou o *objeto* de sonho ao lado do rosto da vaca. Luz, ou algo como luz, se refletiu no queixo e nas faces de Ronan, deixando-o resoluto e belo e aterrorizante e outra pessoa. Então ele o assoprou. Sua respiração passou pela palavra, pelo espelho, pela linha não escrita.

Adam ouviu um sussurro no ouvido. Alguma coisa se moveu e se mexeu dentro dele. Os cílios de Ronan vibraram sombriamente.

O que estamos fazendo...

A vaca se moveu.

Não muito. Mas sua cabeça se inclinou; uma orelha se mexeu rapidamente. Como se ela estivesse espantando sonolentamente uma mosca. Um músculo tremeu perto do lombo.

Os olhos de Ronan estavam abertos; fogos queimavam neles. Ele respirou novamente, e novamente a vaca deu um safanão com a orelha, e os lábios dela ficaram tensos.

Mas ela não despertou nem se levantou.

Ronan deu um passo para trás, escondendo o sonho da visão enlouquecida de Adam.

— Ainda está faltando alguma coisa — disse Ronan. — Me diz o que está faltando.

— Talvez seja simplesmente impossível despertar o sonho de outra pessoa.

Ronan balançou a cabeça. Ele não se importava se aquilo era impossível. Ele o faria de qualquer jeito.

Adam cedeu.

— Energia. É necessária muita energia. O que eu mais faço quando reparo a linha ley é criar conexões melhores para que a energia possa fluir de maneira mais eficiente. Talvez você possa encontrar um jeito de direcionar uma ponta da linha para cá.

— Já pensei nisso. Não estou interessado. Não quero fazer uma gaiola maior. Eu quero abrir a porta.

Eles olharam um para o outro. Adam, claro e cuidadoso; Ronan, escuro e incendiário. Aquele era Ronan em seu momento mais verdadeiro.

— Por quê? Me conta a verdadeira razão — Adam pediu.

— O Matthew... — Ronan começou de novo e parou de novo.

Adam esperou.

— O Matthew é meu. Ele é um dos meus.

Adam não compreendeu.

— Eu *sonhei* o Matthew, Adam! — Ronan estava bravo. Cada uma de suas emoções que não era felicidade era raiva. — Isso significa que quando... *se* algo acontecer comigo, ele vai ficar que nem eles. Que nem a minha mãe.

Todas as memórias que Adam possuía de Ronan e de seu irmão mais novo assumiram uma moldura renovada. A devoção incansável de Ronan. A semelhança de Matthew com Aurora, ela mesma uma criatura de sonhos. A eterna posição de Declan como um estranho, nem um sonhador, nem um sonho.

Apenas metade da família sobrevivente de Ronan era real.

— O Declan me contou — disse Ronan. — Alguns domingos atrás.

Declan saíra de casa para fazer faculdade em Washington, mas ainda dirigia quatro horas todos os domingos para ir à igreja com os irmãos, um gesto tão extravagante que até Ronan parecia forçado a admitir que era gentil.

— *Você* não sabia?

— Eu tinha três anos. O que eu ia saber?

Ronan se virou, cílios baixos sobre os olhos, expressão escondida, oprimido por ter nascido e não sido feito.

Solitário.

Adam suspirou e sentou ao lado da vaca, recostando-se contra seu corpo quente, deixando que sua respiração lenta o erguesse. Após um momento, Ronan escorregou ao lado dele e os dois miraram os adormecidos. Adam sentiu Ronan olhar para ele de relance e então desviar o olhar. Seus ombros estavam próximos. No alto, a chuva começou a bater no telhado novamente, mais uma tempestade súbita. Possivelmente culpa deles. Possivelmente não.

— Greenmantle — disse Ronan abruptamente. — A teia dele. Eu quero enrolar em volta do pescoço dele.

— Mas o sr. Cinzento está certo. Você não pode matar o Greenmantle.

— Eu não quero matar o cara. Quero fazer com ele o que ele está ameaçando fazer com o sr. Cinzento. Mostrar que eu posso tornar a vida dele um inferno. Se eu posso sonhar *isso* — Ronan inclinou o queixo na direção do cobertor que continha seu objeto de sonho —, certamente posso sonhar algo para chantageá-lo.

Adam considerou essa opção. Que dificuldade existiria em tramar algo para alguém, se você pudesse criar qualquer tipo de prova de que precisasse? Algo que Greenmantle não pudesse desfazer e vir atrás deles duas vezes mais perigoso.

— Você é mais inteligente do que eu — disse Ronan. — Descubra você.

Adam fez um ruído de descrença.

— Você não acabou de me pedir para investigar o Greenmantle no meu tempo livre?

— Sim, e agora estou dizendo por que te pedi isso.

— Por que eu?

Ronan riu subitamente. Aquele som, tão tortuoso, alegre e terrível quanto o sonho em sua mão, deveria ter despertado aquele gado se nada mais despertasse.

— Ouvi dizer que, se você quer que magia seja feita — ele disse —, deve pedir para um mágico fazer.

21

Era bastante tarde quando Blue ligou aquela noite, bem depois de Malory ter voltado no Suburban, bem depois de Ronan ter retornado no BMW.

Ninguém mais estava acordado.

— Gansey? — perguntou Blue.

Algo ansioso nele se manifestou.

— Me conta uma história — ela disse. — Sobre a linha ley.

Ele foi imediatamente até a cozinha-banheiro-lavanderia, caminhando o mais silenciosamente possível, pensando em algo para contar a Blue. Enquanto se sentava no chão, ele disse em voz baixa:

— Quando estive na Polônia, eu conheci um cara que tinha cantado a viagem toda através da Europa. Ele dizia que, enquanto cantasse, sempre conseguiria encontrar o caminho de volta para a estrada.

A voz de Blue estava baixa também, do outro lado do telefone.

— Acho que você está se referindo a um caminho de corpos, não a uma rodovia.

— Rodovia mística. — Gansey penteou o cabelo com uma mão, lembrando: — Eu fiz trilhas com ele por uns trinta e cinco quilômetros. Eu tinha um GPS. Ele tinha a canção. Ele estava certo, também. Eu podia desviar esse cara um milhão de vezes e levá-lo para longe dois milhões de vezes, e ele sempre conseguia retomar a linha ley. Como se estivesse magnetizado. Desde que continuasse cantando.

— Era sempre a mesma canção? Será que era a do *assassinato da abóbora*?

— Ah, Deus.

As tábuas do assoalho estavam frias para a sola de seus pés descalços. Por alguma razão, a sensação era sensual e perturbadora, um lembrete da pele de Blue. Gansey fechou os olhos:

— Era uma época mais simples, antes de essa música ter sido lançada no mundo. Não consigo acreditar como o Ronan e o Noah são obcecados por ela. O Ronan estava falando em conseguir a camiseta. Você consegue imaginar ele com ela?

Blue deu um riso abafado.

— O que aconteceu com o polonês?

— Acho que ele está abrindo caminho pela Rússia cantando agora. Ele estava indo da esquerda para a direita. Oeste para leste, quer dizer.

— Como era a Polônia?

— Mais bonita do que você imagina. Muito bonita.

Ela fez uma pausa.

— Eu gostaria de ir um dia.

Gansey não se concedeu o tempo para duvidar da sabedoria de dizer isto em voz alta antes de responder:

— Eu sei como chegar lá, se você quiser companhia.

Após uma longa pausa, Blue disse, com uma voz diferente:

— Vou cantar para mim mesma dormir. Até amanhã. Se você quiser companhia.

O telefone ficou em silêncio. Nunca era o suficiente, mas era algo. Gansey abriu os olhos.

Noah estava sentado contra o batente da porta da cozinha-banheiro-lavanderia. Quando Gansey pensou a respeito, achou que o amigo possivelmente estivesse sentado ali por um longo tempo.

Não havia nada inerentemente culposo no momento, só que Gansey queimava de culpa, e emoção, e desejo, e o sentimento nebuloso de ser verdadeiramente descoberto. Estava no seu interior, e o interior era só o que interessava a Noah.

O outro garoto tinha uma expressão compreensiva.

— Não conte para os outros — disse Gansey.

— Sou um morto — respondeu Noah. — Não um idiota.

22

— Estou muito brava com você — disse Piper, a voz muito próxima. Greenmantle estava deitado em cima do carro alugado, os braços cruzados sobre o peito e os joelhos bem juntos, pensando sobre posições de enterro medievais.

— Eu sei — ele respondeu, abrindo os olhos. O céu acima estava escandalosamente azul. — E agora?

— O pessoal da coleta de sangue esteve aqui hoje e você não estava. Eu lhe *disse* para estar aqui.

— Eu estava aqui.

Ele havia passado a primeira hora após chegar em casa deitado de barriga para baixo. Uma pequena porcentagem dos corpos medievais era enterrada assim; historiadores achavam que se tratava de túmulos de suicidas e bruxas, embora, na realidade, historiadores fossem Adivinhos McPalpiteiros, ele mesmo o maior de todos.

— Você não atendeu quando eu liguei!

— Não muda o fato de que eu estava aqui.

— Eu devia vir te procurar no carro? E por que você está aqui?

— Estou tendo um bloqueio criativo — disse Greenmantle.

— Sobre o quê?

Ele rolou de lado para encará-la. Piper estava ao lado do carro, usando um vestido que dava a impressão de que levaria um número cansativo de passos para tirar. Ela também estava segurando um pequeno animal com uma coleira de pedras. Ele não tinha pelos, exceto um longo tufo sedoso que crescia da cabeça, da mesma tonalidade de loiro que Piper usava.

— O que é isso? — perguntou Greenmantle, suspeitando profundamente de que era a manifestação física do seu mau humor.
— Otho.
Ele se sentou, e o carro de aluguel suspirou com um ruído.
— Isso é um gato? Um roedor? Que espécie, me diga?
— O Otho é um cão de crista chinês.
— Cão de crista o quê?
— Não seja um imbecil.

Uma vez que Greenmantle tinha seres humanos para o bajular e o seguir por toda parte com fidelidade inquestionável, nunca sentira necessidade de ter um cão, mas, quando era mais jovem, às vezes imaginara adquirir um canino com rabo e patas franjados. Do tipo que caçava patos, não importava qual tipo fosse. Em vez disso, Otho parecia ser a presa dos patos.

— Ele vai ficar maior? Ou ter pelos? De onde ele veio?
— Eu encomendei.
— Pela internet?

Piper revirou os olhos com a inocência do marido.

— Por que você está tendo um bloqueio criativo de novo?
— Eu preciso encontrar a namorada médium do sr. Cinzento, mas ninguém sabe onde ela está. Ela desapareceu bem quando ele me sacaneou. — Greenmantle escorregou para fora do carro. Cuidadosamente. Ele estava duro do seu enterro imaginário. — Como eu vou destruir o que ele precisa quando essa coisa já desapareceu? Eles registraram o desaparecimento dela e tudo mais. Eu roubei o registro, que diz que aparentemente ela falou para a família que estava "debaixo da terra".

Greenmantle não havia roubado o registro. Ele havia pagado alguém para roubá-lo. Mas a história soava melhor com ele como o herói.

— Debaixo da terra? Médium? Isso é relevante para os meus interesses.
— Por quê?
— Enquanto você estava na rua desperdiçando seu tempo, eu fiz coisas — ela disse. — Vem comigo.

Ela o levou através da garagem, por uma porta que Greenmantle desconhecia que existia, e até a casa em si. Os degraus emergiram no corredor junto ao quarto. Ela perguntou:

— Você não leu nenhum dos relatórios do sr. Cinzento?

Ele a encarou para mostrar que não tinha compreendido a pergunta. Piper disse, lentamente, como se Greenmantle fosse um idiota:

— Quando ele esteve aqui procurando aquele negócio idiota para você. Você leu o que ele escreveu? Sobre rastrear a tal coisa?

— Ah, esses relatórios. É claro que não.

— Então por que pediu que ele enviasse? Tinha um milhão deles.

— Eu só queria que ele se sentisse ocupado e observado. Nada como um trabalho burocrático para fazer um homem se sentir oprimido. Por quê?

Piper abriu a porta de um armário para revelar uma coleção de pacotes marcados com carimbos de correio trazendo o nome dela. Presumivelmente Otho havia chegado em um deles.

— Eu os leio na banheira. Depois leio aqueles outros relatórios dos outros bandidos que mal sabem escrever que você contratou. E depois leio as notícias.

Greenmantle não gostava da ideia de sua mulher lendo as cartas do Homem Cinzento pelada. Ele abriu uma caixa e espiou dentro.

— O que é isso?

— Joelheiras — ela disse e as colocou para demonstrar. Piper estava irritantemente deleitada consigo mesma. — Aquele homem horrível falou sobre essas linhas de energia mediúnicas debaixo da terra que estavam interferindo na busca, porque eram muito fortes. Daí eu pensei: *Quanto mais forte, melhor*. E quis ver o que existe de tão forte, porque estou absolutamente entediada. E não pode ser tão difícil encontrar essas linhas. Então encomendei essas coisas.

— Joelheiras?

— Não quero quebrar uma patela enquanto rastejo debaixo da terra. Não lhe parece, Colin, que a panaca mediúnica maluca do Homem Cinzento pode estar no mesmo lugar que essas linhas mediúnicas malucas? Sorte sua que eu comprei joelheiras para você também.

Greenmantle estava muito impressionado com a engenhosidade dela. E não deveria, realmente, pois Piper era uma criatura muito engenhosa. A questão era apenas que ela normalmente não usava seus poderes para o bem e, quando o fazia, normalmente não eram dirigidos para ele. É que ele não achava que ela realmente gostasse dele.

Como ela parecia tão deliciosamente satisfeita consigo mesma, Greenmantle não teve coragem de dizer que preferia pagar outra pessoa para se embrenhar debaixo da terra e procurar a namorada do Homem Cinzento. E o vestido, no fim das contas, tinha um zíper escondido e saiu com a maior facilidade. Piper ficou com as joelheiras.

Quando acabou, Greenmantle percebeu que havia esquecido que o cão estava ali, o que parecia algo vagamente repugnante.

— Então você vai dar uma de espeleóloga? — ele disse.

— Não sei o que isso significa.

— Mulher das cavernas. No sentido mais básico da língua, você vai ser uma mulher das cavernas.

— Tanto faz. Você vai comigo.

23

Blue não era tanto uma motorista ruim quanto uma medrosa. Já que ela não havia comido o seu feijão, como Jesse Dittley comentara, precisava ajustar o assento o mais próximo possível dos pedais. Ela agarrava a direção com a graça de um urso de circo. Tudo no painel gritava por sua atenção. Luzes? Velocidade! Ar no rosto? Ar nos pés! Óleo no motor! Estranho símbolo de bacon?

Ela dirigia muito devagar.

A pior parte do seu terror era como dirigir a deixava *brava*. Não havia nada a respeito do processo de dirigir que parecesse confuso ou injusto para Blue. Ela havia tirado nota máxima no teste de direção. Sabia o significado de tudo, exceto o do símbolo de bacon. Placas de trânsito nunca a deixavam perplexa; dar a preferência era algo lógico. Ela era campeã nisso. Concedesse a ela quarenta minutos, e Blue conseguia estacionar o Ford da Rua Fox em qualquer lugar que você quisesse.

Mas ela nunca podia esquecer que era uma piloto minúscula em uma arma de vários milhares de quilos.

— A questão é só que você não praticou o suficiente — disse Noah generosamente, mas segurando a alça da porta de maneira que parecia redundante para alguém que já estava morto.

É claro que ela não havia praticado o suficiente. Havia apenas um carro na Rua Fox, 300, e tinha alta demanda. Blue podia ir de bicicleta para a escola, para o trabalho, para a Indústria Monmouth, de maneira que o carro geralmente ficava com as pessoas que trabalhavam fora ou tinham coisas para fazer na cidade. Em sua atual taxa de aquisição de prática, Blue imaginava que estaria confortável atrás da direção de um carro lá pelos quarenta anos.

Aquela tarde, no entanto, ela conseguira reivindicar seu direito sobre o carro por algumas horas. Noah era sua única companhia naquela viagem de campo: Gansey tinha alguma atividade de garoto corvo. Adam estava trabalhando ou descansando do trabalho, e Ronan havia desaparecido no espaço celeste, como sempre.

Eles estavam se dirigindo à casa de Jesse Dittley.

— Nós estamos indo tão devagar — disse Noah, esticando o pescoço para observar a fila inevitável atrás deles. — Acho que acabei de ver um triciclo passando.

— Grosso.

Após uma demorada jornada, Blue parou o carro no acesso com sulcos abertos na terra de Jesse Dittley. A fazenda parecia menos mística no sol, menos sombria e amaldiçoada, e mais encardida e enferrujada. Puxando o freio de mão — "Não estamos nem em um *morro!*", protestou Noah —, Blue saiu do carro e foi até a varanda. Ela bateu forte na porta.

Foram necessárias algumas tentativas antes de ele abrir. Quando o fez, Blue ficou chocada novamente com sua altura. Ele estava usando outra regata, ou talvez fosse a mesma. A diferença de altura entre eles tornava difícil discernir sua expressão.

— AH, VOCÊ.

— Ãhã — Blue se apresentou. — Eis a minha proposta: você nos deixa explorar a sua caverna e eu limpo o seu jardim. Eu tenho credenciais.

Ele se inclinou, e Blue se esticou, e ele aceitou o cartão de visita que ela havia feito e cortado para si, para convencer as senhoras do bairro a lhe pagar por plantar em seus canteiros. Enquanto ele o lia, Blue estudou seu rosto e seu corpo, buscando sinais de uma doença subjacente, alguma condição preexistente que pudesse atingi-lo num futuro próximo. Algo além de uma caverna amaldiçoada. Blue não viu nada, fora altura e mais altura.

Finalmente, ele respondeu:

— VOCÊ ESTÁ TENTANDO ME DIZER QUE NÃO GOSTA DO QUE EU FIZ COM O MEU JARDIM?

— Qualquer jardim pode se beneficiar de algumas flores — respondeu Blue.

— PODE TER CERTEZA. — Ele bateu a porta na cara dela.

Noah, que estivera parado ao lado de Blue sem ser visto, disse:

— Era isso que você queria que acontecesse?

Não era, mas, antes que ela tivesse alguma chance de formular seu próximo plano, ele abriu novamente a porta, e dessa vez estava usando botas de borracha com estampa camuflada. Ele saiu para a varanda.

— QUANTO TEMPO VAI LEVAR?

— Hoje.

— HOJE?

— Sou super-rápida.

Ele desceu os degraus e examinou o jardim. Era difícil dizer se estava analisando se Blue conseguiria fazer tudo em uma tarde ou contemplando se sentiria falta daquela ruína quando ela não estivesse mais ali.

— PODE COLOCAR AS COISAS NA CAÇAMBA DAQUELA PICAPE ALI.

Blue seguiu seu olhar até uma picape marrom enferrujada que ela presumira equivocadamente que fosse mais lixo ainda.

— Ótimo — disse ela, e achava isso mesmo, pois pouparia tempo se não tivesse de dirigir lentamente até o aterro quatro vezes. — Então, negócio fechado?

— SE VOCÊ TERMINAR HOJE.

Ela fez um sinal de positivo com o polegar.

— Tudo bem, então. Ao trabalho. O tempo urge.

Jesse pareceu olhar para Noah de certa maneira, mas então seus olhos se desviaram e voltaram para Blue. Ele abriu a boca, e, por um momento, ela achou que ele tinha visto Noah e ia dizer algo sobre ele, mas no fim apenas disse:

— VOU COLOCAR UMA ÁGUA NA VARANDA PARA VOCÊ. CUIDE PARA OS CÃES NÃO BEBEREM.

Não havia cães à volta, mas era possível que estivessem se escondendo atrás de um dos sofás descartados no jardim. De qualquer maneira, ela se sentiu tocada pelo gesto.

— Obrigada — disse. — É gentil da sua parte.

Essa gratidão aparentemente deu a Jesse a confiança de que ele precisava para dizer o que estivera pensando antes. Coçando o peito, ele a examinou em sua camiseta recortada, seus jeans manchados e seus coturnos.

— VOCÊ É UMA COISINHA TÃO PEQUENA. TEM CERTEZA QUE CONSEGUE FAZER ISSO?

— Trata-se de perspectiva forçada. É porque você comeu o seu feijão. Sou maior do que pareço. Você tem uma motosserra?

Ele piscou.

— VOCÊ VAI CORTAR ÁRVORES?

— Não. Sofás.

Enquanto Jesse procurava uma motosserra dentro da casa, Blue colocava suas luvas e começava a trabalhar. Ela fez as partes mais fáceis primeiro, juntando pedaços de metal refugado do tamanho de cachorrinhos e baldes de plástico quebrados com ervas silvestres crescendo através deles. Então arrastou troncos de madeira com pregos saindo para fora e pias quebradas com uma camada de água da chuva nas bacias. Quando Jesse Dittley apareceu com uma motosserra, Blue pegou seus óculos escuros exagerados e de lentes rosa no carro para servir como proteção e começou a cortar as partes maiores das coisas no jardim em pedaços que fossem fáceis de carregar.

— CUIDADO COM AS COBRAS — avisou Jesse Dittley da varanda enquanto ela fazia uma pausa para recuperar o fôlego. Blue não compreendeu o que ele queria dizer até que ele apontou na direção do mato crescido em torno da varanda com um gesto sinistro.

— Eu me dou bem com cobras — disse Blue. A maioria dos animais não era perigosa se você soubesse como dar a eles uma margem de segurança. Blue arrastou as costas da mão sobre a testa suada e aceitou o copo de água que ele lhe passou. — Você não precisa ficar cuidando de mim. Eu me viro.

— VOCÊ É UMA TAMPINHA EXÓTICA — decidiu Jesse Dittley. — COMO UMA DAQUELAS FORMIGAS.

Ela inclinou a cabeça para trás para olhar para ele.

— Por que diz isso?

— AQUELAS FORMIGAS QUE ESTAVAM NA TELEVISÃO. NA AMÉRICA DO SUL, OU NA ÁFRICA, OU NA ÍNDIA. CARREGAM DEZ VEZES O PRÓPRIO PESO.

Blue se sentiu lisonjeada, mas disse firmemente:

— Todas as formigas podem carregar dez vezes o próprio peso, não é? Formigas normais?

— ESSAS SE SAÍAM MELHOR QUE AS FORMIGAS NORMAIS. PENA QUE NÃO LEMBRO COMO ELAS FAZIAM, SENÃO EU TE CONTAVA.

— Você está tentando dizer que eu sou um tipo melhor de formiga?

Jesse Dittley a interrompeu:

— BEBA SUA ÁGUA.

E se retirou para dentro de casa. Com um largo sorriso, Blue voltou ao trabalho. Noah se sujava no porta-malas do carro; Blue havia colocado alguns sacos de palha e algumas plantas de canteiro ali, e mais algumas no banco de trás. Ele puxou um saco de palha para fora, mas não completamente, o rasgou e a palha se espalhou pelo acesso.

— Ops.

— Noah — disse Blue.

— Eu sei.

Noah começou a catar a duras penas cada lasca de palha enquanto Blue continuava arrumando o lixo.

Era um trabalho duro, mas satisfatório, um pouco como passar aspirador de pó. Era bacana poder ver o resultado logo em seguida. Blue era boa em suar e ignorar músculos ardendo.

À medida que o sol baixava, o jardim escurecia, e as árvores esparsas pareciam mais próximas. Blue não conseguia deixar de se sentir *observada* na presença delas. A maior razão disso, ela sabia, era por causa de Cabeswater. Ela jamais esqueceria o som de uma árvore falando, ou aquele dia em que ela havia descoberto que criaturas inteligentes, alienígenas, a cercavam completamente. Mas essas árvores eram provavelmente apenas árvores comuns.

Só que ela não tinha mais certeza se havia algo como uma árvore comum. Talvez em Cabeswater elas fossem capazes de ser ouvidas por causa da linha ley. Talvez aqui as árvores fossem roubadas de sua voz.

Mas eu sou uma bateria, ela pensou. Blue considerou como havia tirado Noah da tomada antes. Ela se perguntou se era possível fazer o mesmo ao contrário.

— Parece cansativo — comentou Noah.

Ele não estava errado. Blue se sentira exausta após a vigília na igreja em abril, quando dúzias de espíritos haviam tirado energia dela. Talvez um meio-termo, então.

Então estas árvores estavam falando, ou era apenas o vento?

Blue fez uma pausa em sua lide com a palha e girou sobre os calcanhares. Ergueu o queixo para olhar para as árvores que cercavam a propriedade de Dittley. Carvalhos, espinheiros, algumas olaias, alguns cornisos.

— Vocês estão falando? — ela sussurrou.

Não houve precisamente nada maior ou menor do que ela havia sentido ou ouvido antes: um farfalhar nas folhas, um movimento em seus pés. Como se a própria grama estivesse se movendo. Era difícil dizer precisamente de onde vinha o ruído.

Blue achou que ouviu, baixo e fino...

tua tir e elintes tir e elintes

... mas talvez fosse apenas o vento, alto e impendente entre os ramos dos galhos.

Blue tentou ouvir de novo, mas não teve sorte.

Eles logo perderiam a luz, e Blue não se sentia empolgada com a perspectiva de dirigir lentamente de volta no escuro. Pelo menos eles estavam finalmente fazendo a parte verdadeiramente agradável — o plantio das flores, fazendo o trabalho parecer pronto. Noah tinha força suficiente para ajudar com isso e se ajoelhou ao lado dela simpaticamente, abrindo buracos com as mãos na terra para os fardos de raízes.

Em determinado momento, no entanto, Blue olhou de relance na luz que se punha e viu Noah colocando uma planta inteira no buraco e chutando terra sobre toda ela, incluindo as florações.

— Noah! — ela exclamou.

Ele olhou para Blue, e havia algo bastante vazio em seu rosto. Sua mão direita lançou mais um torrão de terra sobre as pétalas. Fora um gesto automático, como se sua mão estivesse desconectada do resto do corpo

— Assim não — disse Blue, sem ter certeza do que estava dizendo, apenas tentando soar gentil e não horrorizada. — Noah, preste atenção no que você está fazendo.

Seus olhos eram tão infinitamente negros e fixos no rosto de Blue que a deixaram com os pelos arrepiados na nuca. A mão dele se moveu novamente, socando mais terra sobre as flores.

Então ele estava mais próximo, ela não o vira se mover. Seus olhos escuros estavam presos nos dela, sua cabeça virada de uma maneira que lembrava muito pouco um garoto. Havia algo completamente não Noah a seu respeito.

As árvores tremeram acima.

O sol havia quase partido; a parte mais visível era o branco morto da pele de Noah. O buraco esmagado em seu rosto, onde ele fora atingido pela primeira vez.

— Blue — ele disse.

Ela se sentiu muito aliviada.

Mas então ele acrescentou:

— Lírio.

— Noah...

— Lírio. Azul.

Blue se pôs de pé muito lentamente. Mas não se distanciara dele. De alguma forma, ele se colocara de pé na mesma hora que ela, espelhando-a perfeitamente, os olhos ainda presos aos dela. A pele de Blue estava congelando.

Jogue sua proteção, disse Blue para si mesma. E ela o fez, imaginando a bolha à sua volta, o muro impenetrável...

Mas era como se ele estivesse dentro da bolha com ela, mais próximo que antes. Nariz com nariz.

Seria mais fácil lidar com uma situação de malícia do que com seus olhos vazios, espelhos negros, refletindo apenas ela.

Subitamente, a luz da varanda se acendeu, jogando luz sobre e através do corpo de Noah. Ele era um objeto obscurecido, enxadrezado.

A porta da frente se escancarou. Jesse Dittley desceu correndo a escada, a varanda trovejando, e avançou enorme sobre eles. Ele lançou a mão à frente — Blue achou que ele fosse bater nela ou em Noah — e então segurou algo plano entre o rosto dela e o de Noah.

Um espelho.

Ela viu a parte de trás incrustrada de ágata; Noah estava olhando para o lado que refletia.

Seus olhos se escureceram, se esvaziaram. Ele jogou as mãos sobre o rosto.

— Não! — gritou, como se tivesse se queimado com água fervendo.

— *Não*.

Em seguida cambaleou, afastando-se de Jesse, de Blue e do espelho, as mãos ainda pressionadas sobre os olhos. Seu lamento era terrível — ainda mais terrível porque agora ele começava a soar como Noah novamente.

Ele tropeçou para trás sobre um dos vasos vazios, caiu duramente e ali ficou, as mãos sobre o rosto, os ombros tremendo.

— *Não*.

Ele não tirou as mãos dos olhos, e Blue, um pouco envergonhada, se deu conta de que havia ficado satisfeita porque ele não o fizera. Ela também tremia. Ela olhou para cima (e para cima e para cima), para Jesse Dittley, que pairava ao lado dela com o espelho, o objeto parecendo pequeno como um brinquedo em sua mão.

— EU NÃO FALEI QUE HAVIA UMA MALDIÇÃO? — ele disse.

24

Jesse esquentou duas tigelas de macarrão instantâneo na pequena cozinha enquanto Blue se sentava em um móvel antigo que era ao mesmo tempo um banco e uma cadeira. Ele parecia ainda mais gigante naquele aposento pequeno; todos os móveis eram móveis de boneca perto dele. Atrás de si, a escuridão malevolente pressionava a janela acima da pia da cozinha. Blue se sentia bem naquele oásis de tom amarelo. Ela não estava pronta para voltar dirigindo para casa, atravessando aquela noite, especialmente agora que o faria sozinha. Noah havia desaparecido, e Blue não estava absolutamente certa se ela estava preparada para ele reaparecer novamente.

O micro-ondas bipou. Jesse explicou enquanto colocava a tigela na frente dela que não era realmente a caverna que era amaldiçoada; era algo na caverna.

— E essa coisa mata Dittleys — disse Blue — e faz coisas terríveis com o meu amigo.

— O SEU AMIGO MORTO — observou Jesse, sentando-se à frente dela na mesinha de dobrar. O espelho largado entre eles, virado para baixo.

— Não é culpa dele. Por que você não disse que podia ver o Noah?

— EU TAMBÉM NÃO DISSE QUE PODIA TE VER.

— Mas eu não estou morta — destacou Blue.

— MAS É BEM BAIXINHA.

Blue deixou passar essa e comeu o macarrão. Não estava grande coisa, mas era educado comer.

— O que existe na caverna que a torna amaldiçoada?

— ADORMECIDOS — ele respondeu.

Isso era relevante para os interesses de Blue.

— EXISTEM COISAS DORMINDO DEBAIXO DESSAS MONTANHAS. ALGUMAS DELAS VOCÊ GOSTARIA QUE CONTINUASSEM DORMINDO.

— Eu gostaria?

Ele anuiu.

— Por que eu ia querer algo assim?

Jesse comeu o macarrão.

— Não me diga que vou entender quando eu for mais velha. Eu já sou velha.

— VOCÊ NÃO VIU O SEU AMIGO?

Ela vira. Ela vira realmente.

Com um suspiro, ele pegou um livro grande de fotografias — o álbum de família dos Dittley. Era o tipo de experiência que Blue sempre suspeitara que seria encantadora e intrigante, uma espiada secreta e esclarecedora sobre o passado de outra família.

Não era isso. Era muito chato. Mas entre as histórias de nascimentos que haviam passado como você imaginaria e viagens de pesca que aconteciam como viagens de pesca acontecem, apareceu outra história: uma família vivendo na boca de uma caverna onde algo dormia tão agitadamente que espiava através de espelhos, e através de olhos, e distorcia alto-falantes, e às vezes fazia crianças rasgarem o papel de parede ou esposas arrancarem chumaços do próprio cabelo. Esse adormecido agitado ficou cada vez mais ruidoso ao longo de uma geração até que, finalmente, um Dittley entrou na caverna e se jogou na escuridão. Mais tarde, o resto da família buscou seus ossos e gozou algumas décadas a mais de paz e silêncio.

E então havia mais algumas fotos dos Dittley construindo uma cobertura para os carros.

— E você deve ser o próximo? — perguntou Blue. — Quem vai assumir depois de você?

— MEU FILHO, UÉ.

Blue não mencionou que não havia indícios de qualquer outra pessoa na casa, mas ele devia ter percebido, pois acrescentou:

— MINHA ESPOSA E FILHOS FORAM EMBORA CINCO ANOS ATRÁS, MAS VÃO VOLTAR APÓS A MALDIÇÃO TER SIDO SATISFEITA.

Ela ficou tão sobressaltada com tudo isso que comeu todo o macarrão sem pensar muito a respeito.

— Nunca tinha conhecido mais alguém com uma maldição.

— QUAL É A SUA?

— Se eu beijar o meu verdadeiro amor, ele morre.

Jesse anuiu, como se dissesse: *Ãhã, essa é boa.*

— Tudo bem, mas por que você simplesmente não se manda? Vende essa casa, deixa outra pessoa lidar com o papel de parede e tudo o mais?

Ele deu de ombros — vindo de Jesse, um gesto impressionante.

— AQUI É MEU LAR.

— Certo, mas o seu lar poderia ser do outro lado de Henrietta — persistiu Blue. — Você poderia passar aqui na frente de carro e dizer: "Olá, casa com paredes que sangram, nos vemos depois!" Resolvido o problema.

Ele pegou a tigela de Blue e a colocou na pia. Não pareceu ofendido, mas também obviamente não concordou com ela. Jesse não iria comentar mais sobre o assunto.

— Além disso, quando c... — Blue começou, mas foi interrompida por batidas furiosas que vinham de todo lugar. A maldição? Noah? Ela apontou para o espelho de modo questionador.

Jesse balançou a cabeça e disse:

— PORTA DA FRENTE.

Ele secou as mãos em um pano de prato que parecia que precisava ser limpo em outra coisa, antes de seguir em direção à porta. Blue ouviu quando ela se abriu, e então um murmúrio de vozes que aumentava e diminuía.

Duas pessoas apareceram no vão da porta para a cozinha, seguidas de Jesse. Bizarramente, eram Gansey e Calla. Era estranho imaginar os dois viajando juntos para qualquer lugar, e mais estranho ainda conceber a presença dos dois ali na cozinha de Dittley. Eles estavam concentrados em Blue.

Jesse gesticulou para ela, como que para dizer:

— VIU SÓ?

Irrompendo sobre a soleira, Calla lançou uma mão, palma para cima. Ela estava cuspindo ácido.

— As chaves do carro. Agora. Você não vai dirigir aquele carro de novo até estar com oitenta anos e ter o cabelo branco. Passe as chaves para cá.

Blue a encarou.

— O quê? O quê?

— Você acha que pode simplesmente *sair* e não ligar?

— Você me disse que ninguém mais precisava do carro hoje!

— E aí você achou que isso significava que não precisava ligar?

Blue estava prestes a retrucar sobre ser um ser humano responsável e que eles não tinham nenhum motivo para estar preocupados com seu paradeiro, mas então viu a expressão de Gansey logo atrás de Calla. Seus dedos tocavam ligeiramente a têmpora e a maçã do rosto, e seus olhos se perdiam no nada. Blue não saberia interpretar a expressão alguns meses atrás, mas agora ela o conhecia bem o suficiente para perceber que aquilo significava alívio: o relaxamento de uma tensão. Ele parecia verdadeiramente abalado. Ela havia preocupado os dois, terrivelmente.

— ... meia dúzia de pessoas te procurando por toda parte e já começando a achar que você estava morta em uma vala qualquer — Calla estava dizendo.

— Espera aí, o quê? Vocês estavam me *procurando*?

— São dez da noite! Você saiu faz seis horas, e não foi para trabalhar, não é? A gente nem fazia ideia de onde você tinha se metido! Eu estava prestes a ligar para a polícia de novo.

Ela deixou o *de novo* pesar de maneira significativa. Blue não olhou para Gansey ou Jesse.

— Vou ligar para o Ronan — disse Gansey em voz baixa — e dizer que ele pode voltar para a Monmouth.

Ronan estivera procurando por ela também? Teria sido fofo, se ela estivesse correndo qualquer tipo de perigo.

— Eu... — Blue percebeu antes de terminar a frase que não havia discussão: eles estavam certos, e ela estava errada. De maneira pouco convincente, ela concluiu: — Não achei que alguém fosse perceber.

— Carro — disse Calla —, chaves.

Blue docilmente as entregou.

— Outra coisa: nunca mais quero andar no carro horrível desse garoto — disse Calla. — Você pode voltar de carona com ele, porque estou brava demais para olhar para a sua cara. Vou dizer coisas de que vou me arrepender.

Ela começou a partir com tudo e então parou ao lado de Jesse, o nariz virado. Seus braços haviam se tocado; Calla nitidamente tivera uma impressão psicométrica no mesmo instante.

— Ah, era *você* — ela disse.

Ele virou a cabeça para baixo para observá-la sem malícia. Calla saiu a passos largos sem mais gentilezas ou explicações.

— Hãã... — disse Blue, pondo-se de pé. — Desculpe por isso.

— NÃO TEM PROBLEMA.

— Obrigada pelo macarrão. Então, e a caverna?

— VOCÊ AINDA QUER ENTRAR LÁ DEPOIS DISSO?

— Como você disse, ela só mata Dittleys.

— A MALDIÇÃO SÓ MATA DITTLEYS. A CAVERNA PODE MATAR OUTRAS PESSOAS.

— Estou disposta a correr o risco, se você deixar.

Jesse coçou o peito de novo.

— BOM, COMBINADO É COMBINADO.

Eles se cumprimentaram, a mão de Blue parecendo minúscula na dele.

— VOCÊ FEZ UM BOM TRABALHO, FORMIGA — ele disse.

Então Gansey deu um passo à frente, colocou o celular elegantemente no bolso e pegou as chaves. Havia algo de preocupado em seu rosto. Ele parecia, na realidade, como parecera na caverna, o rosto estranho e cheio de vincos. Era tão estranho vê-lo sem sua roupagem de Richard Campbell Gansey III em público que Blue não conseguia parar de olhar para o seu rosto. Não — não era o seu rosto. Era a sua postura, os ombros caídos, o queixo para dentro, o olhar saindo por baixo de sobrancelhas incertas.

— ELA ESTAVA BEM — Jesse lhe assegurou.

— Minha cabeça sabia disso — disse Gansey. — Mas o resto de mim, não.

25

— Não acredito que você não está morta em algum lugar — disse Ronan a Blue. — Você devia estar morta em algum lugar.

Talvez fosse um sinal da irritação de Gansey a respeito da situação, porque ele não corrigiu Ronan dessa vez.

— Obrigada pela preocupação — ela respondeu.

A cozinha na Rua Fox, 300 fervilhava de corpos. Malory, Gansey, Ronan e Adam estavam à mesa da cozinha. Persephone flutuava próxima da pia. Calla se inclinava pensativa sobre o balcão. Orla aparecia de vez em quando no vão da porta para espiar Ronan antes de ser expulsa. Aquela noite claustrofóbica e urgente lembrava a Adam uma noite muitos meses atrás, após Gansey ter quebrado o polegar e quase ter levado um tiro, após eles terem descoberto que Noah estava morto. As coisas tinham começado a mudar havia pouco tempo.

Adam conferiu discretamente o relógio do forno. Ele havia pedido para chegar na fábrica de trailers duas horas mais tarde, para se encontrar com os outros naquela noite, e queria ter certeza de que não se atrasaria.

— Professor Malory, você gostaria de uma xícara de chá? — perguntou Blue.

Malory pareceu aliviado.

— Eu adoraria uma xícara de chá.

— Você prefere, hum, um sabor frutado ou um sabor mais forte? — ela perguntou. — Se fosse beber um ou o outro na forma de chá?

Ele considerou.

— Forte.

— Escolha corajosa — disse Blue. — Alguém mais?

Várias cabeças balançaram. Tanto Adam quanto Gansey haviam sido vitimados pelas bebidas da Rua Fox, 300. Os chás ali eram colhidos do jardim ou pegos no mercado de produtos agrícolas, cortados e misturados à mão, e então colocados em sacos rotulados com o ingrediente predominante ou o efeito pretendido. Alguns deles eram mais fáceis de beber recreativamente do que outros.

— Eu quero bourbon puro — disse Calla.

Ela e Persephone fizeram um brinde.

Enquanto Blue preparava o chá e trazia água para o Cão, Gansey disse:

— Tudo bem, eis a questão. Nós encontramos outra caverna, e, parece brincadeira, alguém está dormindo nela. Chegou a hora de decidir o que fazer.

— Não há nenhuma decisão a ser tomada — disse Ronan. — Vamos entrar.

— Você diz isso porque não viu o Noah hoje — Blue lhe disse enquanto colocava a xícara na frente de Malory. — Esse aí não tem nenhum efeito alucinógeno, mas talvez você se sinta um pouco eufórico.

— Nada que eu já tenha bebido aqui me fez sentir qualquer coisa próxima de euforia — disse Gansey.

— Você nunca tomou esse aqui — disse ela. — De qualquer forma, o Noah estava bastante assustador. O Jesse, o homem que é dono da caverna, diz que existe uma maldição. — Ela resumiu a maldição.

— Por que ele simplesmente não se muda? — perguntou Adam.

— Para longe do *lar* da família dele? — perguntou Ronan, soando ao mesmo tempo sincero e incomodado.

— *Lar* é um termo um pouco forte — disse Gansey. — Eu vi o lugar.

— Você. — Blue apontou para ele. — Fique quieto antes que diga alguma coisa ofensiva. Tem algo mais que vocês precisam saber. Uma das mulheres aqui previu a morte do Jesse mais cedo este ano. Ela não o conhecia, mas sabia o nome dele.

A cabeça de Adam se ergueu de um salto. Não porque fosse uma informação chocante, mas porque a voz de Blue havia mudado um pouco, e Persephone e Calla estavam ocupadas virando seus drinques, repentinamente sem se olhar. Adam, um animal dissimulado, era uma pessoa agudamente ligada aos segredos de outras pessoas. Então ele não tinha certeza de por que haveria qualquer coisa obscura a respeito da morte prevista de um estranho, mas sabia que Blue Sargent estava contando uma verdade parcial.

— Espera, espera — disse Gansey. — Então você está me dizendo que não apenas esse Jesse Dittley acredita que existe uma maldição naquele lugar, como na realidade ele está certo e vai morrer?

— *Ou* ele vai morrer por causa de algo que nós fizermos — insistiu Blue. — Foi por isso que eu toquei no assunto. Acho que precisamos tomar decisões de modo responsável.

— Vocês têm uma lista de mortos? — interrompeu Ronan. — Que lance mais sombrio. Eu estou nela?

— Alguns dias eu gostaria que sim — disse Blue.

— Posso ver? — perguntou Adam.

— O quê?

— Posso ver a lista?

Blue se virou para preparar uma xícara de chá para si.

— Não está comigo. Minha mãe levou com ela. Só lembro o nome dele. Quer dizer, eu achei que era uma garota, com *ie* no fim, mas a parte do Dittley eu guardei.

Calla ergueu uma sobrancelha pronunciadamente, mas não disse nada.

Ah, pensou Adam com uma súbita e sinistra convicção. *Eis a questão. Então um de nós está na lista.*

— Isso não importa — disse Gansey. — O tempo urge e o Adam precisa ir logo. A questão é: Nós vamos entrar na caverna amanhã?

Quem de nós?

Malory se animou:

— Agora seria um bom momento para destacar que eu não vou entrar em caverna nenhuma. Fico feliz em apoiar vocês de um local aonde o sol consiga chegar.

— É claro que vamos entrar — disse Ronan. — Por que não?

— Risco — respondeu Gansey. — Sou completamente contra colocar qualquer pessoa nesta sala em risco.

— Tem outra coisa, seus coelhos: lembrem-se que existe mais de um adormecido — destacou Calla. — Três deles. Um é para vocês despertarem, e um para *não* despertarem.

— E o adormecido do meio? — perguntou Ronan.

Em sua voz pequena, Persephone disse:

— Essas coisas realmente sempre soam melhor em três.

— O Jesse também disse que algumas coisas não devem ser despertadas — acrescentou Blue discretamente, sem permitir que Adam cruzasse o seu olhar. — Então, sim, risco.

Mais de um de nós?

— Nós entramos na caverna em Cabeswater — disse Ronan. — O risco era o mesmo. Talvez pior, porque não fazíamos ideia de onde estávamos nos metendo.

Talvez, pensou Adam, fosse a própria Blue que estivesse na lista. Talvez fosse por isso que ela a escondia de todos.

— Bom, eu concordo com o Ronan — disse Blue —, mas também sou suspeita, porque quero encontrar minha mãe, e o risco vale a pena para mim.

Adam pensou em suas sessões com Persephone. Ela teria se dado ao trabalho de ensiná-lo se soubesse que ele ia morrer? Ela olhava para ele agora, olhos negros sólidos, como se o desafiasse a gritar os segredos.

— Tem mais uma coisa que precisamos conversar — começou Gansey, hesitante. — O que vamos fazer se *acharmos* Glendower. Se houver um favor quando o despertarmos. Não tenho certeza se há apenas um favor, ou vários, e devemos saber o que dizer em qualquer uma dessas situações. Vocês não precisam responder agora, mas pensem nisso.

Houvera um tempo em que tudo que Adam pensara era a promessa daquele favor. Mas agora ele tinha apenas um ano de escola à sua frente, não estava mais debaixo do teto de seu pai e podia enxergar uma saída sem a ajuda de Glendower. Tudo que sobrara era pedir para se libertar de Cabeswater.

E ele não tinha certeza se queria isso.

Gansey e Ronan murmuravam outra questão, Malory dava sua opinião, mas Adam não conseguia se concentrar mais naquele assunto. Ele sabia que não estava errado a respeito da cautela de Blue. Ele o sabia da mesma maneira que sabia quando fora Cabeswater que o despertara de seu sono e quando precisava ir reparar a linha ley. Ele sabia disso como uma verdade.

Adam olhou para o relógio.

— Se já decidimos, preciso ir.

Ele não precisava. Ele tinha um pouco mais de tempo. Mas isso não podia esperar. A suposição estava crescendo dentro dele.

— Já? — perguntou Gansey, mas não de maneira descrente. — Que saco.

— É — disse Adam. — Mas eu tenho esse fim de semana e alguns dias de folga depois disso. Blue, você pode me ajudar a tirar uma coisa do carro?

— Que coisa?

Ele mentiu rápida e eficientemente:

— Aquele lance que você queria. Não acredito que você não lembra. O, o... tecido.

Persephone ainda estava olhando para ele.

Blue balançou a cabeça, mas para si mesma, não para ele, pesarosa com sua própria falta de memória. Ela se afastou do balcão enquanto Adam se despedia, tocando o punho de Gansey e assentindo para Malory e Ronan. Ele fez o melhor que pôde durante a despedida para agir casualmente, embora se sentisse sobrecarregado com um segredo indizível. Eles saíram juntos pela porta da frente e seguiram pela calçada escura até onde o carro dele estava estacionado na calçada, atrás do glorioso Camaro.

A rua estava silenciosa e fria, as folhas secas farfalhando como alguém pedindo silêncio a uma multidão.

— Eu não lemb... — começou Blue, e então parou quando Adam a pegou pelo braço e a puxou para perto.

— Quem de nós, Blue?

— Ei, para...! — Ela livrou o braço, mas Adam não recuou.

— Quem de nós está na lista?

Ela olhou para longe, seus olhos em um carro numa esquina distante. Blue não respondeu, mas também não o insultou dizendo que ele estava errado.

— Blue.

Ela não olhou para ele.

Ele deu a volta em torno dela de maneira que ela não tivesse como *evitar* olhar para ele.

— Blue, quem de nós?

O rosto dela estava estranho, toda a jovialidade levada embora. Blue não estava chorando. No entanto, seus olhos transpareciam algo pior que choro. Ele se perguntou por quanto tempo ela estivera carregando aquilo consigo. O coração de Adam batia forte. Ele havia acertado. Um deles ia morrer.

Eu não quero morrer, não agora...

— Blue.

— Você não vai conseguir deixar de saber — ela disse.

— Eu preciso saber — disse Adam. — Você não entende? Este será o favor. É isso que eu vou pedir. Eu preciso saber para que a gente faça o pedido, se for apenas um.

Ela só manteve o olhar dele.

— Gansey — disse Adam.

Blue fechou os olhos.

É claro. É claro que ele seria tomado deles.

Sua mente forneceu a imagem: Gansey convulsionando no chão, coberto de sangue, Ronan encolhido ao seu lado, arrasado. Fazia meses que Cabeswater lhe mostrara a visão, mas ele não a havia esquecido. Tampouco havia esquecido como, na visão, a morte de Gansey havia sido sua culpa.

Seu coração era um túmulo.

Se for culpa sua, pensou Adam, *você pode evitar.*

26

Blue acordou brava.
Ela não se lembrava do que sonhara, apenas que era sobre sua mãe, e, quando acordou, poderia ter batido em algo. Ela se recordou de quando visitara Adam uma tarde naquele verão e ele chutara uma caixa — era esse o nível de raiva que ela sentia. Só que não parecia valer a pena chutar alguma coisa quando não havia ninguém em volta para vê-la fazer isso.

Blue permaneceu deitada e disse a si mesma para voltar a dormir, mas, em vez disso, ficou mais irada ainda. Ela estava cansada de Persephone, Calla e sua mãe esconderem informações porque ela não era médium. De não poder fantasiar a respeito de faculdades bacanas porque não era rica. De não poder segurar a mão de Gansey porque eles não podiam machucar os sentimentos de Adam, e de não poder beijar a boca de Gansey porque ela não queria matá-lo. Blue estava cansada de saber que ele morreria e de temer que a mãe dela também morresse.

Repetidamente, ela ouvia Adam adivinhar a verdade: *Gansey*.

Ela jogou os cobertores para o lado e se vestiu com raiva, e com raiva correu até a sala do telefone.

Orla estava sentada ali, pintando as unhas à uma da manhã.

Blue congelou no vão da porta, a intenção escrita em seu rosto.

— Que foi? — disse Orla. — Vá em frente.

Blue não se mexeu.

— Ah, por favor. Não vou te impedir. Eu só estava tentando evitar que você tivesse o coração partido, mas como queira, vá em frente — disse Orla.

Blue atravessou a sala e pegou o telefone, olhando de relance para Orla novamente de maneira suspeita. Sua prima havia voltado a pintar minúsculas mandalas nas unhas. Ela não fingiu não estar ouvindo, mas parecia pouco incomodada.

Blue ligou para Gansey.

Ele atendeu imediatamente.

— Eu não estava dormindo.

— Eu sei — ela respondeu. — Vem me buscar.

Havia algo de estranho nele quando chegou no Pig. Algo feroz em seus olhos, um tipo de mordida em seu sorriso tênue. Algo inteiramente febril e inquieto. Blue parou na beira do sorriso de Gansey e olhou.

Aquele não era o Gansey que ela vira na cozinha mais cedo; era o Gansey para quem ela ligava secretamente à noite.

Ele não perguntou aonde ela queria ir. Eles não podiam falar sobre isso, então não disseram nada.

O Camaro estava com o motor ligado em ponto morto na rua silenciosa, tarde da noite. Blue entrou no carro e bateu a porta.

Gansey — o Gansey descuidado, selvagem — engatou outra marcha tão logo eles saíram do bairro. Ele levou o carro ruidosamente de semáforo em semáforo e então, quando chegaram à rodovia vazia, o deixou aumentar a velocidade furiosamente, o punho fechado sobre o câmbio.

Eles seguiam para leste, na direção das montanhas.

Blue ligou o rádio e mexeu com a música de Gansey até encontrar algo que valesse a pena tocar alto. Então brigou com sua janela para baixá-la, e o ar gritou sobre ela. Estava frio demais para isso, realmente, mas Gansey estendeu o braço para o banco de trás sem tirar os olhos da estrada e arrastou seu sobretudo para a frente. Blue o colocou, tremendo quando o forro de seda gelou suas pernas nuas. O colarinho cheirava a ele.

Eles não conversavam.

O rádio pulava e valsava. O carro rugia. O vento esvoaçante dentro do carro. Blue colocou a mão sobre a de Gansey e a segurou, os nós dos dedos brancos. Não havia outra alma na estrada, exceto eles.

Subiram as montanhas — para cima, para cima e através de um desfiladeiro.

Os picos eram negros e proibitivos à meia-luz dos faróis, e, quando eles alcançaram o ponto mais alto no desfiladeiro, os dedos de Gansey se cerraram mais ainda debaixo dos dedos de Blue enquanto ele reduzia a marcha e fazia o retorno, zunindo de volta pelo mesmo caminho em que tinham vindo.

Eles voltaram em alta velocidade para Henrietta, passando por estacionamentos de lojas sinistramente vazios, casas geminadas silenciosas, Aglionby, o centro da cidade, Henrietta. Do outro lado da cidade, Gansey dobrou deslizando em uma esquina para um novo e inutilizado desvio: quatro pistas novíssimas de estrada iluminada de lugar nenhum para lugar nenhum.

Ele parou o carro ali, pegou seu casaco de Blue e eles trocaram de lugar. Ela puxou o assento o mais próximo possível da direção e deixou o motor morrer. E mais uma vez, Gansey colocou a mão no joelho de Blue, dedos sobre a pele, a linha da vida tocando o osso, e a impediu de soltar a embreagem rápido demais. O motor subiu de rotação, forte e convicto, e o carro saltou para frente.

Eles não conversavam.

As luzes dos postes passavam em série pelo para-brisa à medida que Blue acelerava em uma direção, então dava a volta e retornava no outro sentido, repetidamente. O carro era temível e disposto — exagerado, rápido demais, tudo ao mesmo tempo. O câmbio trepidava por baixo de seu punho quando eles estavam parados, e o acelerador crescia e se prendia ao pé de Blue quando estavam em movimento. O ar frio que entrava pela ventilação debaixo do painel sussurrava o ar da noite sobre suas pernas nuas; o calor do motor rugindo queimava a parte de cima de seus pés.

O ruído: o mero ruído era um monstro, amplificado quando ela podia senti-lo vibrando no câmbio, puxando a direção, vociferando através de seus pés.

Blue estava com medo dele até apertar o acelerador, e então seu coração bateu forte demais para lembrar que tinha medo.

O Camaro era como Gansey aquela noite: aterrorizador e emocionante, disposto a fazer o que quer que ela pedisse.

Blue se sentia mais corajosa a cada volta. Apesar de todo seu ruído e sua pose, o Pig era um professor generoso. Ele não se importava que Blue fosse uma garota muito baixinha que nunca dirigira um carro com câmbio manual antes. Ele fazia o que podia.

Blue não podia esquecer a mão de Gansey sobre seu joelho.

Ela encostou o carro.

Blue achara que era uma coisa tão simples evitar beijar alguém quando estava com Adam. Seu corpo nunca soubera o que fazer. Agora ele sabia. Sua boca não se importava que ela fosse amaldiçoada.

Ela se virou para Gansey.

— Blue — ele avisou, mas sua voz era caótica. Próximo assim, sua garganta cheirava a hortelã, suéter de lã e assento de carro de vinil, e Gansey, apenas a Gansey.

— Eu só quero fingir. Só quero fingir que eu poderia — ela disse.

Gansey suspirou.

O que era um beijo sem um beijo?

Era uma toalha puxada em uma mesa posta para festa. Tudo misturado com todo o resto em apenas alguns momentos caóticos. Dedos nos cabelos, mãos segurando nucas, bocas roçando rostos e queixos em perigosa proximidade.

Eles pararam, o nariz de um amassado contra o outro daquela maneira estranha que a proximidade exige. Blue podia sentir a respiração de Gansey em sua boca.

— Talvez não tivesse problema se eu te beijasse — ele sussurrou. — Talvez seja apenas se você me beijar.

Ambos engoliram ao mesmo tempo, e o feitiço se rompeu. Ambos riram, mais uma vez ao mesmo tempo, nervosamente.

— E depois nunca mais falamos sobre isso — disse Gansey, zombando de si mesmo ligeiramente, e Blue ficou tão contente com isso, pois havia ensaiado as palavras daquela noite repetidamente em sua cabeça e queria saber se ele havia também. Suavemente, ele prendeu o cabelo dela atrás das orelhas, o que era perda de tempo, pois seu cabelo nunca estivera atrás das orelhas para começo de conversa e não ficaria ali. Mas ele o prendeu de novo, e mais uma vez, e então tirou duas folhas de hortelã e colocou uma em sua boca e outra na de Blue.

Ela não sabia dizer se era muito tarde ou se havia ficado muito cedo.

E agora a alegria catastrófica estava passando e a realidade voltava a assumir o seu lugar. Blue podia ver que agora ele estava muito próximo de ser aquele garoto que ela vira no adro da igreja.

Conte para ele.

Blue rolou a folha de hortelã de um lado para o outro sobre a língua. Ela se sentia trêmula de frio ou cansaço.

— Você já pensou em parar antes de encontrar Glendower? — ela perguntou.

Ele pareceu surpreso.

— Não faça essa cara — ela disse. — Eu sei que você precisa encontrá-lo. Não estou pedindo para me dizer por quê. Eu entendo essa parte. Mas, conforme a busca fica mais arriscada, você já pensou em parar?

Gansey manteve o olhar dela, mas seus olhos haviam se distanciado, pensativos. Ele estava ponderando a questão, talvez, o custo da busca *versus* sua necessidade imperecível de ver o rei. Então ele se concentrou em Blue novamente e balançou a cabeça.

Ela se recostou completamente e deu um longo e ruidoso suspiro.

— Bom, tudo bem.

— Você está com medo? É isso que está perguntando?

— Não seja idiota — ela respondeu.

— Não tem problema se estiver — disse Gansey. — Isso é só meu, no fim das contas, e eu não espero que ninguém mais...

— Não. Seja. Idiota.

Era ridículo; ela não fazia nem ideia se era a busca por Glendower que o mataria — qualquer marimbondinho seria suficiente. Ela não podia lhe contar. Maura estava certa — isso simplesmente arruinaria os dias que ele ainda tinha pela frente. Adam estava certo, também. Eles precisavam encontrar Glendower e pedir pela vida de Gansey. Mas como ela podia saber essa questão importantíssima sobre Gansey e *não contar* a ele?

— É melhor a gente voltar.

Ele expirou, mas não discordou. O relógio no Camaro não funcionava, mas devia ser perigosamente próximo da manhã. Eles trocaram de lugar; Blue encolhida novamente no casaco dele, pés sobre o assento. Enquanto ela puxava o colarinho para cima para cobrir a boca e o nariz, se deixou imaginar que aquele lugar era seu de direito. Que de alguma forma Adam e Ronan já sabiam disso e não se importavam. Que seus lábios não carregavam nenhuma ameaça. Que Gansey não ia morrer, não ia partir para Yale ou Princeton, que tudo que importava era que ele havia lhe emprestado o seu casaco com sua relva e sua hortelã no colarinho.

No caminho de volta para o centro da cidade, eles viram um veículo reluzente, sem dúvida o carro de um garoto corvo, parado no acostamento da estrada. Ele parecia brilhante e astronômico sob as luzes dos postes.

O sentimento desagradável da realidade cutucou Blue novamente.

— O que é isso...? — disse Gansey.

— Um dos seus — ela respondeu.

Ele encostou o carro ao lado do outro e gesticulou para que Blue baixasse o vidro.

Um garoto de cabelos negros igualmente brilhante e astronômico estava sentado atrás da direção do outro carro.

— Você é uma garota — ele disse para ela, perplexo.

— Vinte pontos! — respondeu Blue tensamente. — Quer saber, fica com trinta, porque é tarde e estou me sentindo generosa.

— Cheng. O que aconteceu? — disse Gansey, inclinando-se para frente para enxergar além de Blue. Sua voz havia mudado imediatamente para voz de garoto corvo, o que deixou Blue subitamente incomodada de ser vista em um carro com ele. Era como se a raiva de antes não tivesse sido adequadamente extinta, e agora fosse necessário apenas tomar conhecimento de que ela era uma garota em um carro com um príncipe da Aglionby para trazê-la de volta.

Henry Cheng saltou para fora do carro e se inclinou na janela do passageiro. Blue se sentiu claramente desconfortável por estar tão próxima de suas maçãs do rosto pronunciadas.

— Não sei. Ele parou.

— Parou como? — perguntou Gansey.

— Fez um ruído. Aí eu parei. Ele parecia bravo. Sei lá. Eu não quero morrer. Tenho todo um futuro pela frente. Você sabe alguma coisa sobre carros?

— Não elétricos. Que tipo de barulho você disse que ele fez?

— Um que eu não quero ouvir de novo. Não posso quebrar esse carro. Quebrei o último e meu pai ficou *louco* comigo.

— Quer uma carona de volta?

— Não, quero o seu celular. O meu morreu e não posso andar pela estrada ou vou ser estuprado pelo pessoal da região. — Henry bateu com o joelho na lateral do Camaro e disse: — Cara, é assim que se faz. Músculo americano que dá para ouvir a um quilômetro de distância. Não sou muito bom nesse lance de branco protestante. Você, por outro lado, é campeão... Só acho que você segue na direção contrária. Você devia andar com garotas durante o dia e com garotos à noite. É o que a minha *halmeoni* costumava dizer, pelo menos.

Havia algo terrível a respeito de todo aquele diálogo. Blue não sabia dizer se era porque o diálogo não precisava dela, ou porque era entre dois garotos extremamente ricos, ou porque era um lembrete concreto de que ela havia descumprido uma de suas regras mais importantes. (Ficar longe de garotos da Aglionby.) Ela se sentia como um acessório empoeirado qualquer. Ou pior. Ela simplesmente se sentia... mal.

Ela passou o celular de Gansey para Henry sem dizer uma palavra.

Enquanto o outro garoto voltava para sua aeronave reluzente para fazer a ligação, ela disse para Gansey:

— Para sua informação, eu não gosto quando a sua voz soa daquele jeito.

— De que jeito?

Ela sabia que não era algo legal de se dizer, mas sua boca disse de qualquer maneira:

— Sua voz falsa.

— Como?

— A que você usa com eles — ela disse. — Com os outros imbecis da Aglionby.

— O Henry é legal — disse Gansey.

— Ah, tá, "estuprado pelo pessoal da região".

— Foi uma piada.

— Hahaha. Ha. Ha. Ha. É uma piada quando alguém como ele diz, porque na realidade *ele* não precisa se preocupar com isso. É tão típico.

— Não entendo por que você está agindo desse jeito. Na verdade ele é um pouco como você...

Blue desdenhou.

— Ah, tá bom!

Ela sabia que estava se excedendo, mas não conseguia parar. Era algo a respeito de seus rostos bonitos, de seus cabelos bonitos, de seus carros bonitos e da confiança natural e recíproca entre eles.

— Acho que talvez seja uma coisa boa que a gente não possa realmente... que a gente nunca vai...

— É mesmo? — perguntou Gansey, perigosamente educado. — Por que você acha isso?

— Nós simplesmente não estamos no mesmo nível, só isso. Nós temos prioridades muito diferentes. Estamos distantes demais. Não funcionaria na verdade.

— Dois segundos atrás a gente estava quase se beijando — ele disse —, e agora acabou tudo porque paramos para deixar um cara usar o meu celular?

— Nunca *começou*! — Blue se sentia tão furiosa quanto no momento em que acordara. Mais.

— Tudo isso porque eu não concordei que o Henry é um imbecil? Estou tentando ver as coisas do seu ponto de vista, mas está bem difícil. Algo a respeito da minha voz?

— Não importa. Esquece. Só me leva para casa — disse Blue. Agora ela estava se arrependendo de... de tudo. Ela nem sabia para onde sua argumentação a levara, apenas que não podia voltar atrás. — Depois que ele devolver o seu celular.

Gansey a estudou. Ela esperava ver sua raiva espelhada no rosto dele, mas, em vez disso, a expressão dele havia se desanuviado. Não era uma expressão feliz, exatamente, mas ele não parecia mais confuso. Ele perguntou:

— Quando você vai me contar qual é a razão real disso tudo?

Isso a fez dar um longo e trêmulo suspiro, próximo das lágrimas.

— Nunca.

27

Gansey despertou com um humor terrível. Ele ainda estava cansado — havia perdido horas de sono passando e repassando os eventos dentro do carro, tentando decidir se estivera certo ou errado ou se isso chegava a importar —, e chovia fino, e Malory assoviava, e Noah batia as bolas de sinuca umas nas outras, e Ronan derramava cereal matinal da caixa direto na boca, e o suéter amarelo favorito de Gansey tinha um cheiro suspeito demais para aguentar mais um dia de uso, e o Pig afogara e não dava partida, então agora eles estavam indo buscar Blue e Adam no Suburban sem alma e em um suéter marrom que parecia exatamente por fora como Gansey se sentia por dentro.

Aquela caverna não seria nada além de uma caverna, como sempre, de maneira que Gansey estaria bem ficando na Monmouth e dormindo por mais quatro horas, deixando para visitá-la em um outro dia.

— Parece o País de Gales lá fora com toda essa chuva — disse Malory, sem soar muito satisfeito com isso. Ao lado dele, Adam estava em silêncio, a expressão preocupada de um jeito que Gansey não via fazia tempo.

Blue, também, estava taciturnamente silenciosa, com bolsas debaixo dos olhos para combinar com as de Gansey. Na noite passada o colarinho do casaco dele ainda trazia o cheiro do cabelo de Blue; agora, ele continuava virando a cabeça na esperança de senti-lo, mas, como todo o resto no desventurado dia, a fragrância se atenuara e se tornara poeirenta.

Na fazenda de Dittley, Malory, o Cão e Jesse se acomodaram na casa (Malory, sem esperanças: "Imagino que você não tenha nenhum chá por aqui?" Jesse: "VOCÊ QUER EARL GREY OU DARJEELING?" Malory: "Ah, abençoado seja!"), e os adolescentes saíram para caminhar pelo campo molhado até a caverna.

— Você vai realmente levar esse pássaro para dentro de uma caverna? — perguntou Adam.

— Sim, Parrish — respondeu Ronan. — Acho que sim.

Não havia como perguntar a Blue a respeito da noite anterior. Ele só queria *saber*. Eles ainda estavam brigados?

Gansey continuava de mau humor enquanto eles colocavam seus equipamentos de espeleologia e conferiam novamente suas lanternas. Blue havia adquirido um macacão usado de algum lugar e o simples esforço de não olhar para ela com ele estava lhe tirando a pouca concentração que ele conseguia juntar.

Não era assim que esse dia deveria ser, pensou Gansey. Não era para ele estar afogado entre compromissos da escola e tarefas do Congresso. Não deveria ser um dia de outono sombrio, úmido demais para a estação. Deveria ter sido um dia em que ele dormira o suficiente para *sentir* as coisas de maneira apropriada. O dia não deveria ser nenhuma das coisas que era, mas, em vez disso, era todas elas.

Não era para ser assim, ele pensou, enquanto desciam, nem a caverna deveria parecer assim. É claro que Glendower estava debaixo da terra — é claro que Gansey tinha conhecimento de que ele teria de ser *enterrado* —, mas, de alguma forma, ele imaginara o local mais aberto. Aquele era apenas um buraco no chão como tantos outros. As paredes de terra se pressionavam proximamente, escavadas e abertas com talhadeiras quando ficaram estreitas demais para receber um caixão. Uma toca de coelho, cada vez mais funda.

O cenário não era como lhe parecera em sua visão, quando Gansey estivera dentro da árvore divinatória de Cabeswater. Mas talvez aquilo não tenha sido a verdade.

Ali estava a verdade. Eles estavam olhando bem para ela.

— Pare com isso, Lynch — disse Adam. Ele estava no fim da fila; Ronan estava bem na frente dele.

— Parar com o quê?

— Ah, fala sério.

Ronan não respondeu, e eles continuaram caminhando. Avançaram apenas mais alguns metros, quando Adam disse:

— *Ronan*, por favor!

Eles pararam aos trancos, lentamente. Adam havia parado, e então deu um puxão em Ronan para parar, o que parou Blue e então, finalmente, Gansey. Motosserra saiu voando, as asas passando rente às paredes apertadas da caverna. Em seguida voltou a descansar sobre o ombro de Ronan, a cabeça inclinada para baixo, desconfiada. Ela limpou freneticamente o bico na camiseta dele.

— O *quê*? — demandou Ronan, estalando o polegar na direção do corvo.

— Pare de cantar — disse Adam.

— Não estou fazendo nada.

Adam pressionava os dedos contra um dos ouvidos.

— Agora eu sei... Eu sei que não é você.

— Você *acha*?

— Não — disse Adam, a voz fina. — Eu sei que não é você porque estou ouvindo a canção com o meu ouvido surdo.

Um pequeno calafrio percorreu a pele de Gansey.

— O que ela está dizendo? — perguntou Blue.

O bico de Motosserra se entreabriu. Em uma vozinha de canto, completamente diferente de sua voz de corvo tosca, ela cantou:

— Todas as donzelas jovens e lindas, ouçam seus pais...

— Pare com isso — gritou Ronan. Não para Motosserra, mas para a caverna.

Mas aquilo não era Cabeswater, e o que quer que fosse não estava atendendo Ronan Lynch.

Motosserra continuou cantando — um feito tornado ainda mais terrível porque ela nunca fechava o bico. Era como se fosse a porta-voz de alguma canção dentro dela.

— Os homens de toda esta terra, eles ouviam seus pais...

Ronan gritou de novo:

— Quem quer que seja, pare com isso! Ela é *minha*.

Motosserra caiu na risada.

Um riso agudo, dissimulado, tão cantado quanto a canção.

— Meu Deus — disse Gansey, para esconder o ruído de cada pelo de seu corpo se eriçando e ambos os testículos se recolhendo.

— Motosserra — disparou Ronan.

A atenção do pássaro se voltou imediatamente para ele. Motosserra examinou Ronan, a cabeça inclinada. Havia algo de estranho e intenso a respeito dela. Ela crescera em tamanho, as penas cobertas de tinta estufadas em torno da garganta, o bico selvagem e expressivo. Naquele instante, era impossível esquecer que ela era uma criatura de sonho, não um corvo de verdade, e que os mecanismos de sua mente continham o mesmo material misterioso de Ronan Lynch, ou de Cabeswater. Por um segundo pavoroso, rápido demais para Gansey dizer qualquer coisa, ele achou que ela estava prestes a atacar Ronan com seu bico feroz.

Mas ela só estalou o bico e então levantou voo pela passagem à frente deles.

— Motosserra! — chamou Ronan, mas ela desapareceu no escuro.

— *Droga*. Me desamarra.

— Não — Adam e Blue disseram ao mesmo tempo.

— Não — concordou Gansey, mais firme. — Não sei nem se devemos seguir em frente. Não estou interessado em alimentar uma caverna com nossos corpos.

A deserção de Motosserra pareceu equivocada, também. Virada de lado, de alguma forma, ou de dentro para fora. Tudo parecia *imprevisível* — o que em si parecia estranho, porque só podia significar que tudo até aquele momento fora previsível. Não: inevitável.

Agora parecia que qualquer coisa podia acontecer.

O olhar de Ronan ainda estava concentrado mais adiante na passagem escura, seus olhos procurando Motosserra e não a encontrando. Ele desdenhou:

— Você pode ficar se está se borrando de medo.

Gansey conhecia Ronan bem demais para deixar a farpa doer.

— Não é por mim que estou com medo, Lynch. Volta.

— Acho que ela só está tentando nos assustar — apontou Blue, de maneira bastante sensata. — Se ela quisesse realmente nos machucar, já teria feito isso.

Ele pensou no bico de Motosserra, pairando muito próximo do olho de Ronan.

— Adam? — Gansey chamou em direção ao fim da fila. — Veredito?

Adam ficou quieto enquanto ponderava as opções. Seu rosto parecia estranho e delicado na luz nítida do facho que saía da lanterna de cabeça de Gansey. Rapidamente e sem explicação, ele estendeu o braço para tocar a parede da caverna. Embora *não* fosse uma criatura de sonho, agora ele era um dos objetos de Cabeswater, e era difícil não ver isso na maneira como seus dedos corriam a parede como uma aranha e na escuridão de seus olhos perdidos no meio do nada.

— Ele também está... — disse Blue.

Possuído.

Nenhum deles queria dizer a palavra.

Ronan levou um dedo aos lábios.

Adam parecia *ouvir* as paredes — *quem é essa pessoa, ele ainda é seu amigo, o que ele deu a Cabeswater, o que ele se tornou, por que o terror aumenta com tamanha facilidade quanto mais longe do sol* — e então ele disse, cautelosamente:

— Voto para seguirmos em frente. Acho que o medo é um efeito colateral, não a intenção. Acho que Cabeswater queria nos atrair para dentro.

Então eles entraram.

Sempre para baixo, cada vez mais, um caminho mais tortuoso do que a caverna em Cabeswater. Aquela passagem havia sido claramente gasta pela água, enquanto esta parecia artificial, escavada em vez de formada. À frente deles, Motosserra grasnava. Era um ruído estranho, diurno, para ouvir da escuridão à frente.

— Motosserra? — chamou Ronan, a voz dura.

— *Cráá!* — veio a resposta, não muito distante dali. Esse era o nome especial do pássaro para Ronan.

— Graças a Deus — disse Blue.

Gansey, à frente, a viu primeiro, agarrando-se a um beiral na parede de rocha, arranhando com um pé e batendo um pouco as asas para manter sua posição. Ela não voou quando ele se aproximou e, quando ele estendeu o braço para ela, Motosserra voou na direção dele, pousando pesadamente. Ela não parecia desgastada por sua possessão. Ele disse de lado:

— Aqui está o seu pássaro, Lynch.

— E lá está a sua tumba, Gansey — disse Ronan com uma voz esquisita.

Ele estava olhando para além do amigo.

Gansey se virou. Eles estavam parados junto a uma porta de pedra. Poderia ser uma porta para muitas coisas, mas não era. Era a porta entalhada de uma tumba — um cavaleiro de pedra em uma armadura, com as mãos cruzadas sobre o peito. A cabeça repousava sobre dois corvos; os pés, em uma flor-de-lis. Ele segurava um escudo. O escudo de Glendower, com três corvos.

Mas havia alguma coisa errada.

Não porque não era assim que Gansey havia imaginado que a tumba de Glendower fosse. Estava errado porque não deveria acontecer desta maneira, neste dia, quando seus olhos doíam de sono, e chovia fino na rua, e era uma caverna que eles haviam encontrado somente alguns dias atrás.

Era para ser uma pista, e então outra pista, e então outra pista.

Não era para ser trinta minutos de caminhada e a porta de uma tumba, simples assim.

Mas era.

— Não pode ser — disse Adam finalmente do fim da fila.

— Será que nós... simplesmente a empurramos para abrir? — perguntou Blue. Ela também parecia insegura. Não era assim que funcionava. Era a maneira como procuravam, não o achado em si.

— Estou achando isso esquisito — disse Gansey por fim. — Parece errado não ter um... ritual.

Empolgue-se.

Gansey se voltou para a porta da tumba enquanto os outros se aproximavam. Com o celular, tirou várias fotos. Então, após uma pausa, digitou algumas notas de localização também.

— Por Deus, Gansey — disse Ronan, fazendo o amigo se sentir um pouco melhor consigo mesmo.

Cuidadosamente, ele tocou a linha em torno da efígie do cavaleiro. A pedra era fria, sólida, real; seus dedos saíram empoeirados. Aquilo estava realmente acontecendo.

— Não acho que ela esteja selada. Acho que está só encaixada. Uma alavanca, talvez?

Adam correu um dedo ao longo da borda.

— Não muito. Ela não está tão hermeticamente fechada.

Ele pensou nos três adormecidos, um que deveria ser despertado, um que deveria permanecer dormindo. Eles saberiam se aquele era o que deveria ficar intocado? Certamente — porque, se fosse responsabilidade de Maura não despertar esse adormecido, haveria sinais dela ali.

Mas ele não sabia. Não havia maneira de saber.

Tudo o que estava acontecendo naquele dia era marcado pela indecisão e pela incerteza.

Subitamente, a parede implodiu.

Enquanto a poeira rodopiava no ar e eles caíam para trás tossindo, Blue disse:

— *Ronan Lynch!*

Ronan se reequilibrou no meio de uma nuvem que lentamente se dissipava; ele havia chutado a porta da tumba para dentro.

— Isso — ele disse em voz baixa, para ninguém em particular — foi por ter levado o meu pássaro.

— Ronan, não me diga que eu vou ter que colocar uma coleira em você, porque a minha vontade é essa — disse Gansey. Ronan imediatamente desdenhou, mas Gansey apontou para ele. — Estou falando sério. Esse problema não é só seu. Se isso é uma tumba, alguém foi enterrado aqui, e você vai respeitar essa pessoa. Não. Me faça. Pedir. De novo. Se qualquer um de nós achar que não vai conseguir se controlar daqui em diante, sugiro que a gente vá embora e volte outro dia. Ou então que esse alguém espere aqui.

Ronan fervia.

— Não, Lynch — disse Gansey. — Eu faço isso há sete anos, e essa é a primeira vez que vou ter que deixar um lugar em pior situação porque estive aqui. Não me faça desejar ter vindo sem você.

Essa declaração finalmente passou pelo aço do coração de Ronan, e ele baixou a cabeça.

Eles entraram.

Era como se estivessem caminhando de volta ao passado.

Todo o ambiente era entalhado e pintado. As cores não haviam sido esmaecidas pelo sol: azul-royal, roxo-amora, vermelho-sangue, vivo. Os entalhes estavam secionados em janelas ou arcadas, delimitados por lírios e corvos, colunas e pilares. Santos olhavam para baixo, vigilantes e suntuosos. Mártires atravessados por lanças e tiros, queimados e apaixonados. Cães de caça perseguiam lebres que perseguiam cães de caça novamente. Pendurados na parede, um par de luvas para esgrimir, um capacete e uma armadura peitoral.

Era demais.

— Jesus — suspirou Gansey. Ele estendeu os dedos para tocar a armadura e descobriu que não conseguia. Então puxou a mão de volta.

Ele não estava pronto para concluir a tarefa.

Ele estava pronto para concluir a tarefa.

No meio da tumba havia um caixão de pedra, na altura da cintura, os lados pesadamente entalhados. Uma efígie de pedra de Glendower se encontrava no topo dela, a cabeça com capacete apoiada sobre três corvos entalhados.

Você se lembra de ter salvado a minha vida?

— Vejam todos esses pássaros — disse Blue.

Ela passou a lanterna sobre as paredes e o caixão. Por toda parte, o facho encontrou penas. Asas adornavam o caixão. Bicos arrancando frutas. Corvos lutando sobre escudos.

A luz pousou sobre o rosto de Adam. Seus olhos estavam estreitos e cautelosos. Ao lado dele, Ronan parecia estranhamente hostil, Motosserra agachada sobre seu ombro. Blue pegou o celular de Gansey do bolso dele e tirou fotos das paredes, do caixão, de Gansey.

Os olhos de Gansey foram arrastados de volta ao caixão. O caixão de Glendower.

Isso está realmente acontecendo?

Tudo estava de lado, espelhado, não exatamente como ele havia imaginado.

— O que estamos fazendo? — ele disse.

— Acho que, se unirmos forças, conseguimos alavancar a tampa — respondeu Adam.

Mas não era isso que Gansey queria dizer. Ele queria dizer: *O que estamos fazendo? Logo nós?*

Com uma risadinha sem graça, Blue disse:

— Minhas mãos estão suadas.

Eles ficaram ombro a ombro. Gansey fez a contagem regressiva, um três-dois-um ofegante, e então eles fizeram força. Sem sucesso. Parecia que tentavam mexer a própria caverna.

— Ela não está nem balançando — disse Gansey.

— Vamos tentar do outro lado.

Quando eles passaram para o outro lado e tentaram levantar a tampa imóvel, os dedos mal conseguindo se firmar, Gansey pensou nos velhos contos de fadas. Imaginou que não era um peso comum segurando a tampa no lugar; em vez disso, era desmerecimento. Eles não haviam provado o valor deles, e assim o acesso a Glendower lhes era barrado.

Gansey se sentiu aliviado, de certo modo. Isso, pelo menos, parecia certo.

— Eles não tinham equipamentos para levantar coisas pesadas — disse Ronan.

— Mas podiam ter cordas e roldanas — observou Blue. — Ou mais pessoas. Vá um pouco para lá, não consigo colocar a outra mão aqui.

— Não sei se isso vai fazer diferença — disse Gansey, mas todos se aproximaram. O corpo de Blue esmagado no dele. O de Ronan no de Adam.

Houve um silêncio, quebrado apenas pela respiração de todos.

— Três, dois... — disse Blue, e eles levantaram a tampa juntos.

Ela saiu, subitamente sem peso. Então se deslocou e escorregou rapidamente para fora.

— Segurem! — disse Blue com a voz entrecortada. Então, quando Gansey avançou: — Não, espera, não!

Houve um ruído doentio, distorcido, enquanto a tampa caía do lado oposto do caixão, arranhando-o diagonalmente. Então ela tombou e repousou com um barulho mais baixo, mas mais destrutivo, como um punho quando acerta um osso.

— Quebrou — disse Adam.

Eles se aproximaram. Um pano grosseiro escondia o interior do caixão.

Tem alguma coisa errada.

Subitamente, Gansey se sentiu mortalmente calmo. Aquele momento era tão oposto a como sua visão o retratara que sua ansiedade desapareceu. Em seu rastro não havia absolutamente nada. Ele puxou rapidamente o tecido.

Nenhum deles se moveu.

Em um primeiro momento, eles não compreenderam o que estavam olhando. A forma do corpo era estranha; Gansey não conseguia delineá-la.

— Ele está com o rosto para baixo? — sugeriu Blue, hesitantemente.

Porque é claro que a disposição era aquela, agora que Blue havia dito. Uma figura em um manto escuro, roxo ou vermelho, omoplatas apontando para fora. Uma massa de cabelo escuro, maior do que Gansey imaginara, mais escuro do que imaginara. As mãos estavam amarradas atrás das costas.

Amarradas?

Amarradas.

Uma inquietude se manifestou dentro de Gansey.

Errado. Errado, errado, errado.

Adam direcionou a lanterna sobre a extensão do caixão. O manto de Glendower estava deslocado, expondo pernas pálidas. Amarrado nos joelhos. Rosto para baixo, mãos amarradas, joelhos amarrados. Era assim que eles enterravam bruxas. Suicidas. Criminosos. Prisioneiros. A mão de Gansey pairou sobre o corpo, então ele a puxou. Não era a coragem que o deixara; era a certeza.

Não era assim que deveria ser.

Adam passou a luz da lanterna sobre o corpo novamente.

— Ah... — disse Blue, e então mudou de opinião.

O cabelo se mexeu.

— Jesus, Maria, *porra* — disse Ronan.

— Ratos? — sugeriu Adam, uma sugestão tão hedionda que tanto Blue quanto Gansey recuaram. Então o cabelo se mexeu de novo, e um ruído terrível foi emitido de dentro do caixão. Um grito?

Uma *risada*.

Os ombros estremeceram, mudando a posição do corpo no caixão, de maneira que a cabeça pudesse virar para vê-los. Quando Gansey viu o rosto de relance, seu coração se acelerou e então parou. Ele se sentia aliviado e horrorizado.

Não era Glendower.

— É uma mulher — ele disse.

28

A mulher não esperou que eles a libertassem.
Ela se contorceu trêmula enquanto eles davam um salto para trás, e então caiu com estrondo no chão, mãos e pernas ainda amarradas. Ela caiu bem junto aos pés de Ronan e mordeu seus dedos com um riso selvagem.

Ele e Motosserra bateram asas para trás.

Blue trocou um olhar febril com Adam.

E agora a mulher estava cantando:

Rainhas e reis
Reis e rainhas
Lírio azul, azul lírio
Coroas e pássaros
Espadas e coisas
Lírio azul, azul lírio.

Ela interrompeu a canção com uma risada histérica que casava perfeitamente com aquela que havia saído de Motosserra anteriormente. Rolando sobre as costas, a fim de olhar direto para os traços enojados de Ronan, ela arrulhou:

— Me solte, príncipe corvo.

— Meu Deus — ele disse —, o que você é?

Ela riu novamente.

— Ah! Meu salvador veio cavalgando em um corcel branco como leite e disse: bela dama, posso lhe trazer o que você quiser...

Ronan tinha uma expressão quase idêntica à que demonstrara quando eles buscaram Malory.

— Ela é louca.

Gansey disse, muito calmamente:

— Não toque nela.

Antes, quando eles acharam que fosse Glendower, Gansey parecera muito abalado, mas agora recuperara o autocontrole. O coração de Blue ainda batia forte por causa do susto que ela levara ao ver a tampa do caixão caindo e a mulher resvalando para fora. Não que ela quisesse que Gansey a comandasse, mas estava aliviada que ele comandasse pelo menos aquele momento, enquanto ela convencia seu pulso a baixar.

Ele deu a volta em torno do caixão, para onde a mulher estava deitada.

Agora que ela estava com o rosto virado para cima, Blue podia ver que ela era jovem, uns vinte anos, talvez. O cabelo era enorme, preto e selvagem como um corvo, a pele pálida como a dos mortos. O manto era possivelmente a coisa mais incrível a respeito dela, porque ele era *real*. Não parecia uma fantasia medieval. Parecia uma peça de roupa real, porque *era* uma peça de roupa real.

Gansey se inclinou sobre ela e perguntou, com seu jeito educado e poderoso:

— Quem é você?

— Um não era suficiente! — ela guinchou. — Eles mandaram outro! Quantos jovens há em minha câmara? Por favor, digam que são três, o número do divino. Você vai me desamarrar? É uma grosseria deixar uma mulher amarrada por mais que duas ou três ou sete gerações.

A voz de Gansey estava mais calma ainda, ou talvez estivesse inalterada, e parecia mais calma em comparação à sua cadência crescente.

— Foi você que possuiu o corvo do meu amigo?

Ela sorriu para ele e cantou:

— Todas as donzelas jovens e lindas, ouçam seus pais...

— Foi o que pensei — disse Gansey, endireitando-se e olhando de relance para os outros. — Não acho que seja uma boa ideia desamarrá-la.

— Ah! Você está com *medo*? — ela escarneceu. — Você ouviu que sou uma *bruxa*? Eu tenho três seios! E um rabo, e chifres! Sou uma gigante lá embaixo. Ah, eu também teria medo de mim, jovem cavaleiro. Eu poderia engravidá-lo! Corra! Corra!

— Vamos deixar ela aí — disse Ronan.

— Se abandonássemos pessoas em cavernas porque elas estão loucas, você ainda estaria lá em Cabeswater. Me passa a faca.

— Eu perdi — disse Ronan.

— Como você... Não importa.

— Eu tenho uma — disse Blue, se sentindo convencida e útil. Ela sacou seu canivete rosa enquanto os olhos pardos da mulher giravam para cima para segui-la. Blue estava com um pouco de medo que a mulher cantasse para ela, mas ela apenas sorriu, um sorriso largo e compreensivo.

— Achei que esses canivetes fossem proibidos — disse Gansey, ajoelhando-se ao lado da mulher. Ele parecia muito pouco perturbado agora, como se estivesse lidando calmamente com um animal selvagem. Cortou as tiras em torno dos joelhos da mulher, mas deixou suas mãos amarradas.

— E são — Blue respondeu, sem desviar o olhar dos olhos da mulher, que ainda estava sorrindo, como se estivesse esperando que Blue não suportasse e desviasse o olhar. Mas Blue tinha experiência nisso, graças a Ronan. Então ela apenas fechou a cara de volta. Ela queria perguntar à mulher como ela falava inglês, quem ela era, se estava bem após permanecer em um caixão por tanto tempo, mas a mulher não parecia realmente do tipo que respondia a perguntas.

— Vou te ajudar a se levantar — Gansey disse à mulher —, mas, se você me morder, eu te coloco de volta naquele caixão, entendeu?

— Ah, seu galinho — disse a mulher. — Você me lembra o meu pai. O que é péssimo.

Ronan ainda estava encarando a mulher, horrorizado, então Blue correu para ajudar Gansey. A mulher era ao mesmo tempo mais quente e mais real do que Blue imaginara. Ela era muito alta; provavelmente havia comido o seu feijão. Enquanto Blue a levantava por um cotovelo, seu ninho enormemente vertical de cabelo negro fez cócegas no rosto de Blue, cheirando a terra e metal. Ela cantou uma pequena canção sobre presentes e reis e órgãos internos.

— Tudo bem, Gansey — disse Adam cautelosamente —, qual é o seu plano agora?

— Tirar ela daqui, obviamente — disse Gansey, virando-se para a mulher. — A não ser que prefira ficar.

Ela rolou a cabeça para trás e seu cabelo se comprimiu sobre o ombro de Gansey, o rosto a centímetros do dele.

— O sol ainda existe? — perguntou a mulher.

Gansey usou o cabelo dela para afastar a cabeça da mulher de seu ombro.

— Como algumas horas atrás.

— Então me leve! Me leve!

Adam apenas balançava a cabeça.

— Mal posso esperar — disse Ronan — para ouvir você explicar isso para o Malory.

As nuvens haviam desaparecido quando eles emergiram, substituídas por um céu tão brilhante, azul e crestado pelo vento que todos tiveram de baixar a cabeça contra os grãos de areia lançados no ar. O vento era tão feroz que lançou as mechas de cabelo de Blue dolorosamente contra suas faces. Um bando de gralhas ou corvos voava alto, jogados e catapultados de um lado para o outro. Ronan segurava Motosserra contra o peito como se ela ainda fosse um corvo jovem, protegendo-a do vento.

Enquanto caminhavam de volta para a casa de Dittley, inclinando-se contra as rajadas, a chuva os salpicava intermitentemente do céu sem nuvens. Adam levou a mão ao rosto para secar a face, e Blue disse:

— Adam, o seu rosto...

Ele afastou o dedo; a ponta estava vermelha. Blue estendeu a mão para coletar outra gota perdida. Vermelha.

— Sangue — disse Ronan, soando firme em vez de preocupado.

Blue estremeceu.

— De quem?

Gansey analisou um pingo vermelho sobre o ombro de sua jaqueta, os lábios entreabertos de espanto.

— Gansey — chamou Adam, apontando. — Olha.

Eles pararam no meio da grama castigada para observar o céu brilhante do dia. No horizonte, algo reluzia furiosamente, como o sol refletido em um avião distante. Blue protegeu os olhos e viu que o objeto tinha um rabo flamejante. Ela não conseguia imaginar bem o que poderia ser, algo tão visível àquela hora clara do dia.

— Um acidente de avião? — perguntou.

— Um cometa — disse Ronan com certeza.

— Um *cometa*? — ecoou Adam.

Blue estava com mais medo agora do que quando eles haviam corrido perigo de verdade na caverna. O que eles estavam *fazendo*?

— Começou! — a mulher gritou. — Começou de novo! Girando e girando e girando!

Ela rodava no campo, as mãos ainda amarradas atrás das costas. À luz do sol, a beleza régia da mulher era mais evidente. Ela tinha o nariz relativamente grande com um formato adorável, faces e testa pronunciadas, sobrancelhas escuras esquisitas e, é claro, aquele cabelo impossivelmente avolumado se enredando acima de seu corpo esguio. O manto roxo-avermelhado era como uma mancha de tinta no campo.

Gansey observou o corpo celestial queimar um rastro lento através do azul do céu. Ele disse:

— Sinais e presságios. Um cometa foi visto em 1402, quando Glendower estava começando sua ascensão.

— Ha! — gritou a mulher. — Ascensão, ascensão, ascensão! Haverá sangue suficiente para beber então, sangue suficiente para ser bebido por todos!

A última parte se tornara uma canção mais uma vez.

Adam agarrou o ombro da mulher, parando-a de girar. Ela afastou o corpo como uma dançarina bêbada e depois o mirou com um olhar selvagem.

— Você — ela disse — é de quem eu menos gosto. Você me lembra um homem e um cão de que eu nunca gostei.

— Registrado — ele respondeu. — Temos direito a um favor? Por termos te despertado?

É claro, pensou Blue estupidamente. *É claro que devíamos ter pensado em perguntar isso imediatamente*. Todos os adormecidos supostamente concediam um favor nas lendas, não apenas Glendower. Parecia impossível que isso não tivesse ocorrido a nenhum deles, mas tudo que parecia óbvio na teoria era confuso, ruidoso e assustador na prática.

A mulher guinchou como os corvos acima, e então guinchou de novo, e então Blue percebeu que era uma risada.

— Um favor! Por me despertarem? Pequeno vira-lata, eu nunca *dormi*.

Adam a encarou friamente, sem se mexer. Ele deixara uma única palavra — *vira-lata* — abrir caminho, cortando até a espinha.

Gansey se intrometeu, temivelmente educado.

— Nós fomos absolutamente generosos com você. O nome dele é Adam Parrish, e é assim que você deve chamá-lo.

Ela fez uma mesura exagerada para Gansey, tropeçando até se ajoelhar com as mãos ainda amarradas.

— Perdoe-me — ela zombou —, *meu amo*.

Ele apertou os lábios, desconsiderando o gesto.

— Como assim, você não dormiu?

— Vá dormir, minha filhinha — disse a mulher docemente. — Sonhe com a guerra. Só que eu não dormi. Não consegui. Sempre fui agitada! — Ela fez uma pose dramática, as pernas abertas para se equilibrar. Uma gota de sangue lhe salpicara a face como uma lágrima. Em uma voz aguda, ela gritou: — Me ajudem! Me ajudem! Não estou dormindo! Voltem! Voltem! — E mais baixo: — Vocês ouviram algo? Apenas o som do meu sangue latejando em minha coragem! Vamos embora!

O lábio de Ronan se crispou.

Blue tinha certeza de que ouvira aquele som nos corredores de sua escola. Ela perguntou:

— Você quer dizer que passou seiscentos anos acordada?

— Uns duzentos a mais ou a menos — ela cantarolou.

— Não é à toa que ela é maluca feito uma vaca — disse Ronan.

— Ronan — começou Gansey, mas não conseguiu pensar em uma boa repreenda. — Vamos embora.

Dentro da casa, Jesse Dittley espiou a mulher. Ela era quase tão alta quanto ele.

— O QUE É ISSO?

— A sua maldição — respondeu Gansey.

Jesse pareceu hesitante e perguntou a ela:

— AGORA ME DIGA UMA COISA: VOCÊ JÁ FEZ AS MINHAS PAREDES CHORAREM?

— Apenas três ou cinco vezes — ela disse. — Será que foi o sangue do seu pai que me sufocou, calando a minha voz?

— VOCÊ MATOU O GATO DA MINHA ESPOSA?

— Aquilo — ela cantou — foi um acidente. Era o sangue do seu avô antes disso?

— TIREM ESSA MULHER DA MINHA CASA — disse Jesse. — POR FAVOR.

Enquanto os garotos carregavam a mulher para fora pelo outro lado da casa, Malory e o Cão correndo atrás dela, Blue ficou para trás. Ela ficou ao lado de Jesse enquanto ele abria uma cortina surrada para observar os garotos persuadindo a mulher a entrar no Suburban. Blue viu de relance quando ela deu uma mordida no Cão.

Ela se sentiu um pouco mais aliviada agora que não estava mais parada bem ao lado da mulher, embora não conseguisse parar de ver o bico de Motosserra sinistramente aberto em uma canção falsa, ou esquecer o salto que deu seu coração quando o corpo se moveu pela primeira vez dentro do caixão. Esse encanto tortuoso não parecia em nada com a magia orgânica de Cabeswater.

— ELA NÃO É TUDO QUE TEM ALI.

— Ela ficou acordada por centenas de anos. De alguma forma, quando um Dittley morreu na caverna, isso a deve ter calado por algum tempo. Mas nós estamos com ela agora. Ela era a maldição. Você não precisa mais entrar na caverna e morrer — disse Blue.

Jesse deixou a cortina cair de volta no lugar.

— VOCÊ ACREDITA QUE DÁ PARA SE LIVRAR DE UMA MALDIÇÃO TÃO FÁCIL ASSIM?

— Talvez. É bem capaz! Ela ficou ali por muito tempo — disse Blue. — Por tanto tempo quanto os Dittleys que moraram aqui. Você ouviu ela dizer que fez aquelas coisas.

— MAS O QUE VOCÊS VÃO FAZER COM ELA?

— Não sei. Alguma coisa. — Ela deu um tapinha no braço dele. — Você devia ligar para sua esposa, ou seu cão.

Jesse coçou o peito.

— VOCÊ REALMENTE É UMA FORMIGA DE UM TIPO MUITO BOM.

Eles deram um aperto de mãos.

Blue o viu olhando para fora da janela quando eles partiram.

Eles levaram a mulher para a Rua Fox, 300, é claro, onde encontraram uma Calla extremamente pouco impressionada, e uma Jimi bastante alarmada, e uma Orla fascinada. Persephone deu uma olhada na mulher, anuiu firmemente, e então desapareceu escada acima. Malory bebia seu chá forte na sala de leitura. Adam e Ronan se deixavam ficar furtivamente no corredor, ouvindo a conversa, covardes demais para enfrentar a ira de Calla.

E Calla estava realmente em grande forma. Ela latiu:

— Lembra que eu disse que havia três adormecidos, e o trabalho da Maura era não despertar um deles, e o seu era despertar um dos outros? Lembra que eu não disse nada sobre o outro? *Eu não quis dizer que era para trazê-la para a minha cozinha.*

Blue sentiu ao mesmo tempo alívio e incômodo. No primeiro caso, porque estivera preocupada que a mulher pudesse ser a adormecida que não deveria ser desperta. No segundo, porque eles estavam encrencados.

— Para onde mais a gente ia levar essa mulher? Minha mãe teria dito para trazê-la aqui — Blue argumentou.

— A sua mãe não tem bom senso! Não somos um albergue. — Calla foi até a mulher, que olhava em torno da cozinha com um misto de espanto e insanidade régia. — Qual é o seu nome?

— Meu nome é o de todas as mulheres — respondeu a mulher. — Tristeza.

Uma das sobrancelhas de Calla considerou momentaneamente socar a mulher. Ela disse:

— Por que vocês simplesmente não a deixaram lá?

Do corredor, Ronan lançou um olhar superior para Gansey.

— Escuta, eu compreendo que ela não possa ficar aqui — disse Gansey.
— Mas está claro que ela é mais parecida com você do que...

A expressão de Calla se tornou vulcânica.

— Do que o quê, senhor? Do que com *você*, Richard Gansey? Era isso que você ia dizer? Você acha que ela vai lançar a maluquice dela sobre vocês, mas nós somos imunes? Bom, você vai se surpreender, mocinho.

Gansey piscou rapidamente.

Um sorriso lento se espalhou no rosto da mulher.

— Ele não está errado, bruxa.

Lava se derramou das pálpebras de Calla.

— Do *que* você acabou de me chamar?

A mulher riu e cantou:

— Lírio azul, azul lírio, você e eu.

Blue e Calla fizeram cara feia diante das palavras sinistramente familiares. Aquela mulher devia ter possuído Noah, do mesmo jeito que fez com Motosserra. Blue desejou que aquela habilidade não se estendesse além de pássaros de sonho e garotos mortos.

— Não é tarde demais para levar a mulher de volta — disse Ronan.

— VOCÊS DOIS — rugiu Calla, e tanto Adam quanto Ronan se encolheram. — Vão até o mercado e peguem provisões para ela.

Adam e Ronan trocaram um olhar espantado. O olhar de Adam dizia: *O que isso quer dizer?* E o de Ronan dizia: *Não importa, vamos cair fora daqui antes que ela mude de ideia.* Gansey franziu o cenho às suas costas enquanto eles saíam apressados pela porta da frente.

Então Persephone reapareceu, segurando o blusão com mangas que não combinavam. Ela analisou a mulher, e teria parecido rude se não tivesse sido Persephone. A mulher a analisou de volta, com bem mais partes brancas dos olhos à mostra.

Finalmente, Persephone parecia satisfeita. Ela ofereceu o blusão:

— Fiz isso para você. Experimente... Ah! Por que ainda não a desamarraram?

— Nós achamos que ela poderia ser... perigosa? — respondeu Gansey sem jeito.

Persephone inclinou a cabeça para ele.

— E você achou que amarrar as mãos dela mudaria alguma coisa?
— Eu... — Ele se virou para Blue em busca de ajuda.
— Ela não é uma testemunha que gosta de cooperar — sugeriu Blue.
— Não é assim que tratamos os convidados — disse Persephone, ralhando ligeiramente.
— *Eu* não fazia ideia de que ela era uma convidada — retrucou Calla.
— Bem, *eu* a estava esperando — disse Persephone. E fez uma pausa.
— Eu acho. Vamos ver se o blusão serve.
— Você deveria me desamarrar, pequeno lírio — disse a mulher para Blue. — Com a sua faquinha de lírio. Seria muito adequado e circular.
— Por que seria adequado e circular? — perguntou Blue cautelosamente.
— Porque foi o seu pai que me amarrou da primeira vez. Ah, *homens*.
Blue estava abruptamente desperta. Ela estivera desperta antes, mas agora estava tanto mais do que quando estivera um segundo antes, quando sentia como se estivesse dormindo.
Seu pai.
A mulher estava subitamente em seu rosto, as mãos ainda amarradas atrás das costas.
— Ah, sim. *Punição adequada*, ele disse. Artemussssssss. — Ela riu diante dos rostos chocados na sala. — Ah, as coisas que eu sei! Vejam a maneira como ela brilha, dentro de um círculo d'água, dentro de um fosso, sobre um lago, tudo em um círculo d'água!
Mais para o começo daquele ano, quando Blue encontrara os garotos pela primeira vez, houvera um momento em que se sentira subitamente alarmada com a maneira como estava sendo atraída para a vida confusa deles. Agora ela havia se dado conta de que nunca havia sido *atraída* para isso. Ela sempre estivera ali, com aquela mulher e com todas as outras mulheres na Rua Fox, talvez até com Malory e seu Cão. Eles não estavam criando confusão. Apenas iluminavam a forma dela.
Com o cenho franzido, Blue sacou o canivete. Com cuidado para não se cortar ou ferir a pele branca e pálida da mulher, partiu as faixas gastas em seus punhos.
— Tudo bem, comece a falar.

A mulher estendeu os braços para cima e para fora, o rosto extasiado. Ela girou e girou, derrubando copos da mesa e acertando as mãos na complicada luminária pendurada sobre a mesa da cozinha. Tropeçou sobre sapatos e continuou em frente, rindo cada vez mais, cada vez mais histérica.

Quando parou, seus olhos pareciam elétricos e perturbados.

— Meu nome — ela disse — é Gwenllian.

— Ah — disse Gansey, baixinho.

— Sim, pequeno cavaleiro, achei que você sabia.

— Sabia o quê? — perguntou Calla, desconfiada.

Gansey tinha uma expressão perturbada.

— Você é a filha de Owen Glendower.

29

— Eu nem sei o que pegar. Ração? — perguntou Ronan.

Adam não respondeu. Eles estavam em uma loja grande e reluzente, olhando artigos de higiene. Ele pegou um frasco de xampu e o colocou de volta. Sua roupa ainda estava salpicada de sangue do chuvisco apocalíptico e sua alma ainda doía do comentário do vira-lata. Gwenllian — Gansey tinha enviado a identidade dela por uma mensagem de celular para Ronan — estivera em uma caverna por seiscentos anos e havia percebido quem ele era imediatamente. Como?

Ronan pegou um frasco de xampu e jogou no carrinho que Adam empurrava.

— Aquele ali custa catorze dólares — disse Adam. Ele achava impossível desligar a parte do seu cérebro que somava compras no supermercado. Talvez fosse isso que Gwenllian pôde ver em seu cenho franzido.

O outro garoto nem se virou.

— O que mais? Coleira contra pulgas?

— Você já fez uma piada de cachorro. Com a "ração".

— Fiz mesmo, Parrish.

Ronan continuou pelo corredor, ombros endireitados, queixo empinado arrogantemente. Não parecia que estava fazendo compras. Parecia que estava cometendo um furto. Ele jogou algumas pastas de dente no cesto.

— Qual escova de dentes? Essa parece rápida. — E a jogou com força sobre as outras mercadorias.

A descoberta de Gwenllian fazia coisas esquisitas com o cérebro de Adam. A descrença não deveria ter sido uma opção depois de todas as coisas que haviam acontecido com a linha ley e Cabeswater, mas Adam percebeu que ele não havia acreditado verdadeiramente que Glendower ainda pudesse estar dormindo sob uma montanha em algum lugar. E, no entanto, ali estava Gwenllian, enterrada da mesma maneira lendária. Seu último ceticismo havia sido tomado dele.

— O que vamos fazer agora? — perguntou Adam.

— Pegar uma casinha de cachorro. Droga, você está certo. Eu realmente não consigo pensar em outra piada.

— Eu quis dizer agora que encontramos Gwenllian.

Ronan fez um ruído que indicava que ele não achava essa linha de pensamento interessante.

— Vamos fazer o que estávamos fazendo antes. Ela não importa.

— Tudo importa — respondeu Adam, relembrando suas sessões com Persephone. E pensou em acrescentar desodorante às compras do carrinho, mas não tinha certeza se havia algum sentido pegar um para alguém que havia nascido antes de ele ter sido inventado.

— O Gansey quer Glendower. Ela não é Glendower. — Ronan começou a dizer algo, mas parou. Ele lançou um pote de creme de barbear no carrinho, mas nenhuma lâmina. Era possível que fosse para ele, não para Gwenllian. — Não tenho certeza se não devemos parar enquanto estamos na vantagem, de qualquer maneira. Nós temos Cabeswater. Por que precisamos de Glendower?

Adam pensou na visão de Gansey morrendo no chão e disse:

— Eu quero o favor.

Ronan parou tão abruptamente no meio do corredor que Adam quase bateu o carrinho atrás dele. Os seis itens no fundo escorregaram para frente.

— Fala sério, Parrish. Você ainda acha que precisa disso?

— Eu não questiono as coisas que moti...

— Blá-blá-blá. Está certo, eu sei. Ei, olha aquilo — disse Ronan.

Os dois observaram uma mulher bonita parada na seção de produtos de jardinagem, sendo atendida por três funcionários da loja. Seu carrinho estava cheio de lonas, aparadores de cercas e várias coisas que poderiam facilmente ser transformadas em armas. Os homens seguravam pás e mastros que não cabiam no carrinho. Eles pareciam muito ansiosos em ajudar.

Era Piper Greenmantle. Adam disse secamente:

— Ela não me parece o seu tipo.

Ronan sibilou:

— É a mulher do Greenmantle.

— Como *você* sabe?

— Ah, por favor. Era *nisso* que a gente devia pensar. Você já o investigou?

— Não — disse Adam, mas era mentira. Era difícil para ele ignorar uma questão uma vez que ela fosse levantada, e Greenmantle era uma questão mais grave que a maioria. Então ele admitiu: — Um pouco.

— Um monte — traduziu Ronan, e ele estava certo, porque, estranhamente, Ronan sabia bastante sobre como Adam funcionava. Era possível que Adam soubesse disso o tempo todo, mas optara por se considerar impenetrável — particularmente suas partes mais indesejáveis.

Com um último olhar de relance para a Greenmantle mais loira, eles foram para a fila do caixa. Ronan passou o cartão sem nem olhar para o total — *um dia, um dia, um dia* — e então eles voltaram para a tarde ensolarada. No meio-fio, Adam percebeu que ainda estava empurrando o carrinho com a única sacola aninhada no canto. Ele se perguntou se eles deviam ter pegado mais coisas, mas não conseguia imaginar o quê.

Ronan apontou para o carrinho.

— Entra aí.

— O quê?

Ele apenas continuou apontando.

— Dá um tempo. Isso aqui é um estacionamento público — disse Adam.

— Não dificulte as coisas, Parrish.

Enquanto uma senhora idosa passava por eles, Adam suspirou e subiu no carrinho de supermercado. Ele encolheu os joelhos para caber lá dentro, sabendo perfeitamente que aquilo provavelmente terminaria mal.

Ronan agarrou a barra com a concentração caprichosa de um piloto de moto e mirou a linha entre eles e o BMW parado no canto distante do estacionamento.

— Qual você acha que é a inclinação desse estacionamento?

— Ah, não sei. Dez graus? — Adam segurou as laterais do carrinho e então pensou melhor. Era melhor se segurar direito.

Com um sorriso selvagem, Ronan empurrou o carrinho para fora do meio-fio e arrancou na direção do BMW. Enquanto eles ganhavam velocidade, Ronan gritou um palavrão feliz e terrível, e então saltou para dentro dos fundos do carrinho. Enquanto eles voavam em direção ao BMW, Adam percebeu que Ronan, como sempre, não tinha intenção de parar antes que algo ruim acontecesse. Ele colocou a mão sobre o nariz bem quando eles viram a lateral do BMW. O carrinho sem assento balançou uma vez, duas, e então virou catastroficamente de lado. Continuou escorregando, os garotos escorregando com ele.

Os três pararam.

— Ah, meu Deus — disse Adam, tocando o ralado no cotovelo. Não estava tão mal assim, de verdade. — Meu Deus. Posso sentir meus dentes.

Ronan estava deitado de costas a alguns metros dali. Uma caixa de pasta de dente repousava sobre seu peito e o carrinho jazia virado a seu lado. Ele parecia profundamente feliz.

— Você devia me contar o que descobriu sobre o Greenmantle — disse Ronan —, para que eu possa começar a sonhar.

Adam se levantou antes que fosse atropelado.

— Quando?

Ronan abriu um largo sorriso.

30

— Essa casa é adorável. Tantas paredes. Tantas, tantas paredes — disse Malory enquanto Blue entrava na sala de estar um pouco depois. As almofadas no sofá o consumiram, agradecidas. O Cão estava deitado obstinadamente no chão ao lado do sofá, cruzando as patas com um olhar crítico para o que via à sua volta.

Atrás da porta fechada da sala de leitura, o murmúrio da voz de Gansey cresceu brevemente antes de ser enterrado pelo de Calla. Eles estavam discutindo com Persephone, ou falando enquanto ela estava na mesma sala que eles. Era difícil dizer a diferença.

— Obrigada — disse Blue.

— Onde está aquela mulher maluca?

Blue tinha acabado de tirar todas as coisas de Neeve do colchão no sótão para que Gwenllian pudesse ficar lá. Suas mãos ainda cheiravam às ervas que Neeve usara para sua divinação e às que Jimi usara para tentar subjugar aquelas que Neeve usara para sua divinação.

— Acho que ela está lá em cima, no sótão. Você realmente acha que ela é filha de Glendower?

— Não vejo razão para não acreditar — disse Malory. — Ela está com um traje que parece da época. Não é fácil assimilar tudo isso. É uma pena que não se possa publicar sobre isso em um trabalho acadêmico. Bem, suponho que se possa, se a pessoa quiser acabar definitivamente com a própria carreira.

— Eu só gostaria que ela fosse mais direta — disse Blue. — Ela diz que foi meu pai que a amarrou e a colocou para dormir, mas ela mesma disse que nunca dormiu. Isso é impossível, não é? Como você pode estar simplesmente vivo e acordado durante seiscentos anos?

O Cão olhou para Blue de soslaio, um olhar que indicava que era assim que ele acreditava que Gwenllian havia ficado daquele jeito.

— Parece provável que também tenha sido esse Artemus quem colocou Glendower para dormir — observou Malory. — Não quero ser grosseiro, mas a ideia de que ele é seu pai torna a coisa mais improvável ainda.

— Mais ainda — ecoou Blue. Ela não tinha envolvimento emocional com qualquer uma das possibilidades: seu pai sempre fora um estranho para ela, e, se no fim das contas ele era ou não uma pessoa maluca de seiscentos anos, isso não mudava nada. Era interessante que Gwenllian tivesse sido amarrada e colocada para dormir por alguém chamado Artemus, e interessante que esse Artemus aparentemente se parecesse muito com Blue, e interessante que Maura dissesse também que o pai de Blue se chamava Artemus, mas *interessante* não ia fazer com que Maura fosse encontrada.

— No entanto, quando se pensa naquela tapeçaria — disse Malory.

A velha tapeçaria do celeiro inundado. Blue a via novamente: seus três rostos, suas mãos vermelhas.

— O que se pode pensar dela?

— Não se sabe... Ela vai ficar aqui? — perguntou Malory.

— Acho que sim. Por enquanto. Ela provavelmente vai matar todas nós quando estivermos dormindo, não importa o que a Persephone diga.

— Acho que é uma atitude inteligente que ela permaneça aqui — disse Malory. — Ela pertence a este lugar.

Blue piscou para ele. Embora o professor excêntrico tivesse se tornado mais simpático aos olhos de Blue desde que ela o encontrara pela primeira vez, ela certamente não o consideraria o tipo capaz de compreender as outras pessoas o suficiente para oferecer uma reflexão interpessoal.

— Você gostaria de saber que serviço o Cão faz? — ele perguntou.

Isso não parecia ter nenhuma ligação com a sua declaração anterior, mas a curiosidade de Blue a devorava. Ela se conteve e respondeu:

— Ah... Não quero que você se sinta desconfortável.

— Eu me sinto desconfortável o tempo inteiro, Jane — disse Malory. — É para isso que o Cão serve. O Cão é um cão psiquiatra. Ele é treinado para sentir se estou ansioso, e faz algo para melhorar a situação. Como sentar ao meu lado, ou deitar em meu peito, ou colocar minha mão em sua boca.

— Você é muito ansioso?

— É uma palavra terrível, *ansioso*. Nos faz pensar em mãos inquietas, histeria e camisas de força. É mais que eu simplesmente não gosto de pessoas, porque as pessoas... nossa, eles estão discutindo para valer mesmo, não estão?

Isso era porque Calla gritara havia pouco na outra sala:

— NÃO ME VENHA COM ESSE OLHAR VAZIO DE ESTUDANTE ALMOFADINHA.

Blue se sentira satisfeita anteriormente por não estar envolvida na discussão séria na sala de leitura, mas agora estava reconsiderando a questão.

Malory continuou:

— Fui colocado em contato com o Cão diretamente antes desta viagem, e devo dizer que não imaginava que seria tão desafiador viajar com um canino. Não apenas foi um desafio encontrar um lugar para o Cão se aliviar, como ele ficou constantemente tentando deitar no meu peito enquanto eu estava parado naquela fila de segurança pavorosa.

O Cão não parecia arrependido.

— Não é a parte de fora das pessoas que me incomoda, mas a de dentro. Desde criança sou capaz de ver auras, ou como queira chamar. A personalidade. E se a pessoa...

— Espera, você disse que pode ver *auras*?

— Jane, eu não esperava que justo você fosse me julgar...

Blue estava bem familiarizada com a ideia de auras — campos de energia que cercavam todos os objetos vivos. Orla passara por um período na adolescência em que contava a todas as pessoas o que suas auras diziam a respeito delas. Ela havia contado a Blue que sua aura dizia que ela era baixinha. Ela fora uma adolescente bem difícil.

— Eu não estava julgando! — ela assegurou a Malory. — Estava esclarecendo. Isso tem a ver com o Cão porque...?

— Porque, quando as pessoas estão próximas demais de mim, a aura delas me toca, e, se auras demais me tocam, isso me confunde e faz com que eu fique como os médicos idiotamente chamam de ansioso. Médicos! Idiotas. Não sei se o Gansey já lhe contou que a minha mãe foi assassinada pelo sistema de saúde britânico...

— Ah, sim — Blue mentiu rapidamente. Ela estava muito mais interessada em ouvir como Malory via auras, o que estava firmemente em seu círculo de interesses, e muito menos interessada em ouvir sobre mortes de mães, o que estava decididamente fora de seu círculo de interesses.

— É uma história chocante — disse Malory, com alguma satisfação. Então, por causa do rosto ou da estatura de Blue, ele lhe contou a história. E terminou com: — E pude ver a aura dela lentamente desaparecer. Então é por isso que eu sei que Gwenllian pertence a um lugar como este.

Blue arrastou uma expressão de volta ao rosto.

— Espera. O quê? Perdi algo aqui.

— A aura dela é como a sua: é *azul* — ele disse. — A aura de uma vidente!

— É mesmo? — Ela ficaria extremamente irritada se fosse por isso que tivesse recebido seu nome; seria como chamar um cachorrinho de Peludo.

— Essa cor de aura pertence àqueles que conseguem romper o véu!

Ela decidiu que contar a ele que ela não conseguia, na realidade, romper o véu só prolongaria a conversa.

— É por isso que eu fui originariamente atraído para Gansey — continuou Malory. — Apesar de sua personalidade mercurial, ele tem uma aura muito agradável e neutra. Não sinto que esteja com outra pessoa quando estou com ele. Ele não toma nada de mim. Está um pouco mais ruidoso agora, mas não muito.

Blue tinha uma compreensão muito limitada do que significava "mercurial", e era bem difícil tentar aplicar a Gansey essa compreensão limitada. Ela perguntou:

— Como ele era naquela época?

— Foram dias gloriosos — respondeu Malory. Então, após uma pausa, acrescentou: — Exceto quando não foram. Ele era menor naquela época.

A maneira como ele disse "menor" fez parecer que não estava falando de altura, e Blue achou que entendia o que ele queria dizer.

— Ele ainda estava tentando provar que não tinha tido nenhuma alucinação. Ainda estava bastante obcecado com o evento em si. Mas parece ter se desvencilhado disso, o que é bom para ele.

— O evento... as picadas? A morte, você quer dizer?

— Sim, Jane, a morte. Ele não pensava em outra coisa. Estava sempre desenhando abelhas, marimbondos e coisas do tipo. Tinha pesadelos em que gritava... Ele precisou arrumar um lugar só para ele, porque eu não conseguia dormir com isso, como você pode muito bem imaginar. Às vezes esses acessos aconteciam durante o dia também. Nós estávamos dando uma volta em alguma trilha em Leicestershire e no momento seguinte ele estava no chão, arranhando o rosto como um paciente psiquiátrico. Então eu o deixava, e ele seguia seu curso e ficava bem, como se nada tivesse acontecido.

— Que terrível — sussurrou Blue, imaginando aquele sorriso fácil que Gansey aprendera a lançar sobre seu rosto verdadeiro. Envergonhada, ela lembrou que se perguntara um dia o que teria feito um garoto como ele, um garoto que tinha tudo, aprender uma habilidade dessas. Que injusta fora ao presumir que amor e dinheiro tornariam impossível sentir a dor e a dureza da vida. Ela pensou na discussão deles no carro na noite anterior com alguma culpa.

Malory não pareceu ouvi-la.

— Mas que pesquisador. Que faro aguçado para mistérios. Você não treina uma coisa assim! Você já nasce com essa capacidade.

Blue ouviu a voz de Gansey na caverna, rouca e repleta de medo: *Marimbondos.*

Ela tremeu.

— É claro, um dia ele simplesmente partiu — Malory pensou alto.

— O quê? — Blue se concentrou de repente.

— Eu não devia ter me surpreendido — disse o professor com tranquilidade. — Eu sabia que ele era um grande viajante. Mas achava que não tínhamos realmente terminado nossas pesquisas. Nós tivemos um breve desentendimento e nos reconciliamos. Mas então, uma manhã, ele simplesmente partiu.

— Partiu como?

O Cão havia subido no peito de Malory e agora lambia o seu queixo. Malory não o afastou.

— Ah, partiu. Suas coisas, suas malas. Ele deixou muita coisa para trás, o que ele não precisava. Mas nunca mais voltou. Passaram-se meses até ele me ligar novamente, como se nada tivesse acontecido.

Era difícil imaginar Gansey abandonando qualquer coisa desse jeito. Ele estava rodeado de coisas às quais se apegava ferozmente.

— Ele não deixou um bilhete nem nada?

— Simplesmente partiu — disse Malory. — Depois disso, a família dele me ligou algumas vezes, tentando descobrir para onde ele tinha ido.

— A *família* dele? — Ela sentia como se lhe estivessem contando uma história sobre uma pessoa diferente.

— Sim, eu contei a eles o que podia, é claro. Mas eu não sabia realmente. Primeiro foi o México, antes de ele chegar até mim, então a Islândia, eu acho, antes dos Estados Unidos. Duvido que eu saiba metade da história. Ele juntava as coisas dele e simplesmente partia, assim, fácil e rápido. E fez isso muitas vezes antes de ir para a Inglaterra, Jane, já era um hábito.

Antigas conversas lentamente se realinhavam na cabeça de Blue, assumindo novas tonalidades de significados. Ela se lembrou de uma noite carregada na encosta de uma montanha, olhando para Henrietta iluminada como um vilarejo de conto de fadas. *Lar*, ele havia dito, como se isso lhe causasse dor. Como se ele não conseguisse acreditar no que estava vendo.

Não era exatamente que a história que Malory lhe contara havia pouco não batesse com o Gansey que ela conhecia. Era mais que o Gansey que ela via era uma verdade parcial.

— Era covardia e estupidez — disse Gansey do vão da porta, apoiando-se no batente, mãos nos bolsos, como fazia frequentemente. — Não gosto de despedidas, então simplesmente me abstive, sem pensar nas consequências.

Blue e Malory o examinaram. Era impossível dizer há quanto tempo ele estava parado ali.

— Foi muito decente da sua parte — ele continuou — não ter me dito nada sobre isso. É mais do que eu merecia. Mas saiba que me arrependi, e muito.

— Bem — disse Malory, parecendo profundamente desconfortável. O Cão desviou o olhar. — Bem. Qual é o veredito sobre a sua mulher das cavernas?

Gansey colocou uma folha de hortelã na boca; era impossível não pensar na noite anterior, quando ele havia colocado uma na dela.

— Ela fica aqui, por enquanto. Não foi ideia minha, foi da Persephone. Ofereci ajeitar o primeiro andar da Monmouth. Talvez seja isso que vai acabar acontecendo.

— Quem é ela? — perguntou Blue, testando o nome: — Gwenllian.
— Ela não estava dizendo direito; a pronúncia do *ll* não chegava nem perto da aparência.

— Glendower teve dez filhos com a esposa, Margaret. E pelo menos quatro... não com ela. — Gansey disse essa parte com desgosto; estava claro que ele não achava isso digno de seu herói. — Gwenllian é uma dos quatro descendentes ilegítimos que sabemos. É um nome patriótico. Houve duas outras Gwenllians famosas, ligadas à liberdade galesa.

Ele pensou em dizer algo mais, mas não disse. Sinal de que era algo desagradável ou feio. Blue o impeliu:

— Fala logo, Gansey. O que é?

— A maneira como ela foi enterrada... A porta da tumba tinha a imagem de Glendower, assim como a tampa do caixão. E não a imagem dela. Podemos perguntar, embora seja bastante difícil arrancar dela uma informação verdadeira, mas me parece provável que ela tenha sido enterrada em um túmulo falso.

— Como assim?

— Às vezes, quando há um túmulo muito rico ou muito importante, eles colocam uma cópia desse túmulo em algum lugar próximo, mas mais fácil de encontrar, para despistar os ladrões.

Blue ficou escandalizada.

— Sua própria filha?

— Ilegítima — afirmou Gansey, mas se sentiu infeliz ao fazê-lo. — Você ouviu o que ela disse. Como punição por algo. É tudo tão repugnante. Estou morrendo de fome. Onde o Parr... o Adam e o Ronan foram?

— Fazer compras para Gwenllian.

Ele olhou para seu enorme e belo relógio com um franzir de cenho enorme e perplexo.

— Faz tempo?

Ela fez uma careta.

— Um pouco.

— O que vamos fazer agora? — perguntou Gansey.

Da outra sala, Calla berrou:

— VÁ COMPRAR UMA PIZZA PARA A GENTE. COM QUEIJO EXTRA, RIQUINHO.

— Acho que ela está começando a gostar de você — disse Blue.

31

Ronan dirigiu de volta para Santa Inês. Adam achou que ele queria ir ao seu apartamento, acima do escritório da igreja, mas, quando eles saíram para a rua, Ronan desviou o caminho e seguiu na direção da entrada principal da igreja.

Embora Adam morasse na parte de cima da igreja, não entrara ali desde que se mudara para o apartamento. Os Parrish nunca haviam sido frequentadores de igreja, e, ainda que o próprio Adam suspeitasse que pudesse existir um Deus, também achava que isso não importava.

— Lynch — ele disse enquanto Ronan abria a porta para o santuário na penumbra. — Achei que nós íamos conversar.

Ronan mergulhou os dedos na água benta e tocou a testa.

— Está vazio.

Mas a igreja não parecia vazia. A atmosfera era claustrofóbica com a fragrância de incenso, vasos de lírios exóticos, resmas de tecido branco e o olhar prostrado de um Cristo desolado. Ela sangrava histórias que Adam não conhecia, rituais que ele jamais conheceria, conexões que ele jamais compartilharia. Ela estava carregada com um tipo de história sussurrante que o deixava tonto.

Ronan acertou o braço de Adam com as costas da mão.

— Vamos lá.

Ele caminhou ao longo dos fundos da igreja escura e abriu uma porta para uma escada íngreme. No topo, Adam se deparou com um balcão escondido ocupado por dois bancos de igreja e um órgão. Uma estátua de Maria — provavelmente Maria? — estendia as mãos para ele, mas isso porque não o conhecia. Ela rogava a Ronan, e provavelmente o *conhecia*. Algumas velas pequenas queimavam aos pés da santa.

— O coro fica aqui em cima — disse Ronan, sentando-se no órgão. Sem avisar, ele tocou um fragmento terrivelmente alto e chocantemente sonoro.

— Ronan! — sussurrou Adam. Ele olhou para Maria, mas ela não parecia incomodada.

— Eu disse para você. Não tem ninguém aqui. — Quando Ronan viu que Adam ainda não acreditava, ele explicou: — É dia de confissão lá em Woodville, e o nosso padre foi para lá. Nesses dias o Matthew costumava ter aulas de órgão, porque não tem ninguém por perto para ser incomodado por sua música terrível.

Adam finalmente se sentou em um dos bancos. Pousando o rosto no encosto liso, olhou para Ronan. De maneira bastante estranha, Ronan também pertencia *àquele lugar*, como havia pertencido à Barns. Essa religião ruidosa e suntuosa o havia criado tanto quanto o mundo de sonhos de seu pai; parecia impossível que Ronan inteiro existisse em uma só pessoa. Adam estava começando a perceber que não conhecia Ronan de verdade. Ou melhor, ele havia conhecido parte dele e presumido que era Ronan inteiro.

O cheiro de Cabeswater, de todas as árvores após a chuva, passou por Adam, e ele percebeu que, enquanto estivera olhando para Ronan, este estivera olhando para ele.

— Então, Greenmantle — ele disse, e Ronan desviou o olhar.

— Filho da puta. Sei.

— Olhei todos os registros públicos naquela primeira noite.

Teria sido bastante fácil para Ronan fazer isso sozinho, mas talvez ele soubesse que Adam gostaria do aspecto enigmático da procura e que isso lhe ocuparia a mente.

— Dois doutorados, casa em Boston, três multas por excesso de velocidade nos últimos dezoito meses, blá-blá-blá.

— E aquele lance da aranha na teia?

— Não importa — respondeu Adam. Ele não precisara de muito tempo para conseguir a versão prontamente disponível da história de vida de Colin Greenmantle. E apenas um pouco mais de tempo para perceber que não era realmente a história de vida que ele precisava. Ele não precisava desfazer a teia — provavelmente não *conseguiria* desfazer a teia. Ele precisava gerar uma nova teia.

— É claro que importa. É tudo que importa.

— Não, Ronan, olha... vem aqui.

Adam começou a escrever na poeira sobre o banco ao lado dele. Ronan se juntou a ele, agachando-se para ler o que ele escrevia.

— O que é isso?

— As coisas que vamos fazer acontecer — disse Adam. Ele havia trabalhado tudo em sua cabeça. Embora fosse mais fácil anotar, ele havia refletido a respeito: melhor não ter uma trilha de papel ou um registro eletrônico. Apenas Cabeswater poderia entrar no registro da mente de Adam. — Essas são todas as provas que você precisa sonhar e que nós precisamos enterrar.

Algumas dessas coisas precisavam ser literalmente enterradas. O plano era caprichado na concepção, mas não na execução; era um negócio sujo incriminar alguém, e assassinatos exigiam corpos. Ou pelo menos partes de corpos.

— Parece muita coisa — admitiu Adam, porque parecia, uma vez que ele havia escrito tudo na poeira. — Acho que é mesmo. Mas na maioria são detalhes.

Ronan terminou de ler o plano de Adam. Ele tinha o rosto ligeiramente desviado do horror que lia, da mesma maneira que desviara o rosto do seu objeto de sonho. Ele disse:

— Mas... isso não é o que aconteceu. Não foi isso que Greenmantle *fez*.

Ronan não precisou dizer: *Isso é mentira*.

Adam deveria ter sabido que isso seria um problema para ele. Ele lutou para explicar.

— Eu sei que não foi. Mas é difícil demais incriminá-lo por ter encomendado a morte do seu pai. É sutil demais e há detalhes demais que eu não sei. Ele pode refutar uma das nossas evidências com uma evidência real, ou algo real, como a sequência de tempo real do que ele fez, e isso poderia arruinar o que a gente apresentasse. Mas, se eu inventar o crime, posso controlar todas as variáveis.

Ronan apenas o encarou.

— Escuta, tem que ser algo realmente horrível, algo que ele não iria querer cumprir pena na prisão por causa disso — disse Adam. Agora ele estava se sentindo um pouco sujo; ele não conseguia dizer se o desgosto visível de Ronan era apenas por causa da natureza do crime que Adam havia sugerido, ou por Adam ser capaz de contemplar um crime tão terrível. Mas ele persistiu, pois agora era tarde demais para recuar. — Queremos que ele se sinta ameaçado demais, para nem chegar a pensar em abrir a boca ou contra-atacar. Se ele chegasse a ser acusado disso, estaria arruinado, e ele sabe disso. E, se ele for preso, as pessoas que cometem crimes contra crianças são maltratadas na cadeia, e ele sabe disso também.

Adam podia ver os dois lados de Ronan lutando entre si. Ele podia ver, inacreditavelmente, que a mentira perderia.

— Apenas uma vez — disse Adam rapidamente. — Apenas desta vez. Eu posso refazer isso para realmente ser sobre o seu pai, mas essa opção não seria à prova de balas. E então você teria que lidar com o tribunal. Da mesma maneira o Matthew. — Ele se sentiu mal a respeito dessa última parte, mesmo que ela fosse verdadeira. Porque ele sabia que ela mexeria com Ronan, e mexeu.

— Tudo bem — disse Ronan, decepcionado. Ele olhou para o plano escrito na poeira e franziu o cenho. — O Gansey odiaria isso.

Porque era o pior tipo de sujeira. Reis não haviam nascido para sujar suas bainhas nisso.

— É por isso que não vamos contar para ele.

Ele esperava que Ronan recuasse nesse ponto também, mas ele apenas anuiu. Eles concordaram a respeito de duas coisas: proteger os sentimentos partidos de Gansey e mentir por omissão.

— Você acha que pode fazer isso? — perguntou Adam. — É um monte de detalhes.

Deveria ser impossível. Ninguém deveria ser capaz de sonhar nenhuma dessas coisas, muito menos todas elas. Mas Adam vira o que Ronan podia fazer. Ele havia lido o testamento sonhado, e andado no Camaro sonhado, e sido aterrorizado pelo terror noturno sonhado.

Era possível que houvesse dois deuses naquela igreja.

Ronan se agachou ao lado do banco novamente, estudando a lista, os dedos correndo preguiçosamente sobre a barba por fazer enquanto pensava. Quando não estava tentando parecer um imbecil, seu rosto parecia muito diferente, e, por um momento fugaz, Adam sentiu a desigualdade surpreendente de sua relação: Ronan conhecia Adam, mas Adam não tinha certeza de que conhecia Ronan, no fim das contas.

— Vou fazer isso agora — disse Ronan por fim.

— Agora? — perguntou Adam incredulamente. — Aqui? *Agora?*

Ronan abriu um sorriso arrogante, satisfeito por ter conseguido essa reação.

— Não há momento melhor que o presente, Parrish. Agora. Tudo, tirando o telefone. Eu preciso ver que modelo ele tem antes que possa sonhá-lo.

Adam olhou à sua volta para a igreja parada. Ela ainda parecia tão *habitada*. Mesmo que ele acreditasse racionalmente que a igreja permaneceria vazia, em seu coração, ele se sentiu tomado de... possibilidades. Mas o rosto de Ronan transmitia um desafio e Adam não recuaria. Ele disse:

— Eu sei que modelo de telefone ele tem.

— Dizer para mim qual é não basta. Eu preciso *ver* o aparelho — respondeu Ronan.

Adam hesitou e então perguntou:

— E se eu pedisse a Cabeswater para te mostrar o telefone dele no sonho? Eu sei de que modelo é.

Ele esperou que Ronan vacilasse ou questionasse a estranheza de Adam, mas Ronan apenas se endireitou e esfregou as mãos.

— Tudo bem, legal. Beleza. Escuta, talvez você deva ir. Para o apartamento, e a gente se encontra depois que eu terminar.

— Por quê?

— Nem tudo na minha cabeça é uma grande coisa, Parrish, acredite ou não. Eu te disse. E, quando estou trazendo algo de um sonho, às vezes não consigo trazer só uma coisa.

— Vou arriscar.

— Pelo menos me dá espaço.

Adam recuou para se sentar ao lado de Maria enquanto Ronan se deitava em um banco, esfregando o plano encardido com as pernas do jeans. Algo a respeito da sua imobilidade no banco e da qualidade de funeral da luz lembrava a Adam a efígie de Glendower que eles tinham visto na tumba. Um rei, dormindo. Adam não conseguia imaginar, no entanto, o reino estranho e selvagem que Ronan poderia governar.

— Para de me olhar — disse Ronan, embora seus olhos estivessem fechados.

— Como queira. Vou pedir a Cabeswater o telefone.

— A gente se vê do outro lado.

Enquanto Ronan se remexia, Adam piscou sobre as velas aos pés de Maria. Era mais difícil olhar para uma chama do que para uma poça de água escura, mas servia ao mesmo propósito. À medida que sua visão nublava, ele sentia sua mente se soltar e se separar do corpo e, um instante antes de sair de si, Adam pediu a Cabeswater para dar a Ronan o telefone. *Pedir* não era bem a palavra certa. *Mostrar* era melhor, porque ele *mostrou* a Cabeswater o que precisava: a imagem do telefone apresentando-se a Ronan.

Era impossível julgar o tempo quando ele fazia uma divinação.

Próximo dele — o que era próximo? — Adam ouviu um ruído brusco, como um grasnado, e subitamente percebeu que não fazia ideia se estivera encarando a luz por um minuto, uma hora ou um dia. Seu próprio corpo parecia a chama, tremeluzindo e frágil; ele estava se aprofundando demais.

Hora de voltar.

Ele abriu caminho de volta, retornando para seus ossos. Adam sentiu o momento que sua mente se prendeu ao seu corpo mais uma vez. Seus olhos piscaram até se abrir.

Ronan estava tendo uma convulsão à sua frente.

Adam recolheu as pernas, para longe do alcance do desastre à sua frente. Os braços de Ronan estavam manchados de sangue e as mãos estavam marcadas com ferimentos que escorriam, viscerais. Seus jeans estavam escuros, encharcados. O tapete da igreja reluzia de sangue.

Mas o horror era sua espinha, dobrada para trás. Era sua mão, pressionada contra sua garganta. Era sua respiração — uma respiração entrecortada, uma palavra sufocada. Eram seus dedos, tremendo enquanto ele os levava à boca. Eram seus olhos, arregalados demais, reluzentes demais, fixos no teto. Vendo apenas dor.

Adam não queria se mexer. Ele não podia se mexer. Ele não podia fazer isso. Isso não estava acontecendo.

Mas estava, e ele podia.

Ele avançou aos tropeços.

— *Ronan... Ah, meu Deus.*

Porque, agora que estava mais próximo, ele podia ver o estrago que havia se tornado o corpo de Ronan. Além da possibilidade de reparo. Ele estava morrendo.

Eu fiz isso... Foi ideia minha... Ele nem queria fazer...

— Está feliz agora? — perguntou Ronan. — Era isso que você queria?

Adam se sobressaltou violentamente. A voz tinha vindo de algum outro lugar. Ele olhou para cima e encontrou Ronan sentado de pernas cruzadas sobre o banco acima deles, a expressão vigilante. Uma das mãos desse Ronan estava ensanguentada também, mas claramente não era sangue dele. Algo sombrio percorreu seu rosto enquanto ele dirigia o olhar para seu duplo morrendo. O outro Ronan se lamuriou. Era um som horroroso.

— O que... o que está acontecendo? — perguntou Adam, se sentindo tonto. Ele estava desperto; ele estava sonhando.

— Você disse que queria ficar e ver — rosnou Ronan do banco. — Aproveite o show.

Adam compreendia agora. O Ronan real não havia se mexido; ele havia despertado exatamente onde dormira. Aquele Ronan morrendo era uma cópia.

— Por que você sonharia isso? — demandou Adam. Ele queria que o seu cérebro acreditasse que aquele Ronan agonizante não era real, mas a duplicação era perfeita demais. Ele via ao mesmo tempo um Ronan Lynch morrendo violentamente e um Ronan Lynch distante, observando friamente. Ambos eram verdadeiros, embora devessem ser impossíveis.

— Eu tentei algo grande demais de uma só vez — disse Ronan do banco. Suas palavras eram curtas e entrecortadas. Ele estava tentando parecer indiferente, vendo sua própria morte. Talvez ele não se importasse. Talvez isso acontecesse o tempo inteiro. Como Adam fora idiota de pensar que sabia alguma coisa a respeito de Ronan Lynch. — Não era o tipo de coisa... o tipo de coisas que eu normalmente sonho, e tudo ficou confuso. Os horrores noturnos vieram. Depois as vespas. Eu sabia que as traria comigo. Que eu ia acordar *desse jeito*. Então sonhei outro eu para elas e aí... eu despertei. E aqui estou. E aqui estou, de novo. Que truque bacana. Que maldito truque bacana.

O outro Ronan estava morto.

Adam se sentiu da mesma maneira que havia se sentido quando vira o mundo de sonho. A realidade se retorcia sobre si mesma. Ali estava Ronan, morto, impossível de ser pranteado, porque havia outro Ronan, vivo, olhando-o fixamente.

— Aqui — disse Ronan. — Aqui estão as coisas. As mentiras que você queria.

Ele empurrou um envelope de papel pardo enorme para Adam, cheio, presumivelmente, de provas para incriminar Greenmantle. Adam levou muito tempo para perceber que Ronan queria que ele o pegasse, e então um segundo a mais para mudar sua mente para a mecânica de tomá-lo. Adam disse para sua mão se estender, e relutantemente ela o fez.

Vamos, Adam, coragem.

Havia sangue no envelope, e agora na mão de Adam. Ele perguntou:

— Você conseguiu tudo?

— Está tudo aí.

— Até a...

— *Está tudo aí.*

Que feito impossível, milagroso e horroroso era aquele. Um plano vil, tramado por um garoto vil, tornado uma realidade vil através de um sonho. Quão apropriado que Ronan, deixado com seus próprios recursos, manifestasse belos carros, belos pássaros e um irmão de bom coração, enquanto Adam, quando dado o poder, manifestava uma série doentia de assassinatos perversos. Adam perguntou:

— E agora? O que fazemos com...

— Nada — rosnou Ronan. — Você não faz nada. Não, você faz o que eu pedi antes. Vá.

— O quê?

Ronan estava tremendo. Não de veneno, como o outro Ronan, mas de alguma emoção desencadeada.

— Eu disse que não queria você aqui caso isso acontecesse, e agora aconteceu, e olhe para você.

Adam achou que ele havia suportado toda a situação bastante bem, considerando que Gansey teria desmaiado a essa altura. Ele certamente não conseguia ver como a sua presença havia piorado a situação de alguma maneira. No entanto, ele *podia* ver que Ronan Lynch estava bravo porque queria estar bravo.

— Seja um imbecil se quiser. Isso não foi culpa minha.

— Eu não disse que foi culpa sua — disse Ronan. — Eu disse *fique longe de mim*.

Os dois garotos se encararam. Insanamente, parecia uma discussão como todas as outras que eles já haviam tido, embora dessa vez houvesse um corpo com a forma de Ronan encolhido entre eles e coberto de sangue. Aquilo era apenas Ronan querendo gritar onde alguém pudesse ouvi-lo, o que começou a minar a calma de Adam, não porque ele acreditasse que Ronan estivesse bravo com *ele*, mas porque estava cansado de Ronan pensar que *aquela* era a única maneira de demonstrar que estava incomodado.

— Ah, vamos lá. O que foi agora? — ele disse.

— Adeus. É isso — Ronan respondeu.

— Como queira — disse Adam, dirigindo-se para a escada. — Da próxima vez você pode morrer sozinho.

32

De volta ao apartamento, Adam ficou no chuveiro por um longo, longo tempo. Dessa vez, a parte de seu cérebro que calculava quanto poderia custar um banho demorado e quente ficou calada. Ele ficou na água até ela se tornar morna. Após sair do chuveiro e se vestir, ocorreu a Adam, com atraso, que Ronan poderia ter ficado incomodado com o sonho em si, e não por observar a si mesmo morrendo. Ele tinha ido dormir com a intenção de conseguir provas de assassinato, e havia acordado com sangue nas mãos. Adam sabia que os horrores noturnos só vinham a Ronan quando ele tinha um pesadelo. Ronan devia estar ciente do que o esperava, mas mesmo assim havia se entregue à tarefa voluntariamente quando Adam lhe pedira.

Talvez Adam devesse ver se o amigo estava bem. Certamente ele ainda estaria ali.

Mas Adam ficou onde estava, pensando sobre o outro Ronan. O morto. A parte mais estranha foi que o momento havia sido a visão de Adam a partir da árvore em Cabeswater, mas virada ao avesso. Não Gansey morrendo, mas Ronan. Então aquela visão estava errada? Será que ele já havia mudado o seu futuro? Ou havia mais por vir?

Ouviu-se uma batida na porta do apartamento.

Provavelmente Ronan. Embora não fosse do feitio dele ser o primeiro a admitir que estava errado.

A batida veio de novo, mais insistente.

Adam se certificou de que suas mãos não estavam mais ensanguentadas e abriu a porta.

Era o seu pai.
Ele abriu a porta.
Era o seu pai.
Ele abriu a porta.
Era o seu pai.

— Não vai me convidar para entrar? — era o seu pai dizendo.

O corpo de Adam não era dele, e, assim, com um pouco de assombro, ele se observou dar um passo para trás para permitir que Robert Parrish entrasse no apartamento.

Como seus ombros eram estreitos ao lado do outro homem. Era difícil ver de onde ele viera sem um exame próximo do rosto de ambos. Então se via que Robert Parrish tinha os lábios finos e estreitos de Adam. Então não era difícil ver o mesmo cabelo claro, moldado pela poeira, e a ruga entre as sobrancelhas, formada pela desconfiança. Na realidade, não era algo nem um pouco difícil ver que um havia gerado o outro.

Adam não conseguia lembrar o que estivera pensando antes de abrir a porta.

— Então é aqui que você está se mantendo — disse Robert Parrish. Ele examinou a prateleira de brechó, a luz de cabeceira improvisada, o colchão no chão. Adam era uma coisa saindo do caminho. — Parece que eu e você temos um encontro em breve — acrescentou seu pai. E parou para ficar bem de frente para Adam. — Você vai olhar na minha cara quando eu falo com você, ou vai continuar olhando para aquela prateleira?

Adam ia continuar olhando para aquela prateleira.

— Tudo bem, então. Escuta, eu sei que nós trocamos algumas palavras, mas acho que você podia retirar a queixa. A sua mãe está realmente incomodada, e vai ficar bastante ridículo no dia da audiência.

Adam tinha certeza de que seu pai não poderia estar ali. Ele não se lembrava de tudo que havia acontecido depois que ele apresentara sua queixa, mas ele achava que a questão envolvia uma ordem judicial temporária para que ele não se aproximasse de Adam. À época, ele achou que se lembrava de ter achado essa decisão confortadora, uma memória que parecia boba agora. Seu pai havia batido nele durante anos antes de ser pego, e um soco era um ato maior do que uma violação de restrição. Ele poderia ligar para a polícia depois, é claro, e denunciar a violação do seu pai; ele não tinha certeza se eles penalizariam o seu pai, mas o lado adulto de Adam achava que parecia uma boa coisa deixar isso registrado. Tudo isso, no entanto, viria depois desses minutos pelos quais ele ainda tinha de passar.

Ele não queria apanhar.

Era uma percepção estranha. Não que Adam tivesse se acostumado a ser espancado. A dor era algo assombroso nesse sentido; ela sempre funcionava. Mas, na época em que ele morava na casa dos pais, havia se acostumado com a *ideia* daquele tipo de violência íntima. Agora, no entanto, dias suficientes haviam se passado para que ele parasse de esperá-la, o que tornava a possibilidade súbita de seu reaparecimento algo de certa maneira mais intolerável.

Ele não queria apanhar.

Ele faria o que fosse necessário para não apanhar.

A antecipação fazia suas mãos tremerem.

Cabeswater não manda em você, a voz de Persephone dissera.

— Adam, estou sendo realmente decente aqui, mas você está acabando com a minha paciência — seu pai lhe disse. — Pelo menos finja que ouviu o que eu disse.

— Eu ouvi — respondeu Adam.

— Bem. Isso aí.

Só porque ele tem uma crise de birra, não quer dizer que esteja mais certo que você.

Para a prateleira, Adam disse:

— Acho que você deve ir.

Ele se sentiu um covarde, como se não tivesse ossos.

— Então é assim que vai ser?

Era assim que ia ser.

— Pois fique sabendo que você vai parecer um idiota naquele tribunal, Adam — disse Robert Parrish. — As pessoas me conhecem e sabem o tipo de homem que eu sou. Nós dois sabemos que isso é apenas para chamar atenção, e todo mundo vai perceber também. Não pense que eu não sei de onde isso vem. Você andando por aí com aquelas bichinhas ricas.

Parte de Adam ainda estava ali com seu pai, mas a maior parte estava recuando. A melhor parte dele. Aquele Adam, o mágico, não estava mais em seu apartamento. Aquele Adam caminhava em meio às árvores, deixando sua mão correr sobre pedras cobertas de musgos.

— O tribunal vai ver isso de cara. E você sabe o que vai acontecer com você então? Você vai estar nos jornais como o garoto que colocou o papai trabalhador na cadeia.

As folhas farfalharam, próximas e protetoras, pressionando-se contra seus ouvidos, enroladas em seus punhos. Elas não queriam assustá-lo. O que elas sempre quiseram foi falar a língua dele e chamar sua atenção. Não era culpa da temível Cabeswater que Adam já fosse um garoto receoso quando fizera a barganha.

— Você acha que eles vão realmente olhar para você e ver um garoto que sofre abusos? Você faz ideia do que isso seja? Aquele juiz já ouviu histórias que você não faz nem ideia. Ele não vai sequer piscar.

Os galhos se inclinaram na direção de Adam, curvando-se em torno dele de um jeito protetor, um ramo com espinhos apontado para fora. Cabeswater havia tentado, antes, apegar-se à sua mente, mas agora sabia cercar seu corpo. Ele havia pedido para ser separado, e Cabeswater tinha ouvido. *Eu sei que vocês não são a mesma pessoa*, disse Adam. *Mas, na minha cabeça, tudo é sempre tão confuso. Fiquei com tantos defeitos.*

— Então, voltamos para onde a gente começou, você e eu, quando cheguei aqui. Você pode cancelar a audiência tão rápido quanto quiser, e isso tudo termina de uma vez.

A chuva salpicava através das folhas, virando-as de cabeça para baixo, respingando em Adam.

— Olha só para você. Eu estava *conversando* com você. Praticando para o seu dia no tribunal? Pelo menos finja que não estive falando com uma parede. Que *diabos*?

O tom áspero na voz de seu pai trouxe Adam voando de volta para si. Uma mão pairava no ar, como se fosse tocar Adam ou já o tivesse tocado, mas agora recuava.

Na palma de sua mão, um pequeno espinho saía para fora. Um filete de sangue corria trêmulo do ferimento, reluzente como um milagre.

Puxando o espinho da mão, o pai de Adam o observou, essa coisa que ele havia feito. Ele ficou em silêncio por um longo momento, e então algo se registrou em seu rosto. Não era bem medo, mas incerteza. Seu filho estava diante dele, e ele não o conhecia.

Eu sou incognoscível.

Robert Parrish começou a falar, mas então parou. Agora ele tinha visto algo no rosto ou nos olhos de Adam, ou sentido algo naquele espinho que o espetara, ou talvez, como Adam, podia agora sentir a fragrância de terra úmida de uma floresta no apartamento.

— Você vai fazer papel de idiota naquele tribunal — disse o seu pai finalmente. — Você não vai dizer nada?

Adam não ia dizer nada.

Seu pai bateu a porta atrás de si quando saiu.

Adam ficou parado ali por um longo momento. Ele limpou o olho direito e a face com as costas da mão e as secou nas calças.

Depois deitou de volta na cama e fechou os olhos, as mãos entrelaçadas sobre o peito, cheirando a musgo e cerração.

Quando fechou os olhos, Cabeswater ainda estava esperando por ele.

33

— O que me deixa impressionado — pensou Greenmantle em voz alta — é que existem pessoas que realmente fazem isso como forma de lazer. Pessoas que trocam dias de férias por essa experiência. Realmente fico pasmo. Não faço a menor ideia de onde estamos. Presumo que você diria algo se estivéssemos perdidos e/ou fôssemos morrer aqui embaixo.

Os Greenmantle estavam em uma caverna: mulher, marido, cão, uma família das cavernas americana. Piper descobrira que Otho, quando deixado sozinho, comia a porta dos banheiros, então agora ele andava com seus passos miúdos à frente dela. A caverna era escura e tinha cheiro de sovaco. Greenmantle tinha pesquisado superficialmente sobre espeleologia antes de partir aquela tarde. Ele havia descoberto que cavernas deveriam ser caminhos de uma beleza natural intocada.

No fim das contas eram apenas buracos no chão. Ele achava que as cavernas haviam sido exageradamente propagandeadas.

— Não vamos morrer aqui embaixo — disse Piper. — Tenho o clube do livro na terça-feira.

— Clube do livro! Você só está aqui há duas semanas e já faz parte de um clube do livro.

— O que mais eu devia fazer enquanto você está na rua tentando se encontrar? Só ficar em casa engordando, é isso? Não diga "converse com suas amiguinhas no telefone" que eu enfio essa picareta no meio do seu olho.

— Que livro vocês vão discutir?

Piper apontou a lanterna para o teto e então para o chão úmido. Tanto o facho da lanterna quanto o lábio de Piper se crisparam, em sinal de desagrado.

— Não lembro o título. Algo sobre frutas cítricas. É a memória literária de uma jovem crescendo em uma plantação de laranjas com o pano de fundo da guerra e luta de classes subversiva, com possíveis sugestões religiosas ou algo assim. Não diga "Eu prefiro morrer".

— Eu não disse nada — respondeu Greenmantle, embora estivesse realmente considerando "Eu prefiro morrer" como um candidato para avançar a conversa. Ele preferia aventuras de espionagem que envolviam homens corajosos com mais de trinta anos entrando e saindo voando de abrigos de alta tecnologia enquanto dirigiam carros velozes e fazendo importantes telefonemas. Ele segurou o leitor de frequência eletromagnética na mão para ver se conseguia variar o grau de lampejos no mostrador. Mas não conseguia.

Otho havia parado para se aliviar; Piper pegou um saquinho de plástico.

— Isso não faz sentido. Você acabou de colocar aquela merda na sua sacola?

— Vi um programa na ABC sobre como o ecoturismo está destruindo as cavernas — ela o informou. — Essa cara? A que você está fazendo agora? É parte do problema. Você é parte do problema.

Na opinião de Greenmantle, buracos no chão eram o lugar mais apropriado para se jogar merda de cachorro. Ele passou o leitor de frequência eletromagnética pela parede com uma mão e um geofone com a outra. Ele teria um retorno idêntico se estivesse segurando uma tocha e um uquelele.

— O que eu vou fazer é contratar um milhão de servos para vir procurar essa mulher nas cavernas e, se isso não funcionar, vou simplesmente arrancar as vísceras da filha dela na frente do Homem Cinzento — disse ele.

— Servos! Eu não quero um milhão deles pisoteando tudo aqui embaixo. Eu quero explorar minhas conexões mediúnicas sem todos aqueles resmungos.

— Suas conexões mediúnicas! — Ele sentiu que ela o encarava; a pele da nuca dele estava derretendo. — Tudo bem, vou dizer para eles terem cuidado.

— Sabe de uma coisa? Você devia me deixar ficar com dois deles, para me ajudar com as minhas metas de vida.

— O quê?

— Eu poderia ligar para eles e fingir que sou você. "Olá, capanga, aqui é o Colin, você pode apagar uma pessoa para mim?" — Ela fez uma boa imitação da voz dele, talvez ligeiramente anasalada e apaixonada por si mesma. E parou naquele instante, pernas afastadas, cabelo loiro em desalinho à sua volta, como uma sessão de fotos de uma modelo na caverna.

Por um momento estranho, fugaz, Greenmantle achou que a havia encontrado na caverna e que a estava trazendo de volta à luz, e então se lembrou do saquinho de merda do cachorro e de como eles haviam chegado ali. Ele achou que aquela caverna talvez estivesse cheia de monóxido de carbono. Provavelmente ele estava morrendo.

— Você ouviu isso? — perguntou Piper.

— O som de você zombando de mim?

Ela não respondeu. Piper franzia o cenho observando a continuação do túnel, o queixo erguido e as sobrancelhas unidas como se estivesse escutando. Ele pensou em alguém dormindo. Ele pensou em acordá-lo.

— O som do meu amor? — ele tentou.

Ela não respondeu. Piper ainda estava ouvindo.

— O som de você me assustando de verdade?

Mas na verdade ele é que estava se assustando de verdade.

Finalmente, Piper se voltou para ele. Ela não parecia que tinha ouvido o som do seu amor. E disse:

— Definitivamente, eu preciso de dois dos seus servos. Vamos voltar para um lugar que tenha sinal de celular.

Greenmantle se sentia muito feliz em obedecer. Ele nunca mais queria ver uma caverna na vida.

34

Gansey podia ter encontrado Gwenllian, mas Blue tinha de conviver com ela. Todas as mulheres da Rua Fox, 300 tinham de fazê--lo, na realidade. Era como conviver com um desastre natural, ou uma criança selvagem, ou um desastre natural de criança selvagem.

Para começo de conversa, ela não dormia. Ela gritou com Calla que havia dormido por mil vidas e que tinha a intenção de passar o resto desta desperta, e então começou a fazer exatamente isso. De madrugada, Blue acordava e a ouvia, toda atrapalhada pelo sótão acima de seu quarto.

Então havia o seu jeito de se vestir. Sua consciência sobrenatural dentro da tumba havia lhe dado quantidade suficiente de exposição ao mundo exterior em evolução para não ficar chocada com a existência de carros ou confusa com a língua inglesa, mas não o bastante para lhe proporcionar quaisquer modos sociais. Então ela usava o que queria usar (Blue podia ao menos respeitar a motivação, se não o resultado), que era sempre um vestido, às vezes dois ou três, um em cima do outro, às vezes virados ao contrário. Isso frequentemente envolvia roubar roupa do armário de outras pessoas. Blue só era poupada porque era muito mais baixinha.

Havia problemas com as refeições, também: para Gwenllian, toda hora era hora de comer. Ela parecia não ter o sentido de satisfação, tampouco o de gosto, muitas vezes combinando alimentos de um jeito que parecia problemático para Blue. A garota não acreditava em dizer para as pessoas como viver a vida (bem, talvez um pouco), mas era difícil ficar ali e vê-la passar creme de amendoim sobre uma salsicha fria.

E havia a parte maluca. Quarenta por cento do que saía de sua boca vinha sob a forma de canção, e o resto era uma mistura variada de salmos, gritos, brincadeiras e um sussurro pavoroso. Ela subia no telhado, falava com a árvore no quintal e ficava de pé em cima dos móveis. E frequentemente colocava coisas no cabelo para tirar mais tarde, e então parecia esquecer que elas estavam ali. Em muito pouco tempo, seu enorme emaranhado de cabelo se tornou um depósito vertical de lápis, folhas, tecidos e fósforos.

— A gente podia cortar o cabelo dela — sugeriu Orla em determinado momento.

— Não creio que essa seja uma decisão que um ser humano pode tomar por outro ser humano — disse Persephone.

— Mesmo se o outro ser humano parecer uma mendiga? — perguntou Orla.

Era um ponto sobre o qual tanto Blue quanto Orla concordavam.

A pior parte disso era que Gansey havia se oferecido para levá-la embora — e *continuou* se oferecendo para levá-la embora —, mas Persephone insistiu que Gwenllian ficasse com elas.

— Leva mais que um fim de semana para desfazer séculos de danos — disse Persephone.

— Séculos de danos estão sendo incorridos em apenas um fim de semana — respondeu Calla.

— Ela é uma médium muito talentosa — disse Persephone suavemente. — Com o tempo vai conseguir se sustentar.

— E pagar pela minha terapia — acrescentou Blue.

— Boa — disse Orla. Para recompensar Blue pela excelente resposta, ela havia pintado as unhas da garota para combinar com o Pig, numa cor, ela informou a Blue, chamada Doce Beligerante.

Gansey seguia tentando conversar com Gwenllian, mas ela sempre se portava de maneira ironicamente deferente quando ele chegava na casa.

Além disso, Gansey tinha algum compromisso na escola que guardava com cautela para si, Ronan e Adam viviam sumindo juntos, e Noah não podia ou não queria ir à Rua Fox, 300.

Blue se sentia um pouco como se tivesse sido trancada em um manicômio.

Mãe, está na hora de você voltar para casa.

⚔

O Homem Cinzento apareceu um dia no meio da semana, para grande satisfação de Blue.

— Sou eu — ele chamou no corredor enquanto entrava na casa. Blue podia vê-lo de seu lugar de fazer lição de casa, na mesa da cozinha; ele parecia arrumado e perigoso de camisa e calça cinza. Parecia mais otimista que da última vez em que ela o vira.

Gwenllian, que examinava o aspirador de pó rugindo, mas sem usá-lo, o viu também.

— Olá, bela espada! Matou alguém hoje?

— Uma espada conhece a outra — ele lhe disse suavemente, colocando as chaves do carro no bolso. — *Você* matou alguém hoje?

Ela estava tão encantada que desligou o aspirador de pó para que seu sorriso insano pudesse ser a coisa mais alta no corredor.

— Sr. Cinzento, deixe ela em paz e vem pegar uma xícara de chá — chamou Blue da mesa da cozinha. — Senão ela vai começar a cantar de novo.

O Homem Cinzento olhou de relance sobre o ombro para Gwenllian enquanto ia até a cozinha e atendia ao pedido de Blue, ponderando por alguns minutos para encontrar um chá que tivesse uma chance maior de deixá-lo alerta do que com o intestino solto.

— Seus amigos, o sr. Parrish e o sr. Lynch, me contrataram — ele disse enquanto se sentava de frente para Blue. *Então esse era o caminho que aqueles dois estavam tomando!* Ele bateu com o dedo sobre um problema de álgebra até que Blue o arrastou de volta para si e o retrabalhou corretamente. — Eles têm um plano para Greenmantle, e parece bastante promissor.

— O que é?

— Eu prefiro não contar, porque, quanto menos pessoas souberem, melhor. Também não se trata de uma conversa educada para se ter à

241

mesa — disse o sr. Cinzento. — Eu tenho uma pergunta para você. Sobre a sua caverna amaldiçoada. Você acha que é um lugar onde se poderia esconder um corpo? Ou pelo menos parte de um?

Blue estreitou os olhos.

— Naquela caverna tinha um monte de lugares para um monte de coisas. Corpo de quem? Qual parte?

No mesmo instante, Gwenllian se manifestou na cozinha, arrastando o aspirador de pó atrás de si como um cão bravo que se leva para passear.

— E a maldição, lírio?

— Achei que *você* era a maldição — respondeu Blue.

— Provavelmente — disse Gwenllian, despreocupada. — O que mais existe lá, além de mim? Sou conhecida dos galeses livres, adorável Gwen, adorável Gwen, de Gower a Anglesey, adorável Gwen, ah, Gwen, a morta!

— Eu disse que ela ia começar a cantar — falou Blue.

Mas o Homem Cinzento apenas ergueu as sobrancelhas.

— Armas e poesia andam lado a lado.

Gwenllian se aprumou.

— Que arma *astuciosa* você é. Um poeta, foi assim que acabei naquela caverna.

— A história é boa? — perguntou o Homem Cinzento.

— Ah, a melhor.

Blue observou o diálogo com um pouco de espanto. Em algum lugar havia uma lição nisso.

O Homem Cinzento deu um golinho no seu chá.

— Você deveria cantá-la para nós.

E, inacreditavelmente, ela cantou.

Ela cantou uma cançãozinha furiosa sobre o poeta de Glendower, Iolo Goch, e como ele sussurrara a guerra no ouvido de seu pai (ela sussurrou essa parte no ouvido de Blue), e assim, enquanto o sangue se entranhava no solo do País de Gales, Gwenllian fez o seu melhor para matá-lo com uma facada.

— Ele estava dormindo? — perguntou o Homem Cinzento com interesse profissional.

Gwenllian riu por aproximadamente um minuto, então disse:
— Era um jantar. Que refeição adorável ele teria sido!
Então ela cuspiu no chá do Homem Cinzento, mas isso parecia ter mais a ver com Iolo Goch do que com o sr. Cinzento.
Ele suspirou e empurrou a xícara para longe.
— Então eles condenaram você àquela caverna.
— Era isso ou a forca! E escolhi a forca, de maneira que eles me deram o túmulo falso em vez disso.
Blue olhou para Gwenllian com os olhos semicerrados, tentando imaginar como ela havia sido seis séculos atrás. Uma jovem mulher, da idade de Orla, filha de um nobre, uma bruxa numa era em que bruxas nem sempre eram a melhor coisa para ser. Cercada pela guerra e fazendo o seu melhor para pará-la.

Blue se perguntou se teria coragem de esfaquear alguém, se achasse que isso pouparia vidas.

Gwenllian arrastou o aspirador de pó de volta para o corredor sem nenhum tipo de despedida.

— Gwenllian e aspirador, saída do palco pela direita — disse Blue.
O Homem Cinzento empurrou o chá para mais longe ainda.
— Você acha que teria um tempo para me mostrar essa caverna de onde a tirou? Só para eu saber onde ela fica, como uma opção?

A ideia de deixar a casa era incrivelmente atraente. Não seria ruim ver Jesse de novo, também. E, embora ela estivesse incomodada por Adam e Ronan não terem confiado nela com o que quer que fosse o plano deles para Greenmantle, queria ajudar de alguma maneira.

— Talvez. Você vai me alimentar?
— Não vou nem cuspir na sua comida.

Blue avisou Calla que estava saindo com um assassino de aluguel, e então o sr. Cinzento a levou até a loja de conveniência no centro para um sanduíche de atum (O MELHOR SANDUÍCHE DE ATUM DA CIDADE!) antes de deixar Henrietta para trás. O carro zunia e voava através da escuridão de um jeito que parecia ligeiramente fora do controle do Homem Cinzento.

— Esse carro é mesmo terrível — disse Blue.

Isso era permitido, pois o carro não era realmente do sr. Cinzento. Era um Mitsubishi branco usado, do tipo que rapazes com sonhos e egos grandes normalmente dirigiam. Ele exibia uma placa personalizada em que lia: LADRÃO.

— Ele cresce em você — disse o sr. Cinzento, fazendo uma pausa.
— Como um câncer.
— Tu dum *da*.

Os dois riram juntos com satisfação, e então ficaram brevemente em silêncio quando perceberam que fazia tempo demais desde que haviam estado na companhia de alguém com o mesmo senso de humor, i.e., Maura Sargent. Ao fundo, os Kinks tocavam suavemente, o som da alma do sr. Cinzento.

— Eu fico querendo que as coisas voltem ao normal — admitiu Blue.
— Mas agora eu sei que isso não vai acontecer, mesmo quando minha mãe voltar. — Ela queria dizer *se*, mas disse *quando*.

— Eu não te vejo como uma fã de coisas normais — disse o Homem Cinzento. Ele diminuiu a marcha ligeiramente à medida que os faróis iluminavam os olhos de três cervos parados ao lado da estrada.

Era reconfortante ser tão *conhecida*. Ela disse:

— Não sou, realmente, mas estava acostumada com isso, eu acho. É chato, mas pelo menos não é assustador. Você se assusta às vezes? Ou é durão demais para isso?

Ele parecia divertido, mas também um cara durão, sentado silenciosa e eficientemente atrás da direção do carro.

— Pela minha experiência — disse o Homem Cinzento —, os caras durões são os que mais têm medo. Eu só evito me sentir assustado *sem motivo*.

Blue achou que parecia uma meta razoável. Após uma pausa, ela disse:

— Sabe de uma coisa? Eu gosto de você.

Ele olhou de relance para ela.

— Eu também.
— De mim ou de você? A gramática não deixou claro.

Os dois curtiram mais uma risada e a presença de outra pessoa com exatamente o mesmo senso de humor.

— Ah, aqui está — disse Blue. — Não vá passar.

A fazenda Dittley estava quase totalmente no escuro quando eles estacionaram na entrada, com apenas a janela da cozinha acesa. Por um momento, Blue achou que talvez Jesse tivesse partido para reconquistar sua esposa, o filho e o cão. Mas então ela viu sua grande silhueta abrir a cortina para observar os faróis parando perto da casa.

Ele foi até a porta no mesmo instante.

— Olá — disse Blue. — Vim te importunar e talvez mostrar a sua caverna para o sr. Cinzento, se não tiver problema.

Ele os deixou entrar.

— VOCÊ ESTÁ COM BAFO DE ATUM.

— Eu devia ter trazido um pra você? — ela perguntou.

— EU SÓ COMO MACARRÃO INSTANTÂNEO.

Ele apertou a mão do Homem Cinzento, que se apresentou como sr. Cinzento. Então Jesse se inclinou, Blue ficou na ponta dos pés e eles se abraçaram, porque parecia o certo a fazer.

— ACABEI DE TIRAR UNS BISCOITOS DE BANDEIRANTES DO CONGELADOR.

— Ah, não se preocupe — disse Blue. — Como você mesmo sentiu o cheiro, nós acabamos de comer.

— Vou querer um — o Homem Cinzento interpôs. — Se forem de chocolate com menta.

Jesse os pegou.

— NADA PARA VOCÊ, FORMIGA?

— Que tal um copo de água e uma atualização empolgante sobre como a sua vida é boa agora que tiramos a maluca da sua caverna?

— A VIDA ESTÁ ÓTIMA — admitiu Jesse. — MAS A CAVERNA... VOCÊS ESTÃO DE BOTAS? PORQUE ELA ESTÁ CHEIA DE LAMA.

Blue e o sr. Cinzento lhe asseguraram que estavam bem com seus calçados atuais. Jesse pegou uma lanterna para Blue, um holofote e uma espingarda para si e os guiou pelo campo escuro até a construção que cobria a caverna. À medida que eles se aproximavam, Blue achou que sentia o cheiro de algo familiar. Não era a fragrância de terra do campo molhado ou a fragrância enfumaçada da noite outonal. Era algo metálico e próximo, úmido e estagnado. Era o cheiro, Blue se deu conta, da caverna dos corvos.

— CUIDADO COM ONDE PISAM.

— O que devo cuidar? — perguntou o sr. Cinzento.

— ESSA É A PERGUNTA CERTA.

Jesse caminhou a passos curtos da melhor maneira que um Dittley conseguia até a porta. Ele passou o holofote para Blue enquanto destrancava o cadeado.

— DEEM UM PASSO PARA TRÁS.

Ela deu um passo para trás.

— MAIS PARA TRÁS QUE ISSO.

Ela deu um passo mais para trás ainda. O Homem Cinzento deu um passo na frente de Blue. Apenas o suficiente para bloquear um ataque, não sua visão.

Jesse Dittley abriu a porta com um chute. Foi um chute em câmera lenta, porque sua perna era muito longa — havia um tempo considerável entre o momento em que ele começou a lançar a perna e quando seu pé realmente atingiu a porta. Blue se perguntou como deveria chamar aquilo. Uma perna-aríete, quem sabe.

A porta se abriu.

— UAU — disse Jesse enquanto *algo* voava em sua direção.

Era algo terrível.

Blue era uma pessoa com a mente bastante aberta, ela achava, disposta a aceitar que havia uma boa parte do mundo que estava fora de sua compreensão e de seu entendimento. Ela sabia, academicamente, que, só porque algo parecia assustador, não significava que queria machucá-la.

Mas esse *algo* queria machucá-los.

Não era nem malevolência. Era que às vezes algo estava do seu lado, e às vezes não estava, e esse não estava. O que quer que os seres humanos fossem, esse era contra.

A sensação de ser *desfeitos* os fustigou, e então alguma coisa avançou pelo vão da porta.

O Homem Cinzento tirou uma arma negra enorme da jaqueta e atirou nela, três vezes em cada uma de suas cabeças. Ela caiu no chão. Não sobrara muito das cabeças.

— ISSO PARECEU EXCESSIVO — disse Jesse.

— Sim — concordou o Homem Cinzento.

Blue se sentiu contente que a coisa havia morrido e então se sentiu mal por se sentir contente que ela havia morrido. Era mais fácil ser generosa agora que aquela coisa não estava tentando desmontar com o cerne de sua existência.

Jesse fechou a porta e trancou novamente.

— ESSA FOI A MINHA SEMANA.

Ela olhou para o corpo estranho e sem articulações, que lembrava vagamente uma minhoca, com escamas em tons de arco-íris reluzindo no facho de sua lanterna. Ela não sabia direito se era algo feio, ou belo, ou apenas diferente de qualquer coisa que já vira antes.

— Há muitos desses por aqui?

— O SUFICIENTE.

— Você já viu algum desses antes? — perguntou o sr. Cinzento.

— NÃO ATÉ AGORA. NEM SEMPRE PARECEM ASSIM, TAMBÉM. ALGUNS DELES NÃO QUEREM MATAR. ALGUNS SÃO APENAS UMAS COISAS VELHAS. MAS ELES ENTRAM NA CASA.

— Por que eles estão saindo? — perguntou Blue.

— EU DISSE QUE A CAVERNA É AMALDIÇOADA.

— Mas nós tiramos ela de lá!

— ACHO QUE ERA ELA QUE OS MANTINHA LÁ EMBAIXO. A CAVERNA ADORA UM SACRIFÍCIO.

Eles consideraram o corpo por vários minutos.

— Vamos enterrar essa coisa? — disse o sr. Cinzento.

— NAH. OS CORVOS COMEM O QUE SOBRAR.

— Isso não é legal — disse Blue. Ela queria oferecer ajuda, mas o que eles poderiam fazer? Colocar Gwenllian de volta na caverna?

O Homem Cinzento guardou sua arma. Ele parecia insatisfeito com tudo que tinha acontecido. Blue se perguntou se ele estava pensando em esconder partes de corpos em uma caverna que já parecia cheia de corpos, e então se ele estava pensando a respeito de Maura em uma caverna com essas criaturas, e, tão logo ela pensou nisso, sua expressão espelhou a do Homem Cinzento.

— NÃO TEM PROBLEMA, FORMIGUINHA — disse Jesse. — ACHO QUE O TEMPO DELA GUARDANDO A CAVERNA JÁ PASSOU. AGORA É A MINHA VEZ.

35

Naquela noite, a risada de Gwenllian anunciou sua presença no vão da porta do quarto de Blue. Era um momento ruim; Blue estava com um péssimo humor porque era hora de Maura voltar, ou de ela ir encontrar Maura, ou *algo*. Ela iria à caverna dos corvos sozinha. E lutaria com os monstros na caverna de Dittley, e seguiria até o meio da terra procurando por ela. Ela fazia planos, os deixava de lado e os reescrevia, um plano novo a cada segundo.

Gwenllian riu de novo, de maneira significativa. Era sua versão para limpar a garganta. Com um suspiro, Blue rolou para o lado. Ela encontrou a mulher apreciando uma colher de algo que parecia terrivelmente ser maionese.

— Você está fugindo, pequeno lírio azul?

— Ainda não — respondeu Blue, estreitando os olhos para Gwenllian para ver se havia um significado mais profundo nisso. Ao longe, ela ouvia Calla e Persephone brigando no quarto de Persephone. Bem, na verdade, Calla estava brigando e Persephone não estava dizendo nada. Ela continuou: — Escuta, não existe uma maneira legal de dizer isso, então vou simplesmente colocar para fora: você acha que vai deixar de maluquice logo? Porque eu tenho um monte de perguntas sobre o meu pai, e a minha mãe está desaparecida, e tentar fazer a investigação de um crime através de canções está começando a me cansar.

— Você está começando a soar como o seu principezinho, pequeno lírio — disse Gwenllian. — E não tenho certeza se este é o seu lugar. O que quer dizer: vá em frente. Dou a maior força para mulheres usurpadoras.

Blue deixou essa passar. Gwenllian já provara ser extremamente talentosa em encontrar o ponto fraco de uma pessoa e atingi-lo casualmente.

— Eu só quero a minha mãe de volta. E, por favor, para de me chamar assim. Meu nome é Blue.

— Azul lírio — acrescentou Gwenllian.

— Por favor...

— Lírio.

— ... para.

— Azul — terminou Gwenllian com algum triunfo. Ela comeu o que quer que tivesse sobrado na colher. Possivelmente era condicionador de cabelo. — Venha até o meu quarto e vou lhe mostrar que somos a mesma coisa, você e eu, eu e você.

Com um suspiro, Blue rolou para fora da cama e seguiu Gwenllian escada acima até o sótão escuro. Mesmo agora, após o sol ter se posto, estava vários graus mais quente que na casa, o que o fazia parecer pequeno e fechado, como uma jaqueta.

Blue havia limpado quase todas as evidências que Neeve deixara para trás, e Persephone e Calla haviam juntado o resto. Os únicos resquícios dignos de nota eram dois espelhos grandes posicionados um de frente para o outro, na parte inclinada do aposento.

Gwenllian levou Blue diretamente até eles, tomando cuidado para não ficar entre os espelhos. Ela acariciou o cabelo de Blue com as duas mãos, como se estivesse alisando uma peruca, e então usou as mãos para virar a cabeça de Blue para o espelho à esquerda.

— Essa sou eu — ela disse. E virou a cabeça de Blue para o espelho à direita. — Essa é *vous*.

— Explique.

— Já fui uma espada e já fui um trovão, e já fui um cometa extinto, e já fui uma palavra, e já fui um espelhoooo!

Blue esperou até que a canção tivesse terminado.

— Então você está dizendo que é um espelho.

— Do azul mais profundo — sussurrou Gwenllian no ouvido de Blue. Ela deu um salto para trás para desenhar a forma de Blue no ar com os dedos. — Blue. Blue. Blue. Azul. Azul. Azul. Por toda parte. E eu. É o que fazemos.

— Ah. Nossas auras? Tudo bem, certo. Mas a Persephone disse que você é médium, e eu definitivamente não sou.

Muito enfastiada, Gwenllian abriu os braços dramaticamente. As duas mãos novamente apontadas para os espelhos.

— Espelhos! Estou lhe dizendo, é isso que nós fazemos.

Algo alfinetou Blue, desconfortavelmente. Ela olhou para os espelhos; Neeve os usara para divinação, disse Calla. Ela ficara entre eles e vira infinitas possibilidades para si mesma se estendendo em qualquer um dos lados, em ambos os espelhos.

Maura estava sempre tirando o pajem de copas do seu baralho de tarô e o mostrando para Blue: *Olha, é você! Veja todo o potencial que ela tem dentro de si!*

— Sim — disse Gwenllian em um trinado. — Você está entendendo. Elas *usam* você, lírio azul? Elas pedem que você segure as mãos delas para que vejam melhor o futuro? Você as faz ver os mortos? Você é mandada embora do quarto quando as coisas ficam ruidosas demais para elas?

Blue anuiu, emudecida.

— Espelhos — arrulhou Gwenllian. — É isso que nós somos. Quando você segura uma vela na frente de um vidro, isso não deixa o quarto duas vezes mais iluminado? Da mesma forma nós, lírio azul, azul lírio.

Ela saltou sobre o colchão.

— Que útil! Um acréscimo maravilhoso para os estábulos. Como os corcéis de Gwythur e Gwarddur e Cunin e Lieu. — Ela interrompeu sua canção para balançar a cabeça e dizer, com uma voz mais normal: — Não, não de Lieu. Mas dos outros.

Blue não conseguia acreditar que havia finalmente encontrado alguém como ela. Ela achava que isso não seria possível.

— O que é lírio azul, então? De onde vem esse nome?

Gwenllian avançou em direção aos espelhos, parando quase entre eles. Ela deu um giro para se colocar a dois centímetros de Blue.

— *Bruxas*, minha almofadinha floral. É isso que nós somos.

Uma emoção deliciosa e travessa trespassou Blue ao ouvir a palavra. Não que ela tivesse aspirações de ser uma bruxa; mas ela fora um acessório sem nome por tanto tempo que a ideia de ter um título, ou ser *qualquer coisa*, era deliciosa.

Mas equivocada.

— Talvez você — disse Blue. — Mas o melhor que eu posso fazer é *não* ajudar as pessoas. Às vezes. — Ela pensou em como havia desconectado Noah em Monmouth, mas fora incapaz de fazê-lo na fazenda de Jesse Dittley. Isso, ela se deu conta, havia sido por causa de Gwenllian.

— Pessoas! — Gwenllian riu gloriosamente. — *Pessoas! Homens?* O que a faz pensar que você é amiga de *homens*?

Alguém poderia argumentar, pensou Blue, que ela *só* era amiga de homens, mas ela não achou que seria útil mencionar isso.

— Quem quer que queira falar com as pessoas! — Gwenllian gesticulou grandiosamente para os dois espelhos. — Vá! Fique ali! De pé!

Calla havia deixado bem claro anteriormente que não queria se colocar entre os dois espelhos de Neeve. E também havia deixado implícito que fazer isso poderia ter algo a ver com o desaparecimento de Neeve.

Blue não queria ficar entre eles.

Gwenllian a empurrou.

A garota foi lançada na direção deles, os braços girando. Ela podia ver a luz reluzindo em suas superfícies. Ela oscilou e parou um pouco antes de chegar até eles.

— Tudo bem, eu... — ela disse.

Gwenllian a empurrou de novo.

Blue só deu um passo para trás, mas foi o suficiente para colocá-la bem no meio dos dois espelhos.

Ela esperou ser vaporizada.

Esperou os monstros aparecerem.

Nenhuma das duas coisas aconteceu.

Em vez disso, ela espiou lentamente para a esquerda, então para a direita, depois olhou para suas mãos. Elas ainda eram visíveis, o que era notável, pois seu reflexo não era visível em nenhum dos espelhos. Os espelhos somente refletiam um ao outro, repetidamente. Havia algo um pouco sombrio e perturbador a respeito das imagens dentro deles, mas nada mais.

— Onde estou? — perguntou Blue a Gwenllian.

A mulher riu e saiu dando saltos, batendo palmas alegremente.

— Não lamente a sua estupidez! A magia de espelhos não significa nada para os espelhos.

Blue aproveitou a oportunidade para sair dali rapidamente, de volta para o centro do aposento.

— Não compreendo.

— Nem eu — Gwenllian disse despreocupadamente. — E essa conversa fútil me deixou faminta.

A mulher começou a descer a escada do sótão.

— Espera! — chamou Blue. — Você não vai contar sobre o meu pai?

— Não — respondeu Gwenllian. — Vou pegar maionese.

36

O primeiríssimo artefato sobrenatural que Greenmantle havia adquirido fora uma boneca amaldiçoada. Ele a havia comprado no eBay por quinhentos dólares (o preço incluía o envio em dois dias). A descrição do produto no leilão havia prometido que a boneca passara as últimas duas semanas no porão do vendedor rosnando e revirando os olhos. Às vezes, dizia o texto, um escorpião saía rastejando dos ouvidos da boneca. Ele também avisava que aquele não era um brinquedo para crianças e realmente estava sendo oferecido somente para incrementar rituais satânicos ou de magia negra.

Greenmantle a comprara com partes iguais de ceticismo e esperança. Para sua contrariedade, mas não surpresa, a boneca não tinha nada de extraordinário quando chegou. Ela não rosnava. Seus olhos fechavam e abriam somente quando era cutucada. Não havia sinal de inseto algum.

Piper — sua namorada à época — e ele haviam passado a noite comendo sushi encomendado pelo telefone e jogando feijões verdes na boneca, em uma tentativa de provocar alguma atividade demoníaca.

Um tempo depois, Piper disse:

— Se tivéssemos um cachorrinho, ele poderia pegar os feijões para nós.

Greenmantle havia respondido:

— E então poderíamos sacrificá-lo e usar o sangue dele para ativar a boneca.

— Casa comigo? — ela perguntou.

Ele pensou.

— Eu me amo mais, sabe. Tudo bem para você vir sempre em segundo lugar?

— Idem — ela respondeu. Então se cortou e esfregou o sangue na testa da boneca com um nível de envolvimento pessoal que Greenmantle ainda tinha de alcançar.

Mesmo assim, a boneca não rosnou nem mordeu ninguém, mas, naquela noite, Greenmantle a colocou em uma caixa no quarto de visitas, e na manhã seguinte ela estava caída de rosto virado para o chão, perto da porta da frente. Ele sentiu o nível de emoção, medo e prazer apropriado.

— Não me impressionou — disse Piper, passando sobre ela a caminho de sua aula de esgrima para damas ou sua turma de culinária pelada. — Encontre algo melhor.

E ele havia encontrado.

Ou melhor, ele havia contratado pessoas para encontrar algo melhor. Agora, anos mais tarde, ele tinha montes de artefatos sobrenaturais, quase todos eles mais interessantes do que a boneca ocasionalmente móvel. Ele ainda preferia que seus artefatos fossem ligeiramente atmosféricos. Piper gostava deles sombrios.

Algo estava acontecendo com ela ali em Henrietta, e não era apenas sua aula de ioga.

Ele não devia tê-la trazido.

Greenmantle entrou na casa alugada.

— Piper — chamou. Não houve resposta. Ele fez uma pausa na cozinha para pegar um pedaço de queijo e uma uva. — Piper, se você foi pega pelo sr. Cinzento, dê um latido.

Ela não tinha sido pega por nada, exceto o espelho. Estava no banheiro do corredor olhando fixamente para si mesma, e não respondeu quando ele chamou seu nome. Isso não era particularmente incomum, uma vez que Piper ficava facilmente fascinada pelo próprio reflexo. Ele voltou para a cozinha para pegar uma taça de vinho. Piper havia usado todas as taças de vinho e não as lavara, de maneira que ele serviu um Pugnitello barato em uma xícara da Academia Aglionby.

Então Greenmantle voltou para o banheiro. Ela ainda estava mirando a si mesma atentamente.

— Você está fora do ar — ele disse, puxando-a. Ele notou uma carta de tarô, o três de espadas, pousada na beira da pia. — Hora de olhar para mim agora.

Ela ainda tinha o olhar perdido em lugar nenhum. Greenmantle estalou os dedos rudemente na sua frente por alguns minutos, e então, depois de começar a ficar um pouco amedrontado, mergulhou os dedos dela na xícara e colocou a ponta dos dedos cobertos de vinho na boca de Piper.

Ela voltou.

— O que você quer? Por que meus dedos estão na minha boca? Você é tão pervertido.

— Eu só estava dizendo oi. Oi, querida, cheguei.

— Ótimo. Você chegou. Estou ocupada.

E bateu a porta do banheiro na cara dele. De dentro do banheiro, ele ouviu um cantarolar. Não soava como Piper, embora tivesse de ser.

Greenmantle achou que provavelmente havia chegado a hora de terminar o seu trabalho e cair fora daquele lugar.

Ou talvez simplesmente cair fora daquele lugar.

37

Às vezes, Gansey esquecia como gostava da escola e como era *bom* naquilo. Mas ele não conseguia esquecer em manhãs como aquela — o nevoeiro de outono subindo dos campos e erguendo-se à frente das montanhas, o Pig rodando tranquilo e ruidoso, Ronan saindo do banco de passageiro e dando batidinhas com os nós dos dedos no teto, com os dentes reluzindo à mostra, a grama úmida molhando ligeiramente as pontas negras dos seus sapatos, a bolsa jogada sobre o seu blazer, Adam de olhar atento tocando punhos quando eles se encontravam na calçada, garotos à volta deles rindo e chamando uns aos outros, abrindo espaço para os três, pois essa era um rotina antiga: Gansey-Lynch-Parrish. Manhãs como aquela eram algo para se guardar para sempre.

Não haveria nada para arruinar a perfeição revigorante do momento a não ser a presença de Greenmantle em algum lugar e a não presença de Maura. A não ser as questões relativas a Gwenllian e Blue, e cavernas que se avultavam cheias de promessas e ameaças. A não ser por tudo. Era tão difícil esses dois mundos coexistirem.

Corvos matutinos e trabalhadores em andaimes chamavam uns aos outros sobre o campus enquanto os garotos atravessavam juntos o gramado da escola. O som de martelos ecoava dos prédios; eles estavam substituindo parte do telhado. O andaime estava carregado de telhas de ardósia.

— Olha isso — disse Ronan. Com um movimento brusco do queixo, ele indicou Henry Cheng, parado com uma placa no canto do gramado da escola.

— "Faça a diferença: *depois* de se formar" — Gansey leu enquanto se aproximavam dele. — Jesus, você passou a noite aqui?

Os sapatos de Henry estavam lisos com a condensação, e os ombros, encolhidos contra o frio. O nariz estava extremamente róseo. O cabelo, normalmente gloriosa e enormemente espigado, ainda estava glorioso e espigado; ele claramente tinha suas prioridades. Ele havia plantado outro cartaz em um vaso atrás de si, no qual se lia: "PENSE PROFUNDAMENTE... mas não sobre Aglonby".

— Que nada. Só desde as seis. Eu queria que eles *pensassem* que eu passei a noite toda aqui.

Adam ergueu uma sobrancelha hesitante diante da cena.

— Quem são "eles"?

— Os professores, obviamente — respondeu Henry.

Gansey tirou uma caneta da bolsa e cuidadosamente acrescentou um "i" em "Aglonby".

— Isso ainda é sobre o conselho de estudantes?

— Eles ignoraram totalmente a minha petição — disse Henry. — Fascistas. Eu precisava fazer algo. Vou ficar parado aqui até eles concordarem em começar um.

— Parece que você encontrou uma boa maneira de ser expulso — observou Ronan.

— *Você* deveria saber.

Adam estreitou os olhos. Havia algo diferente a respeito dele. Ou talvez só houvesse alguma diferença entre ele e Henry. Henry era um garoto. Adam era um...

Gansey não sabia.

— Que motivo eles deram para ignorar a petição? — perguntou Adam.

Henry fez uma pausa para gritar através do gramado:

— Cheng Dois, se esse café não for para mim, pega outro! Por favor! Obrigado! Por favor!

O outro Cheng levantou seu copo de café de longe como para saudá-lo e gritou:

— Desculpa! Desculpa! — antes de desaparecer em um dos prédios acadêmicos.

— Um desonrado — sussurrou Henry. Para Adam, falou: — Eles disseram que seria um gasto muito grande dos recursos da administração estabelecer e monitorar o conselho.

— Parece um motivo razoável — respondeu Adam, seus olhos já nos prédios das aulas. — Sobre o que você ia falar no conselho mesmo? O cardápio do almoço?

Ronan abriu um sorriso desagradável.

Cheng teve um calafrio e disse:

— Você, Parrish, é parte do problema.

— Vou pegar um café para você. — Gansey olhou para o relógio. — Eu tenho tempo.

— Gansey — reclamou Ronan.

— Nos encontramos lá.

— Você é um príncipe entre os homens, Dick Gansey — disse Cheng.

— Mais para um homem entre os príncipes — sussurrou Adam. — Você tem sete minutos, Gansey.

Gansey os deixou conversando com Cheng e se dirigiu para a sala dos professores. De maneira geral, os alunos não deveriam circular livremente pela sala dos professores, mas, estreitando a questão, Gansey era isento dessa regra em virtude de seu declarado favoritismo. Ele limpou a grama úmida dos sapatos no capacho da entrada e fechou a porta atrás de si. O velho assoalho junto à porta estava curvado pelo peso da tradição e exigia um empurrão familiar e pesado para fechá-la; Gansey o fez sem pensar.

Dentro, a sala era frugal e arejada, e cheirava a lareira e bagels. Tinha todo o conforto de uma prisão antiga: bancos de madeira nas paredes, mural histórico no reboco, candelabro com teias de aranha acima, uma variedade esparsa de provisões para o café da manhã sobre uma mesa antiga vergada. Gansey parou na frente da cafeteira. Ele estava tendo aquele sentimento de atemporalidade esquisito que o campus muitas vezes lhe provocava: o sentimento de que sempre estivera naquela velha sala naquele velho prédio, ou de que alguém *havia* estado ali, e que todos os momentos e todas as pessoas eram os mesmos. Naquele lugar sem forma, ele se sentiu imensamente grato pelo fato de Ronan e Adam o esperarem lá fora, por Blue e pela família dela, por Noah e por Malory. Ele se sentia tão grato por ter encontrado a todos, finalmente.

Então pensou sobre aquele poço na caverna dos corvos.

Pelo segundo mais curto possível, Gansey achou que sabia... de algo. A resposta.

Mas ele não havia feito uma pergunta, e então o momento tinha passado, de qualquer maneira, e ele percebeu que estava ouvindo algo. Um grito, uma batida, o nome de Adam...

Gansey não se lembrou da decisão de se mexer, apenas seus pés já corriam até a porta.

Lá fora, o pátio parecia um palco montado para uma peça: duas dúzias de estudantes pontilhavam o gramado, mas nenhum deles se mexia. Uma nuvem lenta e pálida se movia entre eles, assentando-se vagarosamente. A atenção de todos estava voltada para o canto do gramado onde Henry estivera parado.

Mas fora o nome de Adam que ele ouvira.

Ele viu que a área mais alta do andaime estava pendurada de um jeito torto, os trabalhadores olhando fixamente para baixo em suas posições no telhado. Poeira. A nuvem era isso. Do que quer que tenha caído do andaime. As telhas de ardósia.

Adam.

Gansey abriu caminho entre os alunos. Ele viu Henry primeiro, então Ronan, ilesos, mas cobertos de pó como corpos de Pompeia. Ele cruzou o olhar com Ronan — *Está tudo bem?* — e não reconheceu a expressão dele.

Depois Adam.

Ele estava de pé, absolutamente imóvel, as mãos junto ao corpo. O queixo estava voltado de maneira cautelosa e frágil para cima, e os olhos não focavam nada. Diferentemente de Ronan e Henry, ele não tinha nenhum pó sobre si. Gansey viu o sobressalto de seu peito enquanto ele respirava, ofegante.

Em volta dele havia centenas de telhas de ardósia quebradas. Os pedaços haviam explodido por dezenas de metros, enterrados na grama como mísseis.

Mas o chão ao redor de Adam estava limpo, em um círculo perfeito.

Era esse círculo, esse círculo impossível, que os outros alunos encaravam. Alguns deles estavam tirando fotos com seus celulares.

Ninguém estava falando com Adam. Não era difícil compreender isso: Adam não parecia alguém com quem se pudesse conversar, naquele instante. Havia algo mais assustador a respeito dele do que a respeito do círculo. Como o chão limpo, não havia nada inerentemente incomum sobre sua aparência. Mas no contexto, cercado por aqueles prédios de tijolos, ele não... *pertencia*.

— Parrish — disse Gansey quando ele se aproximou. — Adam. O que aconteceu?

Os olhos de Adam deslizaram até ele, mas sua cabeça não se virou. Era aquela imobilidade que o fazia parecer tão *outro*.

Atrás, ele ouviu Ronan dizer:

— Gosto do jeito que vocês, otários, pensaram no Instagram antes de pensar em ajudar. Caiam fora.

— Não, não caiam fora — corrigiu Henry. — Avisem um professor que tem alguns homens no telhado prestes a ser processados.

— O andaime quebrou — disse Adam em voz baixa. Uma expressão estava surgindo em seu rosto agora, mas ela também era estranha: assombro. — Desmoronou tudo.

— Você é o cara mais sortudo dessa escola — disse Henry. — Como você não morreu, Parrish?

— Foram os seus cartazes de merda — sugeriu Ronan, parecendo muito menos preocupado que Gansey. — Eles criaram um campo de força de merda.

Gansey se inclinou e Adam o puxou ainda mais para perto, segurando seu ombro firmemente. Bem no ouvido de Gansey, ele sussurrou, com a voz marcada pela incredulidade:

— Eu não... Eu só pedi... Só *pensei*...

— Pensou o quê? — perguntou Gansey.

Adam o soltou. Seus olhos estavam pousados sobre o círculo à sua volta.

— Pensei *aquilo*. E aconteceu.

O círculo era absolutamente perfeito: pó do lado de fora, nenhum pó do lado de dentro.

— Sua criatura maravilhosa — disse Gansey, porque não havia mais nada a dizer. Porque ele havia pensado agora há pouco que esses dois mundos não poderiam coexistir e, no entanto, ali estava Adam, os dois ao mesmo tempo. Vivo por causa disso.

Essa *coisa* que eles estavam fazendo. Essa coisa. O coração de Gansey era uma fenda repleta de possibilidades, temeroso, ofegante e assombrado.

Ronan exibia um sorriso duro. Agora Gansey reconhecia a expressão no rosto de Ronan: arrogância. Ele não tivera medo por Adam. Ele soubera que Cabeswater o salvaria. Estivera certo disso.

Gansey pensou como era estranho conhecer aqueles dois rapazes tão bem e, no entanto, não conhecê-los de verdade. Ambos tão mais difíceis e tão melhores do que quando os conhecera pela primeira vez. Teria sido isso que a vida fizera com todos eles? Esculpira-os em versões mais duras, mais verdadeiras de si mesmos?

— Eu disse — falou Ronan. — Mágico.

38

O dia havia finalmente chegado. Após todos os adiamentos, após meses de espera, era chegado o dia no tribunal.

Adam se levantou como faria normalmente para ir à escola, mas, em vez de colocar o uniforme, colocou o terno bacana que havia comprado seguindo o conselho de Gansey um ano antes. Ele não permitira que Gansey pagasse por nada, na época. No entanto, a gravata em que ele deu o nó agora fora presente de Natal de Gansey, que Adam aceitou porque já tinha uma gravata quando o amigo a comprou, então não seria caridade.

Parecia um princípio bobo agora, completamente divorciado da realidade. Adam se perguntou se passaria cada ano de sua vida pensando em como havia sido estúpido no ano anterior.

Ele pensou em esperar até depois do café da manhã para se vestir, para evitar derramar qualquer coisa no terno, mas isso era bobagem. Ele não seria capaz de comer nada.

Seu caso era às dez da manhã, horas depois do início das aulas, mas Adam tinha pedido permissão para folgar o dia inteiro. Ele sabia que seria impossível esconder a razão de sua ausência de Gansey e Ronan se tivesse de deixar a escola no meio da manhã, e igualmente difícil de disfarçar onde ele estivera se voltasse logo depois do tribunal.

Parte dele queria não estar fazendo isso sem os outros — um desejo chocante diante do fato de que, apenas algumas semanas antes, a própria ideia de que Gansey pudesse chegar a saber a respeito do julgamento havia perturbado Adam.

Mas agora — não. Ele ainda não queria que eles lembrassem essa parte dele. Ele só queria que vissem o novo Adam. Persephone havia lhe dito que ninguém precisava saber do seu passado se ele não quisesse que soubessem.

Ele não queria.

Então ele esperou, enquanto Gansey, Ronan e Blue partiam para a escola e viviam dias comuns. Ele se sentou na beirada do colchão e trabalhou um plano para chantagear Greenmantle enquanto transcorria o primeiro período. Olhou fixamente para o texto de biologia e pensou em um círculo sem pó em torno de seus pés para o segundo período. Então foi para o tribunal.

Cabeswater acenou para Adam, mas ele não podia voltar atrás. Ele tinha de estar ali para isso.

Cada passo diante do tribunal era um evento esquecido tão logo acontecia. Havia o estacionamento, um detector de metal, um funcionário, uma escada de fundos em vez de um elevador, outro funcionário, uma sala vista de relance com o teto baixo e bancos como uma igreja de cada lado de um corredor, uma igreja para o mundano, uma missa para aqueles que alegavam inocência.

Adam tentou se acalmar dizendo a si mesmo que as pessoas trabalhavam ali todos os dias, que aquilo não era nada extraordinário para elas, que não havia nada de especial a respeito daquele prédio. Mas o cheiro de prédio antigo, de mofo e cola, a sensação do tapete puído debaixo dos seus pés, a luz das lâmpadas fluorescentes inconstante e insalubre acima — tudo parecia estranho. Tudo era um fardo para seus sentidos, com o peso de como aquele dia não era igual a nenhum outro. Ele passaria mal. Ou desmaiaria.

Será que seu pai já estava no prédio?

Era uma sala de tribunal fechada para casos juvenis, de maneira que as únicas pessoas na sala até o momento eram profissionais: assistentes, advogados, oficiais de justiça.

Adam repassou os resultados possíveis em sua cabeça. Se ele perdesse, sabia academicamente que o tribunal não poderia obrigá-lo a voltar para casa. Ele tinha dezoito anos e era livre para fracassar ou ser bem-

-sucedido na vida, à parte de sua família. Mas será que isso ficaria marcado em sua história? Um garoto que havia falsamente levado o pai aos tribunais? Como seria feio. Que baixaria. Ele imaginou o pai de Gansey interpretando: disputa familiar das classes mais baixas. É por isso que os mais desfavorecidos continuam desfavorecidos, ele diria. Brigas entre si e bebida, TV o dia inteiro e compras em liquidação no Walmart.

Ele não conseguia se sentir muito imbuído da vitória, também, pois não tinha certeza de como isso pareceria. Era possível que seu pai voltasse para a cadeia. Se isso acontecesse, será que sua mãe teria como pagar as contas?

Ele não devia se preocupar com isso. Mas não conseguia parar de pensar.

Adam sentia como se estivesse fingindo em seu terno novo.

Mas você é apenas um deles, um caipira pobretão usando diamantes.

Lá estava o seu pai.

Ele usava uma jaqueta com o logotipo de alguma empresa local nas costas e a camisa polo de sua empresa. Adam rezou em busca de alguma clareza, para ver o seu pai como todos o viam, em vez de *Pai? É o Adam...*

— Ainda dá tempo de você contar a verdade — disse Robert Parrish.

A mãe de Adam não tinha vindo.

Os dedos de Adam estavam entorpecidos.

Mesmo se eu perder, ele pensou debilmente, *ele não pode me fazer voltar, então não importa. Vai ser só uma hora de humilhação e aí terá terminado.*

Ele gostaria de nunca ter feito isso.

— Muito bem — disse o juiz. Seu rosto era uma memória que desapareceu no instante em que Adam piscou os olhos.

Cabeswater o roubou por um segundo jubiloso, as folhas dobradas em torno de sua garganta, e então o soltou. Com que desespero Adam queria se prender a Cabeswater. Por mais estranho que fosse, era algo familiar, e do seu lado.

Ele errara em ir ali sozinho. Por que ele se importava que Gansey e Ronan vissem isso? Eles já sabiam. Eles sabiam tudo sobre ele. Que mentira o *incognoscível* era. A única pessoa que não conhecia Adam era ele mesmo.

Que idiota orgulhoso você tem sido, Adam Parrish.
— Há testemunhas para este caso? — perguntou o juiz.
Não havia.
Adam não olhou para o pai.
— Então acho que devemos começar.
Um som sibilante veio do oficial ao lado do juiz: uma voz através do seu rádio. O oficial inclinou a cabeça para ouvir, então sussurrou algo de volta no aparelho. Aproximando-se do juiz, ele disse:
— Senhor juiz, o oficial Myley diz que há algumas testemunhas do caso lá fora, se não for tarde demais para elas entrarem.
— A porta já está fechada, não está?
— Está.
O juiz espiou o relógio.
— Elas são certamente para o caso Parrish?
— O oficial Myley acredita que sim.
O juiz sorriu de alguma piada interna deles, alguma graça antiga da qual os outros não participavam.
— Longe de mim duvidar dele. Mande-as entrar, e decido se aceitarei.
Adam se perguntou miseravelmente qual dos vizinhos estava vindo em defesa de seu pai.

Em uma hora, isso terminará. Você nunca mais vai precisar fazer isso. Tudo que você precisa fazer é sobreviver.

A porta se entreabriu. Adam não queria olhar, mas olhou de qualquer maneira.

No corredor estava parado Richard Campbell Gansey III em seu uniforme escolar, sobretudo, cachecol e luvas, parecendo saído de outro mundo. Atrás dele estava Ronan Lynch, a maldita gravata amarrada direito uma vez na vida e a camisa enfiada para dentro das calças.

Humilhação e alegria brigavam furiosamente dentro de Adam.

Gansey avançou a passos largos entre os bancos enquanto o pai de Adam o encarava. Ele seguiu em linha reta até o juiz, direto até ele. Agora que estava bem ao lado de Adam, sem olhar para ele, Adam podia ver que Gansey estava ligeiramente ofegante. Ronan, ao lado dele, também. Eles tinham corrido.

Por ele.

Gansey tirou a luva da mão direita e cumprimentou o juiz.

— Juiz Harris — ele disse calorosamente.

— Sr. Gansey — disse o juiz. — Já encontrou aquele seu rei?

— Falta um pouquinho. E o senhor, já terminou aquele terraço?

— Falta um pouquinho — respondeu Harris. — Qual o seu interesse neste caso?

— Ronan Lynch aqui estava presente no incidente — disse Gansey. — Achei que o lado dele da história valia a pena ser ouvido. E eu sou amigo do Adam desde o primeiro dia aqui em Henrietta, e fico feliz que essa história miserável chegue ao fim. Gostaria de ser testemunha do caráter de Adam, se possível.

— Parece razoável — disse Harris.

— Eu objeto! — exclamou Robert Parrish.

Gansey se virou para Adam, finalmente. Ele ainda projetava sua expressão gloriosamente real, Richard Campbell Gansey III, cavaleiro branco, mas seus olhos estavam em dúvida. *Tudo bem eu fazer isso?*

Tudo bem ele fazer isso? Adam havia rejeitado tantas ofertas de ajuda de Gansey. Dinheiro para a escola, dinheiro para a comida, dinheiro para o aluguel. Pena e caridade, havia pensado Adam. Por tanto tempo, ele quisera que Gansey o visse como um igual, mas era possível que, por todo esse tempo, a única pessoa que precisava ver isso fosse Adam.

Agora ele podia ver que não era caridade que Gansey estava oferecendo. Era apenas *verdade*.

E algo mais: amizade do tipo inabalável. Uma amizade que você podia contar para valer. Que poderia passar pelas maiores dificuldades e voltar mais forte que antes.

Adam estendeu a mão direita, e Gansey o cumprimentou com um aperto de mãos, como se eles fossem homens, porque eles *eram* homens.

— Muito bem — registrou Harris. — Vamos prosseguir com o caso.

39

Normalmente Adam não trazia ninguém consigo quando fazia um trabalho de Cabeswater. Ele confiava em suas habilidades sozinho. Ele confiava em suas *emoções* sozinho. Ele não podia machucar ninguém em uma sala vazia. Ninguém podia machucá-lo.

Ele era incognoscível.

Só que ele não era.

Então ele pediu a Blue Sargent que viesse com ele quando finalmente partiu para fazer o que Cabeswater havia lhe pedido semanas antes. Ele não contou a Blue, caso não funcionasse, mas Adam achou que, se a levasse, Cabeswater poderia ajudá-los a encontrar Maura.

Agora ele esperava no carro em um posto de gasolina descorado nas cercanias de Henrietta. Ele não sabia dizer se o pulso que sentia na palma das mãos era a batida do seu coração ou a linha ley.

— Eu sei o que você quer dizer — disse Noah do banco de trás. Ele estava caído sobre o encosto do passageiro como um suéter sem um corpo dentro. Adam havia quase esquecido que ele estava ali, pois Noah não havia sido convidado. Não porque fosse indesejado, mas porque ele estava morto, e não se podia contar com os mortos para que eles aparecessem em momentos específicos.

— Você acabou de responder aos meus pensamentos?

— Acho que não.

Adam não conseguia se lembrar se ele havia falado em voz alta. Ele achava que não.

O carro balançou quando um caminhão agrícola passou ruidosamente na rodovia. Tudo a respeito daquela região era gasto. O posto de gasolina era um sobrevivente de décadas passadas, com placas de latão na janela e galinhas à venda atrás. A fazenda do outro lado da estrada era antiga, mas charmosa, como um jornal amarelado.

Ele analisou a chantagem de Greenmantle por todos os ângulos em sua cabeça. Ela tinha de ser à prova de balas. Ele não havia contado a Gansey; não havia contado a Blue. Ele havia convencido Ronan e trazido o Homem Cinzento para o plano, mas, no fim, a conta ficaria toda com ele se Greenmantle explodisse na cara deles.

— Acho que está pronto — disse Noah.

— Para com isso. Para. É sinistro.

Ele olhou Noah de relance pelo espelho retrovisor e se arrependeu; o garoto morto era mais assustador quando refletido. Muito menos vivo.

Noah sabia disso e se escondeu da vista do espelho.

Do lado de fora do carro, a voz de Blue se ergueu:

— Como você se sentiria se eu reduzisse *você* às suas pernas?

Adam e Noah esticaram o pescoço para olhar pelo vidro de trás.

A voz de Blue soou de novo:

— Não. Não. Que tal você ver a questão do *meu* jeito? Que tal você não me reduzir a uma mercadoria e então, quando eu te pedir para não fazer isso, não dizer que é um elogio e que eu deveria ficar *feliz* por isso?

A boca de Noah assumiu uma forma de *uuuu*.

— É — concordou Adam, saindo do carro.

Blue estava a alguns metros dali. Ela usava uma camisa quadrada grande, shorts azuis, coturnos e meias que iam até acima dos joelhos. Apenas um palmo de pele nua era visível, mas era um palmo realmente bonito.

Um velho usando um boné trançado disse:

— Mocinha, um dia você vai se lembrar com saudade da época em que as pessoas lhe diziam que você tinha belas pernas.

Adam se preparou para a explosão.

Eram pregos e dinamite.

— Saudade? Ah, bem que eu *gostaria* de ser tão ignorante quanto você! Que felicidade! Existem garotas que se *matam* por causa da imagem negativa que têm do próprio corpo, e você...

— Algum problema aqui? — intercedeu Adam.

O homem parecia aliviado. As pessoas sempre ficavam satisfeitas em ver o Adam asseado, calado, a voz respeitosa sulista da razão.

— A sua namorada é esquentadinha.

Adam encarou o homem. Blue encarou Adam.

Ele queria dizer a ela que não valia a pena, que ele havia crescido com esse tipo de homem e sabia que eles não tinham traquejo, mas então ela jogaria a garrafa térmica na cabeça de Adam e provavelmente daria um tapa na boca do sujeito. Era impressionante que Blue e Ronan não se dessem melhor, pois eram marcas diferentes da mesma matéria impossível.

— Senhor — começou Adam, e as sobrancelhas de Blue se levantaram —, acho que talvez a sua mãe não tenha lhe ensinado como falar com mulheres.

O velho balançou a cabeça para Adam, como que com pena.

Adam acrescentou:

— E ela não é minha namorada.

Blue lhe lançou um olhar reluzente de aprovação e então entrou no carro com uma forte e dramática batida de porta que Ronan teria aprovado.

— Escuta, garoto — começou o velho.

— Aliás, o senhor está com a braguilha aberta — Adam interrompeu.

Ele entrou de volta em seu carrinho usado, o que Ronan chamava de Hondayota. Ele se sentia heroico sem motivo. Blue fervia, com toda razão, enquanto eles deixavam o posto de gasolina. Por alguns momentos, não se ouviu nada a não ser o ruído esforçado da respiração do carrinho.

Então Noah disse:

— Mas você *tem* pernas bonitas.

Blue se virou para ele. Adam não conseguiu segurar uma risada, e ela bateu no ombro dele também.

— Você pegou a água, pelo menos? — ele perguntou.

Ela sacudiu a garrafa térmica para demonstrar o sucesso.

— Eu também trouxe um pouco de pulverizador. Dizem que é uma boa proteção quando se está fazendo uma divinação.

— Nós vamos fazer uma divinação? — Noah se endireitou.

Adam teve dificuldade para explicar.

— Cabeswater fala uma língua, e eu falo outra. Consigo ter uma ideia geral ao ler as cartas. Mas é mais difícil de chegar aos detalhes de como consertar o alinhamento. Então vou fazer uma divinação. Eu faço toda hora. É muito eficiente, Noah.

— Uma maneira eficiente de fazer com que a sua alma nua seja roubada por forças *absolutamente más*, talvez — disse Noah.

Blue trocou um olhar com Adam.

— Não acredito no mal absoluto.

— Ele não se importa se você acredita nele — disse Noah.

Ela se virou em seu assento para encará-lo.

— Normalmente eu não gosto de dizer quando você está sendo sinistro. Mas você está.

O garoto morto se afundou ainda mais no banco de trás; o ar se aqueceu marginalmente enquanto ele o fazia.

— *Ele* já me chamou de sinistro hoje.

— Me conta mais sobre a questão do alinhamento — disse Blue a Adam. — Me conta *por que* ela quer que você faça isso.

— Não entendo por que isso importa.

Ela fez um ruído de profunda exasperação.

— Mesmo colocando de lado todas as considerações espirituais possíveis, ou... ou mitológicas, ou qualquer coisa que realmente signifique algo, você está manipulando essa fonte de energia gigantesca que parece se comunicar diretamente na sua cabeça em uma língua diferente, e que, para mim, parece algo sobre o qual eu teria um monte de perguntas se fosse você!

— Não quero falar sobre isso.

— Mas eu quero. Você está dirigindo toda essa distância até aqui, e não quer perguntar nem a razão disso?

Adam não respondeu, porque sua resposta não seria educada.

Seu silêncio, no entanto, pareceu pior. Blue disparou:

— Se você não queria conversar, não sei por que me perguntou se eu queria vir!

— Talvez eu não devesse ter perguntado.
— Certo, quem gosta de ficar ao lado de uma pessoa que *pensa*!

Adam se segurou, com esforço. Com apenas uma farpinha na voz, ele disse:

— Eu só quero *terminar* com isso.
— Me deixa aqui. Eu volto *a pé*.

Ele pisou no freio com tudo.

— Não pense que eu não faria isso.
— Vá em frente, então!

Blue já tinha a mão na maçaneta da porta.

— *Pessoal* — lamuriou-se Noah.

O melhor e o pior aspecto de Blue Sargent era que ela realmente faria o que estava dizendo; ela realmente voltaria a pé até Henrietta se ele parasse naquele instante. Ele fez uma careta para ela, e ela fez uma careta de volta.

Não brigue com Blue. Não brigue com Gansey.

Com um suspiro, Adam acelerou de novo.

Blue se recompôs e então ligou o rádio.

Adam não havia nem se dado conta de que o toca-fitas antiquado funcionava, mas, após alguns segundos sibilantes, uma fita que estava dentro desafinou uma canção. Noah começou a cantar junto imediatamente.

— Abóbora um, abóbora dois...

Adam deu um tapa no rádio ao mesmo tempo que Blue. A fita foi ejetada com tanta força que Noah estendeu uma mão para pegá-la.

— Essa *música*. O que você está fazendo com *isso* no seu aparelho? — demandou Blue. — Você ouve isso por diversão? Como essa canção escapou da internet?

Noah riu e lhes mostrou a fita. Ela trazia um rótulo marcado com a caligrafia de Ronan: "MOMENTOS ÍNTIMOS DE PARRISH NO HONDAYOTA". O outro lado trazia: "CANÇÃO DE MERDA PARA CANTAR JUNTO".

— Coloque para tocar! — disse Noah alegremente, acenando com a fita.

— Noah. Noah! Tira isso dele — disse Adam.

À frente deles, a entrada para a Skyline Drive se assomou. Adam estava pronto dessa vez; ele abriu a carteira enquanto se aproximavam lentamente. Dentro aninhavam-se precisamente quinze dólares.

Blue lhe passou uma nota de cinco.

— Minha contribuição.

Houve uma pausa.

Ele a aceitou.

Na janela, Adam trocou seus fundos combinados por um mapa, o qual deu de volta para Blue. Enquanto ia para uma área de estacionamento inclinada além da entrada, Adam examinou duvidosamente seu orgulho em busca de algum dano e ficou surpreso ao não encontrar nenhum.

— Estamos no lugar certo? — ela perguntou. — Você precisa do nosso mapa de quinze dólares?

— Vou saber em um segundo. Podemos sair — disse Adam.

Diante deles, o terreno caía bruscamente em uma ravina sem fundo; atrás, as montanhas ascendiam sombriamente. O ar estava enevoado com a fragrância agradável e perigosa da fumaça de madeira: em algum lugar, uma daquelas montanhas outonais estava em chamas. Adam forçou a vista até encontrar de onde vinha aquela fumaça, que encobria um pico ao longe. Daquela distância, parecia algo mais mágico que ameaçador.

Blue e Noah implicavam um com o outro enquanto Adam pegava as cartas de tarô. Endireitando os pés para sentir melhor o pulso da linha, ele colocou uma carta ao acaso sobre o capô quente. Seus olhos desconcentrados passaram sobre a imagem — um cavaleiro enegrecido montado em um cavalo, carregando um bastão coberto de vinhas — e começaram a transformá-la em algo sem palavras e onírico. A visão foi substituída pela sensação. Um sentimento vertiginoso de viagem, escalada, retidão.

Ele cobriu a imagem com a mão até recuperar a visão, então guardou a carta.

— Cavaleiro de paus? — Blue lhe perguntou.

Adam não se lembrava mais qual era a carta *realmente*.

— Era mesmo?

— Agora me digam quem é sinistro? — perguntou Noah.

Adam colocou a mochila nas costas e partiu na direção do início da trilha.

— Vamos lá. É por aqui.

A trilha estreita e pedregosa estava coberta com folhas amassadas. O terreno tinha um declive abrupto de um lado e subia impetuosamente do outro. Adam estava absolutamente consciente das rochas enormes que se projetavam na trilha. Abaixo de um tapete de líquen verde-menta, eles sentiam as pedras frias e vivas, condutoras selvagens da linha ley. Ele levou Noah e Blue trilha acima até chegarem a uma confusão de rochas. Saindo da trilha, Adam escalou ao lado deles, encontrando apoio para os pés em pedras que se projetavam e em galhos expostos de árvores. As pedras grandes e azuis estavam tombadas umas sobre as outras como o brinquedo de um gigante.

Sim, é isso mesmo.

Ele espiou para dentro de uma fenda do tamanho de um homem.

— Cobras? Ninhos? Ursos? — disse Blue.

— Parque nacional protegido — disse Noah, sombriamente engraçado. E então, com uma valentia inesperada: — Vou entrar primeiro. Eles não podem me machucar.

Ele parecia desfocado e frágil enquanto deslizava para dentro. Houve silêncio, silêncio.

Blue forçou a visão.

— Noah?

De dentro da fenda se ouviu um rugido farfalhado enorme, e, de uma hora para outra, uma grande rajada de folhas de carvalho explodiu da abertura, sobressaltando Blue e Adam.

Noah reapareceu. Ele tirou quatro folhas e meia de carvalho do cabelo espigado de Blue e soprou alguns farelos de folhas do nariz de Adam.

— É seguro.

Adam estava contente por tê-los consigo.

Dentro era sombrio, mas não escuro; a luz vinha da entrada, e também de baixo, onde as pedras estavam empilhadas de qualquer jeito. No meio do espaço pequeno havia uma rocha grande do tamanho de uma mesa ou um altar. A superfície era gasta e côncava.

Ele se lembrou ou a reconheceu de seu insight na garagem.

Depois sentiu um ligeiro tremor dos nervos, ou expectativa. Era estranho fazer isso com plateia. Ele não sabia bem como parecia visto de fora.

— Derrame a água ali, Blue.

Ela correu uma mão sobre a pedra para limpar a sujeira.

— Ah!

Ela tirou uma pedra negra do bolso e a colocou junto à reentrância. Então a encheu lentamente de água.

A poça rasa de água refletiu o teto escuro.

Noah se afastou, certificando-se de que não estava sendo refletido. Seu temor sugou o calor do espaço. Blue estendeu uma mão para ele, mas Noah balançou a cabeça.

Então ela ficou ao lado de Adam, o ombro pressionado contra o dele, e Adam se sentiu agradecido por isso também. Ele não conseguia se lembrar da última vez em que alguém o havia tocado, e o gesto era estranhamente tranquilizante. Após um segundo, Adam percebeu que parte disso se devia provavelmente ao fato da capacidade que Blue tinha de amplificar qualquer parte de Cabeswater à qual ele estivesse ligado.

Eles encararam a água. Ele já havia feito isso antes, mas nunca dessa maneira, cercado por pedras. Adam tinha a sensação de que havia outra pessoa ali com eles. Ele não queria admitir que já se sentia intimidado pela poça escura mesmo antes de qualquer coisa sobrenatural acontecer. Nenhum dos dois disse nada por alguns minutos.

Finalmente, Blue sussurrou:

— É como se alguém lhe dissesse "Blusão bacana, cara!", quando você estivesse com o uniforme da Aglionby.

— O quê?

— Eu queria que você soubesse por que eu fiquei tão brava com aquele velho. Eu estava pensando numa maneira de explicar. Sei que você não entende. Mas o motivo é esse.

Era verdade que ele não tinha compreendido a confusão no posto de gasolina, além do fato de que ela estava incomodada, e Adam não gostava que Blue fosse incomodada. Mas ela estava certa a respeito do blusão, também. As pessoas presumiam coisas baseadas no blusão ou no blazer da Aglionby o tempo inteiro; ele mesmo já fizera isso. E ainda fazia.

— Entendi — ele sussurrou de volta. Adam não sabia ao certo por que eles estavam sussurrando, mas se sentia melhor agora. Mais normal. Eles estavam no controle ali. — É uma simplificação.

— Exatamente. — Blue respirou fundo. — Tudo bem. E agora?

— Vou olhar para dentro disso e me concentrar — disse Adam. — Talvez eu me desligue para valer.

Noah se encolheu.

Blue, no entanto, soou prática:

— O que você quer que a gente faça se você se desligar para valer?

— Acho que nada. Eu realmente não sei como vou parecer por fora. Usem o bom senso se algo parecer errado, eu acho.

Noah se abraçou.

Inclinando-se sobre a poça, Adam viu o seu rosto. Ele não havia notado que não se parecia com ninguém mais até chegar ao segundo grau, quando todos começaram a notar isso. Ele não sabia se tinha uma boa ou uma má aparência — apenas que tinha uma aparência diferente. Cabia a cada um interpretar se a estranheza do rosto dele era bela ou feia.

Adam esperou que seus traços desaparecessem, se confundissem em uma sensação. Mas tudo que ele via era seu rosto sujo de Henrietta, com sua boca fina puxada para baixo. Ele gostaria que não tivesse crescido para parecer com os genes combinados dos seus pais.

— Não acho que esteja funcionando — ele disse.

Mas Blue não respondeu, e, após meia batida de coração, Adam percebeu que sua boca não havia se mexido no reflexo quando ele falou. Seu rosto apenas o encarava de volta, as sobrancelhas franzidas de suspeita e preocupação.

Seus pensamentos se revolviam dentro dele, lodo anuviando uma poça d'água. Seres humanos eram tão circulares; viviam os mesmos ciclos lentos de alegria e miséria repetidamente, sem nunca aprender. Toda lição no universo tinha de ser ensinada bilhões de vezes, e nunca era aprendida. *Como somos arrogantes,* pensou Adam, *por fazer bebês que não conseguem caminhar, falar ou se alimentar. Como estamos certos de que nada vai destruir essas pequenas criaturas antes que elas possam cuidar de si.* Quão frágeis eles eram, quão facilmente abandonados, negligenciados, surrados e odiados. Animais que são presas nascem com medo.

Ele não achava que tivesse nascido com medo, mas havia aprendido.

Talvez fosse bom que o mundo esquecesse todas as lições, todas as memórias boas e ruins, todos os triunfos e fracassos, tudo isso morrendo com cada geração. Talvez essa amnésia cultural poupasse a todos. Talvez, se eles se lembrassem de tudo, a esperança morresse.

Fora de você, a voz de Persephone o lembrou.

Era difícil abandonar a si mesmo; havia um conforto estranho e terrível em vestir as bordas do seu interior.

Com esforço, Adam se lembrou de Cabeswater. Ele tateou ao longo do campo de energia de sua mente. Em algum lugar por ali haveria uma ponta ou dispersão, alguma aflição que ele poderia curar.

Lá estava. Bem no fundo da linha ley, a energia estava fraturada. Se ele se concentrasse, podia até ver a razão para isso: uma rodovia havia sido cortada na montanha, retirando rochas e rompendo a linha natural da ley. Agora ela espirrava instavelmente enquanto saltava por cima e por baixo da rodovia. Se Adam pudesse realinhar algumas das rochas carregadas no topo daquela montanha, isso causaria uma reação em cadeia que eventualmente faria com que a linha escavasse o seu caminho por baixo da terra e abaixo da rodovia, juntando as extremidades soltas novamente.

— Por que você quer que eu faça isso? *Rogo aliquem aliquid.*

Ele não esperava realmente uma resposta, mas ouviu um discurso balbuciado, incompreensível a não ser por uma palavra: *Greywaren*.

Era Ronan que falava a língua de Cabeswater sem esforço algum. Não Adam, que tinha dificuldade.

Mas não no pátio da Aglionby. Ele não tivera dificuldade então. Não *houvera* uma língua. Só ele e Cabeswater.

— Não Ronan — disse Adam. — Eu. Sou eu que estou fazendo isso por você. Me conta. Me mostra.

Imagens se sucederam rapidamente. Conexões voavam, elétricas. Veias. Raízes. Raios bifurcados. Afluentes. Ramos. Vinhas serpenteando em torno de árvores, manadas de animais, pingos d'água correndo juntos.

Não compreendo.

Dedos entrelaçados. Ombro encostado em ombro. Punho batendo em punho. Mão levantando Adam do chão de terra.

Cabeswater folheava loucamente através das próprias memórias de Adam e as apresentava por um instante em sua mente. Lançava imagens de Gansey, Ronan, Noah e Blue tão rápido que Adam mal conseguia acompanhar todas elas.

Então a grade de raios estourou através do mundo, uma grade iluminada de energia.

Adam ainda não compreendia, e então compreendeu.

Havia mais de uma Cabeswater Ou mais do que quer que fosse. Quantas? Ele não sabia. Quão vivas elas estavam? Ele não sabia também. Elas *pensavam*, eram estranhas, morriam, eram boas, eram certas? Ele não sabia. Mas sabia que havia mais de uma, e esta estendia os dedos ao máximo para alcançar a outra.

A enormidade do mundo cresceu cada vez mais dentro de Adam, e ele não sabia se podia contê-lo. Ele era apenas um garoto. Seria o seu destino saber disso?

Eles já haviam transformado Henrietta quando despertaram a linha ley e fortaleceram Cabeswater. Como o mundo pareceria com mais florestas despertas por toda parte? Será que ele se partiria ao meio com a eletricidade estática e a magia, ou aquele era um balanço pendular, resultado de centenas de anos de sono?

Quantos reis dormiam?

Não posso fazer isso. É grande demais. Não fui feito para isso.

A dúvida de súbito o transpassou sombriamente. Era uma coisa essa dúvida, ela tinha peso, corpo e pernas...

O quê? Adam achou que havia falado em voz alta, mas não conseguia lembrar bem como *fazer* era diferente de *imaginar*. Ele havia perambulado longe demais do próprio corpo.

Mais uma vez, ele sentiu aquele algo duvidoso o buscando, falando com ele. Ele não acreditava no poder dele aqui. Ele sabia que Adam era um fingidor.

Adam lutou com as palavras. *Você é Cabeswater? Você é Glendower?* Mas palavras pareciam o meio errado para aquele lugar. Palavras eram para bocas, e ele não tinha mais boca. Ele se estendeu por aquele mundo; Adam parecia não conseguir encontrar seu caminho de volta para a caverna. Ele era um oceano, afundando, sinistramente.

Ele estava sozinho, exceto por essa coisa, e achou que ela o odiava ou o queria, ou ambos. Ele desejava vê-la; vê-la não seria a pior das possibilidades.

Adam se debatia no escuro. Todas as direções pareciam a mesma. Algo subia rastejando em sua pele.

Ele estava em uma caverna. Agachado. O teto era baixo e as estalactites tocavam as suas costas. Quando ele estendeu o braço para tocar a parede, ela pareceu real sob seus dedos. Ou como se fosse real e ele não.

Adam

Ele se virou para a voz, e era de uma mulher que ele reconheceu, mas não conseguia nomear. Ele estava distante demais dos seus pensamentos.

Embora Adam estivesse certo de que havia sido a voz dela, ela não olhou para ele. Ela estava agachada na caverna ao seu lado, sobrancelhas fechadas em concentração, um punho pressionado aos lábios. Um homem se ajoelhava ao lado dela, mas tudo a respeito do seu corpo dobrado e esguio sugeria que ele não estava em comunicação com a mulher. Ambos não se mexiam enquanto encaravam uma porta instalada na pedra.

Adam, vá

A porta lhe dizia para tocá-la. Ela descrevia a satisfação da maçaneta virando debaixo de sua mão. Ela prometia uma compreensão da escuridão dentro dele se Adam a abrisse. Ela pulsava nele, a fome, o desejo crescente.

Ele nunca quisera tanto algo.

Ele estava na frente dela. Adam não se lembrava de atravessar a distância, mas de alguma maneira ele havia feito isso. A porta era vermelho-escura, entalhada com raízes, nós e coroas. A maçaneta tinha um tom negro oleoso.

Ele havia se distanciado tanto do seu corpo que não conseguia imaginar nem como começar a voltar para ele.

A porta precisa de três para abrir

Vá

Adam se agachou, imóvel, os dedos fechados na pedra, temerosos e desejosos.

Em algum lugar muito distante, ele sentiu seu corpo envelhecendo.

Adam, vá

Não posso, ele pensou. *Estou perdido.*

— Adam! *Adam. Adam Parrish.*

Ele voltou com um acesso de dor. O rosto parecia molhado; a mão parecia molhada; as veias pareciam cheias demais de sangue.

A voz de Noah se ergueu:

— Por que você o cortou tão fundo?

— Eu não *medi*! — disse Blue. — Adam, seu idiota, diz alguma coisa.

A dor tornava toda resposta possível mais dura do que teria sido de outra forma. Em vez disso, ele sibilou e se endireitou a duras penas, firmando uma mão com a outra. O ambiente que o cercava estava lentamente se apresentando para ele; Adam havia esquecido que eles rastejaram para passar entre as rochas. Noah se agachava a poucos centímetros dele, os olhos em Adam. Blue estava um pouquinho atrás.

As coisas começavam a fazer sentido. Ele estava muito consciente de seus dedos, de sua boca, de sua pele, de seus olhos e de si mesmo. Ele não se lembrava de um dia ter se sentido tão feliz assim em ser Adam Parrish.

Seus olhos se concentraram no canivete rosa na mão de Blue.

— Você me cortou? — ele disse.

Os ombros de Noah se curvaram repentinamente de alívio ao ouvir sua voz.

Adam estudou sua mão. Um corte limpo marcava o dorso. Sangrava sem se importar com o que ele pensasse a respeito, mas não doía muito, a não ser que ele mexesse a mão. O canivete devia estar muito afiado.

Noah tocou a borda do ferimento com seus dedos congelados, e Adam o afastou com um tapa. Ele lutava para se lembrar de tudo que a voz acabara de dizer, mas ela já deslizava para fora de sua cabeça como um sonho.

Haviam sido ditas palavras? Por que ele acreditava que haviam sido ditas palavras?

— Eu não sabia mais o que fazer para tentar te trazer de volta — admitiu Blue. — O Noah disse para eu te cortar.

Ele estava confuso com o canivete. Parecia representar um lado diferente de Blue; um lado que Adam não havia pensado que existisse. Seu cérebro se cansou quando ele tentou encaixar essa parte com o resto dela.

— Por que vocês me *pararam*? O que eu estava fazendo?

Ela disse "nada" ao mesmo tempo em que Noah dizia "morrendo".

— O seu rosto ficou meio vazio — ela continuou. — E aí seus olhos simplesmente... pararam de piscar? De se mover? Tentei te trazer de volta.

— E aí você parou de respirar — disse Noah, desabando até o chão.

— Eu avisei. Eu *avisei* que era uma má ideia, mas ninguém nunca me ouve. "Ah, vamos ficar bem, Noah, você está sempre se preocupando", e quando eu vejo você está nas garras da morte. Ninguém nunca diz: "Noah, sabe de uma coisa? Você estava certo. Obrigado por salvar a minha vida, porque estar morto seria um saco". As pessoas sempre...

— Para — interrompeu Adam. — Estou tentando lembrar tudo que aconteceu.

Havia alguém importante... três... uma porta... uma mulher que ele reconheceu...

Estava desaparecendo. Tudo, exceto o terror.

— Da próxima vez vou deixar você morrer — disse Blue. — Enquanto faz o seu truquezinho especial, Adam, você esquece onde eu cresci. Sabe qual é a palavra que as pessoas usam quando alguém te ajuda durante um ritual ou uma leitura? É *obrigado*. Você não devia ter trazido a gente se queria fazer isso sozinho.

Adam se lembrou de uma coisa: ele se perdera.

O que significava que, se tivesse vindo sozinho, estaria morto agora.

— Desculpa — ele disse. — Eu fui um tanto imbecil mesmo.

— Nós não íamos dizer isso — respondeu Noah.

— Eu ia — disse Blue.

♀

Então eles escalaram até o topo da montanha e, enquanto o sol os atingia com tudo do alto, encontraram as pedras que Adam tinha visto na poça de divinação. Foi necessária toda a força deles juntos para empurrar as pedras apenas alguns centímetros. Adam não sabia como teria conseguido essa parte sem ajuda, também. Talvez ele estivesse fazendo errado e houvesse uma maneira de movê-las mais adequada a um mágico.

Adam deixou impressões digitais com sangue na pedra, mas havia algo nisso que lhe causava satisfação.

Eu estive aqui. Eu existo. Estou vivo, porque sangro.

Ele não deixara de se sentir agradecido por seu corpo. *Olá, mãos outrora ressecadas de Adam Parrish, estou contente em vê-las.*

Eles sabiam o momento preciso em que solucionaram o alinhamento, porque Noah disse "Ah!" e estendeu os dedos para o ar. Por alguns minutos, ficou posicionado contra o céu lívido, e não havia diferença entre ele, Blue e Adam. Não havia o que dizer, a não ser que ele era uma pessoa absolutamente viva.

Enquanto o vento os fustigava, Noah lançou um braço camarada em torno dos ombros de Blue e outro em torno dos ombros de Adam, e trouxe os dois para si. Eles seguiram cambaleantes de volta para a trilha. O braço de Blue passava por trás das costas de Noah e seus dedos agarravam a camiseta de Adam, de maneira que eles eram uma única criatura, um animal ébrio de seis pernas. A mão de Adam pulsava com a batida de seu coração. Ele provavelmente sangraria até a morte no caminho de volta descendo a montanha, mas não se importava com isso.

Subitamente, com Noah ao seu lado e Blue próxima dele, três fortes, Adam se lembrou da mulher que tinha visto na poça.

E soube imediatamente quem era.

— Blue — ele disse. — Eu vi sua mãe.

40

— Esse é um dos meus lugares favoritos — disse Persephone, empurrando a cadeira de balanço para frente e para trás com os pés no chão. Seu cabelo caía em cascata sobre os braços. — É tão aconchegante.

Adam estava sentado na ponta da cadeira de balanço, ao lado dela. Ele não gostava muito do lugar, mas não falou nada. Persephone tinha pedido para ele se encontrar com ela ali, e ela quase nunca tomava a decisão de onde se encontrar com ele; normalmente a deixava para Adam, o que sempre parecia um teste.

Era um armazém antigo e esquisito, do tipo que não existia mais em nenhum lugar, mas não era incomum na periferia de Henrietta. A parte de fora normalmente parecia com esta: uma varanda baixa e espaçosa alinhada com cadeiras de balanço de frente para a estrada, um estacionamento de cascalho com caminhos sulcados, cartazes de iscas e cigarros nas janelas. O lado de dentro normalmente tinha comida de marcas que nunca se ouviu falar, camisetas que Adam não usaria, provisões para pesca, brinquedos de outras décadas e a ocasional cabeça de cervo empalhada. Era um lugar que Adam, um caipira, descobrira ser frequentado por pessoas que ele considerava ainda mais caipiras.

No entanto, Gansey provavelmente gostaria dali. Era um daqueles lugares onde o tempo parecia irrelevante, especialmente em um entardecer como este: a luz mosqueada passando inconstante pelas folhas, estorninhos chamando dos fios de telefone amarrados próximos, homens velhos em picapes velhas passando lentamente, tudo parecendo ter saído de vinte anos atrás.

— Três — disse Persephone — é um número muito forte.

Lições com Persephone eram algo imprevisível. Ele nunca sabia para onde estava indo, o que iria aprender. Às vezes, ele não havia nem descoberto alguma coisa ainda, e já não havia mais nada.

Naquele fim de tarde ele queria perguntar sobre Maura, mas era difícil fazer uma pergunta a Persephone e obter uma resposta quando você a queria. Normalmente, funcionava melhor se você fizesse a pergunta um pouco antes de ela dar a resposta.

— Tipo três adormecidos?

— Certamente — respondeu Persephone. — Ou três cavaleiros.

— Existem três cavaleiros?

Ela apontou, chamando a atenção dele para um corvo ou uma gralha grande que andava aos pulos lentamente do outro lado da estrada. Era difícil dizer se ela achava isso significativo ou simplesmente engraçado.

— Existiram, uma vez. Três Jesuses, também.

Isso fez Adam pensar por um instante.

— Ah, meu Deus. Você quer dizer Deus, Jesus e o Espírito Santo?

Persephone girou uma mãozinha.

— Eu sempre esqueço nomes. Tem um deus que são três mulheres, também. Uma é chamada de Guerra, eu acho, e a outra é um bebê... Não sei, eu esqueço os detalhes. O três é a parte importante.

Adam tinha melhorado sua habilidade de jogar esses jogos e adivinhar as conexões.

— Você, Maura e Calla.

Talvez agora fosse o momento de tocar no assunto...

Ela anuiu, ou se balançou na cadeira, ou as duas coisas.

— Trata-se de um número estável, três. Cinco e sete são bons também, mas três é o melhor. As coisas estão sempre crescendo em três ou diminuindo para três. Melhor começar aí. Dois é um número terrível. Dois é para rivalidade, luta e assassinato.

— Ou casamento — disse Adam, pensativo.

— É a mesma coisa — respondeu Persephone. — Aqui tem três dólares. Vá lá dentro e pegue um refrigerante de cereja para mim.

Ele o fez, tentando pensar, o tempo inteiro, como perguntar sobre usar a sua visão para encontrar Maura. Com Persephone, era possível que fosse a respeito disso que ele estivesse conversando o tempo inteiro.

Quando retornou, ele disse, subitamente:

— Esta é a última vez, não é?

Ela continuou balançando a cadeira, mas anuiu:

— Em um primeiro momento, achei que você talvez substituísse uma de nós se algo acontecesse um dia.

Adam precisou de um longo tempo para entender a frase, e, quando finalmente entendeu, a surpresa fez com que ele não respondesse por mais um minuto.

— Eu?

— Você é um ouvinte muito bom.

— Mas eu... eu... — Adam não conseguia pensar em como terminar a frase, mas finalmente disse: — Estou partindo.

Mesmo enquanto o dizia, ele sabia que não era isso que queria dizer.

Persephone apenas respondeu, em sua vozinha:

— Mas vejo agora que isso jamais poderia acontecer. Você é como eu. Não somos realmente como os outros.

Outros o quê? Humanos?

Você é incognoscível.

Ele pensou naquele momento no topo da montanha, ele, Blue e Noah. Ou no tribunal, ele, Ronan e Gansey.

Adam não tinha mais certeza.

— Na verdade, nós estamos melhor na companhia de nós mesmos — disse Persephone. — Isso torna as coisas difíceis para os outros às vezes, quando não conseguem nos compreender.

Ela estava tentando fazer com que Adam dissesse alguma coisa, fizesse alguma conexão, mas ele não tinha certeza do quê. Ele disse:

— Não me diga que a Maura está morta.

Ela balançou e balançou a cadeira. Então Persephone parou e olhou para ele com seus olhos negros, negros. O sol havia caído atrás da linha das árvores, fazendo uma renda negra das folhas e uma renda branca do seu cabelo.

Adam prendeu a respiração e perguntou em voz baixa:

— Você consegue ver a sua própria morte?

— Todos veem — disse Persephone suavemente. — Mas a maioria das pessoas prefere parar de olhar.

— Eu não vejo a minha própria morte — disse Adam. Mas, mesmo enquanto o dizia, ele sentia o canto do conhecimento a mordiscá-lo. Era agora, estava vindo, já havia acontecido. Em algum lugar, em algum *momento*, ele estava morrendo.

— Ah, você vê — ela disse.

— Mas não é a mesma coisa que saber *como*.

— Você não disse *como*.

O que ele queria dizer, mas não conseguia, porque Persephone não compreenderia, era que ele tinha medo. Não de ver coisas como aquilo. Mas de um dia não ser capaz de ver todo o resto. O real. O mundano. As coisas... *humanas*.

Não somos realmente como os outros.

Mas Adam pensou que ele talvez fosse. Pensou que devia ser, pois ele se preocupava profundamente com o desaparecimento de Maura, e ainda mais profundamente com a morte de Gansey, e, agora que ele sabia dessas coisas, queria fazer algo a respeito delas. Ele precisava fazer. Ele era Cabeswater, estendendo-se para os outros.

Adam respirou tremulamente:

— Você sabe como o Gansey vai morrer?

Persephone colocou a língua para fora, só um pouco. Ela não parecia notar que estava fazendo isso. Então disse:

— Aqui tem mais três dólares. Pegue um refrigerante de cereja para você.

Adam não aceitou o dinheiro. Ele disse:

— Eu quero saber há quanto tempo você sabe sobre o Gansey. Desde o início? Desde o início. Você sabia no momento em que ele entrou pela porta para a leitura! Você ia nos contar um dia?

— Não sei por que eu faria algo tão ridículo. Pegue o seu refrigerante.

Ainda assim ele não pegou as notas. Segurando os braços da cadeira de balanço com as mãos, ele disse:

— Quando eu encontrar Glendower, vou pedir a ele pela vida de Gansey. Não vou nem pensar duas vezes.

Persephone só olhou para ele.

Na cabeça de Adam, Gansey se sacudia e chutava, coberto de sangue. Só que agora era o rosto de Ronan — Ronan já havia morrido, Gansey ia morrer; em algum lugar, em algum *momento*, isso estava acontecendo?

Ele não queria saber. Ele queria saber.

— Então me conta! — ele disse. — Me diz o que fazer!

— O que você quer que eu diga?

Adam saltou tão rápido da cadeira que ela balançou furiosamente sem ele.

— Me diz como salvar o Gansey!

— Por quanto tempo? — perguntou Persephone.

— *Para!* — ele disse. — *Para com isso!* Deixe de ser tão... tão... distante! Não posso olhar para tudo o tempo inteiro, senão qual seria o sentido disso? Apenas me diz como posso evitar de matar meu amigo!

Persephone inclinou a cabeça.

— O que o faz pensar que *você* vai matar seu amigo?

Ele a encarou. Então entrou de novo para buscar mais um refrigerante de cereja.

— Com sede? — perguntou a atendente enquanto ele lhe passava o dinheiro.

— O outro foi para a minha amiga — disse Adam, embora não tivesse certeza de que alguma pessoa fosse amiga de Persephone.

— Sua amiga? — perguntou a atendente.

— Provavelmente.

Ele voltou para fora e encontrou a varanda vazia. A cadeira dele ainda balançava um pouco. O outro refrigerante de cereja estava de pé ao lado dela.

— Persephone?

Com súbita apreensão, ele correu até a cadeira de balanço onde Persephone estivera sentada e colocou a mão sobre o assento. Frio. Em seguida colocou a mão sobre o assento da cadeira dele. Quente.

Adam esticou o pescoço, tentando ver se ela tinha voltado para dentro do carro. Não havia nada. O estacionamento estava deserto; até o pássaro tinha ido embora.

— Não — ele disse, embora não houvesse ninguém para ouvi-lo. Sua mente, uma mente curiosamente refeita por Cabeswater, vasculhou furiosamente tudo que ele sabia e sentia, tudo que Persephone havia dito, cada momento desde que ele havia chegado. O sol caía gradativamente atrás das árvores. — Não — ele disse de novo.

A atendente estava junto à porta, trancando-a para a noite.

— Espera — disse Adam. — Você viu a minha amiga? Ou eu vim aqui sozinho?

Ela ergueu uma sobrancelha.

— Desculpa — ele disse. — Eu sei que parece loucura. Por favor. Eu estava sozinho?

A atendente hesitou, esperando pelo fim da piada. Então anuiu.

Adam sentiu um aperto no coração.

— Eu preciso usar o seu telefone. Por favor, moça. Só um segundo.

— Por quê?

— Algo terrível aconteceu.

41

— Cheguei — disse Blue, abrindo rapidamente a porta da Rua Fox, 300. Ela estava suada, irritada e nervosa, dividida entre torcer por um falso alarme e esperar que ele fosse importante o suficiente para justificar que ela implorasse uma saída no meio do expediente no Nino's.

Calla a encontrou no corredor, enquanto ela deixava a bolsa ao lado da porta.

— Venha cá e ajude o Adam.

— O que tem de errado com o Adam?

— Nada — disparou Calla. — Fora o de sempre. Ele está procurando a Persephone.

Elas chegaram à porta da sala de leitura. Lá dentro, Adam estava sentado na ponta da mesa da sala. Estava absolutamente imóvel, com os olhos fechados. Na frente dele estava a tigela de divinação escura do quarto de Maura. A única luz vinha das velas bruxuleantes. Blue sentiu uma sensação desagradável no estômago.

— Não acho que seja uma boa ideia — ela disse. — Da última vez...

— Eu sei. Ele me contou — disse Calla. — Mas ele está disposto a arriscar. E será melhor com nós três.

— Por que ele está procurando a Persephone?

— Ele acha que tem algo errado com ela.

— Onde ela está? Ela disse aonde ia?

Calla lançou um olhar duro para Blue. É claro. Persephone nunca contava nada para ninguém.

— Tudo bem — disse Blue.

Calla fechou as portas da sala de leitura e fez sinal para que Blue se sentasse ao lado de Adam.

Ele abriu os olhos. Ela não tinha certeza do que perguntar a ele, e Adam apenas balançou a cabeça um pouco, como se estivesse bravo consigo mesmo, com Persephone ou com o mundo.

Calla se sentou à sua frente e pegou uma das mãos de Adam. Ela ordenou a Blue:

— Você pega a outra. Vou aterrá-lo e você vai amplificá-lo.

Blue e Adam trocaram um olhar. Eles não tinham segurado a mão um do outro desde que terminaram. Ela deslizou a mão sobre a mesa e Adam entrelaçou os dedos nos dela. Cautelosamente. Sem pressionar. Blue fechou os dedos em torno da mão dele.

Adam disse:

— Eu...

Ele parou e olhou de canto de olho para a tigela de divinação.

— Você o quê? — disse Calla.

Ele terminou:

— Estou confiando em vocês.

Blue segurou a mão dele um pouco mais leve. Calla disse:

— Não vamos deixar você cair.

A tigela tremeluzia sombriamente, e Adam olhou para dentro dela.

Ele olhou e olhou, as velas bruxuleando, e Blue sentiu o momento preciso em que o corpo dele soltou a alma, porque as velas ficaram estranhas nos reflexos e os dedos de Adam ficaram soltos nos seus.

Blue olhou bruscamente para Calla, mas esta permaneceu como estava, a mão clara de Adam pousada na mão escura dela, o queixo erguido para cima, os olhos voltados atentamente para Adam.

Os lábios dele se moveram, como se ele estivesse murmurando para si mesmo, mas não saiu nenhum som.

Blue pensou em como ela amplificava a divinação de Adam, forçando-o mais fundo ainda no espaço celeste. Adam agora perambulava, viajando para fora do corpo, desenrolando o fio que o amarrava a ele. Calla segurava o fio, mas Blue o empurrava mais para o fundo.

As sobrancelhas de Adam se cerraram. Os lábios se abriram. Os olhos eram de um negro absoluto — o negro da tigela de divinação espelhada. De vez em quando, as três chamas torcidas refletidas na tigela apareciam em suas íris. Apenas às vezes havia duas em um olho e só uma no outro, ou três em um e nenhuma no outro, ou três em ambos, e então escuridão.

— Não — sussurrou Adam, com uma voz diferente da sua. Blue se lembrou terrivelmente da noite em que ela encontrara Neeve por acaso realizando uma divinação nas raízes da faia.

Mais uma vez Blue olhou para Calla.

Mais uma vez Calla permaneceu imóvel e atenta.

— Maura? — chamou Adam. — Maura?

Era a voz de Persephone saindo da boca de Adam.

Não posso fazer isso, pensou Blue subitamente. Seu coração não suportaria isso, ter medo.

A outra mão de Calla buscou a mão de Blue sobre a mesa. Eles estavam unidos em um círculo em torno da tigela de divinação.

A respiração de Adam engasgou e diminuiu o ritmo.

De novo não.

Blue sentiu o corpo de Calla se ajeitando enquanto ela segurava a mão de Adam mais firme.

— Não — ele disse novamente, mas com sua própria voz.

As chamas eram enormes em seus olhos.

Então eles ficaram negros novamente.

Adam não respirava.

A sala ficou em silêncio por uma pulsação. Duas pulsações. Três pulsações.

As velas se apagaram na tigela de divinação.

— PERSEPHONE! — ele gritou.

— Agora — disse Calla, soltando a mão de Blue. — Largue ele!

Blue soltou a mão, mas nada aconteceu.

— Desconecte ele — rosnou Calla. — Eu sei que você consegue. Vou trazê-lo de volta!

Enquanto Calla usava a mão livre para pressionar um polegar no centro da testa de Adam, Blue tentava imaginar freneticamente o que havia feito para desconectar Noah lá na Monmouth. Uma coisa era fazer isso enquanto Noah jogava coisas para todo lado. Outra era fazer isso enquanto observava o peito parado de Adam e seus olhos vazios. E outra ainda enquanto os ombros dele caíam e o rosto desabava nas mãos de Calla que o esperavam, um instante antes de ele tombar em cima da tigela de divinação.

Ele está confiando em nós. Ele nunca confia em ninguém, e está confiando em nós.

Ele está confiando em você, Blue.

Ela saltou da cadeira e ergueu seus muros. Tentou visualizar a luz branca sendo derramada para fortalecê-los, mas era difícil fazer isso quando via o corpo de Adam esparramado e sem vida na ponta da mesa de leitura. Calla deu um tapa no rosto dele.

— Vamos, seu imbecil! Lembre-se do seu corpo!

Blue virou de costas para a cena.

Fechou os olhos.

E conseguiu.

Houve silêncio.

Então as luzes no teto se acenderam e a voz de Adam disse:

— Ela está aqui.

Blue se virou com um giro.

— O que você quer dizer com *aqui*? — demandou Calla.

— Aqui — disse Adam, levantando-se da cadeira com um empurrão. — No andar de cima.

— Mas nós conferimos o quarto dela — disse Calla.

— Não no quarto dela. — Adam gesticulou com uma mão impacientemente. — O lugar mais alto... Onde é o lugar mais alto?

— O sótão — disse Blue. — Por que ela estaria lá em cima? Gwenllian...

— A Gwenllian está na árvore no pátio — disse Calla. — Está cantando para uns pássaros que a odeiam.

— Lá tem espelhos? — perguntou Adam. — Algum lugar aonde ela iria para procurar Maura?

Calla falou um palavrão.

Ela escancarou a porta do sótão e subiu correndo primeiro, com Blue e Adam logo atrás. No alto da escada, ela disse:

— Não.

Blue saltou passando por ela.

Entre os dois espelhos de Neeve havia uma pilha de renda, tela e... Persephone.

Adam avançou rápido, mas Calla o segurou pelo braço.

— Não, seu idiota. Você não pode ficar entre eles! Blue, para!

— Eu posso — respondeu Blue, e deslizou para se ajoelhar ao lado de Persephone. Ela estava caída de joelhos, com os braços dobrados atrás de si e o queixo virado para cima, espremido ao pé de um dos espelhos. Seus olhos escuros miravam o nada.

— Vamos trazê-la de volta — disse Adam.

Mas Calla já estava chorando.

Blue, indiferente ao que pensassem dela, arrastou Persephone pelas axilas. Ela era leve e não opôs nenhuma resistência.

Eles a trariam de volta, como Adam disse.

Calla caiu de joelhos e cobriu o rosto.

— Para com isso — disparou Blue, a voz quase irrompendo em choro. — Vem até aqui e me ajuda.

Ela pegou a mão de Persephone. Estava fria como as paredes da caverna.

Adam ficou parado, abraçando a si mesmo, uma pergunta nos olhos.

Blue já sabia a resposta, mas não conseguia dizer.

Calla sim:

— Ela está morta.

42

Blue jamais acreditara na morte até então. Não de maneira real.

Era algo que acontecia com outras pessoas, outras famílias, em outros lugares. Acontecia em hospitais, ou em acidentes de carro, ou em zonas de guerra. Acontecia — agora Blue se lembrava das palavras de Gansey do lado de fora da tumba de Gwenllian — com cerimônia. Com algum anúncio de si mesma.

Não acontecia no sótão, em um dia ensolarado, enquanto ela estava sentada na sala de leitura. Não *acontecia* simplesmente, em apenas um momento, um momento irreversível.

Não acontecia com pessoas que ela conhecia desde sempre.

Mas acontecera.

E agora haveria para sempre duas Blues: a Blue de antes e a Blue de depois. A que não acreditava e a que acreditava.

43

Gansey chegou à Rua Fox, 300 após a ambulância ter partido, não por falta de pressa, mas por falta de comunicação. Foram necessárias vinte e quatro chamadas de Adam para o celular de Ronan antes que ele atendesse, e depois demorou até que Ronan encontrasse Gansey no campus. Malory ainda perambulava com o Cão, rondando a Virgínia no Suburban, mas estaria bem sem saber da notícia.

Persephone estava morta.

Gansey não conseguia acreditar, não porque não acreditasse na proximidade da morte — ele não *parava* de acreditar na proximidade da morte —, mas porque não teria esperado que Persephone fizesse algo tão mortal quanto morrer. Havia algo imutável a respeito das três mulheres na Rua Fox, 300 — Maura, Persephone e Calla eram o tronco do qual saíam todos os galhos.

Precisamos encontrar Maura, ele pensou enquanto deixava o Camaro e subia o acesso que dava para a casa, Ronan seguindo seus passos com as mãos enfiadas nos bolsos, Motosserra batendo as asas sombriamente de galho em galho para acompanhá-los. *Porque, se Persephone pode morrer, não há nada que impeça Maura de morrer também.*

Adam estava sentado na sombra mosqueada do primeiro degrau, os olhos vazios, uma ruga entre as sobrancelhas. A mãe de Gansey costumava pressionar o polegar naquele ponto entre as sobrancelhas de Richard Gansey III e massagear o cenho franzido até fazê-lo desaparecer; ela ainda fazia isso com Gansey II. Ele sentiu a necessidade premente de fazê-lo agora, quando Adam ergueu o rosto.

— Eu a encontrei — disse Adam —, e não ajudou em nada.

Ele precisava que Gansey dissesse que estava tudo bem, e, embora não estivesse tudo bem, Gansey encontrou sua voz e disse:

— Você fez o melhor que pôde. Calla me contou ao telefone. Ela está orgulhosa de você. Você não vai se sentir melhor agora, Parrish. Não espere que isso aconteça.

Sentindo-se livre, Adam anuiu miseravelmente e olhou para baixo.

— Onde está a Blue?

Adam piscou. Ele claramente não sabia.

— Vou entrar — disse Gansey enquanto Ronan se sentava no degrau ao lado de Adam. Ao fechar a porta atrás de si, Gansey ouviu Adam dizer:

— Não quero conversar.

E a resposta de Ronan:

— E sobre que merda eu iria conversar?

Ele encontrou Calla, Jimi e Orla, e duas outras jovens que não reconheceu, na cozinha. Gansey quisera começar com *Sinto muito por sua perda* ou algo educado, algo que faria sentido do lado de fora dessa cozinha, mas, naquele contexto, tudo parecia mais falso que normal.

Em vez disso, ele disse:

— Vou entrar na caverna. Nós vamos.

Era impossível, mas não importava muito. Tudo era impossível. Ele esperou que Calla dissesse que era uma má ideia, mas ela não disse.

Uma pequena parte dele ainda gostaria que ela tivesse dito: a parte que podia sentir perninhas rastejando em sua nuca.

Covarde.

Gansey havia passado um longo tempo aprendendo a colocar isso longe do alcance de sua mente e, naquele instante, ele o fez.

— Vou com você — disse Calla, os nós dos dedos fechados firmemente em torno do copo. — Chega dessa bobagem de tentar sozinho. Estou tão brava que eu poderia...

Ela jogou o copo no chão da cozinha, e ele se despedaçou aos pés de Orla. Orla encarou os cacos e então Gansey, a expressão dela como a se desculpar, mas Gansey tinha vivido com a dor de Ronan por tempo suficiente para reconhecê-la.

— Pronto! — gritou Calla. — Assim é. Destruído sem nenhum motivo!

— Vou pegar um aspirador — disse Jimi.

— Vou pegar um Valium — disse Orla.

Calla saiu a passos largos para o quintal.

Gansey se retirou e subiu a escada até o Quarto do Telefone/Costura/Gato. Era o único lugar em que ele estivera no segundo andar, e o único outro lugar onde sabia procurar por Blue. Mas ela não estava ali nem no quarto ao lado, que era claramente o dela. Em vez disso, ele a encontrou em um quarto no fundo do corredor que parecia ser o de Persephone; cheirava a ela, e tudo era esquisito e engenhoso nele.

Blue estava sentada ao lado da cama, arrancando agressivamente o esmalte das unhas. Ela ergueu o olhar para ele; a luz da tarde entrou brusca e forte para pousar do lado do colchão atrás dela, fazendo com que Blue cerrasse os olhos.

— Você levou uma eternidade — ela disse.

— Meu celular estava desligado. Sinto muito.

Ela arrancou mais um pouco de esmalte, deixando-o cair sobre o tapete peludo.

— Acho que não fazia sentido se apressar, de qualquer maneira.

Ah, Blue.

— O sr. Cinzento está aqui? — ela perguntou.

— Eu não vi. Escuta, eu disse para a Calla que vamos entrar na caverna. Para encontrar a Maura. — Ele se corrigiu, mais formalmente: — A sua mãe.

— Ah, fala sério! Não vem dar uma de Richard Gansey pra cima de mim! — disparou Blue, e então, imediatamente, começou a chorar.

Aquilo era contra as regras, mas Gansey se ajoelhou ao lado de Blue, um dos joelhos nas costas dela, outro nas pernas, e a abraçou. Blue se encolheu, as mãos embaralhadas no peito de Gansey. Ele sentiu uma lágrima quente escorrer na depressão de sua clavícula e fechou os olhos contra o sol que passava através da janela, queimando quente em seu blusão. O pé de Gansey estava dormente, o cotovelo imprensado contra a armação de metal da cama, e Blue Sargent pressionada contra ele. E Gansey não se mexeu.

Socorro, ele pensou. Então se lembrou de Gwenllian dizendo que o fim estava começando, e ele podia senti-lo, desenrolando-se cada vez mais rápido, um novelo de linha pego ao vento.

Começando, começando...

Ele não saberia dizer quem estava confortando quem.

— Sou parte da nova geração inútil — disse Blue por fim, as palavras bem junto à pele de Gansey. Desejo e medo estavam lado a lado no coração dele, um afiando o outro. — A geração dos computadores. Eu não paro de pensar que posso apertar a tecla de reiniciar e recomeçar as coisas.

Gansey se afastou, fazendo uma careta pelas pernas que formigavam, e deu a ela uma folha de hortelã antes de se sentar recostado na armação da cama ao seu lado. Quando ergueu o olhar, ele se deu conta de que Gwenllian estava parada no vão da porta. Era impossível dizer há quanto tempo ela estava ali, os braços erguidos no batente, como se estivesse tentando não ser empurrada para dentro do quarto.

Ela esperou até ter certeza de que Gansey estava olhando para ela, e então cantou:

Rainhas e reis
Reis e rainhas
Lírio azul, azul lírio
Coroas e pássaros
Espadas e coisas
Lírio azul, azul lírio.

— Você está tentando me deixar bravo? — ele perguntou.

— Você *está* bravo, principezinho? — Gwenllian respondeu docemente. Ela apoiou a face no braço, balançando-se para frente e para trás. — Eu costumava sonhar com morte. Eu cantei todas as canções que conhecia tantas vezes quando estava deitada naquele caixão, virada de bruços. Cada olho! Cada olho que eu podia alcançar, pedi que cuidasse de mim. E o que consegui, senão estupidez e cegueira!

— Como você usou os olhos de outras pessoas se é simplesmente como eu? — perguntou Blue. — Se não tem nenhum poder mediúnico seu?

A boca de Gwenllian assumiu a forma mais desdenhosa possível.

— Que pergunta! É que nem perguntar como bater num prego se você não é um martelo.

— Tanto faz — disse Blue. — Não importa. Não estou nem aí.

— Artemus me ensinou — disse Gwenllian. — Quando ele não estava trabalhando um-dois-três-quatro meu pai. Eis um enigma, meu amor, meu amor, meu amor, o que cresce, meu amor, meu amor, meu amor, do escuro, meu amor, meu amor, meu amor, para o escuro, meu amor, meu amor, meu amor.

Blue se pôs de pé, cheia de raiva.

— Chega de brincadeira.

— Uma árvore à noite — disse Gansey.

Gwenllian parou de se balançar e o estudou enquanto ele seguia sentado no chão.

— Tem muito do meu pai — ela respondeu. — Muito do meu pai em você. Este é Artemus, a árvore à noite. A sua mãe procura por ele, lírio azul? Bem, então você deveria procurar o meu pai. Artemus estará tão perto dele quanto for capaz, a não ser que algo o impeça. É melhor sussurrar.

Ela cuspiu nas tábuas do assoalho ao lado de Gansey.

— Eu *estou* procurando por ele — disse Gansey. — Nós vamos entrar lá embaixo.

— Me mande fazer algo por você, principezinho — ela disse a Gansey. — Vamos ver a sua têmpera de rei.

— Era assim que o seu pai convencia as pessoas a fazerem coisas para ele? — Gansey perguntou.

— Não — disse Gwenllian, parecendo incomodada com a pergunta. — Ele pedia.

Mesmo com toda a incorreção, toda a impossibilidade, isso acalentou Gansey. Estava certo: Glendower devia ter governado por meio de pedidos, não de ordens. Esse era o rei que ele buscava.

— Você iria com a gente? — ele perguntou.

44

Quando Colin Greenmantle saiu para a varanda da fazenda histórica e olhou para baixo, para o campo à sua frente, descobriu um rebanho de vacas paradas ao longe e dois rapazes parados muito próximos.

Eram, na realidade, Adam Parrish e Ronan Lynch.

Ele os encarou.

Nenhum deles disse coisa alguma. Os dois garotos eram perturbadores — Adam Parrish, em particular, tinha um rosto curioso. Não que ele fosse uma pessoa curiosa. Mas havia algo peculiar a respeito dos seus traços faciais. Ele era um espécime estranho, belo, da espécie da Virgínia Ocidental; ossos leves, faces encovadas, sobrancelhas claras e quase invisíveis. Ele era feral e duro como aqueles retratos da Guerra Civil. *Irmão lutando com irmão enquanto suas fazendas viravam ruínas...*

E Ronan Lynch parecia com Niall Lynch, o que significava dizer que parecia um imbecil.

Ah, juventude.

Então Greenmantle quebrou o gelo e os chamou:

— Vocês vieram entregar os exercícios?

Eles continuaram parados ali, parecendo uma dupla de gêmeos de filme de terror, um escuro, um claro.

Adam Parrish sorriu um pouco; isso tirou dois anos de sua idade em um segundo. Ele tinha dentes tanto no maxilar superior quanto no inferior.

— Eu sei quem você é.

Isso era interessante.

— E quem eu sou?

— Você não sabe? — perguntou Adam Parrish com afável despreocupação.

Greenmantle estreitou os olhos.

— Nós estamos jogando um jogo, sr. Parrish?

— Possivelmente.

Jogos, pelo menos, eram uma das especialidades de Greenmantle. Ele se recostou na balaustrada.

— Nesse caso, eu também sei quem vocês são.

Ronan Lynch passou para Adam Parrish um envelope pardo extragrande, avolumado.

— Ah, não acho que você saiba — respondeu Adam.

Greenmantle não gostava do destemor em seu rosto. Não era nem destemor: era ausência absoluta de expressão. Ele se perguntou o que havia no envelope. *Confissões de um adolescente sociopata*. Ele disse:

— Você sabe o que mantém as pessoas pobres por baixo, sr. Parrish? Não é a falta de renda. É a pobreza de imaginação. Os sonhos dos parques de trailers dos subúrbios, e os sonhos dos subúrbios da cidade, os sonhos da cidade das estrelas, e por aí afora. Os pobres conseguem imaginar o trono, mas não conseguem agir como reis. Pobreza de imaginação. Mas você... você é um tolo que se esgueira para dentro desse ninho. Você é o sr. Adam Parrish, da Alameda Antietam, 21, Henrietta, Virgínia, e tem uma boa imaginação, mas é uma farsa mesmo assim.

O garoto era bom. A pele em torno dos seus olhos se tensionou apenas um pouquinho quando Greenmantle citou o endereço do parque de trailers.

— E seria tão fácil derrubar você desta árvore... — disse Greenmantle, caso ele não estivesse nervoso ainda. — Você sentiria saudades daqueles dias no parque de trailers.

Adam Parrish olhou para ele. Greenmantle percebeu imediatamente que o garoto parecia perturbador, da mesma maneira que Piper parecera quando ele a pegou se olhando no espelho.

Adam virou o envelope avolumado de um lado para o outro, para que Greenmantle visse que dele vazava algo vermelho-amarronzado, o que nunca era um bom sinal. Ele disse:

— Se você não se mandar de Henrietta até sexta-feira, tudo que está neste envelope vai acontecer.

Então Ronan Lynch também sorriu, e isso era uma arma.

Eles deixaram o envelope ali.

— Piper! — chamou Greenmantle depois que eles se foram. Mas ela não respondeu. Era impossível saber se ela estava lá, mas em um transe, ou se havia saído, caçar a coisa que ela ouvira cantarolando nos espelhos.

Este lugar. Este maldito lugar. Eles poderiam tê-lo.

Finalmente, Greenmantle desceu os degraus e encontrou uma porta que levava para a rua. Ele abriu o envelope. O líquido que escorria era de uma mão cortada apodrecendo. Era pequena. A mão de uma criança. Por baixo dela havia um saco plástico selado, sujo de sangue ressecado, contendo papéis e fotografias.

Individualmente, eram algo nojento.

Coletivamente, eram algo incriminador.

O conteúdo do envelope contava uma história de Colin Greenmantle, assassino em série intelectual e pervertido habitual. Fornecia provas de onde corpos e partes de corpos podiam ser encontrados. Havia imagens de telas de textos que o incriminavam e fotos tiradas com um celular — e, quando Greenmantle pegou o seu aparelho real, descobriu que, de alguma forma, elas estavam realmente no seu celular, em toda sua glória horripilante. Havia cartas, DVDs caseiros, fotografias, uma montanha de provas.

Nada daquilo era verdade.

Tudo havia sido sonhado.

Mas não importava. *Parecia* verdadeiro. Mais verdadeiro que a própria verdade.

O Greywaren era real, e aqueles dois garotos o tinham, mas isso não importava, pois eles eram intocáveis, e sabiam disso.

Maldita juventude.

Bem no fundo da pilha de sujeira havia um único pedaço de papel com uma caligrafia similar à de Niall Lynch, e que só poderia pertencer ao seu filho.

Estava escrito:

Qui facit per alium facit per se.
Greenmantle conhecia o provérbio.
Aquele que faz algo por meio da ação de outro o faz ele mesmo.

45

— Tudo bem, estamos partindo — disse Greenmantle. — Emergência familiar. De volta para Boston. Arrume as malas. Ligue para suas amigas. Você se livrou do clube do livro.

Piper estava pegando a bolsa.

— Não, vou sair com os homens.

— *Os homens!*

— Sim — disse Piper. — Aquele Homem Cinzento horrível dirige um carro branco? Um daqueles carros de corrida de garotos? Você sabe, com a asa atrás. Será que é para demonstrar o membro grande do motorista? Porque acho que um desses tem me seguido. Quer dizer, ha, mais que o normal, porque, por favor... — Ela jogou o cabelo para o lado.

— Não quero falar do Homem Cinzento — disse Greenmantle. — Quero falar da sua bagagem.

— Não vou fazer as malas. Acho que encontrei algo — disse Piper. Greenmantle lhe mostrou o envelope.

Ela não parecia tão impressionada quanto ele. E disse:

— Ah, por favor. Se eu encontrar o que eu acho que vou encontrar, fazer com que isso suma de vista vai ser brincadeira de criança. Piadas à parte. Ah, foi mal. — Ela riu. — Tudo bem, estou saindo.

Com *os homens*. Greenmantle se levantou.

— Vou com você. Vou te convencer a voltar comigo ao longo do caminho.

Não tinha como Piper encontrar algo que neutralizasse aquele envelope. A única coisa que ela poderia encontrar eram aulas de exercícios da moda e cães sem pelo.

— Como quiser. Coloque umas botas.

O destino de Piper para aquela noite envolvia se encontrar com dois capangas que Greenmantle havia contratado. Na realidade, eles não eram tão durões quanto Greenmantle imaginara. Um dos homens se chamava Morris, e um problema com pensão alimentícia o levara para a vida de crime. O outro atendia pelo nome de Besta, e... bem, na realidade, ele era exatamente tão durão quanto Greenmantle imaginara.

Ambos trataram Piper como se ela soubesse do que estava falando.

— Me mostrem o que conseguiram — Piper lhes disse.

Morris e Besta a levaram a uma fazenda decadente bem na hora do pôr do sol. Mesmo sob os faróis do carro, era fácil dizer que a propriedade vira dias melhores. A varanda estava arqueada. Alguém havia tentado melhorá-la plantando uma fileira de flores alegres na frente.

Besta e Morris os conduziram pela fazenda, através de um campo. Eles tinham toda sorte de equipamentos. Piper tinha toda sorte de equipamentos. Greenmantle tinha botas. Ele se sentia como uma quarta direção em um veículo que não deveria ter, na realidade, quatro direções.

Ele olhou sobre o ombro para se certificar de que o Homem Cinzento, sempre presente sobre seu ombro, não estava, realmente, parado perto dele.

— Não tenho experiência na prática de crimes — disse Greenmantle enquanto eles atravessavam o campo a pé —, mas será que não devíamos ter estacionado em algum lugar mais escondido? — E acrescentou para Besta: — Mais dissimulado?

— Ninguém mora aqui — Besta grunhiu. Greenmantle se sentia ao mesmo tempo horrorizado e impressionado com a natureza subsônica da sua voz.

Morris, aparentemente bem mais culto, acrescentou:

— Nós estivemos aqui mais cedo, conferindo tudo.

Os dois homens... os capangas... o capanga e Morris os levaram até uma construção de pedra. Greenmantle achou que ela não tinha telhado, mas então, após um segundo, seus olhos se ajustaram e ele viu que era uma torre de pedra que se estendia noite adentro. Ele não tinha certeza por que uma torre como essa existia no meio da Virgínia caipira, mas pelo menos era interessante, e ele gostava de interessante.

— A caverna está aqui — disse Morris. Havia um cadeado na porta, mas ele já havia sido arrombado, presumivelmente pelos molares da Besta.

— E essa caverna parece casar com a descrição que eu lhe passei? — perguntou Piper.

— Por que você tem a descrição de uma caverna? — perguntou Greenmantle.

— Cale-se antes que você se machuque — ela lhe disse carinhosamente.

— Sim — disse Morris. — Eu não vi nenhuma porta do jeito que você descreveu, mas não nos aprofundamos muito nela. — Ele empurrou a porta e a abriu enquanto a Besta ligava um holofote enorme.

A luz iluminou um homem imenso sentado na entrada da caverna. Ele tinha uma espingarda sobre os joelhos.

— ESTOU DIZENDO QUE ESSA CAVERNA É AMALDIÇOADA — o homem lhes disse. — ACHO MELHOR VOCÊS IREM EMBORA DE UMA VEZ. O ATALHO É PELO CAMPO.

Piper olhou para Morris e a Besta.

— Esse cara estava aqui da última vez que vocês vieram?

— Não, senhora — respondeu Morris. — Senhor, nós vamos entrar na caverna, na boa ou na ruim. Certo?

Isso ele disse com um olhar de relance para Piper.

— Certo — ela respondeu. — Mas obrigada pelo aviso.

O cenho enorme do homem se franziu.

— EXISTEM COISAS AÍ DENTRO QUE VOCÊS NÃO DEVEM PERTURBAR.

Greenmantle, temeroso de que o homem o identificasse mais tarde, deu um passo cuidadoso para trás, adentrando as sombras para esconder o rosto.

Ele recuou diretamente no peito de outra pessoa.

— Colin — disse o Homem Cinzento. — Estou desapontado. Você não leu o envelope?

— Ah, pelo amor de Deus — lamentou Greenmantle. — Isso não foi ideia minha.

Você — disse Piper.

— Sim — concordou o Homem Cinzento. Ele estava, estranhamente, tão bem equipado quanto Piper, como se também estivesse prestes a entrar em uma caverna. — Sr. Dittley, como vai?

— TUDO BEM, EU ACHO.

O Homem Cinzento disse:

— Chegou a hora do resto de vocês ir embora.

— Não, quer saber de uma coisa? — demandou Piper. — Estou mais do que cansada de você aparecer e colocar pressão. Eu estava aqui primeiro e tinha planos. Homens, façam coisas de homem.

Greenmantle não fazia a menor ideia do que ela queria dizer, mas Morris e Besta partiram imediatamente para cima do Homem Cinzento enquanto Dittley ficava de pé.

O Homem Cinzento despachou Besta para o túmulo ou a enfermaria em decepcionantes dois segundos. Foi Morris que demonstrou ser um rival mais à altura. Eles lutaram em silêncio, somente respirações machucadas e socos suspirados, enquanto Jesse Dittley largava sua arma e segurava os punhos de Greenmantle como uma criança petulante.

— Todo mundo larga tudo — disse Piper.

Ela apontava uma arma para a cabeça do Homem Cinzento. Uma arma prateada. Greenmantle ainda não achava que ela parecesse tão perigosa quanto as armas pretas, mas os outros claramente achavam. O Homem Cinzento estreitou os olhos, mas soltou Morris.

Ela parecia bastante presunçosa a respeito disso. Para o Homem Cinzento, Piper disse:

— E aí, como se sente? Ótimo? Lembra quando você colocou uma dessas na minha cabeça? É. Uma babaquice de se fazer.

A expressão do Homem Cinzento não mudou. Era possível que ele não tivesse uma expressão de temor.

— Onde você conseguiu isso? — perguntou Greenmantle à esposa.

— Você conseguiu uma para mim?

Piper olhou para ele de maneira fulminante e inclinou bruscamente o queixo.

— Pega aquela.

Ela se referia à espingarda de Jesse Dittley, que ele havia largado para segurar Greenmantle. Ocorreu a Greenmantle que virtude sem sentido era a piedade. Se Jesse Dittley tivesse simplesmente atirado em Greenmantle antes, ele não estaria segurando a sua espingarda agora.

Greenmantle apontou a arma para o peito de Jesse Dittley. Ele detestava tudo isso profundamente. Não gostava de fazer as coisas ele mesmo. Gostava de contratar pessoas para fazer as coisas por ele. Gostava de manter suas impressões digitais para si mesmo. E não gostava da prisão.

Ele culpou Piper por tudo.

— Sai do meu caminho — ele disse, então desejou que tivesse pensado em uma frase de maior impacto.

— NÃO POSSO DEIXAR VOCÊ FAZER ISSO.

Greenmantle olhou para Jesse Dittley. Ele não conseguia acreditar que era possível que seres humanos crescessem a uma altura dessas.

— Você está realmente criando uma confusão desnecessária.

Jesse Dittley apenas balançou a cabeça, muito lentamente.

— Para o chão! — tentou Greenmantle. Nos filmes, isso funcionava na mesma hora. Você apontava uma arma para alguém e as pessoas sumiam da sua frente. Elas não ficavam simplesmente paradas olhando para você.

— ESSA CAVERNA NÃO É SUA — disse Jesse Dittley.

Piper atirou nele.

Três vezes, rápido, manchas negras aparecendo na camisa e na cabeça.

Quando eles olharam de volta para ela, Piper já tinha a arma apontada de volta para o Homem Cinzento.

Greenmantle não podia acreditar quão incrivelmente morto estava o homem gigante. Ele estava tão, mas tão morto, e perfurado. Havia buracos nele. Greenmantle não conseguia parar de olhar para os buracos. Eles provavelmente o haviam transpassado.

— Piper — ele disse. — Você simplesmente atirou no homem.

— Ninguém estava fazendo nada, fala sério. Toda essa palhaçada de caras durões! — disse Piper. Para o Homem Cinzento, ela disse: — Arraste ele para dentro da caverna.

— Não — disse o Homem Cinzento.

— Não? — Piper estava com sua cara de atirar nas pessoas, ou seja, a cara que tinha o tempo inteiro.

— Ah, não atire nele — disse Greenmantle, com o pulso batendo um tanto nervoso. Tudo que ele conseguia pensar era como os documentos naquele envelope pareceriam mais plausíveis quando colocados lado a lado com os acontecimentos daquela noite. Será que Piper não sabia que um crime envolvia planejamento e limpeza muito cuidadosos? Atirar não era a parte difícil. Escapar impune é que era.

— Não vou mexer em nenhum corpo sem luvas — disse o Homem Cinzento com uma voz fria, demonstrando claramente por que fora bom nisso. — Eu não teria atirado nele sem luvas, também. Impressões digitais e resíduos de pólvora são maneiras estúpidas de terminar na prisão.

— Obrigada pelo conselho — disse Piper. — Morris? Você está usando luvas. Arraste esse cara e vamos seguir em frente.

— E *ele*? — perguntou Morris, olhando para o Homem Cinzento.

— Amarre-o. Vamos levar ele junto. Colin, por que você não se mexe?

— Na realidade — disse Greenmantle —, acho que vou deixar passar essa.

— Você só pode estar brincando comigo.

Não apenas ele não estava brincando como estava considerando vomitar. Ele devia ter permanecido solteiro. Devia ter permanecido em Boston. Ele estava a meio caminho da porta, e queria de certa forma se certificar de que tivesse um pouco de cobertura caso Piper ficasse puta da vida e decidisse atirar nele também.

— Eu vou apenas... voltar. Não me entenda mal, acho que você parece ótima com a arma, mas...

— Isso é simplesmente. Tão. Típico. Você sempre diz: "Vamos fazer isso juntos, eu e você", e então quem termina fazendo tudo? Eu, enquanto você parte para algum projeto novo. Tudo bem, pode voltar. Mas não espere que eu volte correndo para você.

Ele cruzou com o olhar do Homem Cinzento, que estava no processo de ter suas mãos amarradas atrás de si por Morris. Eficientemente, com uma braçadeira plástica.

O Homem Cinzento olhou para o corpo de Jesse Dittley e fechou os olhos por um segundo. Inacreditavelmente, ele parecia bravo, então devia possuir emoções, afinal.

Greenmantle hesitou.

— Ou caga ou sai da moita — disparou Piper.

— Vá embora, Colin — disse o Homem Cinzento. — Você teria poupado muito incômodo a nós dois se nunca tivesse vindo.

Greenmantle aproveitou a oportunidade para ir. Ele se perdeu no caminho de volta pelo campo — tinha um péssimo senso de direção —, mas, uma vez no carro, sabia o caminho. Para longe. Todas as direções eram para longe.

46

Blue Sargent estava com medo.
Existem muitas palavras boas para o oposto de *com medo*. *Destemida, corajosa, intrépida.*

Alguns poderiam sugerir *audaz* ou *valente*.

Mas Blue Sargent era valente porque *tinha* medo.

Se Persephone podia morrer, qualquer pessoa podia. Maura podia morrer. Gansey podia morrer. Não precisava haver cerimônia ou presságio.

Poderia acontecer em um instante.

Eles foram a Cabeswater mais uma vez. Calla foi junto, mas eles estavam sem Malory, que ainda não havia voltado, sem o sr. Cinzento, que havia desaparecido sem explicação, e sem Noah, que havia aparecido apenas como um breve sussurro no ouvido de Blue naquela manhã.

Mais uma vez, eles estavam preparados com o equipamento de segurança e capacetes, e apenas dessa vez Adam e Ronan liderariam o caminho até o poço. Isso havia sido ideia de Adam, rapidamente apoiada por Ronan. Cabeswater não deixaria Adam morrer por causa da barganha, e ela protegeria Ronan por razões desconhecidas.

Estava escuro. Os faróis do BMW de Ronan e do Camaro de Gansey venciam apenas alguns metros na cerração que subia do campo úmido nas cercanias de Cabeswater. Parecia impossível que fosse o mesmo dia que Persephone havia morrido. Como alguns dias continham tantas horas?

Do lado de fora dos carros, Blue implorou para Calla:

— Por favor, fique aqui e faça companhia para o Matthew.

— De jeito nenhum, sua medrosa. Eu vou com vocês — disse Calla.

— Não vou deixar você fazer isso sozinha.

— Por favor — disse Blue novamente. — Eu não estou sozinha. E não vou suportar se você...

Ela não terminou. Ela não conseguia dizer *se você morrer também*.

Calla colocou as mãos nas têmporas de Blue, alisando seu cabelo não alisável. Blue sabia que ela estava sentindo tudo o que a garota não conseguia dizer, mas não se importava com isso. Palavras eram impossíveis.

Calla estudou os olhos de Blue. Seus dedos estudaram a alma de Blue.

Por favor confie em mim por favor fique aqui por favor confie em mim por favor fique aqui por favor não morra

Finalmente, Calla disse:

— Aterramento. Eu sou boa em aterramento. Vou ficar aqui e vou aterrar você.

— Obrigada — sussurrou Blue.

Dentro de Cabeswater era cerração e mais cerração. Ronan cumprimentou as árvores enquanto se deslocava em uma redoma de luz estonteante lançada da iluminação de sonho que ele trouxera da Barns. Adam a chamara de luz fantasma, e o nome parecera apropriado.

Ronan pediu respeitosamente por uma travessia segura.

O pedido fez com que Blue se lembrasse de uma reza.

As árvores farfalharam em resposta, folhas invisíveis se movendo na noite.

— O que elas disseram? — perguntou Gansey subitamente. — Elas não acabaram de dizer para termos cuidado?

— O terceiro adormecido. Elas nos avisaram para não acordá-lo — disse Ronan.

Eles entraram na caverna.

No caminho de descida do túnel até o poço, Gwenllian cantou uma canção a respeito de se provar merecedora de um rei.

Eles se aprofundaram mais ainda.

Gwenllian ainda estava cantando, agora sobre deveres, julgamentos e potenciais cavaleiros. As mãos de Adam se fechavam e se abriam nos fachos de luz das lanternas de cabeça em movimento.

— Por favor, cala a boca — disse Blue.

— Chegamos — disse Ronan.

Gwenllian se calou.

Adam se juntou a Ronan na beira do precipício, os dois espiando para dentro como se pudessem ver o fundo. A luz em torno deles era curiosa e dourada, lançada não apenas pelas lanternas de mão e de cabeça, mas também pela luz fantasma.

Adam murmurou algo para Ronan. Ronan balançou a cabeça.

— Ainda sem fundo? — A voz de Gansey veio lá de trás.

Ronan soltou a luz fantasma do seu ombro, onde ela estava pendurada como uma bolsa a tiracolo, e a amarrou em uma das cordas de segurança.

Blue estava com mais medo do que antes. Era mais fácil não ter medo quando era você que fazia as coisas temíveis.

— Baixe isso lá dentro — ordenou Ronan para Adam. — Vamos dar uma olhada lá embaixo, certo?

Os dois garotos ficaram ali por longos minutos, balançando a luz fantasma no poço. Faixas de luz cortavam o espaço desordenadamente de um lado para o outro acima do poço enquanto eles faziam isso. Mas eles pareceram insatisfeitos com os resultados. Adam se inclinou para frente, Ronan agarrou seu braço firmemente, e então os dois se voltaram para onde os outros esperavam.

— Não consigo ver nada — disse Adam. — Não há o que fazer a não ser entrar.

— Por favor... — Gansey começou, então parou. — Tenham cuidado.

Adam e Ronan se entreolharam e então miraram o poço. Eles pareciam encantadores e valentes, confiantes em Cabeswater ou um no outro. Não pareciam temerosos, então Blue estava com medo por eles.

— Diga — Ronan pediu a Gansey.

— Dizer o quê?

— Excelsior.

— Isso é adiante e acima — disse Gansey. — Tem conotação de ascensão. O que vocês vão fazer é o contrário.

— Ah, bem — disse Ronan. — Abóbora um, abóbora dois, abóbora *três* e por aí vai...

Então ele desapareceu no buraco, sua voz ainda audível.

— Não vou cantar junto! — disse Adam, mas seguiu Ronan para dentro do poço.

A voz de Ronan cantava e cantava, e então subitamente foi interrompida.

Houve silêncio.

Um silêncio total, do tipo que você só consegue em um buraco no chão.

Então houve um ruído de escorregão, como pedrinhas quicando sobre a rocha.

E mais silêncio.

— Jesus — disse Gansey. — Não vou suportar isso.

— Preocupação é fraqueza, rei — disse Gwenllian com uma voz fina.

Silêncio.

Então um grito rouco, entrecortado, em uma voz irreconhecível. Adam, ou Ronan, ou totalmente outra coisa.

Gansey emitiu um som terrível e pousou a testa contra a parede. A mão de Blue se lançou no mesmo instante para segurar a mão dele firmemente. Ela não conseguia suportar aquilo também, mas não havia nada a fazer *a não ser* suportar. Dentro dela, aquele medo novo, sombrio, cresceu, o conhecimento de que a morte acontecia em um instante e para qualquer um. Ronan e Adam podiam estar mortos e não haveria um terremoto. Não haveria fanfarra.

O terror parecia encher seu estômago de sangue.

Eles confiavam em Cabeswater?

Essa era a questão.

Será que aquele poço ia além do alcance de Cabeswater?

Essa era a segunda questão.

— Não vou conseguir viver com isso — disse Gansey. — Se alguma coisa aconteceu.

— Você nunca será um rei — disse Gwenllian. — Você não sabe como a guerra funciona?

Mas seu amargor não era realmente por Gansey; era uma chacota com alguém que a havia enterrado ou sido enterrado com ela fazia muito tempo.

Subitamente, uma voz veio lá de baixo:

— Gansey?

— Adam — gritou Gansey. — Adam?

A voz subiu novamente:

— Estamos voltando para mostrar a vocês o caminho aqui para baixo!

47

Eles haviam encontrado um vale de esqueletos.
O poço não era sem fundo, embora fosse vasto e profundo. O fundo era inclinado e mais estreito, e os levava para longe de Gansey e dos outros, fazendo-os escorregar surpreendente e abruptamente para longe da superfície. Sob o olhar difuso da luz fantasma, Adam viu de relance ninhos estranhos pendurados na parede. Ele estendeu as mãos para fora, na tentativa de desacelerar. Os buracos dos ninhos se agitavam com algo escuro e nervoso, mas Adam não conseguia ver o que era. Podiam ser ninhos de insetos, mas então ele ouviu Ronan, escorregando à frente dele, falando rapidamente em latim, e, mesmo enquanto Adam deslizava ao lado deles, os viu transmutando-se para ninhos de pássaros em galhinhos.

Esse era o trabalho deles, percebeu Adam. Era isso que eles tinham a oferecer: tornar o poço seguro para os outros. Era isso que eles haviam prometido: ser os mágicos de Gansey.

Então eles tinham deslizado, e tinham sussurrado e tinham pedido, e juntos haviam convencido Cabeswater a transformar os ninhos em algo inofensivo. Pelo menos por um tempo.

Em seguida foram lançados do fundo do declive para uma caverna.

Agora os outros haviam se juntado a eles, e todos olhavam para o vale debaixo da terra.

Entre eles e a parede oposta distante, havia um rebanho de ossos, uma tragédia de ossos. Havia esqueletos de cavalos e de cervos, esqueletos pequeninos de gatos e esqueletos sinuosos de fuinhas. Todos haviam sido pegos em pleno movimento, todos apontando na direção dos adolescentes parados na entrada do vale.

De certa maneira, o efeito era de assombro, não de terror.

O espaço em si era assombroso também. Era a vasta bacia de uma caverna, duas vezes mais comprida que larga. Raios divinos de luz desciam dos buracos no teto da caverna centenas de metros acima. Diferentemente da caverna que eles haviam deixado para trás havia pouco, esse vale tinha cores: samambaias e musgos buscavam a luz do sol inalcançável.

— Nuvens — sussurrou Blue.

Era verdade; o teto estava tão distante acima que a umidade ficava presa ali, atravessada pelas estalactites.

Adam sentiu como se tivesse caído em um dos sonhos de Ronan.

Gwenllian começou a rir e bater palmas. A risada, uma canção em si, ecoava nas paredes superiores.

— Alguém faz ela calar a boca — disse Ronan. — Antes que eu mesmo faça.

— O que é este lugar? — perguntou Blue.

Adam foi o primeiro a descer.

— Cuidado... — avisou Gansey.

Gwenllian dançava à frente.

— Do que vocês têm medo? De alguns *ossos*?

Ela chutou um dos esqueletos de gato; ossos voaram. Adam fez uma careta.

— Não faça isso! — disse Blue.

— Os mortos continuam mortos continuam mortos — respondeu Gwenllian, usando um fêmur para quebrar outro esqueleto.

— Nem sempre — avisou Gansey. — Tenha cuidado.

— Sim, pai! — Mas ela se preparou para outro chutão.

— Ronan — disse Gansey bruscamente, e Ronan se mexeu para contê-la, segurando os braços de Gwenllian para trás, sem nenhuma cerimônia.

Adam parou ao lado de uma das feras mais próximas; os ombros dela eram mais altos que ele, seu crânio enorme mais alto ainda, e, acima de tudo, se estendia um conjunto de chifres que pareciam gigantescos até em comparação àquele esqueleto gigante. Era lindo.

A voz de Blue veio bem de perto.

— É um alce irlandês.

Ele se virou e tocou um grande osso branco. Blue correu um dedo ao longo dele de maneira tão carinhosa que parecia até que ele estava vivo.

— Eles estão extintos — ela acrescentou. — Sempre me senti mal porque nunca teria a oportunidade de ver um. Olha quantos deles existem aqui.

Adam olhou; havia muitos. Mas olhar para eles era enxergar além deles, e enxergar além deles era ficar estupefato novamente com aquele espetáculo de ossos. Mil animais, suspensos nos cascos. Isso lhe lembrava algo, embora Adam não conseguisse saber o que era.

Ele esticou o pescoço para olhar para a entrada, então para Ronan e Gwenllian. Gansey caminhava entre os esqueletos como se estivesse sonhando, seu rosto tomado pelo assombro e pela cautela. Ele tocou o pescoço arqueado de uma criatura esquelética com respeito, e Adam se lembrou de Gansey dizendo a Ronan que jamais deixava um lugar em pior situação por ter passado lá. Adam compreendeu, então, que o assombro de Gansey e Blue mudou o lugar. Ronan e Adam talvez tivessem visto aquele lugar como mágico, mas o assombro de Gansey e Blue o tornou *sagrado*. Ele se tornou uma catedral de ossos.

Eles caminharam lentamente através do vale, procurando respostas e pistas. Não havia outra saída para o ambiente. Só aquele vasto espaço, e um regato correndo pelo chão e desaparecendo por baixo de uma parede rochosa.

— Qual o sentido disso?

— Truques e mais truques — rosnou Gwenllian. — Todos valentes, jovens e belos... Todos nobres e verdadeiros...

— Quem quer que venha a tirar esta espada desta pedra — murmurou Gansey. Blue anuiu. — Isso é um teste.

— Nós os despertamos — disse Ronan subitamente, soltando Gwenllian. — Esse é o teste, não?

— Não é o meu teste, corajoso cavaleiro, senhor — disse Gwenllian. — Sua vez. — Ela imitou um caubói atirando nele.

Os olhos de Blue miravam o alce irlandês; ela estava bastante fascinada com ele.

— Como você desperta ossos?

— Da mesma maneira que despertaria um sonhador — Gwenllian chiou para Ronan. — Se você não consegue despertar esses ossos, como espera fazer com que o meu pai se levante? Mas o que vejo em seus ombros? Ah, fracasso é o que você está usando ultimamente, eu compreendo... Combina com seus olhos. Você tentou isso antes, sonhador fracassado, mas tem mais paixão do que precisão, não é?

— Para — disse Gansey, de tal maneira que todos pararam e olharam para ele.

Não havia raiva em sua voz, não havia injustiça. Ele parou ao lado de uma enorme parelha de esqueletos de cervos machos, seus ombros endireitados e seus olhos sérios. Por um momento, Adam viu o presente, mas também viu o passado e o futuro, estendendo-se como quando Persephone o inspirara a ver sua própria morte. Ele viu Gansey ali naquele instante, mas de certa maneira em todos os instantes, prestes a deixar aquele momento, ou apenas prestes a entrar nele, ou vivê-lo.

Então seus pensamentos se desviaram e o tempo andou novamente.

— Pare de irritar os outros, Gwenllian — disse Gansey. — Você acha que é a única aqui com o direito de se sentir amargurada? Por que você não usa suas habilidades de enxergar além para encorajar em vez de destruir?

— Eu gostaria de enxergar bastante o que acontece no íntimo de todos os rapazes aqui — disse Gwenllian. — Você poderia ser o primeiro a se candidatar à minha atenção, se quisesse.

Então Gansey revirou os olhos e suspirou de maneira muito pouco digna de um rei.

— Ignorem essa mulher. Adam, me dê uma ideia.

Adam era sempre chamado, mesmo quando não levantava a mão. Ele pensou nos fracassos de Ronan, no momento no alto da montanha, com Blue e Noah, e finalmente se lembrou do que Persephone havia dito a respeito do poder de três. Então disse:

— Ronan, você trouxe o seu objeto de sonho?

Ronan gesticulou para a bolsa pendurada abaixo da luz de sonho

— O quê? — perguntou Blue.

Adam fez um gesto com a mão como se não fosse o momento para explicações.

— Lembra da Barns? Tente despertá-los como as vacas, Ronan. Vou ver se posso redirecionar a linha ley para fornecer mais energia para você; a Blue vai amplificar. Gansey, você pode... mover pedras?

Gansey anuiu em aprovação. Ele não compreendia o plano, mas não precisava: ele confiava no julgamento de Adam.

Ronan soltou sua bolsa, desembrulhando com cuidado seu objeto de sonho do cobertor de lã polar, agora bastante sujo. Ele o escondeu quase completamente enquanto Adam se agachava, pressionando os dedos contra a rocha. Ele soube tão logo a tocara que eles não estavam mais realmente em Cabeswater; haviam passado por baixo dela. No entanto, a linha ley ainda estava lá, e, se eles movessem algumas pedras, ele poderia apontá-la para os esqueletos.

— Blue, Gansey, me ajudem — ele pediu.

Gwenllian os observava com os lábios encrespados.

— Você podia ajudar também — ele lhe disse.

— Não — ela respondeu. — Eu não poderia.

Ela não disse que não poderia ajudá-*lo*, mas ficou subentendido. Gansey nem se preocupou em chamar a atenção dela dessa vez. Simplesmente trabalhou com Blue para mover as pedras que Adam indicava. Então eles voltaram à fera bem à frente do rebanho.

Ronan esperou com o objeto de sonho, olhos desviados. Então, enquanto eles ficavam à sua volta, ele assoprou sobre o topo da palavra de sonho, como havia feito na Barns.

Sua respiração passou através dela e seguiu para os esqueletos.

Houve silêncio.

Mas Adam podia *senti-lo*. Aquele vasto vale subterrâneo estava carregado de energia, pulsando com vida. Ela murmurava contra as paredes. Voava de osso em osso em cada esqueleto, e de um esqueleto a outro. Eles queriam saltar; eles se lembravam da vida. Eles se lembravam de seus corpos.

Mas ainda havia silêncio.

Adam sentiu o poder da linha ley o sacudindo e o puxando, amplificado por Blue. A energia não o estava destruindo, mas estava se dispersando. Adam não era o melhor receptor para essa energia, e ele não seria capaz de mantê-la concentrada por muito mais tempo.

Os lábios de Blue estavam apertados, e Adam sabia que ela também estava sentindo aquilo.

Por que não estava funcionando?

Talvez a questão fosse idêntica àquela da Barns. Eles estavam próximos, mas não o suficiente. Talvez Gwenllian estivesse certa; eles não eram dignos.

Gwenllian estava se afastando deles, recuando com os braços abertos para os lados, os olhos dardejando de fera para fera, como se esperasse que uma delas quebrasse primeiro, e ela quisesse ser testemunha disso.

Gansey franziu o cenho enquanto examinava os rebanhos e bandos, Gwenllian e a luz corrente, seus amigos congelados em uma batalha invisível.

Adam não conseguia deixar de ver seu rei falível, pendurado no poço de corvos.

Gansey tocou o lábio inferior muito delicadamente. Ele baixou a mão e disse:

— Acordem.

Ele o disse como havia dito *pare* antes. Ele o disse em uma voz que Adam tinha ouvido incontáveis vezes, uma voz que ele jamais conseguiria *não* ouvir.

As feras acordaram.

Os cervos e os cavalos, os leões e os falcões, as cabras e os unicórnios, e as criaturas que Adam não sabia nomear.

Em um momento eram ossos, e no próximo eram inteiros. Adam perdeu o momento da transformação. Era como Noah, de fantasma manchado para garoto, de impossível para possível. Cada criatura estava viva, bruxuleante e mais bela que qualquer coisa que Adam poderia ter imaginado.

Eles empinavam, guinchavam, ganiam e saltavam.

Adam podia ver o peito de Gansey arfar em descrença.
Eles tinham conseguido. Tinham conseguido.

— Nós temos que ir! — gritou Blue. — Olhem!

As criaturas estavam indo embora a galope. Não como uma, mas como uma centena de mentes distintas com um objetivo: passar pela abertura de uma caverna que havia surgido do outro lado do vale, que tinha o aspecto de uma boca aberta que lentamente se fechava. Se eles não passassem logo por ela, ela desapareceria.

Mas nenhum ser humano podia correr tão rápido.

— Este! — gritou Blue, se jogando sobre o alce irlandês. Ele balançou os chifres enormes e corcoveou, mas ela seguiu firme.

Adam não conseguia acreditar.

— Sim... — disse Ronan, se esforçando para agarrar um cervo, então outro, antes de pegar os pelos em torno do pescoço de uma criatura primitiva e se jogar sobre ela.

No entanto, fazer isso na teoria era mais fácil que na prática. As feras eram rápidas e ariscas, e Adam se viu segurando punhados de pelo. A alguns metros dali, ele viu Gansey, frustrado, mostrar-lhe a palma da mão coberta de pelos, também. Gwenllian ria e corria atrás das criaturas, batendo as mãos e as tocando.

— Corram, criaturinhas! Corram! Corram!

Adam subitamente foi lançado para frente, o ombro dolorido, como se alguma criatura tivesse saltado sobre ele e o acertado. Ele rolou, cobrindo a cabeça. Outro casco o acertou. Então ele pensou em seu velho professor de latim pisoteado até a morte em Cabeswater.

A diferença é que Cabeswater não deixaria Adam morrer.

Entretanto, ela o deixaria se machucar. Ele cambaleou para sair do caminho e se pôs de pé.

— Adam — disse Gansey, apontando.

Os olhos de Adam encontraram o que o amigo estava gesticulando para mostrar: as feras de Ronan e Blue saltando através da estreita passagem da caverna, um instante antes de ela desaparecer.

48

Blue estava em uma caverna estranha, baixa, de dimensões imprecisas. A luz por detrás iluminava o chão à medida que este se afastava em declive até um poço repleto de estalagmites.

Não. Não era o chão. Era o teto, refletido.

Ela viu um imenso lago parado. A água espelhava perfeitamente o teto cravejado, escondendo a verdadeira profundidade do lago morto. Havia algo morto e desconcertante a respeito dele. Do outro lado, havia outro túnel, pouco visível na luz sombria.

Blue sentiu um calafrio. Seu ombro doía, pois ela havia caído sobre ele, assim como seu traseiro.

Ela desviou o olhar do lago com apreensão, pois quem poderia saber o que ele continha, e procurou sinal dos outros. Viu sua fera enorme e branca de pé, parada e distante, como uma parte da caverna. E viu o caminho que levava de volta até o lugar onde havia se jogado.

— Você está aqui — disse Blue, aliviada porque não estava sozinha: Ronan estava ali. Era sua luz fantasma, jogada sobre o seu ombro ainda, que iluminava a caverna.

Ele parecia tão distante quanto o alce, os olhos cautelosos, sombrios e estranhos, enquanto saía da escuridão. No entanto, não havia sinal da criatura que o levara até ali.

Subitamente, cheia de desconfiança, Blue abriu o canivete.

— Você é o Ronan real?

Ele desdenhou.

— Estou falando sério.

— Claro, sua idiota — disse Ronan, espiando à sua volta do mesmo jeito desconfiado como ela o olhara minutos atrás, o que deixou Blue um pouco mais segura a seu respeito. Era o lago, ou algo embaixo dele, que a estava deixando nervosa.

— Por que você não precisou montar em nada?

— Eu montei. Ele fugiu.

— *Fugiu?* Para onde?

Ronan rastejou até chegar mais perto de Blue, então se inclinou para pegar uma pedra solta do chão. Ele a jogou no lago, a mão na cintura. Houve um ruído como se alguém soprasse ar no ouvido deles, e então a pedra desapareceu. Blue viu quando ela atingiu a água e desapareceu — não na água, mas no nada.

Não se formaram ondulações.

— Então, sabe de uma coisa? — Ronan perguntou a Blue. — Foda-se a magia. Foda-se isso.

Blue caminhou lentamente até a beira do lago.

— Ei! Você não me ouviu? Não faça nada estúpido. Ele comeu o meu cervo.

— Só estou olhando — disse Blue.

Ela chegou o mais próximo que a coragem lhe permitiu e então olhou para dentro, tentando ver o fundo.

Mais uma vez, viu o reflexo dourado do teto acima, então a escuridão da água e depois o próprio rosto, os olhos vazios e estranhos.

O rosto de Blue parecia ascender através da água em sua direção, cada vez mais próximo, a pele mais pálida e sem vida, até que ela viu que não era realmente o seu rosto.

Era o de sua mãe.

Seus olhos estavam mortos, a boca caída, as faces encovadas e tomadas pela água. Ela flutuava um pouco abaixo da superfície. O rosto mais próximo, o torso caindo para baixo, as pernas perdidas na escuridão.

Blue sentia que começava a tremer. Era tudo que ela havia sentido após a morte de Persephone. Era a dor ali, naquele momento, queimando-a.

— Não — ela disse em voz alta. — *Não. Não.*

Mas o rosto de sua mãe continuava flutuando, cada vez mais inerte, e Blue emitiu um ruído agudo e terrível.

Seja sensata — Blue não conseguia fazê-lo. *Arraste-a para fora.*

Subitamente, ela sentiu braços em torno dela, arrancando-a da beira do lago. Os braços em torno dela também estavam tremendo, mas a seguravam firmemente e cheiravam a suor e musgo.

— Não é real — Ronan lhe disse com a voz baixa. — Não é real, Blue.

— Eu a *vi* — disse Blue, ouvindo o choro em sua voz. — Minha mãe.

— Eu sei. Eu vi o meu pai — ele disse.

— Mas ela estava *lá*...

— Meu pai está morto e enterrado. E o Adam viu a sua mãe lá adiante, naquela caverna esquecida por Deus. Esse lago é uma *mentira*.

Mas parecia real no coração de Blue, mesmo que sua mente soubesse melhor.

Por um momento, eles permaneceram daquele jeito, Ronan a segurando bem junto de si, como seguraria seu irmão Matthew, seu rosto no ombro de Blue. Toda vez que ela pensava em seguir adiante, via o rosto do cadáver de sua mãe de novo.

Finalmente, Blue se afastou e Ronan se pôs de pé. Ele desviou o olhar, mas não antes de ela ver a lágrima que ele limpou do queixo.

— Foda-se isso — ele disse de novo.

Blue fez um grande esforço para que sua voz soasse normal.

— Por que o lago nos mostraria aquilo? Se não era real, por que Cabeswater nos mostraria algo tão horrível?

— Isso não é mais Cabeswater — respondeu Ronan. — Isso está por baixo. O lago pertence a outra coisa.

Ambos olharam de um lado para o outro, procurando uma maneira de atravessar. Mas não havia nada naquele cenário árido e apocalíptico, exceto a presença deles e da grande fera, tão imóvel quanto uma formação natural da caverna.

— Vou olhar de novo — disse Blue finalmente. — Quero ver se enxergo a profundidade real dele.

Ronan não a impediu, mas também não a acompanhou. Blue caminhou até a margem, tentando não tremer com o pensamento de ver sua mãe novamente, ou algo pior. Ela se inclinou, pegou outra pedra solta e, quando chegou à beira, deixou que ela caísse imediatamente, sem esperar que um reflexo emergisse.

A pedra desapareceu logo que atingiu a superfície da água. Mais uma vez, não se formou nem uma ondulação.

E agora, serenamente, a água começou a formar de novo uma visão para ela, deixando-a flutuar das profundezas.

À medida que o horror aumentava, Blue subitamente se lembrou da lição dos espelhos de Gwenllian.

A magia de espelhos não é nada para os espelhos.

Se um lago morto havia mostrado Maura para ela e o pai de Ronan a ele, então ele não estava criando nada — estava usando os pensamentos deles e os refletindo de volta.

Era apenas uma enorme tigela de divinação.

Blue começou a construir os blocos dentro dela, do mesmo jeito que fizera para desconectar Noah e Adam. Enquanto o rosto do cadáver lentamente ascendia na direção dela, ela o ignorou e continuou.

Blue era um espelho.

Seu olhar estava concentrado sobre a água mais uma vez. Não havia um corpo. Não havia um rosto. Não havia reflexo algum, da mesma maneira que não houvera reflexo nos espelhos de Neeve. Havia apenas a superfície de vidro imóvel da água, e então, forçando a visão para além do reflexo do teto, a superfície irregular e lodosa do lago.

Ele tinha apenas alguns centímetros de profundidade. Cinco ou dez. Uma ilusão perfeita.

Blue tocou o lábio. Isso a fez se lembrar de Gansey, e ela parou.

— Vou atravessar o lago — ela disse.

Ronan riu de maneira pouco engraçada.

— Ah, fala sério.

— Estou falando sério — Blue continuou. Então, apressadamente: — Mas você não. Não acho que você pode tocar a água. Você iria se dissolver como aquela pedra.

— *E você não vai?*

Blue olhou para a água. Era inacreditável, realmente, que ela estivesse confiando na sabedoria de uma pessoa maluca.

325

— Acho que não. Por causa do jeito que eu sou.

— Presumindo que isso seja verdade — disse Ronan —, você vai sozinha?

— Não saia desta margem — disse Blue. — Bem, não para sempre. Mas... prometa que vai ficar aqui por um tempo razoável. Só vou ver como é do outro lado.

— Presumindo que você não desapareça, quer dizer.

Ele não estava melhorando a sua coragem já testada.

— Ronan, *para*.

Ele nivelou um olhar pesado sobre ela, do tipo que normalmente usava para fazer a cabeça de Noah.

— Se ela estiver do outro lado... — começou Blue.

— Sim, eu sei — ele rosnou. — Ótimo. Espera.

Ele baixou a cabeça, pegou sua luz fantasma e a pendurou no ombro de Blue.

Ela não se deu o trabalho de dizer: *Mas você vai ficar esperando no escuro*. Tampouco disse: *Se eu desaparecer imediatamente no lago, você vai ter que encontrar o caminho de volta sem enxergar nada*. Porque ele já sabia das duas coisas quando deu a luz fantasma para ela.

Em vez disso, Blue disse:

— Sabe de uma coisa? Você não é tão imbecil assim.

— Não — respondeu Ronan —, na verdade eu sou.

Ela se virou para a água, se permitiu o breve regalo de fechar os olhos e balançar a cabeça um pouco, com o medo e o horror do que estava prestes a fazer.

Então deu um passo à frente.

49

O lago era molhado, o que chocou Blue. De alguma forma, ela havia acreditado que, se o cadáver era falso, talvez a água também fosse. Mas, no fim das contas, pelo menos cinco centímetros da água eram reais e respingavam friamente na sola de seus pés.

Ela não desapareceu.

Blue se virou e viu Ronan agachado alguns metros acima em terra firme, os braços em torno dos joelhos, já esperando que a escuridão o levasse. Quando ele cruzou com o olhar dela, Ronan a saudou sem sorrir, antes que ela se virasse novamente.

Blue abriu caminho com cuidado através do lago, os olhos focados no verdadeiro fundo dele, no teto e nas paredes —. ela não confiava em nada naquele lugar, especialmente à medida que o pavor começava a crescer dentro dela, mais e mais.

Blue não gostava da ideia de deixar Ronan para trás na escuridão.

Mas seguiu em frente sozinha, e, quando achou que não conseguia mais assimilar a escuridão em seu coração, chegou à beira do lago e do túnel que vinha depois.

Ela pisou na rocha e, por apenas um segundo, ficou ali e tentou se ver livre do medo.

Por que preciso estar sozinha para fazer isso?

Blue reconheceu a injustiça disso. Então reajustou a luz fantasma e seguiu em frente.

Ela sabia que estava indo na direção certa, pois começou a sentir o puxão sutil do terceiro adormecido. Era como Adam tinha dito — uma voz na cabeça que soava muito como sua própria voz, se você não estivesse prestando atenção.

Mas Blue *estava* prestando atenção.

Não era longe até a câmara que ele havia descrito. Ela se enfiou através do buraco escuro, sentindo uma voz dentro de si dizer: *Aproxime-se aproxime-se aproxime-se,* quando a voz real dentro dela dizia: *Eu gostaria de poder fugir.*

E lá estava ela, como ele havia descrito. Uma pequena câmara, aberta na caverna, tão baixa que Blue teve de se agachar para entrar. Ela não gostou de se agachar; isso a fez se sentir desconfortavelmente vulnerável.

Parece muito com se ajoelhar.

Mas não era a voz real na sua cabeça que havia pensado isso; era a voz imitada do terceiro adormecido.

Ela desejava tanto a presença dos garotos, ou de Calla, ou de sua mãe, ou... Blue tinha tantas pessoas a quem não dava o real valor o tempo inteiro. Ela nunca precisara ter medo de verdade antes. Sempre houvera outra mão para pegá-la, ou pelo menos para segurar a sua enquanto eles caíam juntos.

Blue rastejou para dentro da câmara. A luz fantasma de Ronan iluminou o espaço. Ela se encolheu quando percebeu quão próxima estava de um homem ajoelhado. Ele estava a centímetros dela, esguio e de certa maneira familiar, completamente imóvel.

Não estava dormindo, como uma criatura de sonho, tampouco morto, como o vale dos ossos. Mas com o olhar fixo, absorto, sobre uma porta vermelha enfadonha com uma maçaneta em um tom negro oleoso.

Abra

Blue desviou os olhos dela.

Sou um espelho, ela pensou. *Dê uma olhada em si mesma enquanto dou uma olhada ao redor.*

Ela caminhou em torno do homem imóvel, tentando criar coragem para o que iria ver. Tentando se guardar contra a pior sensação de todas, aquela esperança traiçoeira, pior que os sussurros do terceiro adormecido em sua cabeça.

Mas isso não ajudou. Porque do outro lado do homem estava Maura Sargent.

Ela estava imóvel, as mãos enfiadas nas axilas, mas estava *viva*.

Viva, viva, viva, e era a mãe de Blue, e ela a amava, e a encontrara.

Blue não se importava se Maura podia sentir isso ou não — ela avançou aos tropeços e jogou os braços furiosamente em torno do pescoço da mãe. Ela parecia tão confortadora quanto a sua mãe, porque *era* a sua mãe.

Para sua enorme surpresa, Maura se mexeu ligeiramente por baixo dela e então sussurrou:

— Não deixe que eu me mexa!

— *O quê?*

— Não vou conseguir evitar abrir a porta, agora que estamos nós três!

Blue olhou de relance para o homem. Seu cenho estava mais franzido.

— A gente devia simplesmente cair fora — disse Blue. — Como você atravessou o lago?

— Dei a volta — Maura sussurrou. — Por cima.

— Tinha outro caminho?

Agora que Blue sabia que Maura estava viva, tinha espaço em seu coração para outras emoções, como ficar indignada. Ela espiou em torno da caverna e viu uma pequena abertura no topo de uma das paredes baixas. Nesse instante, viu que o homem estava começando a rastejar na direção da porta.

Blue não pensou. Agachada, ela voou até ele e abriu o canivete.

— Ah, não. Vem comigo, cara.

Ele parecia preferir ter uma lâmina enfiada em si a se afastar da porta. Finalmente recuou, trôpego, alguns centímetros. Então alguns centímetros mais. Blue procurou algo para amarrar as mãos dele, mas só tinha a luz fantasma. Ela a passou sobre a cabeça e disse:

— Não leve para o lado pessoal, quem quer que você seja, mas não confio em você com essa sua expressão enfeitiçada no rosto.

Então colocou o cabo do canivete entre os dentes, sentindo-se ligeiramente heroica, e usou o cabo flexível da luz para amarrar as mãos do homem atrás das costas. Ele não protestou, e suas sobrancelhas se suavizaram em uma expressão que parecia ser de gratidão. Agora que ele não conseguia abrir a porta, desabou de joelhos, ombros caídos, e soltou um suspiro trêmulo.

Há quanto tempo Maura e esse homem estavam ali embaixo, resistindo ao chamado de quem quer que estivesse dormindo atrás daquela porta? Esse tempo todo?

— Você é o Artemus? — Blue lhe perguntou.

Ele olhou para ela em um reconhecimento abatido.

Então era por isso que ele parecia familiar. Blue não tinha o rosto alongado ou os pés de galinha profundos, mas a boca e os olhos dele eram os mesmos que ela reconhecera no espelho durante toda sua vida.

Hum. Oi, pai. Então ela pensou: *Realmente, com essa genética, eu devia ser mais alta.*

Ela olhou de volta para a outra abertura, a que estava no topo da parede. Não era o tipo de buraco mais acolhedor, mas, pelo que Blue sabia, sua mãe não tinha nenhuma experiência com escaladas, então não podia ser pior do que o caminho que ela havia tomado.

Blue não tinha tempo para continuar refletindo. Ainda curvada, caminhou com dificuldade na direção da abertura do túnel por onde havia entrado. E chamou na escuridão:

— Ronan?

Sua voz se espalhou e se suavizou no espaço, devorada pela escuridão. Uma pausa. Em algum lugar, uma água pingava. Então:

— Sargent?

— Eu a encontrei! Tem outra saída! Você consegue sair por onde viemos?

Outra pausa.

— Sim.

— Então vá!

— Mesmo?

— Sim, não faz sentido se você não consegue atravessar!

Era mais perigoso para Ronan ficar naquela escuridão desconhecida, e, além do mais, Blue não seria capaz de levar sua mãe e Artemus de volta por aquele caminho.

Meus pais, ela pensou. *Não posso levar* meus pais *de volta por aquele caminho.*

Isso fez Blue franzir o cenho.

Ela se voltou para Maura.

— Vamos lá. Você pode se mexer sem abrir a porta. Vamos embora.

Mas Maura não parecia mais ouvir. Ela olhava fixamente para a porta de novo, franzindo o cenho.

A voz de Artemus soou no ambiente escurecido, surpreendendo-a:

— Como você consegue suportar isso?

Sua voz tinha um... sotaque. Ela não sabia por que isso a surpreendia. Era algo como o inglês britânico, mas entrecortado, como se o inglês não fosse sua língua pátria.

Blue considerou outras opções para amarrar as mãos de sua mãe; ela se perguntou se poderia forçá-la a deixar o lugar. Seria horrível se tivesse de brigar com ela.

— Sou um espelho, eu acho. Apenas o virei para si mesmo.

— Mas isso não é possível — disse Artemus.

— Tudo bem — ela respondeu. — Então provavelmente não seja isso que eu estou fazendo, e você sabe mais das coisas. Agora, se não se importa, estou tentando descobrir como tirar minha mãe dessa caverna.

— Mas ela não pode ser sua mãe.

Blue teve uma primeira impressão de seu pai pior do que imaginara ter por todos aqueles anos.

— Você, meu senhor, supõe um monte de coisas que considera fatos, e, numa outra oportunidade, acho que deveria ponderar com mais calma sobre tudo o que você julga verdadeiro. Mas, por enquanto, só me diz se eu consigo arrastar ela para fora deste lugar e para cima daquele buraco. Aquela é a saída, certo?

Ele retorceu as mãos e a luz se derramou sobre Blue um pouco mais.

— Na realidade, você parece um pouco com ela.

— Por *Deus*, homem — disse Blue. — Você ainda está nessa? Sabe com quem mais eu pareço um pouco? Com você. Pense nisso enquanto eu descubro uma saída sozinha.

Artemus ficou em silêncio, sentado com os braços amarrados atrás de si, a expressão pensativa. Blue não tinha certeza se ele estava realmente pensando com quem ela parecia, ou se estava caindo de volta nas garras do terceiro adormecido.

Blue pegou o braço de sua mãe e deu um puxão.

— Vamos.

O braço de sua mãe ficou rígido, resistindo não a Blue, mas ao conceito de se mexer. Então, quando Blue a soltou, Maura imediatamente estendeu a mão para a porta.

Blue deu um tapa nela e se virou para a porta.

— Deixe ela em *paz*!

A voz tentou se esgueirar em torno de suas defesas. *Abra a porta e todos estarão livres, e com um favor. Certamente você quer salvar a vida daquele garoto.*

O terceiro adormecido era bom no que fazia.

Embora Blue soubesse que não havia nenhuma chance de abrir a porta ou aceitar a ajuda oferecida, ela sentiu a oferta abrir caminho até o seu coração.

Ela se perguntou o que aquela voz havia sussurrado para sua mãe.

Blue tirou o suéter. Ela pegou as mãos de Maura — Maura resistiu — e as amarrou tão bem quanto podia, torcendo os braços do suéter em torno delas. Tentou não se importar com o fato de o suéter ter se deformado, mas Persephone o havia feito para ela, e isso parecia tão triste quanto todo o resto. Todas as preocupações e todas as alegrias haviam se tornado iguais, a prioridade apagada pelo terror.

Blue pegou Artemus pelo cotovelo e Maura pelo cotovelo e os arrastou adiante. Pelo menos o máximo que eles podiam ir naquele ambiente pequeno. Empurrando-os um contra o outro e parando bastante para erguê-los de volta, ela começou a afastá-los aos poucos da porta, na direção do buraco da caverna. Ela não se importava que estivessem todos machucados e sangrando quando saíssem dali — desde que saíssem.

Mas então uma massa de corpos subitamente adentrou aos tropeços por onde eles saíam.

50

A caverna nunca parecera grande para começo de conversa, mas, quando Blue caiu de pernas para o ar sobre o traseiro, pareceu ainda menor. A população do ambiente havia subitamente aumentado em três pessoas. A pessoa na frente tinha um cabelo loiro glorioso e uma arma, e o homem atrás dela tinha narinas pequenas e uma arma, e a pessoa atrás era...

— Sr. Cinzento — exclamou Blue alegremente. Ela se sentia tão grata em vê-lo que não conseguia acreditar que aquilo era real.

— Blue? — perguntou o Homem Cinzento. — Ah, não.

Ah, não?

Um segundo depois, ela viu que as mãos dele estavam amarradas atrás das costas.

— O quê? — perguntou a mulher loira com a arma. Ela mirou uma lanterna no rosto de Blue, momentaneamente a cegando. — Você é uma pessoa de verdade?

— Sim, eu sou uma pessoa de verdade! — respondeu Blue, indignada.

A mulher apontou a arma para ela.

— Piper, *não!* — disse o Homem Cinzento e se jogou com tanta força contra a mulher que a lanterna dela caiu, bateu na pedra e apagou imediatamente. A única iluminação vinha da luz fantasma que amarrava as mãos de Artemus.

— De primeira, sr. Cinzento — disse Piper, piscando, os olhos mirando de relance a luz fantasma e então voltando para ele. — Eu não ia atirar nela. Mas talvez seja o momento de atirar em *você* agora. O que você acha, Morris? Eu me submeto à sua opinião profissional.

— Por favor, não — disse Blue. — Por favor, realmente, não.

— Nós poderíamos atirar nesta aqui também — respondeu Morris. — Ninguém nunca vai chegar tão longe aqui embaixo para encontrá-los.

Atrás dela, alguns seixos rolaram do teto ou de algum lugar próximo. Blue se perguntou com uma sombria ansiedade se eles haviam perturbado as cavernas ao deixar que um rebanho de animais galopasse através delas.

Piper apontou para Maura e Artemus, finalmente dando atenção a eles.

— Essas pessoas são reais também? Por que elas estão assim?

— Maura — disse o Homem Cinzento, só agora desviando o olhar de Piper e Blue. Havia uma nota ofegante em sua voz normalmente brusca. — Blue... como foi que você... — Ele franziu o cenho, um tipo de franzir familiar, e Blue sabia que ele estava ouvindo o terceiro adormecido sussurrar dúvidas e promessas em sua cabeça.

Outro seixo caiu no chão da caverna.

— Tudo bem, não importa — disse Piper. Seus olhos claros, concentrados e determinados, estavam na porta. Não havia dúvida na mente de Blue de que ela viera despertar o adormecido. — Deixe eu pensar. É tão claustrofóbico aqui. Sabe de uma coisa, você pode ir embora, garota estranha. Não tem problema. Só finja que nunca nos viu.

— Não vou deixar o sr. Cinzento aqui — Blue afirmou. Depois de dizer isso, ela se deu conta de que fora uma declaração corajosa, mas, naquele momento, dissera aquilo apenas porque era a verdade, mesmo que fosse assustadora.

— É um pensamento comovente, mas não — respondeu Piper. — Ele não pode ir. Por favor, não me faça ser grossa.

O Homem Cinzento estava todo encolhido para caber na caverna, as mãos atadas às costas. Pedras e poeira caíam aos poucos das paredes atrás dele, de maneira agourenta. Para Blue, ele disse:

— Escuta. Pegue os dois e vá embora. Eu fiz por merecer isso. Foi assim que eu vivi e este é o resultado dessa vida. Você não fez nada para merecer isso, nem sua mãe. Agora é a hora de ser uma heroína.

— Ouça o homem — disse Piper. — Quando ele diz que "fez por merecer", quer dizer que apontou uma arma para a minha cabeça na minha própria cozinha, e ele está certo.

Pense, Blue, pense — sua cabeça estava cheia e confusa. Provavelmente era o terceiro adormecido cutucando sua consciência. Talvez fosse o pavor de aquele lago subir aos poucos pelo túnel. Talvez fosse apenas a crescente suposição de que algo terrível estava prestes a acontecer ali. Uma pedra maior rolou livre, vinda do túnel de onde os outros haviam emergido. Aquela caverninha já era tão pequena; não parecia nem um pouco difícil que ela desabasse completamente.

— Desculpe, você poderia acelerar um pouco? — perguntou Piper. — Eu sei que ninguém quer dizer "Ah, olha, essa merda de caverna está desabando", mas vou chamar atenção para isso, só para agilizar um pouco o processo.

— Você está começando a falar que nem o Colin — disse o Homem Cinzento.

— Diga isso de novo e atiro nas suas bolas. — Piper gesticulou para Blue. — Você vai ou o quê?

Blue mordeu o lábio.

— Posso... posso dar um abraço de despedida nele? Por favor?

Ela encolheu os ombros, os braços em torno de si mesma, parecendo miserável. A última parte não foi difícil.

— Você quer *abraçar* o cara? Que zoológico — disse Piper. — Está bem.

Com enfado, ela apontou a arma na direção deles enquanto Blue se inclinava sobre o Homem Cinzento.

— Ah, Blue — ele disse.

Ela jogou os braços e o apertou firme em um abraço que ele não conseguia retribuir. Inclinando o rosto contra a face barbada dele, ela sussurrou:

— Eu queria lembrar aquela frase sobre heroísmo que você citou em inglês antigo.

O Homem Cinzento a disse.

— Soa como vômito de gato — observou Piper. — O que quer dizer?

— O coração de um covarde não é um prêmio, mas o homem de valor merece o seu capacete reluzente.

— Estou trabalhando nisso — respondeu Blue enquanto usava o canivete que havia escondido na mão para cortar silenciosamente a braçadeira de plástico que amarrava os pulsos dele. Ela deu um passo para trás. O Homem Cinzento seguiu curvado com as mãos atrás das costas, mas ergueu uma sobrancelha incolor para ela.

— Tudo bem, agora cai fora. Se manda. Adeus — disse Piper enquanto mais partes da parede se mexiam inquietamente, a camada mais superficial caindo cheia de poeira no chão. — Vá ser baixinha em outro lugar.

Blue esperava ardorosamente que o Homem Cinzento fizesse algo agora.

O problema era que Maura e Artemus estavam tão imóveis quanto antes, mesmo que Blue estivesse disposta a abandonar absolutamente o Homem Cinzento na caverna. A única coisa que ela podia fazer era voltar à luta para levá-los em direção à saída da caverna. Era como um sonho febril, só que, em vez de saírem dali guiados pelas pernas de Blue, eram as pernas terrivelmente lentas de Maura e Artemus que fariam isso.

Piper permitiu isso por aproximadamente trinta segundos, antes de exclamar:

— Isso é ridículo — e soltar a trava de segurança de sua arma.

— Blue, abaixa! — gritou o Homem Cinzento, já se movendo.

Ele deve ter acertado Piper, ou Morris, pois corpos foram lançados selvagemente contra Artemus e depois Blue. Contava como cair se a pessoa já estava de joelhos?

Uma arma disparou próxima, e, por meio segundo, houve silêncio. Todo ruído havia colidido contra as paredes daquele ambiente minúsculo, e, quando voltou, ele apenas retinia. A poeira se movia através do espaço, onde quer que a bala tenha terminado ou ricocheteado. Mais pedras escorregaram precipitadamente, depois rebateram nos ombros de Blue — era o *teto*.

Blue não sabia dizer quais braços eram de quem, e se deveria se abaixar, socar ou esfaquear. Tudo que sabia era que alguém poderia morrer em um instante ali. Essa ameaça era real no ar obscuro.

Morris estava estrangulando o Homem Cinzento. Blue queria cuidar disso — será que poderia? Mas ela viu Piper se debater entre pernas em movimento em busca da arma que devia ter deixado cair. Blue procurou pelo chão e viu a arma de *alguém*. Tentou pegá-la sem sucesso, bem quando o Homem Cinzento e Morris passaram cambaleando juntos. Um deles chutou a arma, e ela repicou loucamente pelas pedras e para a escuridão do túnel.

A outra arma disparou na mão de outra pessoa. O ruído tornou impossível pensar. Será que alguém levara um tiro? Quem estava atirando? Será que aconteceria de novo?

Naquele momento de imobilidade, Blue viu que Morris ainda estrangulava o Homem Cinzento. Ela esfaqueou seu braço, bem na parte carnuda. E se sentiu consideravelmente menos mal do que quando esfaqueara Adam.

Morris imediatamente soltou o sr. Cinzento, que o pegou e começou a batê-lo contra o teto.

— Tudo bem, parem — disse Piper. — Ou eu mato ela.

Todos se viraram para olhar. Piper tinha uma arma apontada para a cabeça de Maura. Ela jogou a cabeça para o lado para tirar o cabelo loiro dos olhos, e então assoprou para afastar alguns fios da boca.

— O que você quer, Piper? — perguntou o Homem Cinzento, largando Morris no chão.

— Eu *quero* o que eu pedi — disse Piper. — Lembra quando eu deixei as mulheres e as crianças irem para que eu pudesse me sentir bem comigo mesma? Era *isso* que eu queria. Acho que ninguém aqui vai ter *isso* agora.

Atrás dela, Artemus piscava, o que era notável, pois ele realmente não piscara antes. Seu ombro sangrava como se tivesse levado um tiro. Toda vez que pingava no chão da caverna, o sangue corria junto e vertia através das pedras caídas na direção da porta vermelha.

Terreno acima.

Todos pararam para observar a cena.

O olhar de Piper seguiu todo o caminho até a porta e a maçaneta, e seus lábios rosa-chiclete se entreabriram.

Então Artemus usou as mãos amarradas para lançar a luz fantasma contra as mãos dela.

A luz se curvou contra a arma, colidindo com um ruído baixo como uma rebatida de taco. A luz fantasma se apagou e todos ficaram na perfeita escuridão da caverna.

Ninguém se mexia, ou, se alguém o fazia, era sem nenhum barulho. Ninguém a não ser Piper sabia se ela ainda estava apontando a arma para a cabeça de Maura.

Houve um silêncio, exceto pelo estrépito dos estalos das pedras no teto. O pior ruído era um que vinha de cima ou do entorno da caverna: uma espécie de rugido chiado à medida que as pedras se deslocavam em uma caverna acima deles. De um ponto mais próximo, ouviu-se um gemido, que Blue pensou ser Morris.

Ela se sentia estranhamente ofegante, como se a caverna estivesse ficando sem ar. Ela sabia o que era realmente aquele sentimento: pânico.

Então todos começaram a se mexer.

Começou com um ruído de passos vindos da direção de Piper, Artemus ou Maura, talvez do Homem Cinzento, e o barulho ficou tão confuso que era impossível dizer quem era quem. Blue guardou rapidamente a lâmina, pois havia grandes chances de acertar alguém que ela não queria ferir, e começou a tatear o chão em busca da lanterna derrubada. Talvez a tampa só precisasse ser apertada para que ela funcionasse novamente.

A voz de Maura subitamente disse:

— Não abra essa porta! Não abra!

Blue não sabia nem onde estava a porta agora. Havia passos em todas as direções.

Mas ela também podia ouvir o terceiro adormecido. Era como se os sussurros coletivos na cabeça de *todas* as pessoas tivessem se tornado tão altos que se derramassem na própria caverna. Eles não arrastavam Blue, mas se encapelavam através da escuridão e se condensavam sobre seus braços. Escorrendo de seus dedos.

Blue pensou que sabia como o lago espelhado havia se formado agora.

— *Parem ela!*

Era impossível dizer de quem era aquela voz. Em algum ponto próximo, ela ouviu uma respiração se acelerando.

Seus dedos se fecharam na lanterna. *Vamos, vamos...*

Subitamente, ouviu-se uma batida e então um quase grito.

A lanterna voltou a tempo de iluminar Piper encolhida na frente da porta vermelha, com as mãos na nuca.

— Vamos — disse o sr. Cinzento, largando uma pedra bastante sangrenta no chão. — Agora.

Choviam pedras agora, maiores que antes.

— Vamos cair fora daqui. Já — disse o Homem Cinzento, de modo curto e eficiente. Ele virou a cabeça para Artemus. — Você. Você está sangrando. Posso ver? Ah, você está bem. Blue? Tudo bem?

Ela anuiu.

— E Maura? — o Homem Cinzento se virou para ela. Ela tinha um arranhão feio no queixo e olhava atentamente para o chão, os braços amarrados atrás de si. Ele tirou delicadamente os cachos sujos de cabelo de sua testa para examinar seu rosto.

— Nós precisamos tirá-la de perto da porta — disse Blue. — E... os outros?

Ela se referia a Piper e Morris. Ambos estavam no chão. Blue não queria pensar demais a respeito.

Não havia bondade no rosto do sr. Cinzento.

— A não ser que você tenha alguma reserva de força escondida que não tenha mostrado até agora, não podemos carregar Piper e Maura, e sei perfeitamente qual das duas eu prefiro. Precisamos ir.

Como se para confirmar a decisão, o túnel pelo qual Blue havia entrado desabou em uma saraivada de pedras e terra.

Eles se deram as mãos. Blue liderava o caminho com sua lanterna, e eles escalaram de volta até o buraco pequeno no topo da caverna. Blue rastejou alguns metros para dentro e então esperou, contando corpos à medida que eles passavam.

Um (Artemus), dois (Maura), três (o Homem Cinzento), quatro...

Quatro

Piper, quase irreconhecível por detrás de toda a sujeira, apareceu na abertura do túnel. Ela não havia passado pelo buraco, mas estava enquadrada na abertura. Em uma mão trêmula estava a arma.

— Você... — ela disse e parou, como se não conseguisse imaginar o que dizer em seguida.

— Vai! — gritou o Homem Cinzento. — Vai, Blue, rápido, afaste a luz!

Blue disparou túnel acima.

Atrás de si, um tiro foi disparado novamente. Mas nenhuma parte do túnel foi atingida.

— Continue! — ordenou a voz do Homem Cinzento. — Está tudo bem!

Então houve uma exclamação curta e aguda, rouca demais para um grito, e uma explosão de ruídos à medida que a caverna desabava atrás deles.

Blue queria parar de ouvir aquele grito. Não importava que ele viesse de alguém que havia pouco tentara matar sua mãe. Ela não conseguia se convencer de que isso melhorava a situação.

Mas ela não conseguia parar de ouvir, então simplesmente continuou escalando e os guiando para fora da caverna.

Estava escuro do lado de fora quando eles emergiram, mas nada podia ser tão escuro quanto aquela caverna, junto à porta vermelha. Nada podia ter um cheiro tão maravilhoso quanto a relva, as árvores e mesmo o asfalto da rodovia próxima.

A entrada ali era apenas um buraco dentado na encosta de uma colina; era impossível dizer onde eles estavam, exceto que era *fora*. Aturdido, Artemus se apoiou na encosta, tocando seu ferimento cuidadosamente.

Blue desamarrou sua mãe; Maura jogou os braços em torno do pescoço de Blue e a apertou.

— Eu sinto muito — disse após alguns minutos. — Sinto muito, muito, muito. Vou comprar um carro para você, e aumentar o seu quarto, e só vamos comer iogurte, e...

Ela deixou a frase inacabada, e finalmente elas se soltaram.

O Homem Cinzento estava parado ao lado de Maura, e, quando ela se virou, fez uma careta e tocou o queixo dele com a barba por fazer.

— Sr. Cinzento — ela disse.

Ele apenas anuiu. Em seguida passou o dedo sobre uma das sobrancelhas dela de maneira eficiente, competente e apaixonada, e então olhou para Blue.

— Vamos encontrar os outros — ela disse.

51

Adam Parrish estava desperto.

O oposto de *desperto* deveria ser *dormindo*, mas Adam tinha passado grande parte dos últimos dois anos de sua vida sendo ambos ao mesmo tempo, ou nenhum. Em retrospecto, Adam não tinha certeza se sabia como era estar *desperto* realmente até agora.

Ele estava sentado no banco de trás do Camaro, com Ronan e Blue, observando as luzes das ruas de Washington passarem, sentindo o pulso da linha ley diminuir quanto mais eles se afastavam de Henrietta. Uma semana havia se passado desde que eles tinham emergido do vale dos ossos, e as coisas estavam voltando ao normal.

Não, não normal.

Não havia normal.

Maura estava de volta à Rua Fox, 300, mas Persephone não. Os garotos estavam de volta à escola, mas Greenmantle não. A morte de Jesse Dittley dominou os jornais. Um dos artigos noticiara que o vale estava começando a parecer um lugar perigoso para se morar: Niall Lynch, Joseph Kavinsky, Jesse Dittley, Persephone Poldma.

Todos ficaram surpresos quando descobriram que Persephone tinha sobrenome.

— Foi tudo que você esperava? — Gansey perguntou a Malory.

Malory e o Cão desviaram o olhar de seus cartões de embarque.

— Mais. Muito mais. Demais. Sem querer ofender você e a sua companhia, Gansey, mas ficarei muito aliviado em voltar para a minha linha ley sonolenta por um tempo.

Adam arrancou uma casquinha da mão — o menor dos arranhões que ele tinha feito ao escorregar para dentro do poço de corvos e então escalar de volta para fora. O ferimento mais duradouro era invisível, mas persistente: a consciência da morte de Persephone zunia constantemente através de Adam, como o pulso da linha ley.

Ela lhe dissera que havia três adormecidos. Um para ser despertado, um para não ser despertado. Um entre os dois. Os outros achavam que Gwenllian era o adormecido entre os dois, mas isso não fazia sentido realmente, pois ela nunca estivera dormindo.

Então Adam não sabia se era verdade ou não, mas meio que gostava de acreditar que o terceiro adormecido fora ele.

— Você precisa vir me visitar — disse Malory. — Pode ver a tapeçaria. Podemos passear pelos velhos caminhos e recordar os bons tempos. O Cão ia gostar se a Jane viesse também.

— Eu gostaria muito — disse Gansey educadamente. Como se fosse, mas ele não iria. Malory provavelmente não conseguia ouvir isso, mas Adam sim. Ele ficaria ali, procurando por Glendower e seu favor.

Na noite anterior, Adam começara incansavelmente um de seus velhos truques para conseguir dormir: ensaiar os vários fraseados do favor, tentando encontrar a maneira certa de pedir, aquela que não desperdiçaria a oportunidade, aquela que consertaria tudo que estava errado. Só que ele descobriu que não conseguia realmente se concentrar no jogo. Adam não se importava tanto em pedir por sucesso; ele sobreviveria a Aglionby, pensou, e acreditava que era bastante provável que conseguisse uma bolsa de estudos para pelo menos um lugar ao qual quisesse ir. Ele costumava pensar que precisaria usar o pedido para se ver livre de Cabeswater, mas agora isso parecia algo estranho para se pedir. Seria como pedir para se ver livre de Gansey ou Ronan.

Então Adam se deu conta de que a única coisa para a qual ele precisava do favor era salvar a vida de Gansey.

— Aqui estamos — disse Malory, os olhos no terminal do aeroporto. O Cão abanou o rabo pela primeira vez. — Deseje boa sorte à sua mãe na eleição. Política norte-americana! Mais perigosa que a linha ley.

— Direi a ela — disse Gansey.

— Não entre para a política — disse Malory severamente quando eles encostaram no meio-fio.

— Improvável.

Gansey ainda soava ansioso para Adam, embora não houvesse nada inerentemente ansioso a respeito da conversa. Era chegado o momento de encontrar Glendower. Todos eles sabiam.

Gansey pisou no freio e disse:

— Assim que eu embarcar o professor, um de vocês pode vir para frente. Adam? A não ser que ele esteja dormindo.

— Não — disse Adam. — Estou acordado.

EPÍLOGO

A questão não era que Piper ficara inconsciente durante horas. Nos filmes de ação do tipo que Colin sempre odiara e ela sempre amara, os heróis sempre nocauteavam capangas em vez de atirar neles. Era como você podia dizer quem era o herói. Vilões atiravam em detetives; heróis os nocauteavam com um soco na cabeça. Então, algumas horas depois, eles se recuperavam e seguiam a vida. No entanto Piper tinha lido um post em um blog que mostrava que isso não era realmente possível, pois, se você ficasse inconsciente por mais do que um minuto ou dois, era porque havia tido uma lesão cerebral. E o post fora escrito por um médico, ou por alguém que disse que era médico, ou alguém casado com um profissional de medicina, então Piper achou que provavelmente era verdade. Mais verdadeiro que aqueles filmes de ação, de qualquer maneira.

Enquanto seguia deitada ali na caverna, Piper pensou a respeito de todos os bandidos com lesões cerebrais em Hollywood, poupados por heróis impetuosos que achavam que isso seria mais generoso que matá-los.

Ela não estivera realmente inconsciente durante horas, mas ficou deitada no chão durante horas ou dias. Piper caía e voltava do sono. De tempos em tempos, ouvia outro gemido dentro da caverna. Morris, talvez, ou apenas sua própria voz. Às vezes, ela abria bem os olhos e achava que era chegado o momento de se levantar, provavelmente, mas então parecia trabalhoso demais e continuava deitada.

Finalmente, no entanto, ela parou de apertar o botão de soneca da caverna e se recompôs. Isso era ridículo. Piper se sentou, a cabeça latejando, e deixou que os olhos se ajustassem. Ela não tinha bem certeza de onde vinha a luz. Lembrou subitamente que Colin tinha se mandado, deixando-a para morrer naquela caverna, que fora ideia dele em primeiro lugar. Típico. Ele estava sempre fazendo coisas para si mesmo e fingindo que era para os dois.

Subitamente, Piper percebeu de onde vinha a luz: uma lamparina, do tipo antigo, como as usadas por mineradores. E havia mãos dadas do outro lado dela. Belas mãos, rechonchudas. Ligadas a braços. Ligados a um corpo. Era uma mulher. Ela estava olhando para Piper com o olhar fixo e determinado.

— Você é real? — perguntou Piper.

A mulher anuiu serenamente. No entanto, Piper não considerou o gesto uma garantia de realidade. Aquele não parecia o tipo de lugar onde mulheres apareceriam ao acaso.

— Você está paralisada? — perguntou a mulher gentilmente.

— Não — disse Piper. Então fez uma pausa. — Sim. Não.

Uma das pernas não estava obedecendo, mas isso não contava como paralisia. Ela achava que talvez estivesse quebrada. Piper começava a achar que a situação não era tão boa assim.

— Nós podemos consertar isso — disse a mulher. — Se o despertarmos.

Ambas olharam para a porta da tumba.

— Se o despertarmos, ele nos concederá um favor — acrescentou a mulher. — Nós estamos em três, mas por pouco. Não resta muito tempo.

Ela gesticulou vagamente na direção dos gemidos de Morris.

Piper, que estava interessada em seu próprio bem-estar acima de todas as outras pessoas, suspeitou no mesmo instante.

— Por que você simplesmente não o despertou sozinha, então?

— Seria solitário ser uma rainha sozinha — disse a mulher. — Teria sido melhor com três, mas dois é o suficiente. Dois é menos estável que três, mas melhor que um.

Piper era uma pessoa extremamente desinteressada na matemática de magias. Agora que começava a pensar a respeito, sua perna realmente doía. E também estava vazando. Ela estava ficando brava com tudo ali.

— Ok, tudo bem. Tudo bem.

A mulher ergueu a lamparina e ajudou Piper a ficar de pé, com dificuldade. Piper disse uma palavra que normalmente a fazia se sentir melhor, mas não nesse caso. Pelo menos agora ela acreditava que a outra mulher era real; ela estava comprimindo as costelas de Piper no esforço de ajudá-la a ficar de pé.

— E quem é você, mesmo?

— Meu nome é Neeve.

Enquanto elas avançavam mancando até a porta, Piper observou:

— Mas que nome estúpido, não?

— Assim como Piper — respondeu Neeve calmamente.

No fim, não houve realmente nenhuma cerimônia. Elas apenas colocaram as mãos na porta e a empurraram. Ela não parecia mágica, somente um pedaço de madeira.

A tumba já estava iluminada por dentro. Era uma quantidade de luz similar à proporcionada pela lamparina que Neeve tinha a seus pés. Era, na realidade, a mesma quantidade exata de luz, refletida de volta para elas.

As duas entraram caminhando com dificuldade. Havia um caixão erguido, a tampa já aberta.

O adormecido não era humano. Piper não sabia por que imaginara que seria. Em vez disso, era pequeno, escuro, reluzente e com mais pernas do que ela havia esperado. Era poderoso.

— Precisamos despertá-lo ao mesmo tempo para conseguir o fa... — disse Neeve.

Piper estendeu o braço e o tocou antes que Neeve pudesse se mexer.

— Acorde.

Impresso no Brasil pelo Sistema Cameron da Divisão Gráfica da
DISTRIBUIDORA RECORD DE SERVIÇOS DE IMPRENSA S.A.